英国王妃の事件ファイル⑤

貧乏お嬢さまと王妃の首飾り

リース・ボウエン　田辺千幸 訳

Naughty in Nice

by Rhys Bowen

コージーブックス

NAUGHTY IN NICE
(A Royal Spyness Mystery #5)
by
Rhys Bowen

歴史に関する覚書

調べものをしていてなにかを見つけるのは、わくわくするものです。もちろん、本書に登場するのはほとんどが架空の人物ですが、わたしは実在の人間やできごとを物語に紛れこませるのが好きです。そこで、ジョージーといっしょにリヴィエラにいることのできた人間を探してみることにしました。するとココ・シャネルが、愛人であるウェストミンスター公爵から贈られた近くのヴィラに滞在していたことがわかったのです。また、男らしさと女らしさを融合させたファッションショーを開いていたことも知りました。公爵から借りたツイードのジャケットに豪華なレースと宝石を組み合わせたのです。

わたしはさらに貴重な情報を探り当てました。その宝石は、ココのビジネス・パートナーであるヴェラ・ベイト・ロンバルディの親戚にあたるメアリ王妃が快く貸してくれたものだったのです。王妃の宝石、ココ・シャネル、危険な男たち……これで、面白くならないわけがないと思いませんか？

貧乏お嬢さまと王妃の首飾り

主要登場人物

ジョージアナ（ジョージー）……………ラノク公爵令嬢
ビンキー……………………………………ラノク公爵。ジョージーの異母兄
フィグ………………………………………ラノク公爵夫人。ビンキーの妻
ベリンダ……………………………………ジョージーの学生時代からの親友
ダーシー・オマーラ………………………アイルランド貴族の息子
メアリ王妃…………………………………英国王ジョージ五世の妃。皇太子デイヴィッドの母
クイーニー…………………………………ジョージーのメイド
ダッキー……………………………………フィグの姉
フォギー・ファーカー……………………ダッキーの夫
ココ・シャネル……………………………ファッションデザイナー
ヴェラ・ベイト・ロンバルディ…………ココのビジネスパートナー。ジョージーの親戚
ジャン＝ポール・ドゥ・ロンシャール…ロンシャール侯爵
サー・トビー・グローパー………………ブリタニア・モーターズのオーナー
レディ・グローパー………………………サー・トビーの妻
ボビー・グローパー………………………サー・トビーの息子
ジョンソン…………………………………サー・トビーの従者
ネヴィル……………………………………ベリンダの新しい恋人
マリー王女…………………………………フランス国王の親戚
テオドラ王女………………………………故ロシア皇帝の親戚
ラフィット…………………………………ニース警察の警部補

1

ロンドン
一九三三年一月一五日
天気予報：小雨はやがてみぞれに変わるでしょう
今後の展望：憂鬱

リヴィエラがこれほど魅力的に見えたことはなかった。紺碧《こんぺき》の海ときらめく太陽。プロムナード・デ・ザングレでヤシの木の下をそぞろ歩く美しい恋人たち。あたりを満たすミモザの花の香りに、のんびりと頭上を漂うカモメ……わたしは満足げにため息をついた。

「おっと、気をつけなよ、お嬢ちゃん。スープをひどくこぼしてるぞ」

しわがれ声がいきなりわたしを現実に引き戻した。壁のポスターから視線を引きはがし、眼前の光景に目を向ける。みすぼらしい格好の男たちが凍えるような寒さに身を縮め、ヴィクトリア駅の構内にくねくねとした長い列を作っている。だれもがマグカップかボウルを持って、辛抱強く立っていた。わたしと同じように顔を伏せているか、あるいは本人以外には見えない世界を見つめている。わたしは、駅の無料食堂の手伝いをしていた。凍りつきそうなほど冷たく陰鬱な一月の日で、目の前を通り過ぎていく気の毒な人たちと同じくらい、わたしは寒くて惨めだった。

「あら、いやだ。ごめんなさい」油布のテーブルクロスにスープが飛び散っているのを見て、わたしは謝った。「ぼうっとしていたものだから」

「かまやしないさ。あんたみたいな若い娘さんにとっては、一日中スープを注いでいるのはさぞ退屈だろうよ」

「あら、そんなことはないわ。パンをどうぞ」

「ありがとうよ」男性はお辞儀のようにも、うなずいたようにも見える仕草をした。「あんたはいいお嬢さんだ、本当だよ」

もちろん、そのとおりだった。わたしは本物のお嬢さまだ——二代目グレンギャリーおよびラノク公爵の娘、レディ・ヴィクトリア・ジョージアナ・シャーロット・ユージーニー、英国の王位継承順位は三四番目。そのわたしがいまこうして無料食堂の手伝いをしているのには、いくつかの理由がある。ひとつ目は言うまでもないが、ちゃんとした仕事が見つけられないからだ。学校でわたしが学んだことと言えば、どうすれば転ぶことなく（たいていうまくいかない）膝を曲げたお辞儀がきれいにできるのか、司教さまと公爵のどちらが位が上になるのか（大司教さまなのか、公爵が王族なのかによって変わってくる）、牡蠣《かき》を食べるときはどのフォークを使うのか（これはひっかけ問題で、牡蠣は殻から直接口に運ぶ）といったことばかりで、タイプや簿記やさらには料理といった実際に役に立つような事柄はなにひとつ身につけてこなかった。そのうえ、いま世界は大恐慌の真っただなかで、いくつもの資格を持った人でさえ仕事を見つけられずにいる。

わたしが無料食堂の手伝いをしているふたつ目の理由は、この厳しい時代に行うボランティア活動を英国王妃陛下が奨励していらっしゃるからだ。「わたくしたちがお手本とならなければいけないのですよ、ジョージアナ」陛下は一度ならずそうおっしゃった。また正直なところを告白すれば、ここでの手伝いが魅力的に思えたのは、どこぞのミスター・ダーシー・オマーラもロンドンにいるときはここでボランティアをしているからだ。けれど、わたしが無償で錫《すず》のマグカップにスープをよそっている最大の理由は、義理の姉であるフィグがわたしたちのロンドンの邸宅に滞在しているからだ。彼女から逃れられるのなら、どんなことでも大歓迎だった。

だがスープをよそい続け、キャベツがこびりついた大桶を洗い続けてひと月もたつころには、この仕事も魅力を失い始めていた。ダーシーがまた例によって姿を消してしまったとなれば、なおさらだ。一応説明しておくべきだろうが、ダーシーはわたしの恋人と呼んでも差し支えない存在ではあるものの、彼の実家も我が家と同じくらい貧乏だったから、結婚を申しこめるような立場ではない。彼は自分の才覚で世間を渡っていて、時折、イギリス政府のスパイのような仕事をしているのではないかとわたしは勘ぐっていた。彼は、決してそれを認めようとはしなかったけれど。わたしにマタ・ハリの半分でも妖艶さがあったなら、情熱的なひとときをわかち合っているときに彼から真実を聞き出すことができたかもしれない。けれどわたしに妖艶さはなかったし、わたしたちはまだそういう関係ではない。そうなるには、わたしのなかにフィグ的要素が多すぎたうえ、チャンスもあまりに少なすぎた。

普段であれば、現公爵である兄のビンキーと妻フィグがロンドンの邸宅で過ごすことはあまりない。ビンキーはスコットランドにある地所での田舎暮らしのほうを好んだからだ。だがこの冬は驚くべきことが起きた。フィグがふたり目の子供を身ごもったのだ。ビンキーが、フィグとのあいだにひとり目を作るための勇気をどうやって奮い起こしたのかすらいまだに謎だが、二度もそんなことをしたという事実は、わたしの家系に狂気の血が流れているという証明かもしれない。

ともあれ、熟れたスイカのような体になってきたフィグは、煙突から風が吹きおりてくる巨大な洞窟のようなラノク城ではなく、もっと過ごしやすいところにいるべきだと感じるようになった。そういうわけで兄夫婦は、わたしがひとりでまあまあうまく暮らしていたロンドンの別宅であるラノクハウスで、冬を過ごすことに決めたのだ。わたしの性格は楽天的なほうだが、フィグと三日以上いっしょに暮らすには聖人でなければ無理だ。

わたしはため息をつくと、次のマグカップにスープを注いだ。こうして毎日、寒さにかじかむ指で務めを果たしているあいだ、駅の壁に貼られたリヴィエラのポスターは、この絶望的な状況をあざ笑うかのようにこちらを見おろしている。毎朝、臨港列車で大陸に向かう旅行客が目の前を通り過ぎていくのを見ていたから、わたしはさらに落ちこんだ。顔をあげるたびに、山のような荷物を抱えたポーターとそのうしろを歩く毛皮に身を包んだ女性と身なりのいい男性の姿が目にはいった。驚くことに、この不況のなかでもまだお金を持っている人はいるようだ。

「それじゃあきみは、リヴィエラに行くんだね？」蒸気機関車の煙のなかから、男の声が流れてきた。「運のいいやつだ。そういう人間もいるんだな。ぼくは雨の日も晴れの日も、毎日会社に顔を出さなけりゃならない。親父がうるさいんでね」

「父親が銀行のオーナーだったら、それはどうしようもないだろう？」

ふたり目の男にも、最初の男と同じような昔ながらのイートン校の訛《なま》りがあった。やがて彼らの姿が見えてきた。ひとりは山高帽をかぶって傘を持ち、もうひとりは山のような荷物を抱えたポーターを連れている。わたしよりいくつか年上だろう。実を言えば彼らのうちのひとりには見覚えがあった。狩猟家のための舞踏会で一度踊ったことがある。つかの間、目と目が合ったが、なんの表情も浮かばないまま彼の視線は通り過ぎていった。キャベツの染みのついたエプロンをつけて、スープをよそっているような人物に知り合いがいるなどと、夢にも思ってはいないようだ。

「ぼくたちみんなが、称号と地所を受け継ぐとは限らないんだぞ」ひとり目の男が言った。「称号と地所があっても、一文無しなのはぼくらだって同じだ」もうひとりが応じた。「今年はネグレスコに泊まることすらできない。ヴィラを持っている伯母がいなかったら、どうしていいかわからなかったところだ。まあ、何度かカジノに行けば、父さんがくれるわずかな小遣いでは足りない分を補えるだろう。運さえあればね」彼はそう言うと、大げさなほどの笑い声をあげた。

ふたりは遠ざかっていき、その話し声は蒸気機関車が煙を吐き出す音とポーターの叫び声にかき消された。彼らを眺めているあいだに、駅の喧騒のなかからまた別の声が響いてきた。

「荷物には充分気をつけてちょうだいよ。でないと、全部転がり落ちちゃうわ」

振り返ると、トランクとスーツケースと帽子ケースのマッタ―ホルンがこちらに近づいてくるところだった。赤い顔のポーターが四苦八苦しながら台車を押し、そのうしろを、片手に小さなクロコダイルのポーチ、もう一方の手にはシガレット・ホルダーを持ったわたしの親友ベリンダ・ウォーバートン＝ストークが歩いてくる。

「ベリンダ！」わたしは大声をあげると、おたまを置き、エプロンで手を拭きながら彼女に駆けよった。

ベリンダの顔には一瞬けげんそうな表情が浮かんだが、わたしに気づくと、満面に笑みが広がった。

「ジョージー！　あら、まあ。いったいここでなにをしているの？」

「あなたみたいにヨーロッパに行くわけじゃないことは確かよ。うらやましいわ」わたしは言った。「ハグしたいところだけれど、いまのわたしはニンジンまみれなんですもの」

「まあ――そうみたいね」ベリンダは見事な毛皮のコートを守るべく、一歩うしろにさがった。「それじゃあ、あなたはまだ無料食堂で、ボランティア活動を続けているのね。きっと聖人になれてよ」

わたしは顔をしかめた。「ラノクハウスに一日中いることを考えれば、なんだってましよ。わたしは彼女たちのお荷物で、まだ結婚していないなんてこんなに悲しいことはないって、ずっとフィグに言われ続けるんだから」そう言いながら、フォックスのロングコートに身を包み、おしゃれな縁なしの筒型帽子を頭の片側に載せた彼女を眺める。ほれぼれするほど魅力的だ。一方のわたしは、スープの染みのついたエプロンをつけ、髪は風でぼさぼさだった。

「あなたが家にいたなんて知らなかったわ。知っていたら、気分転換に遊びに行ったのに」

「ロンドンにはいなかったのよ」ベリンダはそう言うと、イライラした様子で待っているポーターに向き直った。「わたしの客室に荷物を運んでおいてちょうだい。すぐに行くから」

「わかりました」ポーターは不満げに答えると、台車を再び動かし始めた。速度があがるにつれ、荷物の山が危なっかしく揺れる。

「線路に荷物を落としそうね」ベリンダがつぶやいた。「どうしていつもこう無能なポーターにばかり当たるのかしら。これだけ失業者があふれているんだから、仕事にありつける人間は優秀なはずだと思わない？」

「それで、あなたはどこにいたの？」わたしは尋ねた。「しばらく見かけなかったのはなぜ？」

ベリンダはあきらめたように肩をすくめた。

「実家に帰っていたのよ。クリスマスには家族が集まることになっているし、父はクリスマスプレゼントに気前よく小切手を切ってくれるから、帰らないわけにはいかないの。でもいまは一刻でも早くリヴィエラに戻りたくて仕方がないわ。ロンドンは寒いし、暗いし、退屈だし、楽しいことはなんにもないんですもの。あなたにだから言うけれど、わたし、ひどく欲求不満なのよ。もう何週間もいいセックスをしていないの」

「ベリンダ！」思わず声をあげた。彼女のことはよくわかっているつもりだけれど、それでもまだショックを受けることはある。

ベリンダは驚いたような顔になった。

「だって、あれって本当に楽しいのよ」

ベリンダが言うとおり、きっといいものなのだろうと想像してみた。ダーシーのキスは確かにうっとりするほど素敵だけれど、そのあとのことがベリンダの言葉ほど素晴らしいとはとても思えない。けれどわたしの母が同じように考えているのは確かで、彼女は南極大陸以外のすべての大陸で数多くの男性とベッドを共にしてきている。

「わたしはセックスなしではとても生きていけないわ。修道女には絶対になれないわね」

わたしは笑った。「向こうから断ってくるわよ！」

「わたしの知り合いの男性はだれもそんなことは言わないわよ」ベリンダはいたずらっぽく笑ったが、すぐにその笑みは消えた。「ゆうべ、軽く賭け事でもと思って行ってみたんだけれど、クロックフォーズは死体置き場みたいだったわ。退屈なビジネスマンが何人かいるだけで、お金持ちのプレイボーイは見当たらなかったの」

「いくらか儲けたの？」

ベリンダはしかめ面を作った。「長くはいなかったのよ。ほら、わたしは自分のお金では遊ばないことにしているし、お金を出してくれるほど思いやりのある人を見つけられなかったんですもの。モンテ・カルロのカジノのほうが親切だわ」

「それじゃあ、モンテ・カルロに行くのね？」わたしは羨望の思いが顔に出ないようにしながら言った。

ベリンダは口ごもった。「その……それはまだはっきりしていないの。いまのところ、だれかから招待されているわけじゃないのよ」

「どうするつもりなの？」

「ニースのホテルネグレスコに泊まって、そこでだれかを探そうと思っていたんだけれど、今年の父の小切手はいつもほど気前がよくなかったのよ。意地の悪い、あの義理の母親のせいね。あなたの義理のお姉さんといっしょで、未婚の娘に家族のお金を使うのをいやがるの。そういうわけで、いまわたしの手元にはリヴィエラに行くだけのお金しかないのよ。でも、その先どうなるかなんて、だれにもわからないでしょう？ ルーマニアでしたみたいに、だれかのヴィラの外でうまい具合に車を故障させなきゃならないかもしれないわね」

「ベリンダ、あなたって本当にどうしようもない人ね」

「あの王家のお城では、完璧に事が運んだわ」ベリンダはクリームをもらった猫のような笑みを浮かべたが、いきなりわたしの腕をつかんで言った。「いい考えが浮かんだわ。ジョージー、わたしと来てよ。いっしょに都合よく車を故障させましょうよ。きっとものすごく楽しいわよ。それにあなたがいっしょだったら、わたしたちを滞在させてくれる可能性が高くなるわ。王族っていう響きには抗いがたいものがあるし、あなたの親戚の皇太子はいま地中海にいるんでしょう？　彼に会いに行くっていう完璧な言い訳があるじゃないの」

「行けないわ」そう応じたものの、あまり分別があるとは言えないわたしの一部は、彼女の言うとおりにすれば、さぞかし楽しいだろうとささやいていた。「だいたい臨港列車に乗れるような格好じゃないし、旅費なんてとても払えないもの。だれかに招待されるまでホテルネグレスコに滞在するなんて、とても無理よ」

「わたしの部屋に泊まればいいわ。でもそうすると、わたしが困るかもしれないわね」ベリンダはわたしに顔を寄せて言った。「実を言うと、狙っている人がいるの」

「別の人？」

「もちろん」

「その新しい恋人はだれなの？　どうして教えてくれなかったの？」

「まだ恋人じゃないのよ。というより、ほんのふたことみこと言葉を交わして、思わせぶりな表情で互いを見つめ合っただけなの。クリスマス前、カジノのルーレットでわたしの隣に座った人なのよ。わたしが賭けようとしたら、わたしの手を押さえて、〝ここはぼくが〟と言いながら、わたしの代わりに賭けてくれたの。そうしたらそれが当たったのよ。うっとりするほど素敵な人なの。それだけじゃなくて、ものすごく古くから続くフランス貴族の家系で、恐ろしいほどお金持ちらしいわ。でも、お互いをよく知る機会はなかったの。彼は翌朝パリを発たなきゃならないことを残念がっていたけれど、もっと快適な場所でもう一度会えるといいねって話していたの。そういうわけで、彼と中断したところから始めたいと思っているのよ」

「幸運を祈るわ」わたしは言った。「でも、もしその人と結婚するのなら、お行儀よくしなきゃならないわよ。フランス人は自分の妻には、とにかく貞淑で慎み深くいてほしいって考えるから」

「愛人相手には違うわ」ベリンダは邪《よこしま》な笑みを浮かべた。

「ベリンダ、あなたがわたしの母みたいになるんじゃないかって、心配なのよ」

「あら、あなたのお母さんは悪くない人生を送っていると思うけれど」ベリンダは考えこみながら応じ、煙でかすむ駅の向こうに目を向けた。「楽しいって言ってもいいと思うわ」

「でも、年を取って、美しさとセックス・アピールがなくなったときはどうするの？」

「自叙伝を書いて、ひと儲けできるわよ。〝わが人生――女優から公爵夫人、そしてさまよい人に〟チャタレイ夫人が少女マンガに思えるような物語になるわ」

「わたしはそんな人生は望んでいないの」わたしは言った。

「そうでしょうとも。あなたのなかにはヴィクトリア女王の血が色濃く流れている。あなたは愛すべき夫と可愛い子供たちに囲まれた妻になりたいのね。アルバート王子みたいな人を探さなくちゃいけないわ」

「その手の人にはルーマニアでの結婚式で会ったわ。とんでもなく退屈で、面白みのない人ばかりだった」

「それは、ダーシーと比べるからよ。それで彼はいまどこに？」

「どこにいるんだか。クリスマスに一度会ったあとアイルランドの実家に帰ったことはわかっているんだけれど、その後は音沙汰なしなの。無理もないと思うわ。万一彼がラノクハウスに顔を出す気になったとしても、フィグはさぞ無礼な態度を取るでしょうからね。夜中にあの家に着いたとき、わたしたちがふたりきりで家にいて、そのうえわたしが寝間着姿だったことをフィグは忘れていないのよ」

ベリンダの顔が輝いた。「ジョージー、あなたったら教えてくれないなんてずるいわ。ようやくやったのね」

「そういうわけでもないの。そのつもりだったんだけれど、わたしが眠ってしまったのよ」

「眠ってしまった？　信じられない。ダーシーのテクニックは絶対素晴らしいと思うわ」

「ええ、素敵だったわ。わたしがシャンパンを飲みすぎたんだと思うの。いつも眠くなるのよ。とにかく、フィグとビンキーはわたしたちがいっしょにいるところを見つけて、それ以来、ダーシーを出入り禁止にしているの」

「まったく癪《しゃく》に障るったらないわね。どうにかしてあなたをあの家から連れ出さなくちゃ。ニースで落ち着いたら、あなたを招待できるようにするわ。あなたは交通費を工面しておいてね。ひょっとしたら、だれか知り合いが車で行く予定を立てていて、ひとりくらい乗せてくれるかもしれない」

「わたしはロンドンに知り合いなんてほとんどいないのよ」

「でも国王陛下と王妃陛下とは知り合いだわ。わたしたちのほとんどはそうじゃないけど。陛下たちは、海外で暮らしているイギリス人の慰問に、王家の一員であるあなたを行かせるつもりはないのかしら？」

「ありえないわ。そもそも、皇太子がすでに向こうに滞在中なんでしょう？」

「彼は王家の善意をみんなに伝えたりしないと思うわ。ある特定の人のことで頭がいっぱいだから」

「まあ。彼女がいっしょなの？」

「そうみたいよ」

「王妃陛下はさぞかしお怒りになるでしょうね」

プラットホームの先から、大きな笛の音と〝お急ぎください〟という叫び声が聞こえてきた。

「もう行ったほうがいいわ。乗り遅れるわよ」憂鬱な思いが顔に出ているに違いないと思いながら、わたしは言った。

ベリンダは気の毒そうな笑みを浮かべた。「あなたをこっそり連れていけたらよかったのに。トランクのどれかに、あなたを入れるのは無理かしら」

わたしは声をあげて笑った。駅の時計が一〇時を知らせ始めた。

「ほら、行って。荷物だけがフランスに行ってしまうわよ」

ベリンダは身を乗り出し、汚れたエプロンごしにわたしの頬にキスをした。

「あなたがいないと寂しいわ。なんとかして、あなたを縛りつけているものから解放する方法を考えてみるから」

「シンデレラに出てくる魔法使いのおばあさんみたいに？」

「そういうこと。ガラスの靴や馬車をね」

ベリンダは投げキスを残し、プラットホームへと足早に去っていった。何事もなくリヴィエラに着いて、お金持ちで日に焼けた格好いい男性に囲まれたとたん、わたしの存在などベリンダの頭からすっかり消えてしまうだろうと思いながら、わたしは彼女のうしろ姿を見つめていた。

2

ラノクハウス
ベルグレーブ・スクエア
ロンドンW1
まだ一九三三年一月一五日

ヴィクトリア駅を出たときには雨が降っていた。地面とほぼ平行に降りつけるみぞれまじりの凍りつくような雨が、冷え切ったわたしの肌に針のように突き刺さった。ベルグレーブ・スクエアにたどり着いて、ラノクハウスの階段をあがるころには、わたしはすっかり意気消沈していた。ちょうど午後の郵便が届いたところだったので、マットに落ちていたフィグ宛ての二通の手紙を拾いあげた。一通にはダービーシャーの消印とフィグの母親の見事な筆跡があり、もう一通には外国の切手が貼られていた。当然ながら、外国の切手のあるほうに興味を引かれた。フィグが外国に行ったことはないはずだし、そもそも外国そのものを嫌っている。彼女はなんであれ、英国以外のものを信用しておらず、それが高じて、この鶏肉は英国産だとわたしたちがくどいほど説明したにもかかわらず、チキン・コルドン・ブルー（肉を叩いて薄くし、ハムまたはプロシュートとスイスチーズ等のチーズを包み、油で揚げるか焼いたもの）を食べたくないと言い張ったことがある。

金属製のお盆に手紙を置いたところで、二階のどこかからフィグの声が聞こえてきた。

「どうしてみんなのようにリヴィエラに行けないの？　こんなお天気ではひどく気が滅入るし、いまのわたくしは気が滅入るようなことを避けなければいけないのに」

ビンキーとおぼしき声がなんと返答したのかは聞こえなかったが、フィグのいらだたしげな甲高い声はいやでも耳に入った。「でも、みんなが行っているのよ。ロンドンはほぼ空っぽだわ」

フィグの家庭教師はわたしの家庭教師のように、淑女たるもの決して声を荒らげてはいけないと教えこんでこなかったらしい。それとも、妊娠中はどんなルールであろうと破ってもいいのだろうか。ともあれ、ロンドンがほぼ空っぽというのは、いささかオーバーな表現だ。フィグがラッシュアワーの地下鉄に乗った経験がないのは、間違いなかった。

わたしはかじかんだ指をなんとか意志に従わせ、スカーフをはずした。今日の玄関ホールは気持ちよく暖まっている。フィグとビンキーがロンドンにやってきて以来、すべての暖炉には火がおこされ、毎回ちゃんとした食事が供される。使用人もおらず、暖房もなく、食べ物を買うお金もないなか、ひとりでかろうじて生き延びた最初のころとは大違いだ。それを考えれば、フィグにも我慢できるはず……。

ちょうどそのとき、どれほど気配を消していてもだれかがやってきたことに気づく執事ならではの不可思議な第六感を発揮して、ハミルトンが現われた。

「おかえりなさいませ、お嬢さま。天気がひどく荒れているようですね」我が家の執事ハミルトンは、濡れたコートを脱ごうとするわたしに手を貸してくれた。「お嬢さまのメイドにお風呂の用意をさせましょうか？　まもなくお茶の時間ですが」

それが合図だったかのように、階段の上にフィグが姿を見せた。

「玄関ホールで声がしたと思ったものだから」フィグは片手を手すりに乗せ、椿姫のようにはかなげな風情をかもしだそうとしながら慎重に階段をおりてきたが、がっしりした馬のような体格と、日に焼けて赤らんだ顔では到底無理な相談だった。「今日は、モーニング・ルームでお茶をいただくわ、ハミルトン。あそこのほうがずっと居心地がいいから」

「昼食後は、どんな理由があろうとモーニング・ルームに足を踏み入れるものじゃないって、いつだったかアメリカ人のお客様に言っていたんじゃなかった？」そう突っ込まずにはいられなかった。

「節約よ、ジョージアナ。小さな部屋のほうが、炭が少なくてすむわ。残念だけれど、ルールを曲げなければならない場合もあるの。こんな日が来るなんて考えたこともなかったけれど、そういうものなのよ」フィグは非難がましい目でわたしを眺めた。「あなたったら、溺れたネズミのようじゃないの。さっさとお風呂にはいっていらっしゃい――あなたのメイドが、またあたりをびしょびしょにしていなければの話だけれど。まったく、あの娘は本当にどうしようもないわね。今朝、あの娘がなにをしたのか、レディ・ジョージアナに話してあげてちょうだい、ハミルトン」

ハミルトンは気まずそうに咳をした。告げ口は、使用人の作法に反する。

「たいしたことではありません、奥さま。彼女にはよく言っておきましたから」

「ハミルトンは、銀器を磨く手伝いをするようにあの娘に言ったの。そうしたら、あの娘はなにをしたと思う？」フィグの耳障りな声が、階段からその上のバルコニーまで響いた。

「スカートを持ちあげて、フランネルのペチコートで塩入れを磨き始めたのよ。信じられる？」

面白い光景だっただろうと思ったが、わたしは真面目な表情を崩さないようにして答えた。

「磨き布の節約になったんじゃないかしら」

「彼女の〝母さん〟はいつもそうやっていたんだそうよ」フィグは、それをしていたのがわたしだったかのように、勝ち誇った顔をこちらに向けた。「どうしようもないわね、ジョージアナ。まったくどうしようもない。もっとましな娘を雇えないの？」

「お小遣いがゼロでは、一流のメイドを雇うのは無理だわ」わたしはかわいらしく応じた。

「それが、わたしがラノク家の金庫から受け取っている金額ですもの」

フィグは顔を赤くした。「たとえそれだけのお金があったとしても、ビンキーには、二一歳を超えた女性の親族を養う義務はないのよ。もちろん、そんなお金はないし。いまはとても厳しい時代なのよ、ジョージアナ。ぎりぎりまで切り詰めなくてはならないの。そもそも、あなたをこうしてラノクハウスに置いてあげているビンキーは、とても寛大だと思うわ」

「シンデレラも同じように感じていたんでしょうね」

こんな会話を聞きたくはなかったらしく、ハミルトンが再び咳をした。

「それでは、彼女にお風呂の用意をするように指示しておきましょうか？」

「大丈夫よ、ハミルトン。わたしはこれから上にあがるんですもの。自分でするわ」

「ご自分で？」まるでわたしが、イースト・エンドの屋台で魚を売ろうとしているかのような口調だった。

「たいして難しくはないのよ。蛇口をふたつひねって、栓をするだけだもの。前にもしたことがあるわ」

「仰せのとおりに、お嬢さま」ハミルトンはお辞儀をすると、ベーズ張りのドアの向こうに姿を消した。

「ジョージアナ、あなたはもう少ししっかりしないと」フィグが言った。「使用人にはちゃんと仕事をさせなくてはいけないのよ。常に仕事を与えておかないと、怠けてしまうんだから。そもそもあなたのメイドは、たいていの人間より怠け者だわ。一度、厳しく話をするべきよ。あなたがしないなら、わたくしがするわ」

わたしはため息をつき、疲れ切った足を引きずるようにして階段をあがった。数時間立ちっぱなしでいることがどれほど疲れるものなのか、だれもわかっていない。歩くほうがはるかに楽だ。ヘザーのなかを一日中歩くのは平気だが、凍える足でひとところに立ち続けるのは本当につらい。二階のバスルームに立ち寄り、蛇口を全開にしてから、寝室に向かった。

カーテンが引かれていて、部屋のなかは薄暗い。ジャケットをベッドの上に放りなげた。

悲鳴があがった。寝具の下から何者かがむっくりと起きあがるのを見て、わたしも思わず悲鳴をあげたと思う。そこにあったのがクイーニーの丸いぼんやりした顔だと気づいたときも、わたしの心臓はまだ激しく鼓動を打っていた。

「クイーニー。わたしのベッドでなにをしているの？」

クイーニーはのんびりと体を起こし、猫のように伸びをした。

「すいません、お嬢さん。眠っちまったみたいです。食事のあとは、いつもちょっとばかり眠くなるんですよ。こってりしたものを食べたあとは特に。ほら、ステーキ・アンド・キドニー・パイとか。ここのところ、こってりしたものが多いですからね」

「公爵夫人が節約を心がけているからよ」

「本人も節約しているならいいですけどね。今朝、だれも見ていないと思ったのか、クーパーズ・オックスフォード・ママレードをひと瓶の半分、トーストに載っけてましたよ」

「クイーニー、雇い主のことをあれこれ言うものじゃないわ」わたしはそう応じたものの、フィグにまつわるちょっとした情報を手に入れたことを内心では喜んでいた。なにかのときに使えるかもしれない。「厳しい時代だし、公爵夫人は必要だと思えるところで節約しているのよ。この家で暮らせて、着るものも食べるものもあって、あなたは幸運なのよ。あなたの代わりになりたいと思っている子は大勢いるわ」

「すいません、お嬢さん。うとうとしたのも悪かったと思ってます。洗濯したお嬢さんの服を片付けていて、ちょっとばかり腰をおろしたんです。そうしたら、なんとびっくり、気がつかないうちに枕に頭が乗っかっていたみたいで」

「あなたって、本当にどうしようもないわね、クイーニー」

「そうなんです、お嬢さん。だれかがあたしを引き取ってくれるなら、一〇〇〇ポンドだって出すって父さんがよく言ってました。お金を持ってたらの話ですけど」

「もう一〇〇万回は言ったと思うけれど、これだけはよく頭に叩きこんでおいてほしいの。わたしはレディ・ジョージアナ・ラノクよ。敬称はミスじゃなくて、レディなの。だからあなたはわたしを〝お嬢さん〟じゃなくて、〝お嬢さま〟って呼ばなきゃいけない。お願いだから、それだけでも覚えてもらえるかしら？」

「やってみます、お嬢さん――おっとっと、また言っちゃいました。ひとりの人間がこんなに馬鹿になれるはずがないから、あたしは双子にちがいないって父さんがよく言ってたんです。やってみます……お嬢さま……でもつい口が滑るんですよ。ほら、あなたは普通のお嬢さんに見えるじゃないですか。頭に王冠を載っけてるわけでもないし、つんつんしてるわけでもないし。いま下の階にいるあの人みたいに、猫が運んできたなにかを見るような目であたしを見たりもしないし」

「クイーニー、もうたくさん。お風呂のお湯が溢れていないかどうか、確かめてきてちょうだい。それから、夕食の席にふさわしい服を持ってきて――ディナー・ドレスよ、クイーニー。ツイードのスカートはだめ。スキー用のセーターもだめよ。緑色のベルベットのドレスがいいわ」

「えーと、すいません、お嬢さん。あのドレスは、スカート部分の小さな染みが取れなかったんです。グレービーソースの染みをつけたんで、取っておいてくれってあたしに頼んだのを覚えてますか?」

「そうだったわね。小さな染みがひとつ、ふたつあるくらいかまわないわ」

クイーニーはボタンのような小さな鼻にしわを寄せた。「小さな染みとは言えなくなってます。見てもらえばわかりますけど」

いやな予感を覚えながら、わたしは衣装タンスの扉を開けた。緑色のベルベットのスカートの片側に、すっかりけばがなくなってしまった直径一五センチほどの丸いはげができている。昔、飼っていたラブラドールが皮膚病になって、そのあたりの毛を刈らなければならなかったときのことを思い出した。

「クイーニー!」思わず声が大きくなった。「今度はいったいなにをしたの?」

「お嬢さんのネイルブラシでちょっとこすってみたんです。あのグレービーソースときたら、セメントみたいにこびりついていたんで」

「グレービーソースはほんの小さな染みだったのよ、クイーニー。それをここまでひどいことにしてしまうなんて。ベルベットの染みを抜くやり方を知らないのなら、どうして使用人のだれかに訊かないの?」

「みんな、あたしのことを嫌っているんです。できそこないだって思っているんです」

「もういいから、お風呂を見てきてちょうだい」わたしはきつい口調で言った。「あなたがまだだめにしていないドレスがあるかどうか、探してみなくちゃ」

これほどきつい口調になったのは初めてだった。クイーニーは目を大きく見開いたのみならず、涙まで浮かべた。「すいません、お嬢さま。本当にすいません。自分が不器用だってことはわかってます。どうしようもないってこともわかってます。でもがんばりますから」

喧嘩に負けた犬のように、クイーニーがうなだれてすごすご部屋を出て行くと、気分がひどく落ちこんだ。クビにすべきだとわかっていたが、なぜか彼女を気に入っていた。ヨーロッパの果てまでわたしについてきてくれたし、危険な目に遭ったときもとても勇敢だった。このうえなく悲惨な状況にあっても、泣いたり、家に連れ帰ってくれと頼んだりすることもなかった。なにより、彼女を雇うのにそれほどお金は必要ない——だめにされたドレスの代わりを買うためのお金以外は。

3

ラノクハウス
まだ一九三三年一月一五日

熱いお風呂に入ってぐっと気分が上向いたところで、わたしは階下におりていった。お茶とトーストの時間だ――フィグが突然、ヴィクトリア・スポンジケーキが食べたい気分になっていれば、ケーキにもありつけるかもしれない。モーニング・ルームにはいろうとしたところで、フィグの声が聞こえた。

「これって奇跡だわ。そうじゃない、ビンキー？　わたくしたちの祈りが届いたのよ」

わたしはドアの外で足を止め、いったいどんな奇跡が起きたのだろうと考えを巡らせた。お腹の子供が双子だった？　思いがけず遺産を相続した？

「なんとか旅費は工面できるだろう」ビンキーがためらいがちに答えた。

「ばか言わないで。逆に節約になるのよ。あの人たちが食事を用意してくれるんですもの。それにこの家の暖房も必要なくなる。使用人をスコットランドに帰して、ここを閉めてしまえるわ」わたしが部屋にはいろうとすると、フィグはさらに言った。「あら、いやだ。ジョージアナをどうすればいいかしら？　文句を言わずに出ていってくれるといいんだけれど」

「ジョージーを追い出すわけにはいかない」ビンキーが言った。「わたしには妹に対する責任がある。彼女もいっしょに連れていく」

「いっしょに連れていく？」ドアに耳を押しつけていなくても聞こえるくらい、フィグの声が高くなった。

「ジョージーのためになるはずだ。ふさわしい若者に出会って、夫を見つけるいい機会だ」

わたしはドアノブに手をかけたまま、不安に体を凍りつかせていた。ふたりはいったいどこに行くというのだろう？　もしフィグが同意したら、わたしはいっしょに行きたいだろうか？

「夫を見つけるための機会なら、これまで何度も与えてきたわ」フィグが冷ややかに告げた。「社交界デビューのための費用も払った。そうでしょう？　それについ最近彼女は、ヨーロッパの若い貴族たちと楽しく過ごしてきたばかりよ。そして気の毒なジークフリート王子を袖にしたんだわ。ジョージアナにはまったくお手あげよ、ビンキー。オールドミスになるか、彼女の母親みたいにだれかの愛人になるかのどちらかでしょうね」

「それはいくらなんでも言いすぎだろう」

「そうかしら。それじゃあ、どうしてまだ結婚していないの？　もう二二歳なのよ。盛りは過ぎようとしている。なにもかも、あのオマーラという男のせいよ」

「彼はただの男じゃないよ、フィグ。貴族の息子だ。きみやわたしと同じように」

「アイルランドの貴族ね。あのあたりの作法はわたくしたちとは違っているのよ。それに彼の家は破産しているわ。相続した遺産もなければ、仕事もない。ジョージアナには前にも言ったけれど、妻を養っていくことなんてできない。なにもかも彼のせいよ。彼がジョージアナを誘惑したせいで、ふさわしい人との結婚を考えられなくなったんだわ」

「リヴィエラでだれかと出会うかもしれない」ビンキーの言葉に、わたしは目をぱちくりさせた。「ロマンチックな場所ではないか。違うかい？」

「ビンキー、あなたの妹にふさわしい相手を見つけてあげたいのは山々だけれど、でも反対しないわけにはいかないわ。ブルー・トレインの切符がいくらするのか知っている？　わたくしのメイドの分もいるし、あなたはフレデリックを連れていかなくてはならない――もちろん彼らには普通列車の三等で行ってもらうけれど、それでもとんでもないほどのお金がかかるのよ」

「それなら、ジョージーはどうするのだ？　暖房も使用人もなしで、冬の最中にここで暮らすのは無理だ」

「もちろん無理に決まっているわ」フィグがいらだたしげな声をあげた。「この家は閉めます。ジョージアナが今後もわたくしたちの善意と寛大さをあてにするのなら、スコットランドに帰ればいいことよ。ラノク城はどちらにしろ維持していかなくてはならないんですもの。わたくしたちが出発するときにポッジを連れて帰って、勉強を教えてもらうようにすればいいわね。あの子ももう四歳ですもの。そろそろ読み書きを覚えてもいいころよ」

「きみは息子をスコットランドに帰したいのかい、フィグ？　わたしたちといっしょに太陽と海の恩恵を受けるべきだとは思わないのかね？」

「子供には、決まった日課が必要なのよ、ビンキー。それにポッジを連れていくには、あと二枚切符がいる。子守の分の切符も払わなければならないもの」

「あの子をいっしょに連れていくべきだと思う」ビンキーはいつもより、きっぱりした調子で言った。「わたしは両親といっしょに過ごすことがほとんどできなかった。母は赤ん坊のころに亡くなり、きみも知っているとおり、父はいつも家にいなかった。だから子守といっしょにスコットランドに残され、入学できる年になるとすぐに寄宿舎のある学校に行かされた。それがどれほど寂しいものか、わたしはよく知っているのだ」

「わかったわ、あなたがそこまで言うなら」フィグはため息をついた。「列車で同じ寝台を使うなら、あの子の分の切符はいらないのよね？　でもジョージアナについては、はっきり線を引かせてもらう。わたくしたちにはお金がないのよ、ビンキー。ないの。それだけ。きっぱりした態度で、でも優しく話してちょうだい。ぜひいっしょに連れていきたいけれど、とても無理だと言うのよ」

　わたしは心臓が激しく打つのを感じながら、揺れる思いを抱えてドアの外に立っていた。もちろんリヴィエラにはとても行きたいけれど、それがビンキーとフィグのふたりの近くにいることを意味しているとしたら、本当に行きたいだろうか？　ひとつだけ確かなことがあった。ラノク城に追いやられて、スコットランドの荒地でひとり冬を過ごすのはごめんだ。どうにかしなければ。それも早急に。わたしはひとつ深呼吸をすると、部屋にはいった。

ふたりは揃って——ビンキーはうしろめたそうな顔で、フィグは敵意も露《あら》わに——こちらを見た。

「あら、ちょうどよかった。お茶の用意ができているのね」わたしは無邪気そうな明るい笑顔に見えることを願いながら言った。「一日中冷たい風のなかに立っていると、すごくお腹がすくのよ」

「おまえは立派な仕事をしているよ、ジョージー」ビンキーが言った。「まったく素晴らしい仕事だ。そうじゃないかい、フィグ？」

「ほかにすることがないんですものね」フィグは冷ややかに応じた。

「そんなことを言うものではないよ、フィグ。凍えるような寒さのなか、あんな駅に一日中立っているなどだれもができることではない。わたしたちはおまえを誇りに思っているよ。わたしたちだけじゃない、王妃陛下もだ。このあいだ陛下がそうおっしゃっていた。おまえは素晴らしい手本になっているし、陛下の長男よりはずっと義務を果たしていると。皇太子はいまもどこかをふらふらしているのだろうな」

「忙しいのは、ジョージアナにとってはいいことでしょうね」フィグはトーストにストロベリー・ジャムをたっぷり塗りながら言った。「子供のころ、散々言われたでしょう？　怠惰は諸悪の根源だって」

「仕事さえあれば、喜んで働きたいわ」わたしは言った。「わたしがスープをよそっている人たちを見せたいわ——なかには、わたしたちより威厳があるように見える人もいるのよ。今日は、勲章をつけている人もいた。本当に気の毒だったし、なにもできない自分がくやしくてたまらなかった」

「だれにとっても厳しい時代なのよ、ジョージアナ。わたくしたちだって、どれほど節約して暮らしていることか」フィグはそう言いながら、ジャムを塗ったトーストの最後の一片を口に放りこんだ。

「とにかくだ、ジョージー」ビンキーが言った。「たったいまフィグにいい知らせが届いたのだ。彼女の姉のダッキーを覚えているかい？　夫のフォギー・ファーカーとこの冬、リヴィエラに滞在することになって——」

「フォギーの療養のためなのよ」フィグが口をはさんだ。

「——わたしたちを招待してくれたのだ」ビンキーが締めくくった。

「お母さまが無理やりそうさせたのだろうと思うわ」フィグが歯に衣着せずに言った。「ダッキーは、人を温かくもてなすような人ではないもの」

その点は彼女の血筋らしい。

「つまりだ、ジョージー、わたしたちは切符の手配ができ次第、南フランスに向けて出発する」長い沈黙があった。「もちろん、おまえにもいっしょに行ってもらいたいと思っている。そうだろう、フィグ？」

「まあ、ぜひ、行きたいわ」わたしは急いで言った。

フィグはトーストの最後のかけらを喉につまらせた。

「ビンキーが言わんとしているのは、あなたにもいっしょに行ってもらいたいのは山々だけれど、もう一枚切符を買うのはとても無理だということなの。わたくしたちの分の運賃さえ、どうやって捻出しようかと頭を悩ませているところなんですもの。でもわたくしはこんな体で――海岸の空気は素晴らしい薬になるってお医者さまがおっしゃっているの。そういうわけだから、あなたがあまりがっかりしないでくれるといいのだけれど」

「あら、気にしないで」わたしは努めて明るく答えた。

「だれかが車で来るような話を聞いたら、おまえを乗せてくれるように頼んでみよう」ビンキーが言い、フィグは再びパンのかけらにむせた。

「問題はね、ジョージアナ、この家を閉めたいということなの。たとえひとりであっても、冬のあいだとんでもない量の炭が必要になるわ。だから申し訳ないけれど、ロンドンで泊めてくれる人がいないのなら、スコットランドに帰っていてもらわないと」

「それなら大丈夫。歓迎してくれるところがあるから」

「そうなの？」ふたりはそろってわたしを見た。

「もちろんよ。祖父のところに行くわ」

わたしの言葉を聞いて、フィグは激しく咳きこんだ。

「おじいさん？　あなたの？」咳が収まったところで、尋ねる。「あのロンドンの下町出身の？　エセックスに住んでいる？」まるでエセックスが外モンゴルにあるかのような口ぶりだった。

「もうひとりの祖父の元公爵は、二〇年以上も前に亡くなっているもの。墓地にキャンプするつもりはないわ。生きているほうの祖父は、いつでも歓迎するって言ってくれているの。ここに比べれば質素なところだけれど」

ビンキーとフィグが目と目を見交わしたのがわかった。

「あなたをエセックスに泊まらせるわけにはいかないわ。そんなことがわかったら、低俗な新聞が大喜びするでしょうからね」フィグが言った。

「それに王妃陛下がお怒りになるだろう」ビンキーはひどく心配そうな表情を浮かべた。「よくお聞き、ジョージー。それは認められない。たとえどれほど遠縁であったとしても、王家の血を引く人間が庶民のコテージに泊まるわけにはいかないのだ」

「正確に言えば、二軒長屋よ」わたしは言った。「だってほかにどうしようもないもの。ひとりでスコットランドにいるのはいやだけれど、ここは閉めてしまうのでしょう？　わたしにどうしろと言うの？　橋の下で眠って、無料食堂の列に並べとでも？」

ビンキーは顔をしかめた。彼は心優しい人だ。フィグににらまれると、なにも言えなくなってしまうけれど。彼が唇を嚙んだのがわかった。

「こうしよう。なにかできないか、考えてみる。解決法を見つける。約束するよ」

それは、わたしの分の切符を買うためのお金を工面するという意味だろうか？　喜ぶべきなのかどうか、わからなかった。

ビンキーたちといっしょにフランスに行くという希望は、翌朝、いくらかしぼんだ。階下におりていくと、ビンキーが電話で話す声が聞こえてきたのだ。相手は旅行代理店に違いない。

「いくらだって？」彼の声が一オクターブ高くなった。「ひとり分の寝台が？　ふむ、ブルー・トレインが特別な列車だということはわかっている。パリで乗り換える手間が省けることも知っている。金持ち列車と呼ばれているのも承知している。だがわたしたち皆が金持ちというわけではない。そうだろう？　いいや、ほかの列車に乗るつもりはない、生意気な若造だな」ビンキーは受話器を戻すと、階段をあがってわたしに近づいてきた。「これほど高いとは想像もしていなかった。だがフィグの体のことを考えると、列車を乗り換えたり、タクシーでパリを走ったりするわけにはいかない。違うかい？」ビンキーは絶望したような表情を浮かべた。「たまらないよ、ジョージー。人生がこれほど複雑でなければよかったのにと思う。父や祖父は、金の勘定などしたこともなかったのだ。自分がどうしようもない、できそこないのような気がする」

「お兄さまのせいじゃないわ」

ビンキーはうなずいた。「だがわたしがもう少し進取の気性に富んだ人間だったなら、うまくやっていけたのではないかと思えてならないのだ。もっと金になる作物を育てることもできたかもしれない」

「スコットランドの高地ではなにも育たないわ。お兄さまだってわかっているじゃないの。それに一番いい土地はすでに売ってしまっているし。わたしが大金持ちと結婚して、援助するべきなのかもしれないわね」

ビンキーはわたしの肩に手を置いた。「おまえはいい子だよ、ジョージー。だが決して、義務感から結婚などしてはいけない。とりたてて好きでもない人間と暮らしていくには、人生はあまりにも長すぎる」そう言って、階段の上に目を向けた。「もちろん、わたしは運がいい」大きな声で言い添える。「フィグを紹介されて、そして——ふむ……」

ビンキーが嘘をつくのがうまいとは知らなかった。

彼はため息をついた。「銀行の支店長と話をしてくるよ。フィグはすっかり行く気になっているから、彼女をがっかりさせたくないのだ。本当にどうにかしておまえも連れていきたいと思っているんだが」

「わたしのことなら心配しないで。どうにかなるわ」

「できるかぎりのことはするよ、ジョージー。自分の言葉の責任は取るつもりだ」

そしてビンキーはコートを着ると、雨のなかに出ていった。わたしも義務を果たすべく、ヴィクトリア駅に向かった。その日はいつにも増して、大勢の人々が楽しそうに大陸に渡っていくように見えた。その一員になれることを願いながら、わたしは一行を見送った。

四時に家に戻ってみると、ビンキーとフィグがまたモーニング・ルームでお茶を飲んでいた。フィグはスツールに足を乗せ、ひざ掛けを掛けていた。

「すべて手筈が整ったのよ、ジョージアナ」フィグが言った。「わたくしたちは明日の朝、発ちます。お父さまとお母さまが親切にも、切符の代金を送ってくださったの。わたくしの体をとても気づかってくれているのよ。普段であれば健康そのものだから」

「明日？」わたしは思わず、ふたりの顔を見比べた。「でもこの家を閉めるんでしょう？ わたしはどうなるの？」

「それはあなたに任せようかと思っていたの。そういったことに関しては、あなたもずいぶんと経験を積んでいるでしょう？ 使用人に荷造りをさせて、家のなかをきちんと片づけさせてほしいの。できるわよね？ それが終わったら、ビンキーのクラブに鍵を置いていってくれればいいわ」

「それで、わたしはどこに行けばいいの？」

ビンキーが笑みを浮かべた。「わたしがどうにかすると言っただろう？ 王妃陛下の秘書と話をしたのだ。親切な男だよ。彼の弟と学校でいっしょだったのだ――それでだ、明日の朝、おまえは陛下のところにうかがうことになった」

王妃陛下？ いったいわたしになんの用があるのだろう？ フランスまでの旅費を出してくれるわけでないことは確かだ。ビンキーにもプライドがあるから、金銭的な窮状を訴えるはずがないし、宮殿で暮らすように陛下が申し出てくれるとも思えない。わたしは不思議の国のアリスのように、ウサギの穴に落っこちて、すべてがどんどん奇妙なことになっていくのを眺めている気分だった。

4

一九三三年一月一七日

ビンキーとフィグはリヴィエラに出発する。わたしは一〇時にバッキンガム宮殿を訪ねることになっている。王妃陛下はわたしになんのご用だろう？　なにを着ていくべきだろう？

にぎやかな音に目を覚ました。寝過ごしたり、自分の朝食に夢中になったりしたクイーニーが朝の紅茶とビスケットを運んでくるのを忘れることには、もうすっかり慣れている。けれど耳慣れない物音が階下から聞こえてきて、わたしは体を起こした。怒鳴り声、だれかの泣き声、重たいなにかが倒れる音。ここがスコットランドのお城であれば、交戦中の氏族が攻めてきたか、あるいは狩りに出かける準備をしているのだと思っただろうが、ロンドンで狩りをする人間はいない。わたしはガウンを引っ掛けるとドアを開け、部屋の外をのぞいた。

従僕とメイドが四苦八苦しながら、大きなトランクを運びおろしているところだった。

「気をつけて」泣き声にかぶせるようにフィグの険しい声が響き、玄関ホールにできている荷物の山にそのトランクが加わった。「タクシーはまだなの、ビンキー？」そう問いかけてから、フィグはポッジと子守のほうに向き直った。「ちょっと、この子を泣き止ませてちょうだい、頭が痛くなるわ。ポッジ、使用人のいるところでそんなふうに泣いたりすると、家名に傷がつくのよ」

甥のポッジ（本名はヘクター・ハミッシュ・ロバート・ジョージ、ゲリー子爵という）が子守にしがみつき、泣きわめいているのが見えた。するとポッジはわたしに気づき、子守から離れると、こちらまで階段を駆けあがってきた。「ジョージーおばさん、列車でよその国に行かなきゃいけないのに、ぼくの兵隊さんを持っていっちゃいけないって言うんだ」

「あなたは海に行くのよ」わたしは言った。「おもちゃはいらないと思うわ。わたしのおみやげに貝殻を見つけてきてくれる？」

ポッジは途方に暮れたような顔になった。「いっしょに行かないの？」

「残念だけれど、そうなのよ」あなたの両親がわたしの旅費を出してくれないのと言いかけたが、それは公平ではないと思い直した。「いまわたしは忙しくて」

「いっしょに来てよ」ポッジはまた泣き始めたが、ちょうどそのとき玄関からビンキーの声がした。「車が来た」

「行きますよ、ポッジ。ジョージーおばさんにお別れの挨拶をなさい」フィグがいらだたしげに言った。

わたしはポッジを抱きしめた。彼がしがみついてくる。

「だから言ったじゃありませんか」使用人と荷物が途切れることなく出ていくドアを押さえているビンキーにフィグが言った。「あの子をスコットランドに帰すべきだって。きっと不安がって、ひと晩中泣いてみんなをいらだたせるに違いないわ」

「そんなことはないさ。ちゃんと行儀よくできるよ。そうだろう、ポッジ？」

ポッジは涙に汚れた顔でうなずくと、子守に手を引かれて家を出ていった。わたしは胸をつまらせながらそれを見送った。

「それからジョージアナ、この家はきちんと閉めていってちょうだいね。あなたをあてにして大丈夫ね？」さっそうとした足取りで玄関へと向かいながら、フィグがわたしに言った。

「心配しないで」わたしは応じた。

彼女が別れの挨拶としてわたしを抱きしめなかったことに気づいていた。ビンキーは使用人と荷物を運び出そうとしている。「行ってくるよ、ジョージー。おまえがいっしょに来られなくて、本当に残念だよ。陛下と会って、うまく解決できることを祈っているよ」

そして一行は行ってしまった。

「お茶はベッドで飲みますか、お嬢さん？　それとももう起きてるんですか？」紅茶のトレイを持ったクイーニーが現われたのはそのときだった。

「一時間遅いわ。見ればわかると思うけれど、わたしはもう起きているから。今朝は、ちゃんとした朝食をいただくと料理人に伝えてちょうだい」

ここで過ごす最後の日々は、せめて残っている食料を食べきってやろうと決めた。我が家の料理人のマクファーソン夫人はいつもわたしをかわいがってくれていたから、完璧な朝食を作ってくれた。ベーコン、キドニー、トマト、マッシュルーム、揚げパン、卵がふたつ。

満足して朝食を終えたわたしは、宮殿を訪れるのにふさわしい服を選ぶべく、自分の部屋に戻った。幸いなことに、クイーニーはまだ上等のツイードのスーツを洗濯しようとはしていなかった。

バッキンガム宮殿に近づくたびに、わたしはいつも不安におののく。おののかない人がいるだろうか？　確かにわたしたちは親戚だけれど、たいていの親戚は鉄の柵と赤い上着の衛兵に守られた灰色の巨大な石づくりの宮殿に住んではいないし、世界中の何百万という人間を統治する国王でもない。そのうえわたしは、緊張すると手足が言うことを聞かなくなるタイプだった。一番都合の悪いときに絨毯《じゅうたん》につまずいたり、テーブルの上の花瓶を落としてしまったりする。そういうわけだったから、宮殿にいるときのわたしがどんなふうだか、容易に想像がつくと思う。曾祖母が存命のあいだに生まれなかったのが、不幸中の幸いだった。わたしのことだから大階段から曾祖母を突き落としてしまったかもしれない。もちろん、曾祖母は笑い飛ばしてはくれなかっただろう。

それでもわたしはコンスティテューション・ヒルを宮殿の正面ゲートに向かって歩きながら、自信に満ちた表情を浮かべようとした。宮殿を訪れるたいていの人間は大きな黒い自動車に乗っているから、鉄のゲートの前に立つ衛兵たちは徒歩で近づいてきたわたしに不審そうな目を向けた。

「なんの用だい、お嬢さん？」衛兵のひとりが気をつけの姿勢や、敬礼をすることもなく、わたしの行く手を塞いで尋ねた。高級そうな毛皮のコートを持っていないと、こういう目に遭う。

「わたしはお嬢さんではありません。国王陛下の親戚のレディ・ジョージアナです。王妃陛下に招かれてまいりました」わたしは言った。

衛兵は上着と同じくらい真っ赤になった。「大変失礼いたしました。お嬢さまのような方が、徒歩でいらっしゃるとは思ってもいませんでしたので」はずむような強い訛りがあるところをみると、ウェールズ近衛連隊の一員かもしれない。

「わたしの家はその角を曲がったところですし、歩くのは健康にいいですから。両陛下は歩くことにとても熱心でいらっしゃるはずよ。国王陛下は雨の日も晴れの日も、毎日散歩をなさっていると思いますけれど」

「そのとおりです」衛兵は大きなゲートのなかに造られた、歩行者用の小さなゲートを開け、くぐろうとするわたしに手を貸してくれた――足元の棒に気づかず、つまずきかけたから、ありがたかった。「ウィリアムズがお送りします」

彼は傍らに立つ衛兵に向かってうなずいた。それまで気をつけの姿勢で立っていたウィリアムズは、わたしと並んで中庭を進み始めた。とてつもなく滑稽な眺めだっただろうと思う。タイトスカートでちょこちょこと歩くわたしと、その隣をものすごくゆっくり歩こうとするウィリアムズ。入り口に着くと、ウィリアムズは敬礼をし、持ち場へと帰っていった。わたしは階段をあがった。

宮殿にはいると使用人に迎えられ、大階段ではなく、裏階段に案内された。その先は、王室の方々が暮らす区画にある王妃陛下の居間で、蹴り倒したらどうしようと思うような高価な品々で埋め尽くされた大広間とは違い、それほど威圧的な雰囲気ではなかった。

「レディ・ジョージアナがお見えになりました」陛下の居間のドアを開けながら、使用人が言った。

わたしは大きく息を吸い、自信に満ちた顔を装って、心のなかでつぶやいた。「転ばないのよ。なにも倒したりしないのよ」

部屋にはいろうとしたそのとき、使用人がお辞儀をしながらわずかに片足を前に出したのが見えた。スコットランドの伝統的な舞いのような動きでとっさにそれを飛び越えると、王妃陛下は片方の眉を吊りあげた。だがすぐに笑顔になり、手を差し出して言った。

「ジョージアナ、よく来てくれましたね。さあ、お座りなさい。外はさぞ寒かったでしょう？　国王陛下は胸が弱いという理由で、このような天気では侍医が外に出させてくれないのです。檻《おり》に入れられた熊のように行ったり来たりなさっていますよ」

「本当に凍えそうなお天気です。とりわけヴィクトリア駅は。冷たい風が吹き抜けますから」

「あなたは大変立派に振る舞っていますよ、ジョージアナ。素晴らしいお手本になっています。『デイリー・エクスプレス』の写真はとてもかわいらしかったですよ。ほかの若い女性たちがあなたの例にならおうという気持ちになってくれるといいのですけれど」

「残念ですが、わたしの奉仕活動もそろそろ終わりになりそうです」

「そのようですね。お兄さまがロンドンの家を閉めることになったので、あなたを心配していると聞きました」

「そのとおりです。ほかにロンドンに知り合いはいませんし、クラブに滞在するだけのお金もありませんから」

「まったくのお金の無駄遣いです——クラブなどと」陛下が言った。「そこで秘書とわたくしは今朝じっくり考えて、これ以上はないと思われる解決法を思いついたのです」

「本当ですか、陛下?」わたしの声はいくらか震えていたと思う。

「国王陛下のおば上のルイーズ王女、あなたの大おばさまに当たる方ですが、ここのところずっとひきこもっていらっしゃるの。もうすぐ九〇歳ですし、かなり弱っておられるのですよ。あんな大きな家にひとりで暮らすのは、さぞお淋しいに違いないと思うのです。そこであなたに若さと明るさを届けてもらえないかと思っているのですよ」

思わず息を呑んだ。最悪の悪夢が現実になろうとしている。王妃陛下は以前にも、わたしを老齢のおばづきの女官にしようと考えたことがあったが、いまそれが実現しようとしているのだ。ビンキーとフィグがよく冷えた飲み物を飲み、フォアグラを食べているときに、わたしはペキニーズを散歩させ、毛糸を編む手伝いをしなければならないらしい。口を開いたが、言葉が出てこなかった。

「この時期には、お兄さまといっしょにスコットランドに戻りたくないと思うのも無理はありませんね。当然だろうと思いますよ。冬のスコットランドはとてもわびしいところですし、孤立しますからね」

「まあ、違います、陛下」陛下の言葉を理解すると、わたしは思わず言った。「兄はスコットランドに帰るのではありません。義理の姉といっしょにリヴィエラに行くのです」

「リヴィエラ？　聞いていませんよ」

「姉の体のことを考えてだそうです。姉はいま少し弱っているものですから」

「あなたの義理のお姉さまを表現するのに、〝弱っている〟というのはふさわしい言葉ではないかもしれませんね」王妃陛下が口元にうっすらと笑みを浮かべたところで、コーヒーを載せたトレイが台車で運ばれてきた。「わたくしは大騒ぎしたりせず、六人の子供をもうけましたよ。乗り越えられるものですよ」メイドがコーヒーと熱いミルクをカップに注ぎ、王妃陛下の脇に置いた。同じようにわたしにもコーヒーが供された。陛下はさがっていいとメイドに身振りで示し、わたしたちはふたりきりになった。「あなたはお兄さまたちといっしょにリヴィエラに行きたくはなかったのですか？　近頃の若い人たちは皆、そうしたがっているのだと思っていました」

「行きたかったんです。ただ——」わたしはためらった。お金の話をするのは、不作法だとされている。「その、地所にかけられた法外な相続税のおかげで、兄は重荷を負わされていて……」そのあとの言葉は呑みこんだ。

「なんてばかげた、身勝手なことをしたのでしょうね」王妃陛下は乱暴にカップの中身をかきまぜながら言った。「あなたのお父さまのことですよ。わたくしたちは自分の言動の責任を取るように育てられています。国王陛下とわたくしはいくつもの試練を乗り越えてきたのです」陛下はコーヒーを上品に口に含むと、まっすぐにわたしを見つめた。「それではあなたは南フランスに行きたいのに、招待してもらえなかった。そういうことですね？」

「ヴィラに来れば歓迎するとは言われましたけれど」それが本当かどうか疑っているなどと、王妃陛下に告げるのはためらわれた。「わたしの分の旅費は払えないと思ったようです」

王妃陛下はゆっくりとコーヒーを飲むとカップを置き、窓の外に目を向けて空を流れる雲を眺めた。「そういうことでしたら、事情が変わってきますね。もし、あなたがお兄さまたちといっしょにリヴィエラに行けるように手配をしたら」陛下は言葉を選びながら言った。

「わたくしに手を貸してもらえますか？」

「もちろんです、陛下」わたしは慎重に答えた。

「あなたを信用して、細心の注意を要する難しい任務を託したいのです」

王妃陛下からは以前にも何度か、任務を託されたことがある。どれも難しかったり、危険だったり、ときにはその両方だったりした。外国の王女をもてなしたこともあれば、陛下の長男である皇太子をスパイしたこともある。彼もいまリヴィエラにいることを思い出し、またその動向を探らされるのだろうかと考えた。

「これは絶対に秘密なのですよ、ジョージアナ。この部屋の外にはひとことも漏らしてはなりません。だれにも話さないと約束してくれますね？」

うなずいた。「もちろんです、陛下」

「あなたを信じていますよ、ジョージアナ。あなたはこれまでにも難しい状況を切り抜けてきましたから、とても聡明であることはわかっています」部屋にはわたしたちふたりきりであるにもかかわらず、陛下は内緒話をするかのように顔を寄せてきた。「わたくしが骨董品を大切にしていることはあなたも知っていますね、ジョージアナ」

「はい、陛下。存じております」

「骨董品を見ているととても心が安らぐのです。とりわけ大事にしているのが、嗅ぎ煙草入れのコレクションです。本当に繊細で優美だとは思いませんか？　素晴らしく精巧な細工です」

再びうなずいた。

「価値のある嗅ぎ煙草入れがひとつ、なくなったのですよ、ジョージアナ」

「盗まれたということですか？」

「残念ながら」

「それは警察の仕事なのではないですか？」

陛下はきっぱりと首を振った。「警察に打ち明けるわけにはいきません。みっともない話ですからね。嗅ぎ煙草入れのコレクションは、音楽室の飾り棚にむき出しで飾ってありました。二週間前、あの部屋で、ニューイヤー・オナーズのための大がかりなパーティーを開いたのです。それからまもなく、嗅ぎ煙草入れがひとつなくなっていることに気がつきました。ですから容疑者は使用人か、パーティーの出席者のだれかだということになります。使用人についてはひそかに調査を行いましたが、あの夜、勤務していた者はしばらく前からここで働いていますし、素性もまったく問題ありません。そうなると考えられるのはひとつだけ——選ばれた人たちの集まりに出席していただれかが、わたくしの嗅ぎ煙草入れを持って帰ったのでしょう。さほど難しいことではありません。全員が着席している正式なディナーではありませんでしたから、人の動きは常にありました。そのうえ国王陛下とわたくしも人々のあいだを移動していましたから、皆の視線はわたくしたちに向けられていたはずです」

「なんていやな話なんでしょう。わたしたちのなかに泥棒がいると疑わなくてはならないなんて」

「どんな階級であれ、人間には弱さがあるものなのですよ、ジョージアナ。あなたの先祖が皆、模範になるような人生を送っていたわけではありませんよね？　愛人を作った人もいれば、トランプでいかさまをした人もいるはずです。今回、あの場にいた全員が貴族だったわけではありません。芸能人や実業家もいました。ニューイヤー・オナーズの受賞者たちです」

うなずいた。「怪しいと思っていらっしゃる人はいるのですか？」

「あの嗅ぎ煙草入れを盗んだ人間は、大変な目利きです。コレクションのなかには、あれよりはるかに目を引くものがありました——派手な装飾を施されてはいるけれども、それほど高価ではないものです。盗んだ人間はひと目でその価値を見抜いて、自分のコレクションを完成させるために盗んだに違いありません」

「それでは、それが転売される可能性はないということですね」

「多額の報酬を提示した何者かのために盗んだのでないかぎりは——たとえそうだとしても、市場に出回ることはないでしょう。ですから、取り戻すことは不可能なのです」

「それがリヴィエラにあるとお考えなのですか？」

陛下はため息をついた。「バーミンガムのどこかの炉棚に飾られているかもしれませんが、諸々の条件に合う人間はおそらくサー・トビー・グローパーしかいないと思うのです。パーティーが終わったらすぐに、ニースにあるヴィラに戻ると彼は言っていました」

「サー・トビー・グローパー——ブリタニア・モーターズのオーナーではありませんか？」

陛下はうなずいた。「この国で最も裕福な男性のひとりです。グローパー家は、兵器工場で財と名声を手に入れました。その後、ボーア戦争での働きが認められて、貴族の称号を得たのです。トビーが画期的な自動車エンジンを開発したのは、まだオックスフォードを出たばかりのほんの若者だったころです。彼のフィアレス・フライアーは世界中のレースやラリーで優勝しています。準男爵の称号を持つ裕福な人物ではありますが、わたくしたちの一員とは言えません」

「貴族ではないという理由で、陛下の嗅ぎ煙草入れを盗んだのは彼だと考えていらっしゃるのですか？」

陛下は笑みを浮かべた。「いいえ、そうではありません。わたくしがそう考えるのは、彼が熱烈な、強迫観念に取りつかれたといってもいいほどの骨董品や芸術品のコレクターだからです」

「彼はどうしてその嗅ぎ煙草入れがそれほど欲しかったんでしょう？　小さくて盗みやすかったからでしょうか？」

「一年ほど前、ブルックリン競馬場の彼のボックス席で、嗅ぎ煙草入れが話題にのぼったことがあるのです。忘れているだろうと彼は思っているのかもしれませんが、わたくしの記憶力はたいしたものなのですよ。ルイ一六世が持っていた嗅ぎ煙草入れを探しているのだけれど、手にはいらないとそのとき彼は言っていました。革命のとき、宮殿からかなりのものが掠奪《りゃくだつ》されましたからね」

「盗まれた嗅ぎ煙草入れというのは？」

「マリー・アントワネットが夫に贈ったものなのです。かわいらしい煙草入れですよ。金のエナメル加工を施してあって、全体に男女の羊飼いの絵が描かれているのです。蓋の内側はダイヤモンドの額に入ったマリー・アントワネットの細密画になっています」

「素敵なもののようですね」

「ええ。わたくしのお気に入りです」残念そうな表情が陛下の顔に浮かんだ。「もちろん、わたくしが間違っている可能性はあります。無実の男性を非難しているのかもしれません。ですが、人を見る目があると自負していますし、サー・トビーは目的を達成するためには手段を選ばない種類の人間だと判断しました」

「それで、わたしになにをしろとおっしゃるのですか、陛下？」

王妃陛下は意外そうな顔になった。

「彼のヴィラに行って、嗅ぎ煙草入れを取り戻してきてほしいのです」

5

バッキンガム宮殿
まだ一九三三年一月一七日

わたしのような身分の女性にはあるまじきことだが、口があんぐりと開いていたと思う。だが、驚いて当然だろう。

「わたしに煙草入れを盗めとおっしゃるのですか?」

「取り戻すのです、ジョージアナ。盗んだのは、サー・トビーのほうです」

「捕まったらどうすれば?」

「王妃が、スキャンダルを起こすことなく自分の所有物を取り戻したがっているとサー・トビーに伝えればいいのです。彼も騒ぎを起こしたくはないはずです。もし文句を言うようであれば――あの嗅ぎ煙草入れがつい最近までバッキンガム宮殿のコレクションの一部であったことを証明する書類があります。ですから、ことが公になればおおいに恥をかくことになります。彼のような人間は笑い物にされるのをいやがるはずです」

わたしの心臓は早鐘のように打っていた。「でもサー・トビーと面識がありません。どうやって彼のヴィラに入ればいいんです？」

〝陛下〟と言い添えるのを忘れていたくらいだから、わたしがどれほど動揺していたか、わかってもらえると思う。

「リヴィエラではだれもが知り合いなのだと聞いたことがあります。あなたのご家族が向こうに行くのですよね？　サー・トビーはニースにヴィラを持っていますから、あなたたちと同じパーティーに出席することになるはずです。あなたはかわいらしい若い娘さんで、王家ともつながりがあるのですから、間違いなくあらゆるところに招待されるでしょうね」

どうしても必要にかられないかぎり、フィグと同じくらい無愛想な姉のダッキーを招待する人間はいないだろうとは言わなかった。悲惨な運命の予感がずっしりと肩にのしかかっている。つかの間、ルイーズ王女のコンパニオンになるという話を引き受けようかとも思ったが、冒険心のほうが上回った。わくわくすることは確かだ。陰鬱なロンドンでスープをよそっているよりはいい。ラノク城でひとりぼっちで座っているよりははるかにいい。

リヴィエラに行こう。王妃陛下の要請にこたえられるように最善を尽くそう。もしうまくいかなかったら、そのときはそのとき。少なくとも、サー・トビーが問題の嗅ぎ煙草入れを持っているかどうかくらいは、確かめられるだろうと思った。

陛下がわたしを見つめているのがわかった。

「それでは、あなたに任せてもいいのですね、ジョージアナ？」

「最善を尽くします、陛下」

陛下が笑顔になった。「素晴らしいわ。あなたはいい娘ですね、ジョージアナ。王家の誉れですよ。どうしてあなたがまだ結婚していないのか、不思議でたまりません。マリア・テレサ王女の結婚式で、夫となる人を見つけられればいいと思っていたのです。あなたにふさわしい若い王子が大勢いたはずですからね」わたしがなにも答えずにいると、陛下はさらに言った。「わたくしたちはそれぞれの義務を果たさねばならないのですよ、ジョージアナ。あなたには自分の場所が必要です。ほかの人間に依存するのはいいことではありません」

「結婚したいとは思っているのです、陛下。ただ、ふさわしい人がだれも申しこんでくれないので」

陛下はわたしの膝を軽く叩いた。陛下が滅多に見せることのない親しげな仕草だ。

「いずれ、なにもかもきっとうまくいきますよ。結婚と言えば、リヴィエラにいるあいだに、もうひとつしてもらいたいことがあるのです。息子のデイヴィッドがまたもや義務を放棄して、友人のヨットで地中海をクルージングしているのです。あの忌むべきアメリカ人女性が先日、臨港列車でロンドンを発つところを目撃されています」

「シンプソン夫人のことでしょうか？」

「そのとおり、シンプソン夫人です。夫もいっしょのようです。あの女は世間体のために夫を連れまわしているのですよ。恥というものを知らないのです」

「彼女が結婚したままでいることを喜ぶべきなんだと思います。夫がいる以上、少なくとも皇太子殿下との結婚は考えられませんから」

「息子と結婚？　デイヴィッドがそんな――ばかげたことを考えるはずがありません。言語道断です。未来の王妃に離婚経験のある女性を迎えるなど、国民は絶対に賛成しません。教会も認めませんし、わたくしたちも許しません」なにかを考えているかのように、陛下は言葉を切った。「そういうわけで、ジョージアナ、向こうにいるあいだにあなたにやってもらいたいことが……」

「シンプソン夫人を見張っていてほしいというのですか、陛下？」

陛下はためらったが、きっぱりと答えた。

「そのとおりです。シンプソン夫人を見張ってほしいのです。国王陛下はこれまで国王として完璧に振る舞ってこられました。その跡継ぎがありふれたプレイボーイのような真似をして、王家に泥を塗るのを許すわけはいきません。ですから、もしデイヴィッドがその女性といっしょに人前に現われるようなことがあれば、知っておきたいのです。彼女が本当に息子と同じヨットに乗っているのかどうか、すぐに手紙で知らせてください」

「そうします、陛下」

王妃陛下は立ちあがった。王家の人間が立っているときに座っているわけにはいかないから、わたしも立った。

「さあ、これですべてまとまりました。これ以上ない偶然でしたね。あなたはご家族といっしょにリヴィエラに行くことができ、わたくしも目的が果たせるのですから。あらゆる点において大変満足のいく結論になりました。旅の手配をするように秘書に申しつけておきます」

わたしは付き添われて部屋を出た。宮殿のなかを歩きながら、陛下との会話の最後の部分を思い返してみた。シンプソン夫人の見張りではなく、なにか別のことを陛下は頼もうとしていた気がする。切り出そうとしたものの、最後の最後になって気が変わったようだった。ほかにも盗んでほしい品物があったのかもしれない。わたしは安堵のあまり大きく息を吐いた。シンプソン夫人の見張りならできる。

宮殿を出るときには、興奮と恐怖の両方を感じていた。けれど興奮のほうがはるかに大きい。なんといってもリヴィエラに行くのだから。けれどその次に頭に浮かんだのは、おそらく、危機に直面したすべての女性が考えるだろう事柄だった——フレンチ・リヴィエラに着ていくのにふさわしい服がない。それも、英国でもっとも裕福な男性のひとりと言葉を交わさなければならないというのに。わたしは家に帰りつくやいなや、衣装ダンスの扉を開け、数枚のコットンのワンピースとスカートを絶望のまなざしで眺めた。どれひとつとして〝お洒落〟と呼べるものはないし、いくらかましなものを手に入れる手段もない。ベリンダは華やかなドレスを持って、すでに出発したあとだ。彼女自身がドレスを必要とするだろうから、貸してくれるとは思えない。ドレスを貸してほしいと頼んだり、盗んだりできるような知り合いは、ほかにはいなかった。シルクやリネンに身を包んだ女性たちの視線を浴びながら、よれよれのコットンのプリントドレスでプロムナード・デ・ザングレを歩いている自分の姿を想像してみた。だれかの同行者かナースメイドだと思われるに違いない！

やっぱり行くべきではないのかもしれないという結論に達したものの、すぐにそれはあまりにもばかげていると思い直した。お洒落な服がないというそれだけの理由で、リヴィエラに行けるチャンスを逃すなんて――わたしはいったいなにを考えているの？　なにをやらせてもどうしようもないクイーニーは洗濯やアイロンもまったくだめだけれど、兄たちが滞在する家には有能で気が利くフランス人のメイドがいるはずだから、お洒落というのは無理にしても、見苦しくない程度にはしてくれるはずだ。

そう考えたところで、クイーニーのことを思い出した。陛下はメイドの交通費についてはなにもおっしゃらなかったし、フィグがクイーニーを歓迎しないことは確かだ。クビにしろと言っていたくらいなのだから。かわいそうなクイーニー。食事と制服を与えられていなければ、彼女に払っている賃金だけではとても暮らしていけない。わたしが留守にしているあいだ、臨時の仕事を見つけてやったほうがいいかもしれない。しばし考えたものの、すぐに思い直した。とてもではないけれど、推薦状など書けない。なにも知らない人に彼女を押しつけるのは、公平とは言えない。とにかくクイーニーは、まったくの役立たずなのだから。

寝室にはいり、しっかりとドアを閉めた。じっくり考える時間が必要だ。

「ああ、もう」思わずつぶやいた。

「おかえりなさい、お嬢さん。あたしが駄目にしちまったスカートをどうすればいいか、いいことを思いついたんですよ。シルクの花か、葡萄みたいな飾りをその上に縫いつけたらどうですかね」

そんな場合ではないとわかっていながら、思わず笑ってしまった。「クイーニー、おなかから葡萄をぶらさげて、ディナーに行くわけにはいかないわ。それに、しばらくベルベットは必要ないから、使用人がスコットランドに帰るときに持たせようと思うの。猟場管理人の奥さんは腕のいい裁縫師なのよ。きっとなんとかしてくれるわ」

「それで、この家を閉めたあとは、あたしたちいったいどこに行くんです？」

わたしはひとつ深呼吸をした。「実はね、クイーニー。わたしは兄たちといっしょにフランスに行くの」

クイーニーの顔が輝いた。「また外国に行くんですか？　海の向こうに？　あたしはろくなものにならないって言ってた母さんに聞かせてやらなくちゃ。そのあたしがヨーロッパ中を飛びまわろうっていうんだから。慣れちまえば、外国の食べ物もなかなかいけますしね」

ああ、どうしよう。どうすればうまく伝えられる？　彼女に言わなければならない。

「実はね、クイーニー――」

「なんでしょう、お嬢さま？　ほら、今度は覚えてたでしょう？　あたし、よくなっていると思いませんか？」クイーニーは期待をこめてわたしを見た。

「夏用の服を全部洗濯して、アイロンをかけてちょうだい」わたしは弱々しく告げた。「焦がしたりせずにできるわね？」

「できるだけやってみます、お嬢さま」クイーニーは言った。

とても信じられない。リヴィエラに行くのだ。だがまだいくつか、解決しなければならない問題がある。どうにかして豪華なドレスを手に入れなければならないし、クイーニーの処遇も考えなければならない。

6

一九三三年一月一七日

クイーニーをどうするべきか、わたしは心を決めかねていた。彼女の一年分の賃金は取り置いてあるけれど、ごくわずかだ。クイーニーの両親は、彼女を置いてくれるだろうか？　わたしが留守のあいだ、仕事を見つけられるだろうか？　自分があまりにお人よしであることはわかっていた。だれであれ一日彼女と過ごしただけで、即刻クビにするだろう。これまで何着もの服をあきらめなければならなかったが、その後も改善のきざしはたいして見られなかった。解雇するいい潮時かもしれない。あとは彼女が、どこかで、どうにかして別の仕事を見つけることを祈るばかりだ。だが以前の雇い主のスカートにうっかり火をつけてしまったことを思うと、その可能性はあまりなさそうだった。

ヨーロッパに行くと告げたときの顔を思い起こした。クイーニーのような身分の娘であれば、たいていは外国に行くと考えただけですくみあがるだろう。けれど彼女は飛びあがって喜んだ。わたしはため息をついた。どう言えばいいだろう？　いっしょに連れていくわけにはいかない。とは言え、ひとりで生きていけと言って放り出すこともできなかった。ここは祖父に相談するほかはないとわたしは心を決めた。祖父は賢明だ。それに祖父の隣人のミセス・ハギンズはクイーニーの大おばだった。ふたりなら、きっといい解決法を考えてくれるに違いない。

祖父を訪ねると考えただけで、気分は上向きになった。祖父は上流階級のばかげたルールに囚われない人で、わたしのことを本当に気にかけてくれている。わたしも祖父が大好きだったけれど、おたがいの暮らしはあまりにかけ離れていたから、いっしょに過ごすのは難しかった。わたしはエセックス郊外の住人にはなれないし、ラノクハウスは祖父が暮らせる場所ではない。わたしは再びオーバーを着てスカーフをつけ、地下鉄の駅に向かった。

ささやかな前庭に小鬼の像が飾られた祖父のこぢんまりした二軒長屋は、いつもなら陽気な雰囲気に包まれているのだが、この時期は小さな花壇になにも植わっていなかったし、小像のひとつはうつぶせに倒れていた。わたしはその像を元通りにしてから、玄関のドアをノックした。

ドアを開けてくれたのは祖父の隣人のミセス・ハギンズだった（本人はミセス・アギンズ

と言うので、そう呼ぶべきかもしれない)。オレンジ色と紫の縞模様の手編みのセーターの上に、花柄のエプロンをつけている。クイーニーの服の趣味は血筋であることがよくわかった。

「おやおや、驚いたね」彼女が言った。「お嬢さまじゃないか。さあさあ、おはいり。おじいさんも元気が出ようというもんだ」

「おじいちゃん、具合が悪いの?」

ミセス・ハギンズは狭い廊下にわたしをいざないながらうなずいた。

「また胸なんだよ」顔を寄せ、小声でささやく。「この寒さだからね。ひどい風邪をひいたんだけれど、全然治らないんだ。そういうわけで、あたしのシチューとダンプリングで元気になってもらおうと思ってね」

「だれだい、ヘッティ?」祖父の声がして、その後ひどく咳きこんだのがわかった。

「わたしよ、おじいちゃん」そう言って、小さな居間へと足を踏み入れた。祖父は暖炉のそばの肘掛け椅子に座り、ひざ掛けを掛けている。わたしを見ると、その顔が輝いた。

「おやまあ、おまえに会えてこんなにうれしいことはないよ。さあ、こっちにきて、おまえのじいさんにキスをしておくれ」

わたしは禿げあがった祖父の頭の天辺にキスをすると、隣に椅子を引き寄せた。

「おいしい紅茶をいれてくれるかい、ヘッティ」祖父はそう言うと、わたしの手を強く握った。「どうしていたんだ? クリスマス以来、会っていなかったな。元気にしていたかい?」

「ええ、元気よ。でもわたしのことはいいの。おじいちゃんこそ、具合はどうなの？」

「たいしたことはない。風邪をひくたびに、弱った胸がやられてしまうんでね。だがずいぶんよくなった。ヘッティがよく面倒を見てくれるからね」

「南フランスに行くことになったの。おじいちゃんもいっしょに行ければよかったのに。暖かいところに行けば、きっとおじいちゃんも元気になるわ」

「南フランス？」祖父は喉の奥で笑った。「ありがたいが、わしはごめんだよ。あいつらは蛙の脚だとか変わったものを食べるんだろう？　わしはフランスは好きじゃない。息子のジミーが世界大戦に行ったきりになってからはな。だからおまえひとりで向こうに行って楽しんでくるといい。わしはここで満足だよ」

わたしは祖父を見つめ、その手を握りしめた。

「ああ、おじいちゃん、どうして人生はこんなにつらいことばかりなの？　わたしにお金があったら、おじいちゃんにもっといろいろしてあげられるのに」

「心配しなくていい。わしには居心地のいい小さな家と庭があって、面倒を見てくれるヘッティがいる。満足しているよ」

「お母さまに手紙を書くわ。もっとおじいちゃんによくしてあげるべきよ」

「あいつから金はもらわん」祖父はきっぱりと首を振った。「ドイツの金はいらん。あの男の金は受け取らん。絶対に」

「お母さまには自分のお金があるはずよ」

「言っただろう？　わしはここで満足しているんだ。だからおまえはくだらんことを考えるのはやめて、南フランスに行けばいい。だがいったいどうして南フランスに行けることになったんだね？　最後に会ったときは、兄さんと意地の悪い奥さんといっしょに、あの家で冬を過ごすことになったと言っていたのに」

「そうなんだけれど、お兄さまたちはフィグのお姉さんが滞在しているリヴィエラに行ったわ。わたしも数日のうちには行くことになっているの」

「ほお、彼らは突然気前がよくなったのかね？」

首を振った。「とんでもない。実を言うと、お兄さまたちはわたしが行くことを知らないの。今日、王妃陛下と会って……」ミセス・ハギンズが紅茶のトレイを持って戻ってきたので、わたしは口をつぐんだ。

「聞いたかい、ヘッティ？」祖父が彼女に訊いた。「ジョージーは王妃陛下に会いにいったそうだ。あんたとわしがクイーンズ・ヘッド・パブにふらりと行くみたいに、ジョージーは王妃陛下と話をするんだ」

「たいしたもんだ。さあ、お紅茶だよ、お嬢さま。よく蒸らしたほうがいい」

「ありがとう。おじいちゃんにとてもよくしてくれているのね」

「まあね、彼は素敵な人だからね。貴族さんじゃないけれど、貴族さんに負けないくらいの紳士だからね」

彼女が部屋を出ていくと、祖父はくすくす笑った。

「彼女はわしを祭壇に連れていこうとしているんだ。だがわしはこのままが気に入っているんでな——彼女は彼女の家に、わしはわしの家にいるのがいい。それで、王妃陛下がどうしたって？」

「リヴィエラであることをしてほしいって頼まれたの。それで、わたしも行くことになったわけ」

「それじゃあ、クイーニーはまた外国に行くんだね」ミセス・ハギンズが再びやってきて言った。

わたしは口を開きかけたが、なにかを言う間もなく、彼女はさらに言葉を継いだ。

「家族はあの子が自慢で仕方がないみたいだよ。そのうち、あの子の母親に会うといいよ。ざっくばらんな人で、〝王室に雇われている娘〟のことをあっちこっちで自慢している。あの一家は不運続きだから、クイーニーがあんたのところで働けたのは幸いだったね。親父さんは失業中だし、結婚している姉さんは小さな子供を三人連れて戻ってきているんだ。一家はいま大変なんだよ。クイーニーがレディズ・メイドとして働いているっていうことだけが、心のよりどころになっているんだと思うよ」

「クイーニーを連れていけるかどうか、わからないの」わたしはぼそぼそと告げた。「もし連れていかないことになったら、戻ってくるまであなたのところに置いてもらえるかしら？」

ミセス・ハギンズはショックを受けたようだ。「あの子を連れていかない？　どうしてだい？　あの子は役に立たないとでも？」

「あら、違うわ。そういうことじゃないの」わたしは明るい笑みで嘘をついた。

ミセス・ハギンズはきゅっと唇を結んだ。

「あんたのようなお嬢さまが、メイドもなしに旅をするのはいいことじゃない。違うかい？」

「ええ、そうね。そのとおりだわ」そう答えざるをえなかった。

「それなら、問題はないね」これですべて解決だと言わんばかりの口調でミセス・ハギンズが言った。「さあ、冷める前に紅茶をお飲み」

翌日、切符がラノクハウスに届けられ、クイーニーの問題はとりあえず解決した。『レイ・ジョージアナ・ラノクおよびメイドの旅行手配』と、封筒には記されていた。フランスのヴィラでクイーニーが引き起こすかもしれない惨事については、考えないことにした。

使用人をスコットランドに帰し、家を閉めなければならなかったから、それからの数日は大混乱のうちに過ぎていった。だがそれが終わると奇跡が現実となり、わたしは羨望のまなざしを向けていた人々の仲間入りをして、ヨーロッパへと向かう臨港列車に乗りこんだ。できるなら、外国に行くことをどうにかしてダーシーに知らせておきたかった。ふらりとラノクハウスにやってきて、そこで初めて家が閉められ、わたしの居所もわからないことに気づくかもしれない。まったく彼ほど人をいらだたせる男はいない――ひとところにいたためしがないし、決まった住所すらないのだ。どうしてビンキーのように行きつけのクラブを作らないのだろう？　そうすれば少なくとも彼宛てのメッセージは残せるのに。そう考えたところで、それこそが彼の望みなのだと気づいた。ダーシーは縛られたくないのだ。わたしはそれを受け入れて、自分の未来に彼の場所を作らないようにしなければいけない。けれど、彼を心から追い出すのは簡単ではなかった。

ほこりっぽいロンドンの裏通りを列車が蒸気をあげながら走っていくあいだ、わたしはダーシーのことを考えていた。彼はベリンダと同じで、機に便乗するのがうまい。パーティーに押しかけたり、招待されるように仕向けたりするのが得意だった。ひょっとしたらリヴィエラにいるかもしれない。心臓の鼓動が少しだけ速くなった。

ドーヴァーに着くころには、クイーニーはほかの使用人たちといっしょに乗っている三等車両での旅を楽しんでいた。

「ほかのメイドたちに、お嬢さまとわたしはしょっちゅう外国に行っていて、王家のものすごく立派なお城に滞在するんだって言ったんです。みんなの顔を見せたかったですよ。うらやましさのあまり、青くなってましたから」

青くなっていたのは、列車の揺れのせいか、あるいはクイーニーの嘘だらけの自慢話で、乗り物酔いをしているだけなのではないかとわたしは思った。「クイーニー、本物のレディは決して自慢したりはしないのよ。あなたもレディズ・メイドになりたいのなら、礼儀作法を覚えなくてはいけないわ」

「なにを覚えなきゃいけないですって？」

「礼儀作法よ。レディのような振る舞いということ」

「大丈夫ですよ、お嬢さん。もうやりませんから。ちゃんと――礼儀なんとかを覚えますから」

「クイーニー、もう少し本を読んで、話し方の勉強をしたほうがいいんじゃないかしら。本当のレディズ・メイドはとても洗練されているものなのよ。女主人と同じくらい品があるわ」

「庶民として生まれちまったものはどうしようもないですよ、お嬢さん」クイーニーが応じた。

わたしはため息をついた。「荷物がちゃんと船に積みこまれたかどうかを確認して、無事にフランスに着くまでしっかり見張っておいてちょうだいね」

わたしたちは船に乗りこんだ。天気は下り坂で、航海はつらいものになった。船はひどく揺れ、乗客の半分はひざ掛けを掛け、青い顔をして横になっているか、手すりごしに吐いているかのどちらかだった。幼いころ、母から教わった数少ない役立つことのひとつが、荒れた海を航海するときの過ごし方だ。船に乗ったらまっすぐにバーに行き、ブランデー・ジンジャーエールとしっかりした食事を注文する。わたしはそのとおりにした。船のレストランはがらんとしていて、食事をしようとする気概のある人間はわたしを含めてごくわずかしかいなかった。年配の夫婦がひと組と、カウンターに座っている男性ふたりだ。そのうちのひとりはいかにもフランス人らしい容貌で、目をみはるほどハンサムだった。そのうえシャンパンを飲んでいる。気持ちが高ぶった。リヴィエラに向かっているんだわ。魅力的なフランス人男性が大勢いるリヴィエラに。ベリンダのような振る舞い方を覚えて、楽しい時間を過ごすのよ。

ハンサムなフランス人男性の横を通ってテーブルにつこうとしたところで、連れの男性の言葉が耳に届いた。「それじゃあ、トゥルヌソルか?」

トゥルヌソル? たしか、ひまわりという意味だったはず。

ハンサムなフランス人男性が答えた。「いや、ただの椅子だ。ずっと簡単さ」

それを聞いて、ひとり目の男性はうなずき、その場を去っていった。フランスの海岸が見えてくると、フランス人男性もバーのスツールをおりた。わたしに近づいたところで、彼の顔に知人を見かけたときの表情が浮かび、それはすぐに驚きに変わった。そのあとに浮かんだのは——怒り?

「ここでなにをしているんだ?《ケ・フェ・トゥ・イシ》」そう言ったところで思い直したらしく、渋面を作ると丁寧にお辞儀をして通り過ぎていった。

妙だ。あれは、ただの知り合いではなく、よく知っている人間に対する態度だった。そのうえわたしをトゥと呼んだ。とても親しい人間に対する呼びかけだ。だがわたしは、彼と会ったことは一度もないと断言できる。食事の料金を払い、クイーニーと荷物のところに向かった。まあ、いいわ。外国に行くときは冒険がつきものだし、フランスに着く前からそれは始まっているのよ。

クイーニーはずぶ濡れのうえ、風に激しく吹かれたらしかった。「フランスが見えて、こんなにうれしいことはないですよ、お嬢さん」あえぎながら言う。「手すりに身を乗り出して吐いてる人を見ていると、こっちまで吐きたくなってくるんです」

「クイーニー、あなたったら溺れたネズミみたいじゃないの」

「荷物を見張っていろって言われたんで、見張ってたんです」

わたしは温かい気持ちになった。彼女はとんでもなく役立たずかもしれないが、忠実なことは確かだ。航海中はなにも起きるはずがないのに、甲板でずっと荷物の番をしていた。

「よくやったわ、クイーニー。じきにブルー・トレインに乗るから、そうしたら濡れた体を拭いて、熱いお紅茶を飲むといいわ」

岸で待っていたポーターに先導され、ブルー・トレインが待つ特別ホームに通じる税関を抜けた。暗くどんよりした日だったけれど、プルマン式車両は豪華さに光り輝いているように見えた。ポーターが案内してくれたわたしの客室には、クイーニー用の小さな部屋が隣接していた。本当に洗練された列車だ。

わたしの客室にやってきたクイーニーは、さっきよりいくらか乾いていて、髪の乱れもましになっていた。「ニッカーズまでずぶ濡れだったんですよ、お嬢さん。なんで、ラジエーターで乾かしたんです」

彼女をたしなめても無駄だ。

「あたしがなにを考えていたと思います？」クイーニーは座れとも言われていないのに、わたしの向かいに腰をおろした。「あたしの言葉遣いが悪いのはわかってるんです。なんで、なんとかしようって決めたんです。今度ラノクハウスに帰ったら、お金を貯めて、喋り方のレッスンを受けることにします。そうしたら、みんなはきっとあたしをお嬢さんみたいな本物の貴族だって思うようになりますよね」

なんとまあ。今度は『マイ・フェア・レディ』のイライザ・ドゥーリトルの相手をしなければならないらしい。

「いい考えだわ、クイーニー」

ちょうどそのとき、警笛が鳴り、ドアを勢いよく閉める音がして、列車は滑るように動き始めた。思わず頬が緩む。わたしは本当に、冒険が待つ南フランスに向かっているんだわ。気にかかるふたつの事実については考えないようにした。ひとつは、フィグとその姉と同じヴィラに滞在しなければならないこと。そしてもうひとつは、王妃陛下のために泥棒をしなければならないことだった。

7

一九三三年一月二一日

ブルー・トレインでリヴィエラに向かっている。万歳！

雨に濡れる灰色のフランスの田園風景が窓の外を通り過ぎていく。茶色い刈田のあいだに、葉を落としたポプラ並木が見えた。夕闇に包まれ始めるころ、パリ郊外に着いた。海峡から来たほかの列車のようにパリ北駅《ガール・デュ・ノール》に向かうのではなく、この列車はパリの外側の薄汚れた住宅地を抜け、いくつもの地点を通って、町の南側にあるリヨン駅《ガール・ド・リヨン》に到着した。車掌がわたしの客室のドアをノックした。「停車しているあいだに、なにか御用はございますか？」フランス語だった。この列車で旅をする人間は、みなフランス語がわかると考えているに違いない。「メイド用にディナーボックスを用意しますか？　この列車には、お客さまのような方々のための一等車の食堂しかありませんので」

「ありがとう。お願いするわ」わたしはフランス語で答えた。

「町を出たらすぐに夕食になります。食堂車は左手にあります」

ディナーボックスはすぐに届けられ、クイーニーは早速食べ始めた。

「おかしなパンですね。それにこのハムはニンニクの味がします。でも悪くないですよ。スリー・ベルズで働いている友だちのネリーは、フランスでは蛙の脚や小鳥を食べなきゃいけないって言うんです。ばかなことを言うなってあたしは言ったんです。一度ブローニュに日帰りで行ったくらいで、フランスのことをなにもかもわかった気になってるんですから」

「口にものがはいっているときに話をするのはお行儀が悪いわ」客室にパンくずがぽろぽろとこぼれるのを見ながら、わたしは言った。「それは自分の部屋で食べてちょうだい。わたしはディナーに行く用意をしないと」

列車でのディナーに着替えの必要があるのかどうか、わたしは知らなかった。以前に旅したときは着替えなかったが、そのときはこの列車ではなかったのだ。着ているのはきちんとしたジャージのワンピースだったが、食堂車に向かう前に真珠のネックレスをつけ、薄く口紅を塗った。実を言えば、ひとりでディナーに行くのはいささか気がひけた。建前上では、わたしは上流階級の人々とつきあえるように育てられたことになっているが、ラノク城にそういった人間が来ることはめったにないというのが現実だ。本当に人づきあいの上手な人のなかにいると、わたしはいまも女学生のような気分になって、落ち着きをなくしてしまう。

「ごゆっくりどうぞ、お嬢さま」車掌はドアを押さえながら言った。

連結部分を通って進み、食堂車のドアを開けた。白いクロスをかけたテーブルや、小さなランプの明かりを反射している銀器や陶磁器を眺める。そこからでは、空いているテーブルを見つけられなかったので、相席をお願いするときの作法はどうなっているのだろうと考え、それができるだけの勇気をかき集められるだろうかといぶかった。

当然のことながら最初に目にはいったのは、シャンパンのボトルをお供にひとりで座っている、ハンサムなあのフランス人男性だった。彼は飲んでいたスープから顔をあげ、わたしを見つめた。普通であれば笑みを浮かべたり、会釈をしたりするところだが、彼は顔をしかめただけだった。

「きみはイギリス人?」彼はフランス語で尋ねた。

そうだと答えた。

「興味深い」彼がさらになにか言おうとしたところで、食堂車の奥からわたしを呼ぶ声がした。「ちょっと、あなた。ジョージアナ・ラノクじゃありませんか?」

四〇代後半とおぼしき、上品ななりをしたイギリス人女性だった。フランス人以外の何者でもない優美な女性がいっしょだ。男性もののような黒のスーツを着て、このうえなく美しいネックレスをしている。そうだと答えた。

「よかったらごいっしょにいかが?」イギリス人女性が訊いた。「いまはかなり混んでいるけれど、このテーブルには余裕があるわ。そうでしょう、ココ?」

フランス人女性はうなずき、笑顔になった。「もちろん」煙草ホルダーをわたしのほうに向けて振りながら言う。

イギリス人女性が手を差し出した。「お父さまにそっくりね。彼のことはよく知っていたのよ。そうそう、わたしはヴェラ。ヴェラ・ベイト・ロンバルディよ。わたしたちは親戚だと思うわ。結婚で親戚になったはず」

わたしはヴェラが引いてくれた椅子に腰をおろした。彼女が横柄な態度で手を振ると、ウエイターがやってきた。

「お嬢さまが同席なさるから、用意をしてちょうだい。それから、ヴーヴ・クリコをもう一本持ってきて」

わたしの親戚だという偉そうなイギリス人女性といっしょに食事がしたいとはあまり思えなかったが、壁の花のように立っているよりはましだ。

「あなたが小さかったころに、ラノク城にお邪魔したことがあるのよ。覚えていないでしょうけれど。一度、いっしょに馬に乗ったわ。小さなころから、あなたは馬に乗るのが素晴らしくうまかった」

「ありがとうございます。いまはなかなか馬に乗る機会がなくて、寂しく思っているんです」

「わたしもよ。いまは一年のほとんどをパリで過ごしていて、ココのあとをついて歩いているの。ブローニュの森で馬をギャロップで走らせるのは、ちょっと無理ですもの」

「わたしのあとをついて歩いてなんていないじゃないの」ココと紹介された女性は、英語で言った。「そんな言い方をしたら、リードでつながれた犬みたい。あなたのほうが歩幅が広いから、わたしはいつも追いつこうとして走っているのよ。それより、わたしたちを紹介してちょうだい。こちらのイギリスのお嬢さんは、正式に紹介しないと話しかけてくれないわ」

わたしは笑ったが、ヴェラは言った。

「ごめんなさい。わたしったらとんでもない礼儀知らずね。ココ、こちらはバーティのお嬢さんのジョージアナ・ラノクよ。それから彼女はわたしの親友でビジネス・パートナーでもあるココ・シャネル」

その名前を聞いて、わたしの目は丸くなった。

「シャネル？　ファッションデザイナーの？」

「そうよ」ココは、いかにもフランス人っぽく肩をすくめた。「あなたがわたしの服を着ているとは思えないけれど」

「買えませんから。買えるなら、もちろん着ます」

「それじゃあ、あなたはリヴィエラに滞在するのね？」あのハンサムなフランス人男性と同じように、彼女はじろじろとわたしを見た。

「この列車はそこに向かっているんだと思いますけれど」わたしが言うと、ココは耳に心地よく響くセクシーな声で笑った。

「よかった。それじゃあ、あなたにモデルをやってもらうわ。リヴィエラで、裕福なイギリス人のために新しいコレクションのショーを開くことになっているの。あなたはそのモデルにぴったりよ」

「それはだめです」顔が真っ赤になるのがわかった。「わたしは恐ろしく不器用なんです。自分の足につまずいて、ドレスを破くのがおちだわ。一度モデルをしたことがあるんですけど、悲惨でした。キュロットの脚の片方に、両脚を突っ込んでしまったの」

今度はヴェラとココの両方が笑った。

「あなたは絶対に素晴らしいモデルになるわ」ココが言った。「そう思わない、ヴェラ？　わたしたちが求めている雰囲気そのものだもの——イギリスの薔薇にみだらな香りをほんのり添えて」

「残念ですけれど、わたしにはあまりみだらな香りはないと思います」

「リヴィエラにいる人たちとつきあえば、たっぷり浴びるわよ」ヴェラが言った。「みんなひどくみだらですもの」

「イギリス人がですか？」

「そうよ。一番みだらね。寄宿舎で長年過ごしたりして、国ではひどく抑圧されているでしょう？　その反動で、カレーに着くなり、ものすごくふしだらになるのよ」ヴェラはわたしに顔を寄せていった。「あなたの亡くなったお父さまもそうだったわよ。ココ、今年のコレクションのことを説明してあげて」

「男らしさと女らしさ、田舎と都会、昼と夜の融合なの。上等のツイードのジャケットを数着、友人のウェストミンスター公爵から借りてきたわ」

「わたしの伯母からはとても美しい宝石も」ヴェラが言い添えた。「そう言えば昨日伯母に会ったとき、あなたに会うかもしれないって言われていたの」

「あなたの伯母さま？」わたしは困惑した。彼女は、わたしのどの家系とつながっているのだろう？

「メアリ王妃よ」ココが説明した。

「メアリ王妃があなたの伯母さま？」

ヴェラは顔をしかめた。「もちろん、正式には違うわ。わたしの母は投資銀行を経営しているベアリング家の一員だけれど、本当の父親はケンブリッジ公――プリンス・オブ・テックだとだれもが認めていると思うわ」

「ああ、そういうことですか。王妃陛下の弟ですね」

「母はもちろんほかの人と結婚していたけれど、ケンブリッジ公はいつもわたしを娘のように扱ってくれたし、王家の方々もそれを認めてくれていたのよ」

ヴェラが言ったことを考えているあいだに、シャンパンが注がれた。ひと口飲んだところで、彼女の別の言葉を思い出した。

「王妃陛下から、ファッションショーのために宝石を借りたとおっしゃいましたよね？」

ヴェラは唇に指を当てた。

「その話はあまり大声でしないでちょうだいね。細心の注意を払うって伯母に約束したのよ。知っていると思うけれど、伯母は自分の持ち物に関してはうるさいのよ」

「ええ、知っています。だから宝石を貸したと聞いて驚いたんです」

「わたしは欲しいものを手に入れるのがうまいの」ヴェラは言った。「心配しなくて大丈夫よ。鷹のように見張っているから。それにたっぷり保険をかけてあるし」

「その宝石は、男性用のツイードのジャケットを着た人がつけるんですか？」わたしはおそるおそる尋ねた。

ふたりは声を揃えて笑った。

「もちろんよ。素敵じゃない？」ココが言った。「わたしはずっと男性っぽいデザインの女性の服を作ってきたわ。いまわたしが着ているのもそうよ。すごく自由だし、すごくセクシーだと思わない？　男らしさと女らしさの究極の融合よ。あなたにはそのモデルをしてもらう」

「わたしでは絶対ご期待に沿えないと思います。わたしは歩く惨事なんです。社交界デビューのときはドレスのトレインにかかとが引っかかって、お辞儀をして立ちあがった拍子に、陛下ご夫妻に飛びかかる格好になってしまったくらいです。昔だったら、ロンドン塔に連行されていたところだわ」

ふたりはまた笑った。ウェイターがやってきて、メニューを差し出した。いかにもおいしそうな料理がずらりと並んでいる――ホタテのコキール、ロブスターのビスク、鴨の胸肉、ヒレ肉のステーキのトリュフ添え……フィグに強いられた耐乏生活のあとだったから、まるで夢のようだ。

「それで、あなたはどこに滞在するの？」わたしが注文を終えるのを待って、ヴェラが訊いた。

「ファーカー一家のところに」

「フォギー・ファーカー？」ヴェラはおののいたような顔でココを見た。「ありえないわ。退屈で死んでしまうわよ」

「兄と義理の姉がすでにそこに滞在しているんです。義理の姉がダッキー・ファーカーの妹なので」

「とんでもないわね。一家の血に流れていなければいいけれど」

「流れていると思います」わたしは暗い声で答えた。「それがなんであれ」

「あなたのお兄さんは好きだったわ」ヴェラが言った。「おおらかで、温厚で」

「義理の姉は正反対なんです」

「退屈を持て余したら、わたしたちのところに遊びに来てちょうだい。ヴィラ・マルグリートに滞在しているから」

わたしはその名をしっかりと記憶に刻みこんだ。

「ココは素晴らしく豪華なヴィラを持っているのに、今回はそこには泊まらないんですって」

「コレクションを披露するのはニースなのに、わたしのヴィラは遠すぎるんですもの。それに、ヴィラ・マルグリートはわたしのお得意さまの家なのよ。滞在中に、またたくさんドレスを注文してくれると思うわ」

「なにもかもがビジネスなのよ」ヴェラがわたしにささやいた。

ココは彼女を無視して言った。「あなたをモデルにしてみせるわ」

話をしているあいだ中、わたしはちくちくと刺されるような奇妙な感覚を背中に覚えていた。振り返ると、ハンサムなフランス人男性が食事をしながらわたしを見つめていた。

「あの人なんですけれど」わたしは小声で言った。「ずっとわたしを見ているんです」

ヴェラは振り返った。「ジャン＝ポール、物欲しそうな目でわたしたちを見ても無駄よ。食事をいっしょにしましょうなんて誘うつもりはないから。女同士の話があるの」

「そちらの魅力的な女性だが」フランス人男性は今度は英語で言った。「リヴィエラに来るのは初めてだとお見受けした」

「こちらはレディ・ジョージアナ・ラノクよ」ヴェラがわたしを紹介した。「バーティのお嬢さん」

「お会いできて光栄だ」彼はグラスを掲げた。「あなたをもっとよく知る機会があることを願いますよ」

「彼には気をつけたほうがいいわ」テーブルに向き直りながら、ヴェラが言った。「彼は朝食にあなたみたいな若い娘さんを食べて、骨だけにして吐き出すんだから」

「あれはだれなんです？」

「ロンシャール侯爵よ。古い家柄なの。植民地に山ほどの土地を持っていて、うんざりするくらいのお金持ちよ。プレイボーイでギャンブルが好きで。ちょっとあなたのお父さまに似ているわね」

父を表現するのにそんな言葉が使われたのは驚きだった。父をパーティと呼ぶ人がいることも。アルバート・ヘンリーという名前は知っていたが、同じような身分の人たちからラノクと呼ばれるところしか聞いたことがない。身分が下の人たちは〝閣下〟と呼んだ。父が、残った財産すべてをリヴィエラで使い果たしたことや、ラノク城を賭けで失いかけたことは知っていたけれど、それでもプレイボーイだとかギャンブル好きだとか言われるのはショックだった。数えるほどしか会ったことはなかったけれど、わたしにとって父はピンキーのような人だった——優しくて、穏やかで、無害な人。父が絨毯の上に四つん這いになり、熊の真似をしてくれたことがある。わたしは恐怖とうれしさに悲鳴をあげた。忘れられないわずかな父の思い出のひとつだ。

「侯爵はわたしのような娘にそれほど興味はないと思います」わたしは言った。「魅惑的じゃありませんから」

「彼は処女が好きなのよ」ヴェラは暗い声で言った。「狩りを好むのは血筋なのね」

「でもいずれは彼も落ち着かなきゃならない」ココが口をはさんだ。「正式な跡取りを作らなくてはならないもの。結婚相手としては悪くないわ。夜遊びが激しいことを気にしなければね」

食事はおいしかったし、交わす会話も楽しかった。シャンパンが頭のなかではじけるのを感じながら、わたしは客室に戻った。ベッドが引き出され、寝る支度が整っている。外国煙草のかすかなにおいが残っていた。当然のことながら、クイーニーの姿はない。

「クイーニー？」

隣の部屋で物音がして、彼女が姿を見せた。「すいません、お嬢さん。眠ってたみたいです」

「クイーニー、ベッドを整えるところを見ていた？」

「はい、お嬢さん――お嬢さま」

「そのとき、車掌は煙草を吸っていた？」

「いいえ、お嬢さん。もちろん、吸ってません」

「でもフランス煙草の独特のにおいがするの。ほかにだれかここにはいった？」

「絶対、はいってません」

だがクイーニーは眠っていたと言った。まず思い出したのが宝石箱だ。たいした数を持っているわけではないけれど、代々家に伝わる宝石がある。手を伸ばして棚から宝石箱をおろし、なにもなくなっていないのを確かめて安堵した。次に大きなスーツケースを開き、中身を見てぎょっとした。

「クイーニー。わたしのスーツケースを開けた？」

「なんだってあたしがそんなことをするんです？　触ってないったらないですよ。本当です」

「なにも触っていない、でしょう?」わたしは言い直した。

「そう言ったじゃないですか」

改めてスーツケースに目を向けた。「どう考えてもおかしいわ。だれかがこのスーツケースのなかを調べている。でもここにはわたしの服しかはいっていないし、その服にしたって高級なものでも、流行のものでもないのに。いったいなにを探していたのかしら」

通路に戻り、車掌を探した。

「だれかがわたしの客室にはいるのを見ませんでした?」

車掌は激しく首を振ったものの、こう言い添えた。「ですがわたしはすべての客室のベッドを整えていましたから、その隙にはいることはできたかもしれません。でもメイドがいたのでしょう? メイドが荷物を見張っていたはずです」

彼がクイーニーを知らないことは明らかだった。わたしは当惑と不安を覚えながら客室に戻った。荷物を漁っていた何者かは、宝石箱を見つける前にクイーニーの気配に驚いて逃げ出したのだろうか? わたしは枕の下に宝石箱を置いて、眠りについた。

8

一九三三年一月二二日

晴れて気持ちのいい日。フランスを走るブルー・トレインに乗っている。事態は好転している！

ブラインドの隙間からはいってくるまぶしいほどの日差しに目が覚めた。横になったまま穏やかな揺れを感じているうちに、ここがどこであるかを思い出した。寝心地のいい寝台とゆうべたんまり飲んだシャンパンのおかげで、ぐっすり眠れたようだ。腕時計を見た。八時一五分。クイーニーの姿はない。彼女が自分から外国の列車の食堂車に行き、紅茶を持ってくるなどということを期待できないのはわかっていた。体を起こし、ブラインドを開けようとして手を伸ばした。ブラインドは勢いよくあがり、きらめく青い海が窓の外に広がっているのが見えた。岩だらけの岬に、カサマツがしがみつくように生えている。濃い緑色の鎧戸《よろいど》と灰色っぽい中庭があるパステル色の家の小さな集落をいくつか通り過ぎた。なにもかもがいかにも外国っぽくて、見ているだけでわくわくした。

わたしはベッドから出て、客室にある小さな洗面器で顔を洗った。サマードレスに着替えようとしたところで、ゆうべの奇妙な出来事を思い出した。明るい朝の光のなかでは、だれかがわたしのスーツケースだけを漁り、宝石箱には手をつけなかったなどと考えるのはばかげて思える。どう考えればいいのか、わからなかった。サマードレスを一着、選んだ。着替えが終わっても、まだクイーニーは現われない。隣接する部屋のドアを開けてみると、クイーニーはまだ眠っていた。ぽっかりと口を開けて、いびきをかいている。ひどい眺めだ。

「クイーニー、起きなさい。もうすぐ着くわよ」そう声をかけるとドアを閉め、朝食に向かった。食堂車には同じようなヘアスタイルをした黒髪の女性がふたりいるだけだった。わたしよりいくつか年上で、当然ながらわたしよりずっとおしゃれな装いだ。わたしは彼女たちの向かいのテーブルについた。クロワッサンを注文すると、ウェイターは首を振った。「この列車では、お客さまはみな英国式朝食を注文なさいます。ベーコンと卵をお望みになられます」

わたしはポーチド・エッグを頼んだ。二杯目のコーヒーを注いでいると、片方の女性の声が聞こえてきた。「ダーシーに会うことはあるかしらね?」

コーヒーポットを持つ手が宙で止まった。聞かないようにしようと思ったが、この状況ではとても無理だ。

「あるでしょうね」もうひとりが答え、煙草に火をつけてからさらに言い添えた。「彼女が向こうにいることはわかっているし、彼はよく子供に会いに行っているもの」

「責任を感じているんでしょうね」

「それだけじゃないわね。あの子に夢中よ。坊やを溺愛しているわ」

「いまのところ、跡継ぎはあの子だけでしょう？」

「跡を継ぐものなどないけれどね」彼女は大きく煙草を吸うと、笑みを浮かべた。

「わたしの言っていることはわかるでしょう？　どちらにしろ、またダーシーと会えたら楽しいでしょうね。もう何か月もまったく見かけていないわ。いったいなにをしているのかしら」

「新しい恋人ができたって聞いたわよ」

「また別の人？　とても覚えていられないわね」彼女はそう言って笑った。

わたしはかろうじて中身をこぼすことなくコーヒーポットを置き、立ちあがった。

「おすみでしょうか？」ウェイターが近づいてきた。「フルーツはいかがですか？　トーストのお代わりは？」

「いいえ、けっこうよ」わたしは急いで食堂車を出ると、自分の客室のドアを勢いよく開き、よろめくようにしてなかにはいった。スーツケースに荷物をつめこんでいるクイーニーの上に、危うく倒れこみそうになった。

「気をつけてちょうだい」鋭い口調で告げる。「しわをつけないで」

わたしを見あげた彼女の顔には、驚きと傷ついたような表情が浮かんでいた。

「そんなにいらいらしないでください、お嬢さま。仰せのとおりにいたしますから」

「いま、なんて言ったの？」

「ゆうべ、ある雑誌を読んだんです――『ザ・レディ』っていう名前でした。ものすごく高慢ちきな話ばっかりでしたけど、そのうちのひとつで使用人がこう言ってたんです。『仰せのとおりにいたします』お嬢さんの言ったこと、考えてたんです。あたしの言葉遣いはよくないから、お嬢さんみたいにちゃんとした話し方を覚えるべきだって、言ってたじゃないですか？　だもんで、さっそくやってみようと思ったんです」クイーニーはにっこり笑い、それからまじまじとわたしを見つめた。「大丈夫ですか、お嬢さん？　真っ青じゃないですか。ここはずっと揺れてますからね。座ったほうがいいですよ」

車掌がすでにやってきて、ベッドを座席に戻していたことに初めて気づいた。腰をおろした。クイーニーはお喋りをしながら、荷造りを続けている。

「その雑誌には貴族の人たちの写真がたくさん載ってたんです。でもお嬢さんの写真はありませんでした。お嬢さんはもっとそういうところに行くべきですよ。そういうのを社交するって言うんですよね？」

黙ってと叫びたかった。だがその言葉を呑みこみ、代わりに窓の外に目を向けた。同じダーシーだとは限らない。そうでしょう？　世界中にダーシーはひとりじゃない。けれど、よくある名前とは言えないし、貴族の称号を持つダーシーは何人くらいいるだろう？　心の奥では彼だと確信していて、絶望がどっしりとのしかかっている。彼には子供がいて、それを隠していた。彼にはべつの女性がいた。わたしは何人もいる恋人のひとりにすぎなかった。

わたしなど、どうでもいい存在だった。

「こんな愚かなことは終わりにする潮時よ」自分に言い聞かせた。「いつか結婚できるかもしれないなんていう、ありもしない希望にすがりつくのは。オールドミスになるわけにはいかないの。やるべきことをやるのよ。ふさわしい夫を見つけて、ダーシー・オマーラなんていう人がいたことは忘れるの」

強く唇を噛みしめたが、泣いてしまうかもしれないと一瞬おののいた。車掌がドアをノックしたのはそのときだった。「間もなく、ニース駅に到着いたします」

列車はやがて速度を落とし、滑るようにしてニース駅で止まった。ポーターたちが一斉に乗りこんでくる。そのうちのふたりがわたしの荷物に手をかけた。彼らについていき、目を離さないようにしていてとクイーニーに命じた。列車を降りると、荷物はすでに台車に載せられていて、わたしたちは急ぎ足でタクシーに乗りこんだ。

「ヴィラ・グロリオーサまで」わたしはタクシーの運転手に告げた。

「コマン?」彼が訊き返してきた。〝なんだって?〟という意味だ。

わたしはヴィラの名を繰り返した。「ニースにはくわしいんでしょう?」

「ウイ、マダム。ですが、ヴィラ・グロリオーサの場所はわかりませんねえ。どこの道路にあるんです?」

住所を書いた紙を渡すと、運転手はあまり感心しないとでもいうように唇を結んだ。

「ここから遠いの?」

「それほどでも」

車が走りだした――バルコニーとペンキのはげかけた鎧戸が並ぶ細い裏通りを抜け、見事な大通りに出た。プロムナード・デ・ザングレだ。ポスター――ヤシの木、そぞろ歩く優雅な恋人たち、その向こうに広がる海――で見たとおりの美しさで、信じられないほどの青緑色と空色にきらめいている。いろいろと頭を悩ますことはあったけれど、わたしの心は躍った。じきにわたしも輝く海を見おろすテラスに座ったり、あの人たちと同じようにプロムナードを散歩したり、ウィットに富んだ魅力的な若者と出会ったりするのだ。フィグとも一日中顔を突き合わせていなくていい……。

しばらく走ったところで車は大通りをはずれ、再び海の見えない道路へと入った。とたんにあたりの雰囲気が悪くなった。角に自動車修理工場のある細い通りを曲がった。〝パンクの修理はこちらで〟と白い壁に宣伝文句が書かれている。これといった特徴のない建物が両側に並ぶその道はゆるやかにのぼっていて、やがて車はさらに細い道路にはいった。

「この道で間違いない？」わたしは尋ねた。

「ウイ、マダム。ここが間違いなくその住所です」

「海からは離れているっていうことね」

「そういうことですね、マダム」

道路はますます細くなり、背の高いざらざらした石の塀のあいだをタクシー一台がようやく通れるくらいになった。車が止まったのは、高い錬鉄製の門の前だった。運転手は車を降りると、苦労しながら門を開けた。その先にあったのは、育ちすぎた黒っぽい低木に覆われた荒れ果てた庭と、背の高い質素な家だった。閉じられた緑色の鎧戸が、無愛想でよそよそしい印象を与えている。

「ここがヴィラ・グロリオーサ？」わたしは改めてタクシーの運転手に訊いた。

「ウイ、マダム。塀の飾り板にそう書いてありますよ」

この家を名づけた人間は、壮麗さ《グロリアス》という言葉の誤った定義をすりこまれていたか、あるいは近眼だったかのどちらかだ。わたしは車を降り、伸びすぎたイタリアイトスギに意地悪くひっかかれながら、そのあいだに延びる細い小道を進んで、玄関をノックした。大きなオーク材のドアはペンキがはげかけていて、あまり開けられることがないような風情だった。足音が聞こえ、やがてドアがきしみながら開いた。

そこにいたのは、頭の天辺から爪先まで黒に覆われた大柄な女性だった。わたしをじろじろと眺める。

「ボンジュール」わたしは明るく微笑みかけた。「レディ・ジョージアナ・ラノクよ。聞いていると思うけれど」

「いいえ、聞いていません」彼女は冷ややかなまなざしをわたしに向けた。

「そんなはずはないわ。ここに滞在することになっているの。電報を打ったわ」

「電報など受け取っていません」

「わたしは公爵の妹よ」

「公爵なんて知りません」自分の言葉を強調するかのように、彼女ははちきれそうな胸の前で腕を組んだ。

わかりかけてきた。あの間抜けなタクシー運転手が、間違った住所にわたしを連れてきたに違いない。「ここはヴィラ・グロリオーサでしょう？」わたしは訊いた。

そのとおりだった。

「いまここを借りているのは、ファーカー夫妻？」

「ファーカー？　ウイ」彼女が答えた。

「それならここで間違いないわ。わたしの兄夫婦がファーカー夫妻とここに滞在していて、わたしも合流することになっているの」

「別のお客さんが来るなんて、聞いていません」

「それなら夫妻のどちらかを連れてきてちょうだい。説明してくれるわ」

彼女は組んだ腕をほどこうとはしなかった。「みなさん、お出かけです」

「いつ戻ってくるの？」

「知りません。ピクニックに行ったんです」

「何事だね？」クイーニーといっしょに、荷物を持った運転手がうしろから近づいてきた。

「この人がなかに入れてくれないの」わたしは言った。

「イギリスのお嬢さまを追い出す権限があんたにあるのか？」運転手が訊いた。「こちらはイギリスの貴族のお嬢さまだぞ」

「この家はミスター・ファーカーが借りているんだよ。彼がいいと言うまでは、知らない人間を入れるわけにはいかないね」

「玄関前で座っているつもりはないから」そろそろ忍耐力の限界だった。礼儀は尽くしたはずだ。「招待されてもいないのに、メイドをつれて、荷物を持って、わざわざここまで来るとでも思うの？　イギリス人貴族に対して、その態度はあまりに失礼だわ」わたしは運転手を振り返って言った。「荷物を家のなかに運んでちょうだい」

黒い服のその女性は、運転手をなかに入れるべきかどうか考えているようだった。運転手は体格のいい男だったから、結局彼女は道を開けた。「彼女が寝る場所なんてないんだからね。ファーカー夫妻が戻ってくるまで、応接室でなら待っていてもいいよ」わたしが階段を駆けあがるかもしれないとでも言うように、彼女はその前に立ちふさがった。

応接室は恐ろしく陰気だった。長いあいだ、だれもはいったことがないかのようにかび臭くて、じっとりしている。実際、暗い隅にはキノコでも生えているのではないかと思うほどだ。寒かったが、背の高い大理石の暖炉に火ははいっていなかった。鎧戸は閉められ、置かれている家具はどれも黒っぽくてどっしりしている――使い心地も悪かった。わたしが座ったソファはひどくでこぼこしていた。クイーニーは玄関ホールに置いたトランクに座っている。初めのうち、わたしは腹を立てていたが、次第に不安が募ってきた。電報を打ったのだから、わたしが来ることはわかっていたはずだ。つまるところ、わたしは歓迎されていないのかもしれない。

9

一九三三年一月二二日

ヴィラ・グロリオーサ。なんて不釣り合いな名前。この家のどこにも壮麗《グロリアス》なところなどない。そのうえ、歓迎もしてくれない。ここに来たのは正しかったんだろうか？

時間だけが過ぎていった。空腹を感じ始めていたが、あの意地悪ばあさんが食べるものを出してくれる可能性はあまりなさそうだ。ポッジは午後のお昼寝のために戻ってこなければならないはず。そうでしょう？　庭を散歩してみたい気持ちもあったが、一度家の外に出たが最後、もう入れてくれないかもしれないという気がした。どこかの部屋で、時計が一時を打つ音が聞こえた。そして二時。

クイーニーがドアの隙間から顔をのぞかせた。彼女には玄関ホールに置いた荷物を見張らせている。

「ものすごくお腹がすきましたよ、お嬢さん。この家はディナーはないんですかね？」

「ディナーは夜にいただくものよ、クイーニー」わたしは答えた。「わたしが言ったことを覚えている？　お昼の食事をディナーと呼ぶのは下層階級の人たちだけ。わたしたちはランチと言うのよ。とにかく、家の人たちが帰ってくるまで、なにも食べるものはなさそうね」

「どこかのホテルに泊まることにしたらどうですかね。どんなひどいところだって、あのばあさんよりはましですよ」

「わたしもそう思うわ。でもホテルに泊まるだけのお金がないの。ここで待つほかはないわ」

「チョコバーを持ってますから、半分こしましょう」クイーニーは気前よくそう言うと、キャドバリーのチョコバーを半分に割った。

三時近くになって、話し声と砂利を踏みしめる音が聞こえてきた。応接室から出ようとしたところで、玄関のドアが勢いよく開き、大人たちに先だってポッジが駆けこんできた。わたしを見ると驚いて飛びあがり、だれであるかに気づいてぱっと顔を輝かせた。

「ジョージーおばさん！　来たんだね」振り返って告げる。「ママ、パパ、ジョージーおばさんだよ」

顔をあげると、四人の大人が驚愕と恐怖のないまぜになった表情でわたしを見つめていた。

「いったいここでなにをしているの？」フィグが尋ねた。

「会えてうれしいよ、ジョージー」ビンキーが言った。「来られてよかった。だが、あらかじめ言っておいてほしかったね」

「二日前に電報を打ったわ」

「電報など受け取っていませんよ」フィグをさらに傲慢にし、無愛想にし、いくつか年を取らせたような女性が口を開いた。「どこの住所宛てに送ったんです？」

「ヴィラ・グロリオーサですけれど」

印象的なカイゼルひげを生やした赤ら顔の大柄な男性が、鼻を鳴らした。

「間抜けのフランス人がまた間違えたのだな。実にどうしようもない——外国人にはまったくお手あげだ。ヴィラ・グロリューというところがあって、以前にも間違えられたことがあるのだよ」彼はわたしに近づいてくると、手を差し出した。「フォギー・ファーカーだ。きみはジョージアナだね。やっと会えてうれしいよ。質素な家にようこそ」

少なくとも、男性陣はわたしを歓迎してくれているようだ。「ありがとうございます」

「そしてこちらが妻のダッキー」

「姉のマチルダよ」フィグが言い直した。「マチルダ、彼女がビンキーの妹のジョージアナ」

マチルダ？　頬が緩みそうになるのをこらえた。ひとつの家にヒルダとマチルダ。ダッキーとフィグというあだ名が使われている理由がよくわかった。わたしは彼女と握手を交わした。かぎ爪を握っているような、ごつごつした手だった。

「驚かせてごめんなさい」わたしは言った。「でも本当に電報を打ったの」

「どうやってここまで来たの？」フィグが訊いた。「運賃を払うだけのお金はないはずでしょう？　普通の列車の二等で来たの？」

「いいえ、あなたたちと同じブルー・トレインよ」おおいに満足感を覚えながら、わたしは答えた。「王妃陛下が切符代を出してくださったの。わたしの顔色がひどく悪いから、日光が必要だとおっしゃって」

「王妃陛下?」ダッキー・ファーカーが言った。「陛下があなたの切符代を?」フィグに目を向ける。

「陛下はジョージアナに対しては甘いのよ」フィグが冷たい声で言った。

「陛下は親戚にはとてもお優しいの」わたしは王家の血を引いているけれど、彼女たちはそうではないことを思い知らせるために言い添えた。「いつでも歓迎するとビンキーとフィグが言ってくれたから……」そこから先はあえて言わなかった。

ダッキーは悪意そのもののような視線をフィグに向けた。「もちろん歓迎しますとも」ダッキーが言った。「ただ問題は——あなたにはどの部屋を使ってもらえばいいのかしら?この家はあまり広くないのよ。広告に書かれていたよりずっと小さいの。本当に狭苦しいのよ」

「予備の寝室はないんですか?」

「ちゃんとした部屋はないのよ。屋根裏の使用人区画にはいくつか部屋があるけれど、あなたをメイドといっしょにそんなところで寝かせるわけにはいかないでしょう。そこまで常識はずれのことはできません」

「モードの部屋で寝てもらったらどうかしら?」フィグが提案した。

「モード？」

「わたくしたちの娘よ。そうね、モードの部屋は広いし。でもあの子次第だわ。あの子はとても繊細で気難しいんですもの」

「あの子に訊いてみてくれ、ダッキー」フォギーが我慢できずに言った。「どこにいるんだ？モード？」

玄関のドアから顔がのぞいた。むっつりした表情。おさげ髪の不器量な顔。一〇歳前後の少女で、反抗的な目で両親を見つめている。

「モード、こちらはジョージアナ、ビンキーの妹さんよ。あなたの部屋をいっしょに使ってもらってもいいかしら？」

モードはさも嫌そうにわたしを見た。「人形たちを置いておく場所がいるのに」

「ほかに部屋がないのだよ、モード」フォギーが言った。「彼女はおまえのおばさんのようなものだ。そのうえ遠いところをはるばる来ている。おまえも話し相手がいるほうがいいだろう？」

「お喋りは嫌いよ」モードが言った。ふさわしい名前をつけられている子供がいるとしたら、まさに彼女がそうだった。モード以外にありえない。

「娘はとても繊細なの」ダッキーが繰り返した。「機嫌を直すには時間がかかるわ」

「わたしの寝る場所がないのなら、帰らなくてはならないでしょうね。王妃陛下が失望なさるわ」

これがわたしの切り札だった。効き目があることはわかっていた。

「ジョージアナを冷たくあしらったなどと陛下に思われるわけにはいかないわ」フィグが言った。「どうにかして、彼女の寝る場所を作らなければ」

「書斎に折り畳み式のベッドを運びこんだらどうだろう」フォギーが提案した。「だれもそこには行かないだろう？」

「まったく妙な家なのだよ、ジョージー」ビンキーが言った。「書斎があって、喫煙室があって、音楽室があって、ビリヤード室がある。なのに寝室とバスルームがまったく足りないのだ」

「ジョージーおばさんは、ぼくとナニーといっしょに寝ればいいよ」連帯感を示すようにポッジがわたしの隣に立った。素晴らしい解決法だと思った。

「ナニーとぼく、でしょう」フィグが言い直した。「文法は正しく使うようにしてちょうだい、ポッジ。それにひとつの寝室に三人も寝るのは健康的とは言えないわ。新鮮な空気が必要ですもの」

「わたしのメイドはどこで寝れば？」わたしは尋ねた。

フィグは初めてクイーニーに気づいた。「まさか、あの子を連れてきたの？　あなたときたら、いったいどうしたというの、ジョージアナ？」

「メイドは必要だし、わたしには彼女しかいないんですもの」

フィグはダッキーに言った。「彼女が例のとんでもない娘よ。本当に育ちが悪いの。上流階級のなかでどんなふうに振る舞えばいいのか、まったくわかっていないのよ」

「それでも、寝る場所は必要だわ」わたしは言い張った。

「あなたのメイドの部屋を使わせるのね、フィグ」ダッキーがため息と共に答えた。クイーニーに向き直って言う。「ご主人さまの荷物を運びなさい」

「仰せのとおりにいたします、マダム」クイーニーは上流階級のアクセントを真似て言った。

「よくもまあ、ご主人さまの物まねをしようだなんて」フィグが叱りつけた。「ジョージアナ、本当にあの子はクビにしないとだめよ。すぐにフランス人メイドを探しなさい」

そのとき、黒い服のガーゴイルが暗がりから現われて、フランス語でまくしたてた。なにを言ったのか、理解できたのはわたしだけだったと思う。

「だれも教えてくれなかったから、彼女が来ることを知らなかった。彼女をいったいどこで寝かせるつもりなの?」わたしは通訳した。フィグたち全員が彼女を恐がっているのがよくわかった。「この人はいったいだれなの?」

「マダム・ラピスだ。ここの家政婦なのだが、怖い人でね」フォギーが答えた。

「書斎で寝てもらいます」フィグがひどいフランス語で言った。

「ありえません! 貴重な本がだめになります!」ガーゴイルは手を振り回し、破壊行為をしかねないとでも言わんばかりに目をぎらぎらさせながらわたしをにらみつけた。

「ほんのしばらくよ」フィグが釈明した。

ガーゴイルはわざとらしいため息をつくと、わたしの一番重いスーツケースを持って足音も荒く階段をのぼっていき、広々とした薄暗い書斎に向かった。壁は床から天井までかび臭い古い本で覆われている。部屋のほとんどはマホガニーのマップテーブルが占領していた。片側の壁にそのテーブルを寄せると、なんとか折り畳み式のベッドを置くだけの空間ができた。服をかけておく場所もなければ、鏡もない。わたしに長居をしてほしくないと思っていることがよくわかった。

洗面道具を出してテーブルに並べていると、怒りと失望のあまり涙がこみあげてきた。来るべきではなかったのだ。わたしをここに送りこもうと思ったのなら、王妃陛下はホテルに泊まるだけのお金を出すべきだった。フィグの親戚がものすごくけちなことくらい、陛下もわかっていらしたはずなのに。

着替えを終え、お茶の時間だろうと思いながら階下におりた。開いたドアの向こうからフィグの声が聞こえた。それともダッキーだろうか？「少なくとも、子供たちの面倒くらいは見られるはずよ。違う？モードに勉強を教えてもらってもいい。そうすれば、家庭教師を探す必要もなくなるわ」

「モードはとても聡明な子なの。あなたの義理の妹に勉強が教えられるかしら。とりあえず、試してみてもいいでしょうね。ずいぶんと節約になることだし」

わたしは咳払いをしてから部屋にはいった。「お茶の時間かしら」

「ここにいるあいだは、お茶はしないことにしているの」ダッキーが答えた。「モードもいっしょにテーブルにつけるように、夕食を早めにするの。いつも休暇中はそうしているのよ。

大人の会話に加わるのは、あの子にとってもいいことですもの」

「今日は朝から、なにも食べていないんです」わたしは訴えた。「料理人に頼んでサンドイッチを作ってもらってもいいかしら？」

「かまいませんよ」ダッキーがしぶしぶ応じた。

「それから、ジョージアナ」フィグが言った。「子供たちの面倒を見てもらえないかと思っているのよ。勉強を教えてやってほしいの。そうしないと、あの子たちときたら遊んでばかりなんですもの」

クイーニーとわたしの分のチーズ・サンドイッチをなんとか手に入れたものの、夕食の時間になるころにはお腹がぐーぐー鳴っていた。喜びいさんで食堂に向かうと、待っていたのは冷たいハムとレタスと茹でたじゃがいもだった。ガーゴイルがため息をついたりうなったりしながら、給仕をした。

「冷たいハムなのかね？」フォギーが訊いた。「昼食にハム・サンドイッチを食べたばかりだろう？」

「直前になって変更したのよ」ダッキーが答えた。「ビーフ・キャセロールを作るように言ったのだけれど、確かめてみたらニンニクと玉ねぎがたっぷりはいっていたの。モードにそんなものを食べさせるわけにはいかないでしょう？　まったくなにを考えているのやら」今度はわたしに向かって言う。「ステーキ・アンド・キドニー・プディングさえ作れないのよ。信じられる？　それに朝食――朝からキドニーだなんて、聞いたこともないそうよ」

「それからナス《エッグプラント》」フォギーが付け加えた。「エッグプラントとかいうものをしきりに出すのだ。卵とは似ても似つかないがね」

「それにちゃんとしたプディングだって作れないのよね、お母さま？」モードが口をはさんだ。「ライス・プディングが食べたかったのに、まずい果物しか出てこないんだから」

わたしは無言のまま自分のハムを食べ終えたところで、ここに来た理由を思い出した。

「サー・トビー・グローパーをご存じですか？」

「あの成りあがりだな。名前を聞いたことはあるが、個人的な知り合いではない」フォギーが答えた。「わたしたちの一員ではないからね」

「商売で財産を築いたのよ」ダッキーがさらに言った。

テーブルについている全員が身震いした。

「それもただの商売じゃない」フォギーがそのあとを引き取って言った。「武器を売っていたのだ。わたしたちの祖先は東インド会社に関わっていたが、あれはちゃんとした貿易だった。現地の人たちに文明ももたらした。だが彼の家は、戦争のたびにどちらの側にも銃を売ってきたのだ」

「そうなの？　自動車で財産を築いたのだと思っていたわ」ダッキーが言った。

「戦争のあとはそうだ」

「それについても、スキャンダルを耳にしたぞ」ビンキーが割ってはいった。「共同経営者をだまして、財産を巻きあげたかなにかしたのではなかったかな？」

「そうなの？」フィグが訊いた。

「だましたわけではないかもしれないが、あの自動車エンジンを本当に開発したのがだれなのかが問題になったのだ。裁判になって、確か共同経営者は自殺したと記憶している」

「下品な人よ」ダッキーが言った。「リヴィエラ中に自分がどれほど裕福かを見せびらかしているの。これみよがしな派手なヨットと芸術品でいっぱいのヴィラ。もちろん、趣味の悪いものばかりよ」

「ヴィラはどこに？」わたしは訊いた。

「知らないわ」

「パーティーで会ったりはしないの？」

「わたくしたちはパーティーには行かないのよ」ダッキーが答えた。「音楽はうるさいし、みんな酔っているし。わたくしたちはお酒をいただかないの」

そのときになって、テーブルにワインが載っていないことに気づいた。

「ブリッジやホイストのような静かなカードゲームのほうが好きなのでね」フォギーが言い添えた。「それにダッキーはジグソーパズルをする」

さあ、困った。ヴィラ・グロリオーサに閉じこめられて、水を飲み、子供たちに勉強を教え、ジグソーパズルをする日々を送っていたら、どうやってサー・トビーに会えばいいのだろう？

夕食のあとは陰気な応接室に移動し、フィグたちはホイストを始めた。ダッキーが時折、いんちきをしていると言って夫を責める以外は、沈黙のうちにゲームは続けられた。一〇時前には寝室に引きあげたので、わたしも書斎に戻り、寝間着に着替えた。ひとつ上の階にあるバスルームから出てきたところで、だれかがわたしの前に立ちはだかった。フォギーだった。赤と白の縞模様の趣味の悪い部屋着を着たその姿は、まるで歩く理髪店の看板柱のようだ。

「きみが来てくれて、本当にうれしいよ」薄明かりのなかに見える彼の顔はひどく赤くて、目はどんよりしていた。「家のなかが活気づくというものだ」彼はわたしの行く手をふさぐように位置を変えた。「ぜひ、きみをもっとよく知りたいね」

好色なまなざしとしか表現しようのない目つきをわたしに向けた。男性に関してはごくわずかな経験しかないわたしでも、その視線がみだらなものであることはわかる。ほかにも気づいたことがあった。息がアルコール臭い。ダッキーはお酒を認めていないかもしれないが、フォギーがひそかに飲んでいることは間違いなかった。

「書斎にひとりで寝るのはさぞ寂しいだろう」わたしがぞっとしながら見つめていると、彼はさらに言った。「ここは、わたしたちの寝室からはずいぶんと離れている。なにも問題がないかどうか、わたしが時々確かめに来ることにしよう」

「わたしのことは心配しないでください。わたしなら大丈夫です。部屋に鍵をかけますから」

「フォギー？　だれと話をしているの？」廊下の向こうからダッキーの甲高い声がした。

「いま行くよ。不自由していることがないかどうか、新しいお客に確かめておきたかったのでね」フォギーはなにかをほのめかすように言った。そして恐ろしいことに、わたしに触ろうとして手を伸ばしてきた。どこを狙ったのかはわからないけれど、それを知るまで待ったりはしなかった。彼の脇をすり抜け、階段を駆けおりる。書斎のドアに鍵をかけた。

「ああ、もう」

これ以上のトラブルなんてごめんなのに。フォギーがわたしにちょっかいを出していることを知ったら、わたしがそそのかしたのだとダッキーは考えるだろう。男って、どうしてこんなにばかなのかしら？

男とその愚かさについて考えたせいで、頭から断固として締め出していた事柄が蘇ってきた。ダーシーという名前の男性はほかにも大勢いるわ、繰り返し自分にそう言い聞かせる。わたしはなんでもないことを思い悩んでいるのかもしれない。

10

ニース、壮麗とは言えないヴィラ・グロリオーサ
一九三三年一月二三日

助けて。なんとしても、いますぐ逃げ出さなければ。ほこりっぽくてかびくさい書斎か、これまで会ったこともないくらい可愛げのない子供と同じ部屋のどちらかを選ばなくてはならないなんて。そのうえ、いやらしいフォギーが夜ごと訪ねてくる。当然ながらろくな食べ物もなく、楽しみもなく、サー・トビーと会う機会さえなさそうだ。

わたしはある決意と共に、朝早く目を覚ました。すぐにでもベリンダを見つけなければいけない。そして、どこかほかに泊まる場所も。

着替えをして、朝食をとるために階下におりた。クイーニーが胸のあたりのパンくずをはらいながら、厨房から出てきた。

「お嬢さんに紅茶を持っていこうと思ったんですよ。でも紅茶がなくて、コーヒーだけなんです。それに、お嬢さんの部屋には鍵がかかってましたし」

「いいのよ。もう起きているし、あの書斎ではなにかを食べたり飲んだりする気にはなれないわ」

ガーゴイルがやってきて、腰に手を当てて言った。

「朝食？　あの人たちの朝食は九時にしてくれって言われてます。おそろしく寝坊なんだから」

「コーヒーとクロワッサンくらいないかしら。なにかお腹に入れておきたいわ」

「それくらいなら」

彼女は鼻を鳴らしながら応じるとその場を離れ、濃いコーヒーと硬くなった昨日のパンと、アプリコットジャムの入った小さなお皿を持って戻ってきた。

わたしはパンをふた口、み口食べ、タールのような味のおそろしくまずいコーヒーをひと口だけ飲んでから、散歩に出かけるとメモを残した。できれば長い散歩にしたかった。

外は素晴らしく気持ちがよかった。太陽が輝き、空は青く、空気はいい香りがする。ヴィクトリア駅でポスターを見ながら想像していたとおりだ。いろいろ問題はあるにせよ、スープをよそっているよりは、ここのほうがずっといい。道づたいに進んで町にはいり、ようやく海岸に出た。手すりにもたれて、早起きして散歩している人たちを眺める。海面が朝日にきらめいていた。プロムナードの先には目を引く桟橋があり、町の向こう側にはヴィラ――

てっきり、そのなかのどれかに滞在するのだと思っていた――の点在する緑の丘が見えた。わたしはしばらくそうやって新鮮な潮風を吸い、美しい風景に見とれていた。朝早くからベリンダを探しても無駄だ。彼女が一〇時前に起きることはめったにないし、自分のベッドにいるという確証もないのだから。それでも彼女が言っていたとおり、ホテルネグレスコに泊まっているのなら、伝言を残しておけばあとで会えるだろう。

焼き立てパンのにおいが漂ってきて、まともな朝食をとっていないことを思い出した。大通りにはオープンタイプの小さなカフェが数軒あった。そのうちの一軒に立ちより、美味しいコーヒーとクロワッサンを堪能した。たっぷりと時間をかけてお腹がくちくなったところでカフェを出て、大通りをホテルネグレスコまで歩いた。東洋風のピンクのドームがあるきらびやかな白い建物だ。階段をあがり、大理石のロビーにはいった。青と金色の制服を着た若者が即座に近づいてきて、ご用件をうけたまわりますと言った。ミス・ウォーバートン＝ストークに会いたいというと、若者は洒落たスーツ姿の男性に話をしに行った。スーツの男性は宿泊台帳を確認してから、わたしに近づいてきた。

「その方は当ホテルにお泊まりではございません」

「この一週間ほど、ここに泊まっていませんでしたか？」

彼は再び首を振り、そのような名前の女性はいらしていませんと答えた。

さあ、これからどうすればいいだろう？　このままでは、小憎らしい子供とヴィラ・グロリオーサの同じ部屋で寝泊まりし、フォギーのいやらしいまなざしと意地の悪いマダム・ラピスから逃げつつ、ゆっくりと飢え死にしていく羽目になる。心躍る展望とは言えなかった。カジノを見つけ、ベリンダが姿を見せることを期待して、一日そこで待ってみようと思った。その場を去りかけたところで、ふと思いついたことがあった。

「サー・トビー・グローパーは、ここによく来られるのかしら？」わたしは尋ねた。

「サー・トビーですか？　時々、いらっしゃいますが、この時間においでになることはありません。夕方遅くに、ご友人とお酒を飲みに来られることはありますが」いかにもフランスふうの素っ気ない仕草で、彼は肩をすくめた。

「彼のヴィラはご存じ？」

「もちろんです。プティ・コーニッシュのモンテ・カルロ側にあります。町から一、二キロ行ったところですが、道路からヴィラは見えません。小さな入り江の奥に建っているので」

　とりあえず、ヴィラの場所はわかった。いまこそベリンダが得意としている演技を真似するときかもしれない――ゲートの外で足をくじくとか、猛スピードで走ってきた車に轢《ひ》かれそうになるとか。そう、車の話がよさそうだ。ベリンダほどうまくやってのける自信はないけれど、試してみる価値はある。

　ホテルを出て階段をおりながら、これからどうしようかと考えた。恐怖の館に帰るなどもってのほかだ。町を散策しようと決め、海岸から離れて美しいヴィラの立ち並ぶ区画を歩き、やがて商店街に出た。店はちょうどシャッターを開け、店員たちが商品を並べているところだった。強い南部なまりで互いに声をかけ合い、挨拶をし、悪意のないからかいの言葉をやりとりしている。オープンカフェがずらりと並ぶ小さな石畳の広場に出たところで、おととい列車で知り合いになったふたりの女性がコーヒーを飲んでいるのを見かけた。ふたりに歩み寄り、そこに親しげな表情が浮かんでいるのを見てほっとした。

「お会いできてうれしいわ」わたしは言った。「ヴィラにいらっしゃるんだと思っていましたから」

「あら、そのとおりよ」ヴェラが答えた。「でも新しい香水のことで、ココがグラースの人と会うことになっているので、運転手に町まで連れてきてもらったのよ。わたしたちと会って、あなたがそんなに喜ぶなんて意外だわ。素っ気なくあしらわれたとばかり思っていたのよ。ねえ、ココ？」

「ショックだったわね。なんであなたが気を悪くしたのかわからなかったから」ココ・シャネルがさらに言った。

「どういうことでしょう？」

「ゆうべ、カジノにはいっていくあなたを見かけたの。声をかけたのに、あなたはまるっきりわたしたちを無視して通りすぎたんだもの」

「カジノ？　わたしはカジノなんて行っていません。ずっとヴィラにいましたから」

「妙ね」ヴェラはココを見た。「あれは間違いなくあなただった」

「本当に。双子の妹でもいるの？」

「まさか。本当にカジノにいたんだったらよかったのに。ゆうべは家族といっしょに、おそろしく退屈な夜を過ごしたんです」

「そのうち、わたしたちのヴィラでいっしょに食事をしましょう」ヴェラが言った。「料理人がとてもいい腕なのよ」

「いっしょに食事？」シャネルが文句を言った。「ぜひ今日の午後ヴィラに来てちょうだい。そうすれば、コレクションを発表するときにあなたに着てもらいたい服の試着ができるわ」わたしが口を開こうとすると、彼女は警告するように片手をあげた。「ノーなんて言わないで。そんな返事は認めないから。どうしてもお願いしたいの。あなたはわたしが探していた人そのものなのよ――本物のイギリス貴族。そう思わない、ヴェラ？」

「ええ、本当に」

わたしは顔が赤くなるのを感じた。「あなたが探していたのは、わたしじゃないと思います。きっとなにかとんでもない失敗をして、あなたに恥をかかせてしまいます。わかっているんです」

「ばかばかしい」ココは笑った。「ヴェラがいずれ話すでしょうけれど、わたしに恥をかかせるなんて不可能だから。わたしはこれまでにあらゆる種類のスキャンダルを乗り越えてきたの。面の皮がすごく厚くなっているのよ。だからヴィラに来て、わたしの服を着てみてちょうだい。頼んでいるのが、それほどとんでもないことじゃないってわかると思うわ。三時でどうかしら？」

確かにそそられる申し出だった。その後夕食にも招待されるだろうし、そうすればまともなものが食べられるし、親戚たちからも離れていられる。

「わかりました」わたしは答えた。「うかがいます」

「ヴィラ・マルグリートという家よ」ヴェラが説明した。「プティ・コーニッシュにあるの――東を向いたときに見える岬よ。タクシーで来るといいわ。歩くには遠いから」

「プティ・コーニッシュ？　サー・トビー・グローパーの家の近くですか？」

「あら、彼の家の真上よ」ヴェラは笑った。「庭とプールが見おろせるわ。そこも素敵なヴィラなの――プライベート・ビーチと桟橋があるのよ。彼のヨットの大きさときたら、ウェストミンスター公爵のヨット以上だと思うわ。そうじゃない、ココ？　相当なものだっていうことよ」

話は決まった。ファッションモデルになるのが、サー・トビーに近づくチャンスを得る唯一の方法だというのなら、そうするほかはない。あとは、あまりひどいへまを犯さないことを祈るばかりだ。

家に戻ってみると、親戚たちは芝生の上に並べたデッキチェアに座っていた。わたしを見ると、彼女たちの顔にいらだちの表情が浮かんだ。

「長々といったいどこに行っていたの？」フィグが詰問した。

「町で友だちとコーヒーを飲んでいたのよ」わたしは答えた。

「友だち？　あなたの友だちがここにいるなんて知らなかったわ。ビンキー、あなたは知っていた？」

フィグの脳みそが回転しているのが見える気がした。友だちがいるのなら、ジョージーはそこに泊まればいい。フィグはそう考えている。

「正確に言うと、列車で会った人たちなの。そのうちのひとりは、親戚のようなものよ。ヴェラ・ベイト・ロンバルディ。知っているかしら？」

姉妹は妙な表情で目と目を見交わしたあと、ダッキーが言った。

「聞いたことはある……」

「その人って、ケンブリッジ公爵の……」とフィグ。

「そうよ」ダッキーがきっぱりと応じた。

「それからデザイナーのココ・シャネル」わたしは言い添えた。

「シャネル？　あなた、シャネルと知り合いなの？」ふたりの顔がぱっと輝いた。

「ええ。それで、彼女の新しいコレクションのモデルをすることになったの」わたしは快活な口調で言った。「数日中に大がかりなパーティーで披露するそうよ」

「あなたにモデルをしてほしいって彼女が言ったの？　あなたに？　よりによって？」シャネルがそこまで切羽詰まっているとはとても信じられないと言わんばかりのフィグの表情だった。

「新しいコレクションにわたしがぴったりなんですって。午後には彼女のヴィラに行って、試着をすることになっているの。夕食には戻ってこないかもしれないから、わたしのことは待たないでね」

氷のような沈黙。

「子供たちの面倒を見てもらいたいと思っていたのよ。出歩いてばかりいるんじゃなくて」フィグが言い、ダッキーがうなずいた。

「ポッジの乳母を連れてきたんだと思っていたわ」わたしは言わずにはいられなかった。

「それに家にいるときだって、あなたはずっとポッジの面倒を見ていたわけじゃない」

「あの子はお茶の時間のたびにわたくしたちのところに来るわ。そうよね、ビンキー?」フィグは侮辱されたと言いたげな顔だった。「お茶の時間には毎回来るの。それにもちろん乳母は連れてきている。わたくしたちが考えていたのは、あなたに勉強を教えてもらえないかということよ。ポッジは読み書きの勉強が必要なの」

「モードは授業で後れを取るわけにはいかないの」ダッキーが言った。「だからといって、トップの学校に行かせるつもりはないわ。ローディーンに行かせようと思うの」

「それなら、残念だけれどお役に立てないわ。わたしが知っているのは、頭に本を載せて歩くことくらいだもの」

「フランス語もできるじゃないの」フィグが言った。「子供たちに教えられるはずよ」

わたしをただではここにはいさせないと心に決めているらしかった。なんて不愉快な人だろうと思いながら、わたしは彼女を見やった。これまで何件かの殺人事件に関わってきたが、彼女なら殺しても許されるような気がした。

ある程度はやる気があることを見せるため、子供たちに三〇分、フランス語を教えた。罵り言葉をもっと知っていればよかったのに。そうすればいまこそ使えたはず——とりわけモードに。昼食は、夕食や朝食よりさらにわびしいものだった。テーブルの中央に、小さなチーズの塊とパン、トマトとオリーブが置かれているだけだ。

「昼食は軽くすませることにしているの」ダッキーが言った。「そのほうが消化にいいのよ」

昼食を終えると、一行は昼寝《シエスタ》をするため部屋に引き取った。わたしは一番ましなドレスに着替え、頬紅と口紅を軽くつけてからヴィラ・マルグリートに向けて出発した。気持ちのいい午後で、歩くには遠すぎると言われたが、タクシーを見つけるより先に海岸に着いた。海岸はいかにもわたしを誘っているように見える——色鮮やかな更衣室、ずらりと並んだ籐の長椅子とそこに置かれた明るい青色のクッション、同じ色のパラソル。海岸が砂ではなく小石であることに気づいて少しがっかりしたが、だれもそんなことは気にしていないようだ。水着を着た人々が日光浴をしている。わたしは水着の大胆さに驚愕した。多くの女性の水着は背中が露わになっているし、男性のものはと言えば、黒い下着にしか見えない。子守がここにいたら、その場で卒倒していただろう。

彼らのほとんどが爪先だけしか海にはいっていないことに気づいた。勇気があるのはだいたいが子供だ。なかでも黒い巻き毛の少年は、恐れることもなく波に突っ込んでいっては、さらに大きな波がやってくると大声をあげながら駆け戻ってくるということを繰り返していた。

デッキチェアに座っていた男性が立ちあがり、少年の手を取ると海に向かって歩いていき、いっしょになって波を飛び越え始めた。少年と同じような癖のある黒い毛で、うなじのあたりのカールした髪に見覚えがある気がした。そのとき彼が振り返り、わたしの心臓がひとつ跳ねた。ダーシー。わたしの視線の先で、ダーシーは籐のビーチチェアに寝そべっているストラップレスの水着を着た黒髪の女性を振り返った。長い黒髪が片方の肩の上で、思わせぶりなカールを描いている。彼女がなにか言ったらしく、ダーシーは大声で笑いながら、子供の髪をくしゃくしゃにした。やっぱり本当だったのだ。彼にはフランスに愛人と子供がいた。その存在をわたしにはひた隠しにしていた子供が。

ナイフで体の内側を真っ二つにされた気がした。ここから逃げ出したい。ただそれだけだった。よろめきながら歩きだすと老人にぶつかり、「気をつけろ!」と怒鳴られた。ぼそぼそと謝ってから、足を速めてただひたすら歩いた。あたかも速く歩けば、心の痛みが消えるとでもいうように。古い港までやってきたところで、ようやく足を止めた。息が切れていたし、横腹も痛んだ。町の好ましい地域からも出てしまっている。あたりにタクシーは一台も見当たらない。大通りまで戻り、ようやく見つけることができた。車が坂をのぼり始めると、シンプルな漁船にまじって様々な種類の高価なヨットが停泊している港が見えてきた。やがて町が遠ざかっていき、車は岩だらけの岬に沿って延びる道路を進んだ。道の片側にはきらめく海があり、反対側の急な斜面には何軒もの優雅なヴィラがしがみつくようにして建っている。派手な色の鎧戸とパステルカラーの壁の伝統的な地中海様式のヴィラから、新古典派のヴィラ、あるいは恐ろしいほど殺風景で現代的なヴィラまであった。目の前には美しい白いヨットが点々と浮かんでいる。タクシーは大通りをはずれ、ひっそりした入り江にたどり着いた。

「ヴィラ・マルグリート」運転手が言った。背の高い石の塀に囲まれていたが、錬鉄製のゲートの隙間から昔ながらの美しい四角いヴィラが見えた。濃い緑色の鎧戸と赤いタイルの屋根の赤みがかったピンクの建物が、きれいに刈りこまれた芝生の真ん中に建っている。わたしはそっとゲートを開き、傾斜した砂利の私道を玄関に向かって歩いた。

わたしを出迎えたのは、白いキャップをつけたメイドだった。マダム・シャネルと約束があるのだと言うと、彼女は膝を曲げてお辞儀をしてから、ひんやりした大理石の玄関ホールにわたしを招き入れた。

「ここでお待ちください」彼女はフランス語で言った
「だれなの、クローデット」階段の上から豊かな声が響いた。

「マダム・シャネルにお客さまです、マダム」

「マダム・シャネルはテラスよ。いま行くわ。わたしが案内するから」

声の主が階段をおりてきた。真紅のゆったりしたズボンと着物風の短いジャケットが優雅だ。ボブスタイルにした金色の髪はつややかに輝き、その目はどの女学生にも負けないくらい、いまもまだ大きくて青かった。わたしを見ると、一段と目が大きくなった。

「あらまあ。ジョージー、ここでなにをしているの？」

「久しぶり、お母さま」わたしは言った。

11

一九三三年一月二三日

ヴィラ・マルグリートにて。素晴らしい日。

母はハイヒールのサンダルを鳴らしながら大理石の階段をおりてくると、わたしを抱きしめた。わたしたちはいつものように、頰と頰のあいだに一センチほどの隙間を開けて、キスを交わした。

「あなたがリヴィエラに来るなんて、だれも教えてくれなかったわ」わたしが隠し事をしていたとでも言わんばかりに、母が唇を尖らせた。

「お母さまだってここに来ることを教えてくれなかったでしょう？」わたしは指摘した。

「わたしを招待してもくれなかった」

「ジョージー、あなたは素敵なダーシーとロンドンを遊び回っているんだと思ったのよ」

「素敵なダーシーはロンドンにはいないし、もう素敵じゃなくなったの」

「あら。いったいなにがあったの？」

「彼には別の女性がいたのよ」

母は肩をすくめた。「彼は長くいっしょにいられるようなタイプじゃなかったのよ。気にしないことよ。海には魚がたくさんいるんだから」

「お母さまにはそうかもしれないけれど、わたしは違うの。マックスは？」

「ドイツの自宅よ」母は顔をしかめた。「あの人ったら突然、仕事、仕事、仕事になってしまって。ドイツ人がどんなふうだか、あなたも知っているでしょう？　わたしには太陽と光が必要だって訴えたのだけれど、彼ったらあのばかげた古い工場からてこでも動こうとしないの。数キロ離れたところにいる人を撃ったり、建物をつぶしたりできる新型の賢い戦車を作っているらしいわ。ドイツ人ときたら、本当に軍国主義なんだから。それもこれも、あのいかれた小男のヒトラーのせいよ。彼が権力を握るだろうってみんなが言っているわ。あんなひげをはやした人の言うことを、よくもまあ真剣に聞けるものよね。まるでハリネズミみたいじゃないの」母はそう言うと、楽しそうな笑い声をあげた。

「会えてうれしいわ」わたしは笑顔で応じた。母のそばにいると、だれもが笑みを浮かべずにはいられない。「それで、ひとりでリヴィエラに逃げてきたというわけ？」

「そうするほかはなかったのよ。あれ以上、もう一秒たりとも陰気な冬のなかにはいられなかったんですもの。それで、あなたはどこに泊まっているの？」

「フィグとフィグのお姉さんのところよ」

「まあ、嘘でしょう！」

「本当よ。とんでもなく悲惨な目に遭っているの。書斎に置いた折り畳み式のベッドで眠らなきゃいけないし、あの人たちときたらほとんどなにも食べないし、フォギー・ファーカーはわたしを誘惑しようとするの」

「そういうことなら、あなたにはここに滞在してもらわなきゃいけないわね。すぐにだれかをやって、あなたの荷物を運んでこさせるわ」

「ヴィラの持ち主は、いいって言うかしら？」

母はまた声をたてて笑った。「ばかな子ね。わたしが持ち主よ」

「お母さまが？」

「マルク＝アントワーヌがリヴィエラの小さなヴィラをわたしにくれたって話したことがあるでしょう？　覚えていないの？」

「マルク＝アントワーヌ――レーシングドライバーの？」

「悲劇的な事故で死んでしまった彼よ。あんなに若かったのに。彼のことは深く愛していたのよ。彼こそが運命の人だって信じていたのに」

「お母さまには運命の人が多すぎるわ」

「でもマルク＝アントワーヌは別よ。事故で死ぬ直前に、彼がこの小さなヴィラをくれたの。きっとなにか予感がしていたのね。〝きみにはぼくのことを覚えていてほしいし、幸せでいてほしいんだよ、愛しいひと《シェリ》〟って言っていたわ」母は小さく体を震わせ、芝居がかったため息をついた。ここがウエスト・エンドの劇場だったなら、観客の涙を誘ったかもしれない。

「ここが〝かわいらしいちょっとしたヴィラ〟なの？」わたしは広々とした玄関ホールを見まわし、ゆったりした大理石の階段といくつもの部屋が四方にあるその先の廊下を眺めた。

「わたしにはかなり立派に見えるけれど」

「リヴィエラの基準からすれば、そうでもないのよ。でもわたしは充分に満足しているの。わたしのささやかな隠れ処《が》って呼んでいるのよ。なにかつらい目に遭ったときには、ここに逃げこむことにしているの」母はわたしの手を取った。「よく顔を見せてちょうだい。顔色は悪いし、くすんでいるわね。太陽と新鮮な空気とおいしい食事が必要だわ。テラスに行きましょう。ここがわたしのヴィラだと知らなかったなんて、おかしな話ね。ココに会いに来たって言ったわね――どういう用なのかしら。彼女の服をあなたが買えるはずもないし」

「新しいコレクションのモデルをしてほしいって頼まれたの」

母はまた大きな声で笑った。「あなたがモデル？　ばかなこと言わないでちょうだい。あなたときたら、どうしようもないほど不器用なのに。社交界デビューのとき、自分のトレインにつまずいたのを忘れたの？」

「わたしは、彼女が望んでいるとおりの容姿なんですって」憤然として答えた。自分を自分でけなすのと、他人からそう言われるのとは違う。それが母親となればなおさらだ。

「彫像みたいにじっと立っているのならそうかもしれないわね。でも、動いたらおしまいよ」

わたしたちは海上に張り出すように造られた、日光が溢れるテラスに出た。ヴェラとココ・シャネルが籐のテーブルの前に座り、一枚の紙の上で頭を寄せ合っている。「こういうふうにしたほうがいいと思うわ」ココが左手に持った煙草を振りながら言った。

「お客さまがいらしたわよ」母が告げると、ふたりは顔をあげた。

「まあ、わたしのかわいいモデルさんじゃないの」ココが煙草を持っていないほうの手を差し出した。「それじゃあ、ここの魅力的な女主人とは顔を合わせたわけね？」

「ええ、何度も」わたしは答えた。「わたしの母ですから」

「まあ、そうだったの。わたしったらなんてばかなのかしら。気づいてもよかったのに。でも……」

「ええ、わたしたちはあまり似ていないのよ」母が言った。「かわいそうに、この子はバーティの容姿を受け継いでしまったの」

「それに母はわたしのことを認めたくないんです。こんな大きな娘がいる年だということを気づかれたくないらしくて」

「ばか言って。あなたを愛していることは、わかっているでしょう？」母が言った。

「さあ、ここに座ってちょうだい、マ・プティ」ココが言った。「あなたに着てもらうつもりの服を見せるわ」

「ジョージーをモデルとして使うなんて、本気じゃないでしょう？」母が訊いた。「ココ、この子は生まれつき不器用なのよ。二歩も歩けば、自分の足につまずくんだから。それに足ときたら、とんでもなく大きいのよ」

「ばかばかしい。わたしが教えれば、素晴らしいモデルになるわよ」ココが反論した。「これよ、マ・プティ——あなたのために作った服。素晴らしいでしょう？」

わたしはデザイン画を見た。彼女が言っていたとおりの服だ——男性用のツイードのスポーツジャケット、胸元からのぞくひらひらした淡褐色のレースのブラウス、黒いシルクのゆったりしたズボン、そして首には非常に高価なものらしい真珠と宝石のネックレスをつけている。

「驚いたわ」母がココ・シャネルの肩ごしにデザイン画をのぞきこみながら言った。「そんな男性っぽい服を着たいとは思わないわね」

「あら、でもものすごくセクシーよ。コレクションに来た男性たちの顔を見るといいわ」ココはヴェラを見あげて微笑んだ。「彼女のジャケットを脱がせたがるでしょうね。それからズボンも」

「いま話題にしているのは、わたしの娘なのよ。この子は温室育ちなの」

「それなら、世界がどういうものかを学ぶのにいい機会よ」ココは立ちあがった。「いらっしゃい。わたしの部屋で試着してみましょう」

彼女がわたしをつれてテラスを出ようとしたところで、下から悲鳴が聞こえ、大きな水音がそれに続いた。わたしは手すりに駆け寄り、下をのぞきこんだ。

「あのばかな女よ」ココが嘲笑した。「品位のかけらもないんだから。わたしも貧しかったけれど、品位を身につけようと努力したわ。彼女はそれをしなかった」

それは、この下にあるほかの人の地所だった。美しいテラスには、春の花を植えた大きなテラコッタの飾り壺がところせましと並べられ、プライベート・ビーチがある小さな入り江の上には大きなプールが造られている。桟橋にはチーク材でできた流線形のモーターボートが係留されていて、沖には巨大な白と青のヨットが見えた。派手な金髪の若い女性がプールで水しぶきをあげていて、真紅の水着を着た恰幅のいい年配の男性がプールサイドに立ち、彼女のことを笑っている。

「なにすんのよ。ひどいじゃないの」彼女が叫んでいる。「髪が台無しになったじゃない」

「あれがサー・トビー・グローパー？」わたしは訊いた。

「そうよ。鼻持ちならない男」母が応じた。

「彼女は奥さん？」

母はくすくす笑った。「ジョージー、あなたってうれしくなるくらい純情なのね。彼の妻はどこかよそにいるわ。あれはオルガ、愛人よ。ロシアからの移民なの。王家の血を引いているって自分では言っているけれど、信じている人はだれもいないわ。サンクトペテルブルグかどこかの貧民街の出でしょうね」

「あら、ロシア人ですらないのよ。貧民街は貧民街でもパリなんだから」ココが口をはさんだ。

「どうして彼が鼻持ちならないと思うの？」わたしは訊いた。

「レーシングカーを開発する共同事業をマックスとやりたがったの。彼の言うことはまったく信用できないってマックスは言っていたわ。彼はただマックスのデザインを盗んで、自分の車に使いたいだけだったのよ」

「それじゃあ、彼と社交上のお付き合いはないの？」

母はため息をついた。「ここはリヴィエラよ。遅かれ早かれ、必ずだれかしら知っている人に会うし。パーティーに出席することになるわ。それにカジノに行けば、同じパーティーに出席することになるわ。それにカジノに行けば、必ずだれかしら知っている人に会うし。カジノと言えば、あなたの荷物をだれかに取りに行かせなきゃいけないわね。そうしたら今夜、いっしょにカジノに行けるわ」

「いいえ、だめよ」ココがきっぱりと告げた。「わたしのショーでモデルをしてもらうまでは、彼女は人前には出さない。華々しく登場してもらって、みんなを驚かせたいのよ」

「この子がランウェイから足を踏み外して公爵未亡人の膝の上に落ちたら、望み通りになるでしょうね」母が言った。

「お母さんの言うことには耳を貸さなくていいのよ」ココが言った。「わたしはあなたを信じているから。トレーニングが終わるころには、だれもあなたが素人だなんて気づかなくなっているわ。いらっしゃい、いまから始めましょう」

「フランツにあなたの服をどこに取りに行かせればいいのかしら？」母が尋ねた。

「わたしが自分で行くわ。だれかに服を取りに行ってもらって、挨拶もせずにいなくなるのは礼儀正しいとは言えないもの」

「あなたの話を聞くかぎり、あの人たちが礼儀正しかったとは思えないけれど」

「そうね。でも乳母がいつも言っていたとおり、どんな人に対しても敬意を払うのが本当の育ちの良さですもの。それに、ココ・シャネルと同じ家に滞在するって話したときのあの人たちの顔が見てみたいの」

母は美しい声で笑った。

「ほらね？　やっぱりあなたにはわたしの血が流れているのよ」

ココがわたしに着せようとしている服は、横木に吊るされていた。わたしの目にはひどく奇妙に映った——ツイードはあまりにもツイードっぽく、ブラウスはあまりにもひらひらで、ズボンはあまりにも粋で優雅だった。わたしはそれを着て、鏡に映る自分をまじまじと眺めた。

「圧巻ね」目にしたものにおおいに満足したかのように、ココがうなずいた。「言ったとおりでしょう、ヴェラ？」

「みんなをうならせることになりそうね」ヴェラも同意した。

「ネックレスをするのかしら？」わたしはむきだしの首に手を当てた。

「ええ、そうよ。いまは銀行の金庫に安全に保管してある王妃陛下のネックレスを」ヴェラが言った。「ショーの直前にわたしが取りに行ってくるわ。たくましいふたりの警察官にいっしょに行ってもらって、しっかりと見張っていてもらう。万全を尽くすって陛下に約束したのよ」

「それをつければ完璧ね。楽しみにしていて」ココが言い添えた。「でも靴がいるわ。ものすごく高い靴じゃないとだめね。ウェッジソールのハイヒールを持っている？」

「わたしはハイヒールは履かないの。それでなくても、すごく背が高いんですもの」

「ハイヒールじゃなきゃだめよ」ココが断言した。「ヴェラ、いますぐ彼女の靴を買ってきてちょうだい。サイズは？」

「イギリスサイズの七号」自分の足が大きいことはわかっていたので、わたしは顔をしかめながら答えた。

ヴェラが部屋を出ていき、ココは両手をパチンと打ち鳴らした。「さあ服を脱いで、トレーニング開始よ」


靴が届いた——ものすごく高いヒールだ。わたしは竹馬に乗った人のように、よろよろと歩いた。

「そうじゃない、こうよ！」ココが指示する。「もう一度。どすどす歩かないで、滑らかに」

二時間みっちりとココにしごかれ、歩き方と回り方を練習したあとで、わたしはようやくタクシーでヴィラ・グロリオーサに戻った。わたしがいなくなると聞いて喜ぶとばかり思っていたのに、フィグもダッキーもかなり気分を害したようだ。

「それがあなたの感謝の気持ちだということね」フィグが姉に視線を投げかけながら言った。

「だってここにはわたしがいる場所はないじゃないの。書斎の折り畳み式ベッドでずっと寝るわけにはいかないわ」

「モードがあなたと同じ部屋で寝るのをとても楽しみにしているのよ。自分で人形を片付けたくらい。それにあなたのフランス語のレッスンも楽しみにしている」

モードがわたしと同じ部屋で寝るのを楽しみにしているのは、威張り散らすことができるからだろう。

「時々ここに来て、子供たちにフランス語を教えるくらいはできると思うわ。でもニースには、わたしよりずっとフランス語を上手に教えられるフランス人が大勢いるんじゃないかしら。それに、母がわたしといっしょに過ごせることを喜んでいるのよ」

「彼女といっしょに過ごすのはどうなのかしらね?」フィグが言った。「ほら、彼女にはいろいろと評判があるし」

「自分で得た名声よ」わたしは笑顔で答えた。「とにかくわたしは、ココ・シャネルの近くにいる必要があるの」

「シャネルがあなたのお母さんの家にいるの?」ふたりの女性は悪意をむき出しにした顔を見合わせた。

「母がお得意さまのひとりらしいわ」わたしはこのひとときをおおいに楽しんでいた。こんなに楽しい思いをするのは、久しぶりだ。

「美徳は報われないという、いい例ね」ダッキーが言った。「あなたとわたくしは貞淑な妻で誠実な母親だけれど、ジョージーの母親は次々と男を――それもたいていはだれかの夫だった――取り換えていた。その彼女が自分のヴィラやシャネルの服を買えるだけのお金を手に入れているというのに、わたくしたちには一〇年前のツイードの服しかないんだわ」

「そうね。でも母は目が覚めるくらいの美人ですもの」わたしは言った。「それに有名な女優だし」

ふたりが黙りこんだので、わたしはクイーニーと服をタクシーに押しこみ、ヴィラ・グロリオーサを――これっきりになることを心から願いながら――あとにした。

12

一九三三年一月二五日

ヴィラ・マルグリートにて。グロリオーサよりはるかに壮麗で素晴らしい。美味しい食事、日光——少なくとも、マダム・シャネルにつきっきりでしごかれていなかったら、日光を楽しめたはず。

二日後、ココ・シャネルにモデルとしての技能を徹底的に叩きこまれたわたしは、なんとかやりこなせるような気持ちになり始めていた。

「言ったでしょう？　あなたはみるみるうちに優雅な女性に変身している。ほんの少し手を加えるだけで充分だったわ。今夜あなたは観客を魅了するのよ。さあ、少し休んでくるといいわ」

「ビーチにおりて泳ごうと思っていたの」わたしは言った。「どうやって行けばいいのかしら？」

「あそこは、サー・トビーのプライベート・ビーチよ。だからあそこで泳ぐわけにはいかないわ。どうしても泳ぎたいときは、岩場に行かなければならないの。でも、ショーの前に怪我をするような危険を冒してほしくはないわね。それに水はとても冷たいのよ」

ココの姿が見えなくなると、わたしは自分の部屋に戻った。彼女に従うつもりはなかった。泳ぎたくてたまらない。それに、ビーチに――もちろんわたしは、そこがプライベート・ビーチであることを知らないのだ――おりていく途中で偶然サー・トビーに出くわすことでもなければ、あのヴィラに足を踏み入れる機会はなさそうだ。水着――いやになるほど子供っぽくて、見栄えのいいところなどまったくないだらんとした黒のウール――に着替え、一番頑丈なサンダルを履いて、地所の裏手に向かった。手入れされた庭の先は岩だらけの崖に続いている。子供のころからスコットランドの岩場をのぼりおりしていたから、おりるルートを見つけるのは難しくなかった。けれどスコットランドの山は頑丈な花崗岩だが、ここの崖は崩れやすい砂岩だった。露出した岩の上に片足を乗せたとたん、その岩が崩れ、気がつけばわたしは無様にも斜面をずるずると滑り落ちていた。ようやく止まったのは、サー・トビーの家のプール脇にある茂みのなかだった。ヴィラはプールのすぐ向こう側にあって、フレンチドアが開いている。歓迎すべき状況とは言えない――不法侵入と言われても仕方がないし、見つかればサー・トビーの歓迎されざる客のリストに載ってしまうだろう。それどころか撃たれるかもしれないし、番犬に襲われるかもしれない。

再び崖をのぼるルートを探していると、声が聞こえた――甲高い声。初めのうちはなにを言っているのかわからなかったが、喧嘩をしているのは間違いなかった。やがて声の主が近づいてきた。

「このろくでなし！」女性が叫んだ。

「わたしの目が節穴だと思うのか？　あばずれのくせに」男の低い声が応じた。

その女性はテラスに出てくると、振り返って部屋のなかをにらみつけた。

「こんなことをして、後悔するよ。オルガは許さないし、忘れもしないからね」

呪いをかけようとでもするように、彼女はこぶしを振り回した。そして、テーブルに置いてあったバッグをつかむと、足音も荒く出ていった。いまは、サー・トビーに会うのにふさわしいタイミングとは言えない。わたしはなんとか崖をよじのぼった。

部屋に戻ると、興奮したクイーニーが待っていた。

「なんとまあ、お嬢さん。聞いてましたか？　下ですごい騒ぎでしたね。すさまじい喧嘩でしたよ。紳士や淑女が使っちゃいけない言葉を使ってました。まるで映画みたい――それとも土曜の夜の〈スリー・ベルズ〉みたいでした」

「お金では育ちは手に入れられないということよ、クイーニー」わたしは言った。

体を休めようとしたが、緊張は高まるばかりだった。心配する時間ができたせいで、今夜のショーでわたしが起こすかもしれないあらゆる失態が頭に浮かんだ。恥などさらしたくないのに。お金持ちや有名な人たちがずらりと並ぶ前をモデルとして歩くなんて、どうして引き受けてしまったんだろう。頭がどうかしていたに違いない。サー・トビーに会いたかったということはあるけれど、それは理由のほんの一部でしかない。つまるところ、ココ・シャネルはとても強引な人だったから、ノーと言えなかったということなのだろう。

その日の午後遅く、わたしたちはタクシーで町に向かった。ショーは桟橋にあるカジノで行われるらしい。

「ヴェラとわたしはモデルたちがパリから無事に到着しているかどうかを確かめてくるから、あなたはネグレスコでお茶でも飲んでいてね」ココが言った。「リハーサルの準備ができたら迎えにくるから」

わたしが着るあの服以外は、自分のすべきことを知っている娘たちがモデルになるのだと知って安堵した。そのおかげで、わたしがどうしようもない素人であることが、だれの目にも明らかになってしまうとしても。ホテルのロビーに入っていくと、上品だけれど痩せ衰えた、見るからに育ちのよさそうな女性がフロントデスクの前に腰に手を当てて立っていた。

「これが一番いい部屋なの？」耳障りな英語で彼女が尋ねている。

「ウイ、奥さま。今夜のファッションショーのせいで、当ホテルは満室です。リヴィエラ中の人がいらしていますので」

「そういうことなら、仕方がないわね」彼女はミンクのストールの端を荒々しく肩にかけた。「それから、夫にはわたしがここにいることは知らせないでちょうだいね。わかった？　夫には内緒よ」

「承知いたしました、レディ・グローパー」

わたしは興味津々で彼女を眺めた。それでは彼女が、サー・トビーの妻なのだ。妻が来たことをだれかから聞かされて、それでサー・トビーは愛人を追い出したのだろうか。もし彼女がここに泊まっているのなら、お茶を飲みに来るだろうから、知り合いになれるかもしれない。そうすれば、ヴィラを訪れるチャンスも出てくるだろう。けれどいまは計画を立てている時間はなかった。心臓がすでに不安でどきどきしている。

わたしはロビーのすぐ脇にある羽目板張りのバーで紅茶を飲んだ。通り過ぎる優雅な人々を眺めながら、気持ちを落ち着けようと試みる。大金持ちの人がこんなに大勢いる。いまは本当に不況の最中なの？　ヴェラが迎えに来てくれて、わたしたちはフロントデスクにいる別の女性の横を通りかかった。彼女も英語を話していたが、アメリカ訛りがあった。

「ええ、ひと月滞在すると言ったわ」彼女はきつい口調で言った。「でも気が変わったの。友人からヨットのクルージングに誘われて、明日の朝に出発するのよ」こちらに背を向けていたが、わたしはすぐにそれがだれであるかがわかった。シンプソン夫人だ。

「なんですって？」フロント係がなにか言ったらしく、彼女が言い返した。「使いもしない部屋の代金を払うつもりはないわ。ばかばかしい。わたしが泊まって、ここを有名にしてあげたことをありがたく思ってほしいわね」

彼女はそう言い捨ててこちらに向き直り、わたしに気づいた。「あらまあ、女優の娘じゃないの。あなたがネグレスコみたいなところに泊まるとは思わなかったわ。ここでなにをしているの？」

「母のヴィラに滞在しているのよ」淡々と応じた。今日は彼女の言葉に踊らされるつもりはない。

「ああ、そういうことね。お母さまはようやくあなたを社交界に連れ出そうとしているのね。いい頃合いだわ。でもここではあなたをしっかり見張っておく必要があるかもしれない。外国に来たイギリス人は羽目をはずしがちだから」彼女は乾いた声で笑った。「そう言えば、ゆうべ偶然あなたのお母さまをカジノで見かけたわ。ドイツ人のいい人はいっしょじゃなかったけれど、ふたりの関係もついに終わったの？」

「そうじゃないわ。彼はドイツでの仕事が忙しくて、母は日光が必要だった。それだけのことよ」

シンプソン夫人は人を見下したような笑みを浮かべていて、わたしはひどくそれが気に障った。「それだけのこととは言えないでしょうね。彼女が別の人に興味を持っているって賭けてもいいわ」

「そういうことにかけては、あなたのほうがわたしよりずっとくわしいでしょうからね。ご主人はあなたといっしょにご友人のクルーズに行くのかしら？」

「もちろんよ。わたしに関わりのある男たちは、目の届くところに置いておきたいもの」彼女はそう言って笑い、わたしの前を通り過ぎて、毛皮のコートをなびかせながら階段をあがっていった。わたしは戸口で待っていたヴェラに歩み寄った。

「それじゃああなたは、あの名高いアメリカ人女性と知り合いなのね。たいした人でしょう？」ヴェラはシンプソン夫人に手を振って、微笑みかけた。

「あの人が好きなんですか？」

「面白い人だと思っているわ。彼女はわたしと同類だし、シャネルのスーツを着てくれる。そこに〝好き嫌い〟が入る余地はないのよ」ヴェラは言った。「さあ、行きましょう。ココが待っているの」

シンプソン夫人の言うところの友人が英国皇太子なのかどうか、また彼女の夫が本当にクルージングに同行するのかを確かめることと、わたしは頭のなかでメモを取った。そのあとは、ほかのことを考える余裕はなくなった。

ヴェラに連れられて大通りを渡り、桟橋へと進んだ。イギリスにあるものにとてもよく似た設計だ――凝った装飾を施したドームのある鉄の骨組の建物で、尖塔がいくつもある中東風のデザインだった。ロビーに足を踏み入れると、沈みかけた太陽の最後の光が頭上のガラスのドームから降り注ぎ、あたりを幻想的なピンクに染めていた。ヴェラはきびきびした足取りでロビーを進み、アーチ形の入り口をくぐった。ふたつあるカジノの長い部屋のうち、一方のゲームテーブルを片付け、中央にランウェイを作ってあった。そのまわりには金めっきを施した椅子がずらりと並べられている。ごく当たり前の天井には、見事なシャンデリアがいくつか吊るされていた。部屋の一方の端の戸口にはカーテンがかかっていて、そこをくぐるとその先は更衣室になっていた。パリから到着した本物のモデルたちが、すでに占領している――ぽってりした赤い唇とマルセル・ウェーブの黒髪の長身ですらりとした娘たちで、チョウ・チョウとかフロウ・フロウとかズウ・ズウとかいう名前だった。面白そうにこちらを眺めたかと思うと、こそこそとわたしのことを話し始める。わたしがかなり流暢にフランス語を話すなどとは夢にも思わないらしい。

彼女たちをひと目見れば、わたしがまったくの場違いであることがよくわかった。けれどいまさらあとには引けない。最終リハーサルが始まった。シャネルの服がセクシーで華やかに見えるように、ほかの娘たちは腰を突き出し、肩を揺らしながら気取って歩いていく。わたしの番になり、かろうじてランウェイを端まで歩き、戻ってきた。足は鉛になったようで、見苦しくて危なっかしい女学生のような有様だったに違いない。ほかのモデルたちが陰でくすくす笑っていたから、そのとおりだったことがわかった。

薄暗い控室で軽い食事が供されたが、わたしは不安のあまり食べるどころではなかった。そして更衣室に戻る時間になり、そこでは偉そうに命令する年配のフランス人女性が待ち構えていた。メークが施されて、見慣れない赤い唇とくっきりとアイラインを引いた目ができあがった。髪はアイロンでカールをしてスタイルを作った。手伝ってもらって着替えた。ドアの向こうからざわざわという話し声、グラスの触れ合う音、BGMのピアノが聞こえてくる。ヴェラが革のジュエリー・ケースを持ってやってきた。ドアのところで彼女が待たせている大柄な警察官の姿がちらりと見えた。

「さあ、これよ。有名なネックレス」ヴェラがそう言ってケースを開いた。その美しさに思わず息を呑んだ。小さなダイヤモンドを集めたものを組みこんだ数連の真珠のチョーカーで、ティアドロップ形のダイヤモンドが数カ所からぶらさがっている。ヴェラはわたしにうしろを向かせて、そのネックレスをつけた。冷たくて、首が重く感じられる。鏡に目をやったわたしは、驚いて自分を二度見した。ネックレスをつけたわたしは高慢そうで、そして——堂々として見えた。まるでわたしが何者であるかに初めて気づいたかのように、ほかのモデルたちがこちらを見ている。ガラスの靴を履いて、それがぴったり合ったときのシンデレラの気持ちがよくわかった。

ココが戸口に取りつけられたカーテンの向こう側に出ていくと、割れるような拍手が聞こえた。彼女のスピーチは聞き取れなかったが、やがてだれかがフランス語で「ズウ・ズウ、準備して、出番よ」と声をかけた。ひとり目のモデルが部屋を出ていき、大きな拍手が彼女を迎えた。フロウ・フロウとノウ・ノウとほかのモデルたちがあとに続く。彼女たちは戻ってくると光の速さで着替え、再び出ていった。わたしの出番がどんどん近づいてくる。息ができなくなっていた。

「ほらほら」年配のフランス人女性がわたしの耳元でささやき、戸口のほうへと押し出した。カーテンをくぐると、こちらに向けられたスポットライトとマスコミのカメラのフラッシュのせいで、一瞬なにも見えなくなった。

「それでは今夜の主役に登場してもらいましょう。モデルはイギリス王家の一員である、レディ・ジョージアナ・ラノクです」

観客は息を呑み、それから一斉に拍手をした。ランウェイの先は暗闇に沈んでいる。一キロ先まで続いているように見えた。こちらを見あげている顔や、きらめく宝石や、シャンパンのグラスを強烈に意識した。片方の足をかろうじてもう一方の足の前に出し、教えられたとおりに歩こうとした。わたしならやれるはず。これまでもっと大変なことだって切り抜けてきたじゃないの。つまずいたりしない。一歩、また一歩。大丈夫、やり通せる。

そのとき、突然足が動かなくなった。まるでなにかに足を押さえつけられているようだ。体が前につんのめってよろめいたが、どうにかして姿勢を正そうとした。もう少しでうまくいくところだったのに、あいにくそこはすでにランウェイの端だった。目の前でたかれたフラッシュがわたしの視界を奪った。そのまま闇のなかに前向きに倒れこみながら、観客の恐怖のあえぎをどこか遠くで聞いていた。悲鳴と警告の叫び声があがる。床に叩きつけられるのを覚悟して身構えた。だがわたしが落ちたのはなにか柔らかいものの上だった。うめき声、そしてロシア語らしい抗議の声があがった。目を開けてあたりを見まわすと、まさに母が予測したとおりの事態になっているのがわかった。大柄な年配女性の膝の上に落ちたのだ。

何本かの手が伸びてきて、わたしを支えた。

「落ち着いて。大丈夫だ」ひとりの若者が、ロシア語であからさまに文句を言いながら自分をあおいでいる気の毒な女性の膝から、わたしをおろした。

暗闇のなかに、いくつかの顔が浮かびあがった。

「ジョージー、大丈夫かい？」英国皇太子に声をかけられて、わたしは顔から火が出る思いだった。彼はわたしの手を取り、助け起こしてくれた。

さらにフラッシュがたかれた。

「ショックを受けているようだ」別の男性の声がして、それがほかの人々をかきわけるようにして近づいてきたあのハンサムなロンシャール侯爵であることに気づいて、わたしはますます恥ずかしくなった。「椅子とブランデーを。早く」

「明かりをつけろ。明かりだ！」だれかが叫び、巨大なシャンデリアが煌々《こうこう》と部屋を照らし出した。わたしは太った老婦人とそこにいる人たち全員に向かって謝りながら、ランウェイを離れた。

「あの子がモデルをやれるなんて考えた人は、頭がどうかしていないか診てもらったほうがいいわね」すぐ近くでシンプソン夫人の声がした。「酔っ払ったキリン並みの優雅さしか持ち合わせていないんだから」冷淡な笑い声をあげる。

「あんないやな女の言うことなんて、気にしなくていいのよ」母がわたしに歩み寄りながら言った。「あなたは若くてぴちぴちしているのに、自分は年を取って干上がっているものだから、嫉妬しているのよ」シンプソン夫人の耳に届くように、母はその美しい声を響かせた。

「ジョージー——大丈夫なの？」そう声をかけてから、わたしに顔を寄せて言う。「だから言ったのに」

「なにが起きたのか、よくわからないの」あわてて近づいてきたシャネルに言った。「足がなにかに引っかかったみたいだった。ちゃんと歩けていたのに、次の瞬間には動けなくなっていたの」

「でもランウェイにはつまずくようなものはないわ」シャネルは振り返って確認した。

ていたわ」

「ズボンの裾を踏んだのかもしれない」母が言った。「ハイヒールには慣れていないと言っ

「ありえないわね」シャネルが言った。「ズボンの裾はそれほど太くない」

「あなたはジョージーを知らないから。この子の場合、たいていのことがありえるのよ。さ

あ、ジョージー、親切な方が椅子を持ってきてくれたわ。座りなさい」

わたしは腰をおろした。だれかがわたしの手にブランデーのグラスを握らせた。

ひと口飲み、むせ、またさらにひと口飲んだ。

「怪我は？」ココが尋ねた。

「ないと思うわ。あの女性の宝石で頰を引っ掻いたみたいだけれど」わたしは顔に手を当て、

その手を首に滑らせた。

「ネックレス！」悲鳴のような声をあげる。「なくなっている」

13

ニース、桟橋のカジノ
一九二三年一月二五日

恥ずかしくて死んでしまいそう。どうして引き受けてしまったのかしら？

失敗するとわかっていたのに。


「ドアを閉めて」ヴェラが声を張りあげた。「だれも部屋から出ないでください。レディ・ジョージアナがつけていた高価なネックレスがなくなったんです」

人々のあいだでぞっとしたようなささやきが交わされた。貴族たちにとっては、最大級の驚きの声だと言っていい。

「わたくしたちのだれかが盗んだとおっしゃっているんじゃないでしょうね」部屋の奥から女性の声がした。

「きっと、落ちたときにはずれたんだろう」別の声が言った。「さあ、みんな、床に落ちていないか捜そう」

タキシード姿の男性たちが四つん這いになり、熱心に捜し始めた。わたしが膝の上に落ちた気の毒な老婦人は、人の手を借りて立ちあがり、しきりに自分をあおぎながら安全な場所へと移動していた。やがてその場にいる人間全員が捜索に加わった。イブニングドレス姿の女性たちまでもが、椅子のあいだを這いずっている。これほど深刻な事態でなければ、滑稽な光景だっただろう。だがネックレスは見つからなかった。

「彼女の服のなかに落ちたということはない？」だれかが声をあげた。

わたしはポケットのなかを探り、ブラウスの内側を調べて首を振った。

「大変残念ですけれど、警察官に上官を呼びに行かせました」ヴェラが言った。「全員の持ち物を調べさせていただきます」

「とんでもない侮辱だわ！」シンプソン夫人だった。「ここにはとても地位の高い人たちがいるのよ。その人たちが、つまらないネックレスなんて盗むわけがないでしょう。従業員を調べるのね」

「彼女が落ちたとき、ステージの近くにウェイターはいなかった」だれかが指摘した。

「妻が失神しそうだ。新鮮な空気を吸わせたい」軍人らしい威厳のある男性が不満の声をあげた。

「申し訳ありませんが、どなたも外に出ていただくわけにはいきません」ヴェラがきっぱりと宣言した。

彼女は警察官をひとり呼び入れ、ドアを見張らせていた。

「しばらくの辛抱をお願いします。ネックレスをなんとしても見つけなければなりません。あれはとても高価なものなのです」

人々は再び、小さくどよめいた。わたしは椅子に座ってブランデーを飲みながら、なにが起きたのかを正確に思い起こそうとした。だれかがネックレスに触るのを感じた？　感じていないという確信があった。首のうしろにだれかの手があれば、気がついたはずだ。けれどあのとき、わたしはかなり動揺していた。ランウェイにはどっしりしたベルベットの布がかけられていたけれど、その下に転がったのかもしれないとだれかが言った。若者ふたりが率先して布を持ちあげているあいだに、何人かのウェイターがランウェイの下に潜りこんだ。だがそこでも見つからなかった。

「ネックレスはこの部屋のどこかにあるはずよ」シャネルがわたしの横を行ったり来たりしながら言った。「彼女が落ちたあとでだれかがドアを開けていたら、気がつかなかったはずがない。外から明かりが入れば、わかるもの」

「なぜ落ちたのか、わたしにもわからないの」

わたしは立ちあがり、ランウェイに戻った。表面はなめらかな木だ。へこみもなければ、釘やなにかが飛び出ていたりすることもない。わたしのいつもの不器用さが原因であることを認めざるを得なかった。モデルを引き受けてはいけなかったのだ。責めるべきは自分だ。その場にいる人たちは、次第にいらだちを見せ始めている。ひそひそ声はつぶやきに変わり、やがて荒々しい声になった。ヴェラの言葉に従わず、強引に外に出ていくのではないかと思われたそのとき、ドアがさっと開いて小柄な男がはいってきた。体型にまったく不釣り合いな大きな黒い口ひげをはやしたその男は、嫌悪感も露わにその場の人々を見回した。

「だれも動かないように」ひどく訛った英語で言った。「わたしはニース警察のラフィット警部補です。ここで盗難事件があったと聞きました。だが心配ご無用。このわたしが犯人を見つけて、司法の場にひきずりだしますのでね」

「とんでもない話だわ」宝石で飾り立てた女性のひとりが、プログラムで顔をあおぎながら言った。「わたくしたちはイギリスの貴族です。大陸の人間ではありません。旅先でものを盗んだりしませんわ」

ラフィット警部補がランウェイに向かってつかつかと歩きだすと、人々は道を開けた。

「あなたがたイギリス人は」冷笑を浮かべながら、人々の顔を眺める。「フランスでは悪事を働いてもいいと思っている。フランスには法律がないと思っている。違いますか？　大きな間違いだ。フランス警察を出し抜くのは容易ではない。さてと、なくなった品のことを説明してもらいましょうか」

「チョーカーよ」ヴェラが言った。

「ジョーカー？　ジョーカーがジョークでその品物を盗んだと？」

「そうじゃなくて、盗まれたのがチョーカーなの」

「わたしをばかにしているのですか？」

「ばかになんてしていないわよ、まったく」ヴェラはいらだちも露わに言った。「盗まれた宝石の話をしているの」

「ふむ、盗まれたのは宝石だということですか」

「チョーカーよ。首に巻きつけるネックレス」

「ネックレスね。どうして最初からそう言わないんです？　で、盗まれたのはだれです？」

「つけていたのはわたしです。でも、わたしのものではありません」

警部補はこちらに近づいてくると、わたしから数センチのところに立った。わたしより一〇センチばかり背が低かったから、顔を見あげる格好だ。「あなたの名前は？」

「レディ・ジョージアナ・ラノクです」

「ほお。イギリスのレディね。だがつけていた宝石はあなたのものではないと？」

「マダム・シャネルのファッションショーでモデルをしていたんです。ネックレスは衣装の一部でした」

「高価なものなのですか？」

「とても高価よ」ヴェラが答えた。

「あなたのものですかな、マダム？」

「いいえ、大変に地位の高いイギリス王室の方のものよ。名前を出すわけにはいかないけれど、値段がつけられないくらい貴重な宝石なの。用心のために考えられる手段はすべて取ったわ――今夜のショーで使うまで銀行の金庫に預けてあった。ふたりの警察官にホテルまでついてきてもらって、ドアの外でずっと見張ってもらっていた。彼らに気づかれずに部屋を出入りするのは不可能よ」

「つまり――」ラフィット警部補はわざとらしく間を置いた。「その宝石はまだこの部屋にあるに違いない。部屋のなかは捜したのですか？」

「もちろんよ」

警部補はわたしを振り返った。「あなたは、ネックレスをはずされたことに気づきましたか？」

「いいえ」わたしは答えた。「つまずいて落ちて、起きあがったらネックレスがなくなっていたんです」

「ふむ。落ちたのは床の上に？」

「いいえ、あそこにいる女性の上に落ちたんです」わたしは大柄なロシア人女性を示した。

「ということは、ネックレスがはずれて、そのマダムのどこかに紛れこんでいる可能性がありますな」警部補は彼女の豊かな胸を見やりながら言った。

貴族的な高い頬骨と鉄灰色の髪をしたほっそりした老婦人が、警部補とロシア人女性のあいだに立ちはだかった。「この方はテオドラ・フェドローヴァ王女です」その威厳たっぷりの声に、警部補は足を止めた。「亡くなった皇帝の親戚です。身体検査などとんでもない。ネックレスが体のどこかに落ちたなら、王女が気づいていたはずです」彼女は王女の人目を引く谷間に視線を向けた。そのアクセントはフランス語のものだったが、話していたのは英語だった。

「あなたは彼女が落ちたのを目撃していたのですか、マダム？」警部補はフランス語で尋ねた。

「もちろんです。王女の隣に座っていましたから」

「あなたの名前をおしえていただけますか？」

「ええ。わたしはマリー・ブルボン・ドゥ・ラ・フォンテーヌ＝オデイ王女、フランス国王の親戚です。テオドラ王女はパリにあるわたしの屋敷に滞在していて、ニースには保養にやってきたところでした。王女はここ最近リウマチを患っていて、あまり湿気のないところに行くようにと医者に指示されたのです。ご存じのとおり、冬のパリはかなりじめじめしていますから」

さらにこれまでのふたりの人生を語りだしたので、警部補は遮ろうとしたものの、王女の態度があまりに威厳たっぷりだったので、落ち着きなく体重を移し替えながら彼女が息を継ぐまで待った。

「殿下、なにをご覧になったのかを話していただけませんか？」彼はようやくフランス語で訊いた。

「そちらのお嬢さんがよろめくのを見ました。姿勢を正そうとしたのですが、フラッシュが光ったので目がくらんだのだと思います。どうすることもできずに、ランウェイの端から落ちたのです。テオドラ王女はランウェイのすぐ下に座っていて、お嬢さんは王女の上に落ちてきました。わたしは手を貸そうとして立ちあがりましたが、若い男性が現われて彼女を助け起こしたのです」

「レディ・ラノクを助けに来たというその若者はどこです？」警部補は集まっている人々を振り返り、英語で尋ねた。

だれも名乗り出ない。

「その若者はここにいますか？」警部補が訊いた。

王女は部屋を見回した。「いないと思いますけれど、実際のところ、レディ・ジョージアナを膝で受け止めた友人のほうに気を取られていましたから」

警部補はわたしに向き直った。「その若者について教えてくれますかね？」

「その人のことはほとんど見ていません。彼がうしろから助け起こしてくれて、そこにほかの男性ふたりがやってきて手を貸してくれたんです」

「ふむ、泥棒仲間か」

「違います。そのうちのひとりは親戚の英国皇太子で、もうひとりはロンシャール侯爵でした」

「それは失礼しました。殿下、侯爵」警部補はそれぞれに、こびへつらうようなお辞儀をした。「こちらの女性を助けられたとは、大変ご立派な行為でいらっしゃいます」

男性ふたりは、「とんでもない」と声を揃えて答えた。まだひどく動揺していたせいか、なぜかそれがおかしくて、わたしは笑いを嚙み殺した。警部補はそれに気づき、苦々しげにわたしをにらみつけた。「あなたがたイギリス人の巧妙な悪巧みではないのかと考えているところです。例えば、その宝石にかけた保険金目当てに。この部屋にはもういないという謎の男性――彼は本当に存在したのでしょうかね？　いったいどこに行ったのだと思います？」

「ここから出られたはずがありません」ヴェラが言った。「ドアは閉まっていたし、唯一の出口であるあのカーテンはモデルたちの更衣室に通じているんです。だれかがそこから逃げようとすれば、彼女たちが気づいたはずです」

「その若者ですが――イギリス人でしたか？」

「ええ、そうよ」わたしは答えた。「いかにもイギリス人らしい話し方でした」

「聞こえたか、ルクラーク？」警部補は部下のひとりに向かってがなり立てた。「若いイギリス人の男を捜せ。そのカーテンの先の更衣室に行って、そこから逃げていないかどうかを確かめてこい」

カーテンの向こうに消えた若い警察官を迎えたのは悲鳴だった。モデルたちは着替えを終えていなかったらしい。数秒後、彼は赤い顔で戻ってきた。

「だれも見ていないそうです、警部補」

警部補はため息をついた。「ということは、気の進まない作業を部下に命じなければなりませんな。この部屋を出る前に全員に身体検査を受けていただきます」

激しい不満の声があがった。

「とんでもない侮辱だ」男性が食ってかかった。「妻に手を触れることは許さん」

をあげた。

「そもそもわたしたちは、その盗難が起きた場所には近づいてもいないのだ」別の男性が声

「問題の若い男は盗んだ宝石を仲間に渡したかもしれません」ラフィット警部補が説明した。「無実が証明されるまでは、この部屋にいる全員が容疑者です。さあ、並んでください」

「男だけでいいだろう」だれかが言った。「女性はイブニングドレスを着ているから、盗んだネックレスを隠しておける場所などない」

「ハンドバッグをお持ちだと思いますがね。女性はどこへ行くにも櫛《くし》と化粧用コンパクトを手放さないものだ。違いますか？　それにスカートのなかにならな隠せる」

「だれにもわたしのスカートのなかなどのぞかせませんよ」大柄な女性が猛烈に抗議した。「ひどい茶番だこと」シンプソン夫人は皇太子に近づくと、彼の腕に手をからめた。「すべてが終わるまで、バーで飲んでいましょうよ」

「だめだ、ウォリス。わたしたちが模範を示さなければいけない」皇太子が言った。「できることはすべてするべきだ。さあ、警部補、まずわたしたちを調べたまえ」

ほかの人たちも渋々と身体検査の列に並んだ。わたしたちイギリス人が得意なことのひとつに行列がある。わたしも検査を受け、それからふたりの年配の王女に歩み寄った。「申し訳ありませんでした、殿下」フランス語で謝った。「お怪我をなさっていないといいのですけれど」

「幸いなことに、あなたはそれほど重くはありませんでしたから」ロシアの王女はあまり抑

揚のないゆっくりしたフランス語で答えた。「痛みよりも、驚きのほうが大きかったのですよ」

マリー王女がわたしの手を取り、軽く叩いた。「いやなことになりましたね、マ・プティ。あなたのおばあさまとは知り合いだったのですよ。子供のころの遊び相手でした。それからひいおばあさまも――怖い方でしたけれど。とても小柄なのに、とても迫力があって。彼女のいるところでは、いつも口がきけなくなったものですよ」

「わたしはどちらとも会ったことがないんです。祖父母のうちでまだ存命なのは、母方の祖父だけです」

「イギリスの貴族の方なのでしょうね。ゴータ貴族年鑑に載っている人は、皆、わたしの知り合いのはずですから」

「祖父はロンドンの元警官です」

「警官？　一般人ということですか？」もしも彼女が柄付き眼鏡をかけていたら、持ちあげてしげしげとわたしを眺めていたに違いない。

わたしはうなずいて言った。「父は女優と結婚したんです」

「あなたのお父さまは、昔から分別のない少年でしたからね」彼女は首を振った。「でもわたしには彼を批判できません――アイルランド人と結婚したんですから」

冷静とは言えない心理状態のなかでも、彼女のその言葉には反応せざるを得なかった。

「そうなんですか？」

「家族の言葉どおり、大きな過ちでした。でもわたしは二一歳で、自分の財産がありました。夫は貴族の家系で――とても魅力的でハンサムな人でしたけれど、本当のろくでなしでした。わたしのお金を使いこんで、アメリカの女相続人と駆け落ちしてしまったのです。わたしの例をいい教訓にしてくださいね。アイルランド人に近づいてはいけませんよ」

これだけのことが起きた直後だったから、自制心を失って泣きだすのではないかと思った。かろうじて落ち着いた表情を保ち、笑顔を作った。「覚えておきます」

身体検査を待つ人の列は短くなっていき、やがて部屋は空になった。ココ・シャネルがやってきて言った。「いらっしゃい、マ・プティ。行きましょう」

「どこに？」

「ホールの向こう側のカジノよ。そこでお祝いのパーティーをするの」

「お祝い？　あなたのショーを台無しにしてしまったうえに、ネックレスまで盗まれたのに」

「ばかばかしい」ココはわたしに向かって煙草を振った。「わたしは世間を騒がせるのが好きなの。今日のショーのことは永遠に人々の記憶に残るわ。明日の新聞の一面を飾るでしょう。世界中の人がわたしの新しいデザインを目にするのよ」

わたしは横目で彼女を見た。彼女が野心家で冷酷な女性だという噂は聞いたことがあった。わざと転ぶように仕向けたのがココだということはあり得るかしら？　少なくとも、わたしが失敗すれば結果として宣伝になるから、モデルに登用したという可能性はあるかもしれない。

「でも王妃陛下のチョーカーは？　申し訳なくてたまらないわ」

ココは肩をすくめた。「わたしたちになにができるというの？　あとは警察の仕事よ。あの残念な小男を見るかぎり、あまり望みがあるとは思えないけれどね。だからいまできるのは、すべて忘れてカジノに行くことだけなの」

わたしは顔をしかめた。ネックレスを取り戻すために自分でもなにかすべきだという気がしていたけれど、なにができるのかがわからない。ふと、今夜のショーの観客のほとんどがカジノのパーティーに出席しているから、そこに行けば彼らを観察し、容疑者から除外できる人を見つけ出せるかもしれないと気づいた。

「それじゃあ着替えてくるわ」

ココはわたしの腕に手を置いた。「だめよ。その格好のままでいてちょうだい。お願いだから――カジノでは、お洒落なあなたにみんなが振り返るわ」

男物のツイードのジャケットとレースのブラウスがわたしを上品に見せてくれるという確信はなかったが、ココがすることはなんであれ、お洒落だとみなされるのだろう。

「でもこの靴だけは脱がないと」わたしは言った。「すごく痛いの。ヴェラは一サイズ小さいものを買ったんだと思うわ」

「どうしてもというのなら、そうすればいいわ」ココは肩をすくめた。

わたしたちは更衣室に向かった。どういうわけかひどく歩きにくくて、わたしはまたつまずいた。靴を脱いでみると、あることに気づいた。なにかを踏んだように、片方の靴底に黒いものが貼りついて見える。おそるおそる触れてみた。滑らかだったが、何カ所かはげているところがあって、その内側は恐ろしくべたべたしていた。つまずいて転ぶようにだれかが仕組んだのだ。それもとても巧みに。何者かが靴の底になにかを塗りつけた――おそらくは糊《のり》の一種で、その上からニスを塗ったのだろう。最初の数歩はなにごとも起こらないが、外側のニスがはがれると、べたべたする物質がわたしの足を床に貼りつけるという寸法だ。わたしが今夜、王妃陛下のネックレスをつけることを知っていた何者かが、非常に巧妙な盗難計画をたてていた可能性が大きくなってきた。

14

まだ一月二五日で、まだカジノにいる。
どこかほかのところにいられればよかったのに。

本当はカジノに行きたくなどなかった。さっさと家に帰って、ベッドに潜りこみたい。あそこにいた人たちのだれとも、二度と顔を合わせたくなかった。けれどココは譲らなかった。「大失敗だと思っているのだろうけれど、わたしに言わせればささいなことよ。あれがいままでの人生で最悪の事態だと言うのなら、あなたは幸せね。わたしは愛した人の死を経験した。本当につらかったから、それ以来なにが起きてもどうということはないの」

そう言われ、当然のことながら、ビーチで子供と手をつなぎ、長い黒髪の女性に微笑みかけているダーシーのことを思い出した。シャネルの言うとおりだ。あれ以上につらいことなどない。わたしはもっと楽な靴に履きかえ、底がべたべたするハイヒールは持ってきたスーツケースに慎重にしまった。ステージ用のメークを少し落として薄くしてから、戸口で待っていたヴェラに合流した。

「王妃陛下のネックレスをなくしてしまったのに、シャンパンなんて飲む気になれないわ」わたしは言った。「さぞお怒りになるでしょうね。陛下が自分の持ち物をどれほど大切にな

さるか、知っているでしょう？」

ヴェラはうなずいた。「ええ。陛下を落胆させると思うと、心が痛むわ。お借りしたネックレスには細心の注意を払うって約束したのに。それにしても、いったいだれがあれを盗むことができたのかしら。姿を消せる超能力を持つ人間の仕業に違いないわ」

「あるいは、とても頭のいいプロの泥棒か」ココが言った。

「なにかしなければいけないという気がしているんだけれど、なにをすればいいのかわからないのよ」ヴェラが言った。「あの警部補は信用できないわ。頼りにならない間抜けにしか見えない。パリの警察庁に知り合いはいないの、ココ？　できるかぎりスキャンダルにならないように、この事件を調べてくれる人は？」

ココは肩をすくめた。「知り合いならいるけれど、ふらりと来て事件を引き受けるなんてできないわ。ロンドン警視庁と同じよ。地元の警察の要請が必要なの。あの小男が、外部の干渉を歓迎するとは思えない」

「それなら、わたしたちが自分の手でネックレスを取り戻さなくてはいけないわね」ヴェラが言った。「目も耳もよく開けておいてちょうだい、ジョージアナ。あなたが落ちたとき、なにかを見ていた人がいるはずよ」

「残念だけれど、みんなの視線はお気の毒なロシアの王女さまの上にひっくり返ったわたしと、わたしを助け起こしてくれた皇太子に向けられていたと思うわ。でも、姿を消したあの若者については気をつけておくわね。見た目がどうだったかは漠然とした記憶しかないけれど、声はよく覚えているから」

　ココはホールを横切り、カジノへとはいっていった。ガラスのドームにシャンデリアの明かりが反射している。そこはすでに人であふれていて、大勢の人に囲まれるといつもそうなるように、わたしは落ち着かない気持ちになった。すべてが優雅で、光り輝いていた――わたしが普段暮らしている退屈な世界とはまったく違う。ココはわたしたちをひきつれて、母とシャンパンのところまで人ごみのなかを進んだ。その姿を見つけたとたん、母が急いでここにやってきた理由を悟った。母はロンシャール侯爵の隣にいて、うっとりした表情で彼を見あげている。その顔なら以前にも見たことがあった。女性らしい穏やかな表情に見えるかもしれないが、実のところそれは、獲物を狙うメス虎の顔にほかならない。母に抵抗できる男性はめったにいなかった。

　わたしはいらだちを覚えた。侯爵に好意を持ってもらいたいわけじゃない。そうでしょう？　ただ母にはセックス・アピールがあって、いつも効力を発揮しているらしいのに、自分がまったくそれを受け継いでいないことを思い知らされるのは、腹立たしいものだった。

そのとき、侯爵が振り返ってわたしに気づいた。彼の目が輝いた。

「やあ、かわいい人《マ・シェリ》。来たんだね。来てくれればいいと思っていたんだ。平気そうな顔をしているね。イギリス人らしいよ」彼は近づいてくると、わたしの腕を取った。「もう立ち直ったかい？　おいで、シャンパンでも飲もう」彼はわたしをバーに連れていくと、指を鳴らした。シャンパンが運ばれてきた。

「ぼくたちは正式に紹介されていないし、イギリス貴族であるきみにとって、これが非難されるべき行為だということはわかっているんだ」彼はわたしから目を逸らさずに言った。「だがぼくたちはあちらこちらで偶然顔を合わせているから、もうきみとは知り合いのような気がするよ。ぼくの下の名前はジャン＝ポール。きみはジョージアナだろう？　ぼくを古い友人のように思ってくれるとうれしいよ」

わたしは彼を見つめ、笑って言った。「あなたは女性の友人でいるようなタイプの人には見えないけれど」

「なかなか鋭い人だ。魅力的なだけでなく、頭もいい。きみとはうまくやれそうだ」

彼がそう言ったところで、母が咳払いをし、空になったシャンパングラスを差し出した。「こちらの素敵な女性を知っているかい？」ジャン＝ポールは母を示しながら、わたしに尋ねた。

母がわたしに向けた視線は明らかに、母親だということは黙っていて、と語っていた。無視しようかどうしようか迷ったが、そんなことをすれば母のヴィラから追い出されるかもしれない。ヴィラ・グロリオーサには戻りたくなかった。

「ええ、よく知っているわ」わたしは答えた。

「素敵な人だと思わないかい？　とても魅惑的で、とても機知に富んでいて」

「本当に。それにとても気前がいいの。彼女のヴィラで楽しい時間を過ごさせてもらっているし、そのうえシャネルのイブニングドレスを買ってくれるんですって」

「それはいいね。きみのスタイルはシャネル向きだ。ボーイッシュで、まったくカーブがない。とても新鮮だよ」ジャン＝ポールは、人を落ち着かない気分にさせるようなまなざしでわたしを見つめた。まるで、目でわたしを抱いているかのようだ。「ドレスが決まったら、ぼくがきみを食事とダンスに連れていこう。記念の儀式さ。いいだろう？」

「ドレスを選ぶのはパリに戻ってからになると思うわ」母がきびきびした口調で言った。

「シャネルはドレスを入れたスーツケースを持ち歩いているわけじゃないもの」

「うまく頼めば、すぐにきみのためにドレスをデザインしてくれるさ」彼が言った。「あっと言う間にそれを縫いあげてくれる、腕のいいお針子を知っているよ。ココはどこだい？

ああ、あそこにいる。ぼくが頼んでくるよ」

そう言い残してジャン＝ポールはその場からいなくなった。母は怒っているような、感心しているような顔でわたしを見ている。「ずいぶん、うまくやったじゃないの」

「母親だって言わなかったわ。賄賂をもらってもいいんじゃないかしら」

「あなたも大人になったわね。ダーシー・オマーラが教えてくれたこともいくつかあるようね」母はそう言って笑った。「でもそんなあなたのほうがいいわ。退屈な女になってしまうんじゃないかって心配したこともあったから。それにあの紳士は、あなたに興味があるようね」

「そう思う？」

「ジョージー、彼は間違いなく心のなかであなたの服を脱がしていたわよ。でも気をつけなさいね。彼はイギリス人じゃない。なにが起きているのかあなたが気づくより早く、ベッドに連れこもうとするでしょうね」

「それがお母さまが望んでいたこと？」

「ずいぶんと生意気になってきたのね」母はそう言ったものの、また笑い声をあげ、それからため息をついた。「ちょっとした浮気は、退屈な暮らしに刺激を与えてくれるかしらね。時々、マックス以上に生きる喜び《ジョワ・ドウ・ヴィイヴル》に満ちた人が恋しくてたまらなくなるのよ。あの人ったら、寝室の外ではとても退屈なんですもの」

「お母さまはドイツ語が話せなくて、彼は英語を話せないんだから、気の利いた会話は難しいでしょうね」

カジノはますます混み合ってきた。人々が近づいてきては、大丈夫かとわたしに尋ね、アクシデントに同情し、なくなったネックレスの行方を話題にした。わたしは次第に気分が悪くなり、閉所恐怖症のような状態になってきたので、人ごみから逃れて壁際に並べられた鉢植えのヤシのあいだに移動した。部屋のなかは優雅で裕福な人々で溢れていた。だれもが知り合いのようで、楽しげに言葉を交わしている。わたしは物欲しそうな目で入り口を眺め、ここから抜け出せるだろうかと考えた。わたしはなにをしているの？　ここにいる人たちの一員になれないことがよくわかった。問題は、自分がどこにいたいのかがわからないことだ。スコットランドの実家でないことは確かだし、ロンドンでひとりで生きていきたいとも思わない。いまだに自分の居場所を見つけていないのだと、改めて思った。

そのとき、ひと組のカップルがこちらに近づいてきた。ヤシの陰に隠れてふたりきりになるためにやってきた恋人たちだろうと思ったが、女性のほうが男性に向き直って言った。

「なんて人なの」吐き捨てるような口調だった。「あなたはくずね、トビー」

それは確かにサー・トビー・グローパーとレディ・グローパーその人だった。愛人の存在に気づいたのかしらといぶかりながら、わたしはあわてて鉢植えのヤシの木の陰になっている、アルコーブに身を隠した。

サー・トビーが彼女に向き直り、にやにや笑っているのが見えた。

「男がしていることは女もしていると、昔の人が言っているのを知らないのか？　おまえは離婚を望んでいて、わたしの不品行をあげつらうつもりかもしれないが、わたしもおまえの行動を探らせているとは思わなかったのか？　それに、おまえの話のほうがはるかに興味を引く。男がショーガールを愛人にしてもだれも驚きはしないが、閣僚となるとどうだろうな？　その気になれば、わたしは政府を転覆させることができるんだ」

「あなたはそんなことはしない」

「いいや、するね。たいていのことはやってきた。だからこそ、いまのわたしがあるんだ。だから、やりたいようにやればいいさ、マーガレット。争いは望むところだ」

「いつかあなたは身を滅ぼすわよ、トビー」レディ・グローパーは言い捨てると、人ごみをかき分けるようにして出口へと歩いていった。サー・トビーは面白そうな表情のまま彼女のうしろ姿を見つめていたが、やがてバーへと歩み寄った。「ウィスキーをくれ。ダブルで」

隠れていた場所から出ていこうとしたとき、なにか温かなものに触れた。息を呑んでそちらに目を向けると、隠れていたのがわたしだけではなかったことがわかった。少年のように前髪を垂らした背が高く手足の長い若者が、鉢植えのヤシのうしろで壁にぴったりと張りついて立っていた。彼は唇に指を当て、サー・トビーが歩き去るのを待って安堵のため息をついた。

「ふー、危なかった。ふたりに見られたくなかったんだ。とんでもない騒ぎになっていただろうからね」

その声には聞き覚えがあった。「ランウェイから落ちたときに、わたしを助けてくれた人ね。そのあとで姿を消した」

彼はうなずいた。「ネックレスが盗まれたことがわかって、大柄な警察官が入ってきたときに。くだらない質問に答えるよりは、逃げ出すべきだと思ったのでね」

「でもどうやって部屋から抜け出したの？」

「簡単だった。だれもがきみを見ていたからね。あの大きな警察官がドアを通ったときに、その陰に隠れて外に出たのさ。そういうのは得意なんだ」

わたしは疑わしげに彼を眺めた。「それじゃあ、ネックレスを盗んだのはあなたたね」

彼はにやりと笑った。「もしそうだとしても、認めるはずがないだろう？」

「盗んでいないのなら、どうして逃げたの？」

「答えは簡単さ。ぼくがここにいることをおふくろと親父に知られたくなかったんだ」彼は手を差し出した。「ところでぼくはボビー。ボビー・グローパーだ」

「サー・トビーはあなたのお父さんということ？」

「そのとおり。あの猛獣のような女性はぼくの母親のレディ・マーガレットだ。ぼくはオックスフォードにいることになっているんだよ」

「それなのに、ここでなにをしているの？」

「ほかの人たちがリヴィエラでしていることさ。余暇と太陽を楽しんでいる」彼の顔が曇った。「実を言うと、放校になったんだ。でも親父はまだそのことを知らない。だから直接話をして、理由を説明して、少しは機嫌を直してもらおうと思ってね。だがおふくろが現われて、ふたりがやり合い始めたものだから、跡取り息子が面目を失ったことをいま話すのは得策じゃないと思ったんだ」彼は言葉を切り、幼い子供のように唇を嚙んだ。「親父は教育とか、そういったくだらないことに熱心でね。いずれ大金を相続するのに、勉強してなにになるってぼくは思うんだが、親父の意見は違う。いまだに、忌まわしい工場主だった祖先の性分が抜けていない。わかるだろう——勤勉、身を粉にして働く、そういったことさ」

「つまりあなたは落第したのね？」

「ちょっと違う」彼はまた顔をしかめた。「小切手の偽造というささいなことさ。でも全部親父のせいなんだ。現金をあまり持たせてくれないものだから、懐が寒くてね。そこへもってきて、ギャンブルの借金を払えと腕をねじりあげられた——それで、うん、親父にいくらか出してもらうまでしばらく借りるだけのつもりだった。だが、校長に告げ口されてね」彼は言葉を切り、なにかを思いついたかのようにわたしを見つめた。「きみはルーレットは嫌いかい？」

「したことがないわ」

「ものすごく面白いよ。教えてあげよう」期待に満ちた顔だった。

「残念だけれど、ルーレットをするだけのお金の持ち合わせがないの。わたしもあなたと同じくらい貧乏なのよ」

「まったくついていないよな。貧乏は冗談ごとじゃない。親父の懐には金がうなっていると思うと、なおさらだ」彼はため息をついた。「まあ、いいさ。どちらにしろ、今夜は遊んでいられない。親父がうろうろしているところではね。事態が落ち着いて、おふくろが怒って家に帰るまでは、おとなしくしていなきゃならないだろうな。きっとだれかが、ソファで眠らせてくれるだろう」明るい笑顔で言う。「それじゃあね。きみに会えてよかった。ジョージアナだっけ？」

「みんなはジョージーって呼ぶわ」

「素晴らしい。もし親父の機嫌を取ることができて、ぼくをヴィラに滞在させてくれるようなら、いつかいっしょに町に繰り出そう。親父の金でルーレットを教えてあげるよ」

「楽しみにしているわ」

わたしは半分笑いながら応じた。彼にはどこか心惹かれるものがある。わたしたちはアルコーブを出た。ボビーはあたりを見まわしてから、迷いのない足取りでドアのほうへと歩いていった。わたしは彼のことをどう考えていいかわからないまま、そのうしろ姿を見送った。典型的なイギリスの好青年のように見えるけれど、だれにも気づかれることなく、いとも簡単にあの部屋を抜け出したという事実は、以前にも同じようなことをしたという証明でもある。それに偽造小切手……そこまで考えたところで、彼がネックレスを盗まなかったとは一度も言わなかったことに気づいた。だれかがネックレスを盗んだのは確かだ。そして、身体検査を受けることなくあの部屋を出ていったのは彼だけだった。

15

まだカジノ

運転手に家まで連れて帰ってもらえるように、母に頼もうと思った。母かココかヴェラを探すため、ごった返しているバーのほうへと歩きだした。

「きみか。大丈夫かい？」新たな若者が現われ、わたしの行く手をさえぎった。見覚えがある気がして記憶を探り、ヴィクトリア駅でスープをよそっていたときに見かけた男性だと気づいた。「ひどい転び方をしていたね。骨は折れなかったかい？」

「傷ついたのはプライドだけよ。自分がすごく間抜けに思えたわ」

「いまいましいフランス人のやることだからな。ステージに釘かなにかが飛び出していて、きみはそれにつまずいたに違いないよ。外国人どもは、まともに物も作れないんだから。ぼくたちのヴィラの屋根がどんなだか見せたいね。ちょっと風が吹いただけでも、瓦が紙吹雪みたいに落ちてくるんだ。古きよきイギリスの職人魂が恋しいよ」

「でも冬にはここに来るんでしょう？」

「まあね。料理が素晴らしくおいしいからね。それにワインときたら……気候も間違いなくこっちのほうがいい。ところで、ぼくはネヴィル」

「ジョージアナよ」

わたしたちは握手を交わした。形式的な手順を踏まなくてもいいのは、なんて気楽なんだろう。ここがイギリスだったら、わたしたちは第三者から正式に紹介してもらうのを待たなければ、言葉も交わせなかった。それがここでは、すぐに下の名前で呼び合えるのだ。

「前にきみを見たときに、きれいな人だなと思っていたんだ」

「本当に？」スープをよそっているわたしに気づいていたなどということがあり得るかしら？「ヴィクトリア駅で？」

「いいや、このあいだ、ここニースで見かけたんだよ。きみが自転車で通りかかって、ぼくが声をかけたら笑いかけてくれたのを覚えていないかい？」

「それはわたしじゃないわ」

「いや、きみのはずだ。きみにそっくりだったし、その笑顔も同じだった」

「でもわたしは自転車を持っていないもの」

「本当に？ぼくたちのヴィラのある通りだよ。ぼくは伯母の犬を散歩させていた」

「違うわ、わたしじゃない。ここに来たのはつい数日前なの。一度海岸を散歩したけれど、それだけよ」

「そうか、驚いたな。絶対にきみだと思っていた。ぼくはきれいな女性は忘れないんだよ。

まあ、いい。こうして知り合いになれたんだから。さあ、一杯飲もう」

わたしは彼についてバーに戻った。ほんの数分のあいだに、ふたりの若者がわたしに興味を示したのだ。ようやく運が向いてきたのかもしれない。ネヴィルが飲み物を注文しているあいだにあたりを見まわしていると、よく知っている顔が目にはいった。エメラルド色のシルクのズボンに肝心なところをかろうじて隠しているだけのホルターネックのトップスという装いのベリンダが、ちょうど姿を見せたところだった。彼女の顔がぱっと輝いたかと思うと、うれしそうに叫びながら両手を広げてわたしに駆け寄ってきた。

「ジョージー、あなたなのね！　やっぱり来たのね。昨日あなたを見かけたと思って声をかけたのよ。でも聞こえなかったのよね、そのまま行ってしまったんだから。あなたがこうしてここにいるなんて。なんて素晴らしいのかしら。どこに泊まっているの？」

「お母さまのヴィラよ。とても素敵なの――地中海を見おろせる崖の上に建っているの。あなたはどこにいるの？　ネグレスコで訊いたら、いないって言われたわ」

ベリンダは苦々しい顔になった。「そうなの、いまのわたしの財政状況ではあそこはちょっと高すぎるのよ。だからもう少し質素なところを選ぶほかはなかったの。プロムナードから二、三本奥まった通りにある小さなペンションなの」

「それじゃあ、まだだれもあなたを招待してくれていないの？　車が故障したという例の手口はまだ試していないの？」

ベリンダは顔をしかめた。「一度やってみたのよ。その人は親切にも使用人をよこして、修理してくれたわ。トランシルヴァニアでうまくいったのは、一番近い村から何キロも離れていたからだったのね」

「母のヴィラにあなたを招待したいのはやまやまなんだけれど、すでにほかのお客さまがいるのよ」

「いいのよ。実は目をつけている人がいるの。いまはまだ進展していないけれど、いずれわたしに気づくはずよ」

わたしはベリンダに顔を寄せた。「だれなの？　教えて」

「フランス人なの。とにかくハンサムで素敵なのよ。そのうえ侯爵よ」彼女はわたしの腕をつかんだ。「あら、あそこにいるわ。ほら、こっちに歩いてくる。ようやくわたしに気づいたのね」

期待に満ちた笑顔でわたしたちのほうに近づいてくるのは、ロンシャール侯爵だった。もちろん、そうに決まっている。彼はベリンダに気づいたのだ。落胆に胸がちくりと痛んだ。

「ああ、かわいいおてんば娘はここにいたんだね」彼はわたしに言った。「いい知らせだよ。マダム・シャネルはきみのために喜んでドレスをデザインしてくれるそうだ。そのうえ、ファッションショーに協力してくれたお礼に、プレゼントすると言っていた」彼はそこで、初めてベリンダに気づいたようだった。「こちらの魅力的な友人はどなたかな？　紹介してくれるかい？」

「教養学校時代からの親友のベリンダ・ウォーバートン＝ストークよ。ベリンダ、こちらはロンシャール侯爵」

「はじめまして《アンシャンテ》、マドモアゼル」ジャン＝ポールはそう言いながらベリンダの手を取り、キスをした。「レディ・ジョージアナの友だちは、みんなぼくの友だちだ」

彼はきっと、どこかふたりきりになれる場所にベリンダを連れ去るのだろうと思った。けれど彼が手を回したのはわたしだった。「どうだい、ルーレットをしに行こうか？」

「でも、飲み物を取りに行ってくれている人がいるの」わたしは言った。「あそこにいる人よ」

ジャン＝ポールはあっさりとそれを聞き流した。「飲み物なら、きみの美しい友人に飲んでもらえばいいさ。きみはぼくがひとり占めするよ。さあ、ルーレットが待っている。今夜はきみが幸運を呼んでくれるような予感がするんだ」彼はベリンダにお辞儀をした。「マドモアゼル、ぼくたちは失礼するよ。今夜はずっとこちらの魅力的な女性を誘惑しようとしていたんだが、ようやくそのチャンスが巡ってきた。いまこっちにやってきている青年が、喜んできみの相手をしてくれると思うよ」

彼はそう言うと、驚嘆しているベリンダの鼻先からわたしをさらっていった。生まれて初めて、魅力的な男性がベリンダでもなくお母さまでもなく、わたしを選んでくれたのだ。シャネルの服のせいかもしれない。結局のところ、着ているものが女性の価値を決めるのかもしれない。

ジャン＝ポール・ドゥ・ロンシャールは人ごみを縫うようにして、広いゲーム室へとわたしを連れていった。歩きながら、行きかう人ほとんど全員と挨拶を交わしたり、お辞儀をしたりしている。わたしは、ベリンダと母に勝ったという驚きからまだ脱していなかった。彼は危険なフランス男だという警告のささやきが頭の奥に聞こえていたけれど、いまはそれもどうでもよかった。ルーレットのテーブルに着くと、ちょうどひとつ席が空いたところで、ジャン＝ポールはそこにわたしをいざなった。かなりの量のチップを持って席を立った男が振り返ると、それはダーシーだった。

彼も同時にわたしに気づき、その目が輝いた。「ジョージー——驚いたね。ここでなにをしているんだい？」

「こんばんは、ミスター・オマーラ」わたしはせいいっぱい冷静な声で言った。

ダーシーは笑ったが、どこか不安げだった。「なにを突然かしこまっているんだ？」

「わたしたちは距離を置いていたほうが、話がややこしくなくてすむと思うの。それから訊かれたから言うけれど、あなたと同じでリヴィエラに避寒に来ているのよ」

「ぼくはほんのしばらく滞在するだけだ——仕事があったんだ」

「あら、そう。仕事なのね」わたしは冷ややかに彼を見つめた。

「そう、仕事だ」ダーシーの眉間にしわが寄っている。「なにかあったのかい？」

「わたし？　いいえ、なにもかも完璧よ。とても楽しく過ごしているわ」ジャン＝ポールの腕を取った。「侯爵がルーレットの勝ち方を教えてくれるところなの」わたしはダーシーが手にしているチップの山に視線を落とした。「あなたはすでに勝ち方を知っているのね。よかったわ。勝った分で楽しめるといいわね。それじゃあ、失礼するわ。あなたにも待っている人がいるでしょうし――それもひとりじゃなくて」

わたしはテーブルの前の椅子に座り、ジャン＝ポールは肘掛けに腰かけた。「まずは二〇〇だ」彼はテーブルに数枚の紙幣を滑らせながら、ディーラーに言った。

ダーシーがまだうしろに立っているのが感じられた。

「ジョージアナ――いったいどうしたっていうんだ？」ダーシーが言った。「なんだってそんな態度を取る？」

わたしは振り向いた。「行き場のないロマンスを追いかけても意味はないことに気づいたのかもしれないわ。わたしを――わたしだけを――見て、大切にしてくれる人が欲しくなったのかもしれない」

ジャン＝ポールが片手をわたしの肩に乗せて、ダーシーを振りかえった。「彼女はきみに帰ってもらいたがっているんだと思うね。きみのせいでいやな思いをしている」

「よかろう」ダーシーが言った。「彼女がそうしてほしいのなら」彼は長いあいだわたしを見つめていたが、やがて腹立たしげに人ごみのなかを遠ざかっていった。

「きみはとても人気があるんだね」ジャン＝ポールが言った。「崇拝者が大勢いる。いずれ、きみのために決闘をしなくてはならなくなりそうだ。フェンシングの練習をしておいたほうがよさそうだな」

わたしはにこやかな笑みを浮かべようとしたが、心のなかをナイフでずたずたに引き裂かれている気がしていた。別の女性と子供がいるのだから、彼はわたしを心から愛することはできないのだと自分に言い聞かせる。そして、困惑と苦痛を浮かべたあの青い瞳を頭から締め出そうとした。

「さあ、集中して」ジャン＝ポールが言った。「どうすれば金持ちになれるかを教えてあげよう。横断面をどう攻略するかということなんだ」彼は、三つの数字が並ぶそれぞれの列の配当率とその確率をあげる彼なりの方法を説明してくれ、テーブルの横にチップの山を置いた。ルーレットが回り、止まった。数字が読みあげられる。賭けたよりも多くのチップが、ジャン＝ポールの前に置かれた。同じことが繰り返され、チップの山が大きくなった。

「きみの年は？」彼が訊いた。

「二二よ」

「ラッキーな数字だ」彼はチップの山をその数字の上に置いた。

ルーレットが回り、やがて次第に速度が落ちて、ボールは二二の上で止まった。チップの山は目をみはるほどの大きさになった。ジャン＝ポールはそれをわたしのほうに押しやった。

「いまみたいにするにはどうすればいいの？」わたしは尋ねた。

彼は声をあげて笑った。「少しばかりの運も必要なのさ。さあ、今度はきみの番だ」

わたしは教えられたとおりに賭け、順調に勝ち続けた。はずれることもあったが、チップの山は着実に大きくなっていく。当たるごとにわたしはジャン＝ポールを見あげ、彼はわたしに微笑みかけた。彼の笑顔は掛け値なしに素晴らしい。今夜はどういう結末を迎えるのだろうといつしかわたしは考えていた。もしもジャン＝ポールが車で送ろうと言ってくれて、着いた先が彼のヴィラだったら――それが意味するところはひとつだ。わたしは本当にそうしたいの？

「でもいずれは彼も落ち着かなきゃならない」ココはそう言っていた。彼は裕福で、魅力的で、侯爵だ。それ以上のなにを望むというの？

ココとヴェラを引き連れて母がやってきたので、それ以上悩む必要はなくなった。

「あそこにいるわ」うしろで母の声がした。「まあ、ずいぶんといい調子じゃないの。あなたが教えたのね、ジャン＝ポール」

「違いますよ、彼女は生まれつきセンスがいいんだ」ジャン＝ポールが言った。「才能豊かな女性ですよ。彼女と知り合わせてくれたあなたがたにお礼を言わなければなりませんね。ニースで過ごす時間が楽しいものになりそうだ」

「あなたの手から彼女を取り戻しにきたのよ」ヴェラが言った。「クレアが車を迎えに来させたの。お別れの時間よ」

ジャン＝ポールはわたしの手を取った。「ぼくがあとで彼女を家まで送っていきますよ」

「今日はとても長くて、疲れる日だったの。そうでしょう、ジョージー？」母が警告するように眉を吊りあげて言った。

もう幼い少女ではないのだから守ってもらう必要はないと反論したくなったけれど、母の言うとおりだと気づいた。確かに長くて、疲れる一日だった。もうくたくただ。以前ダーシーとベッドを共にしようとしたとき、途中で眠ってしまったことがある。ジャン＝ポールが今夜わたしを誘惑しても、同じ結果になってしまうかもしれない。関係の始まりとしては、あまりいいものではない。

わたしは立ちあがった。「今夜は帰るわ、ジャン＝ポール。素敵な夜をありがとう」

彼はわたしの手にキスをした。「また会うときまで、マ・シェリ。チップを現金に換えるのを忘れないように」

「あら、それはあなたのお金よ」

彼はチップをケースに入れた。「いいや、これはきみが勝ったんだよ。さあ、なにも言わずに換金しておいで」

母たちが車を待つために外に出ているあいだに、わたしはキャッシャーのブースに向かった。偶然にも、隣にサー・トビー・グローパーがいる。彼が手にしているチップはわたしのものよりもずっと高額だった。

「いい夜でしたか、サー・トビー？」キャッシャーが尋ねた。

「まあまあだ。不運続きだったが、少しは取り返したよ」彼は答えると、わたしを見て言った。「こちらのお嬢さんも悪くない夜だったようだ」

このチャンスを逃してはならないと思った。これまで見聞きしたかぎり、サー・トビーは知り合いになりたいと思うような人間ではない。好戦的なだけでなく、危険であることもわかっていた。彼が王妃陛下の嗅ぎ煙草入れをポケットに入れてバッキンガム宮殿から出てきたという話も、おおいにありえると思った。けれどわたしは今夜すでに、王妃陛下の大切な所有物をなくしている。陛下との約束を守り、もうひとつの所有物を取り戻す責任があると思えた。勇気をかき集めた。いまを逃せば、永遠にチャンスはない。

「あら、ただのビギナーズ・ラックよ」できるかぎり女性らしい声で言ったつもりだ。「ルーレットをするのは初めてだったの。あなたはサー・トビー・グローパーでしょう？　わたしが滞在しているヴィラはあなたの隣なの。立派なプールがいつもうらやましくて」

「プールの水は二九度に保ってある」彼が言った。「風呂みたいにね。そのうち泳ぎにくるといい」

「本当に？　行ってもいいの？　うれしい。あなたって親切な方ね」

「とんでもない。きみみたいな若い女性が来てくれると、それだけで華やぐからね」彼は不愉快な目つきでわたしを眺めた。「それじゃあきみは、かの有名なクレア・ダニエルのところにいるんだね？　彼女をどう思う？　彼女のセックス・アピールをだれもが話題にするが、わたしはそれほどではないと思うね。彼女の年を考えるとね」彼はさらに顔を寄せてきた。

「それで、彼女はまだあの男とつきあっているのかい？　あのドイツ人と？　姿が見えないようだが」

「彼はドイツの自宅で仕事をしているそうよ。でもいまも彼には夢中みたい」

「わたしには理解できないよ。あの男はがさつだ。大柄なだけで、粗野な男だよ。だが客の趣味はいいようだ。きみの名前は？」

「友だちにはジョージーって呼ばれているわ」はにかんだように答えたつもりだ。たったいま母をけなし、王家のものを盗んだ男に自分の正体を明かすべきではないと思った。

「それじゃあミス・ジョージー、できるだけ早く、わたしの家のプールに泳ぎに来てもらいたい。ヨットで海に出てもいい」

「本当に？　ヨットは大好きなの」ひょっとしたら、反応が大げさすぎたかもしれない。

「これで決まりだ。明日、訪ねておいで。ヨットに乗ろう。いつでも好きな時間に来ればいい。乗組員に準備させておく」

「本当にご親切にありがとう、サー・トビー。とても楽しみだわ」

「こちらこそ楽しみだよ。それじゃあ、明日」

わたしはおおいに満足しながら出口に向かった。思惑どおりに事を運んだのだ。彼のヴィラに王妃陛下の嗅ぎ煙草入れがあるかどうかさえわかれば、泳ぎに行ったときに、家のなかに忍びこんで取り戻すのはそれほど難しくはないと思えた。自分がとても大胆で世慣れた人間になった気がした。魅力的な侯爵といちゃいちゃしたし、イギリス人の青年ふたりから誘われたし、サー・トビーの招待も取りつけた。大体においていい夜だった——ランウェイから落ちたことと、王妃陛下のネックレスをなくしたことと、ダーシーに会ったことを除けば。

　家に戻ってみると、珍しくクイーニーが起きて待っていた。

「足が痛くて死にそうよ」わたしはベッドに倒れこみながら、ため息をついた。

「下着をどけますから、フットバスに足を浸すといいですよ。あのなかで洗濯していたんです」クイーニーが言った。

「フットバス？」

「バスルームにあるんです。あれはすごく便利ですね。明日海岸に行って、蟹《かに》を探してみようと思ってるんです。あのなかで飼えるかもしれない」

わたしは好奇心にかられ、彼女についてバスルームにはいった。ビデのなかでわたしの下着が泳いでいるのが見えた。

「クイーニー、あれはフットバスじゃないのよ」わたしは言った。

クイーニーはけげんそうな顔をした。「それなら、なんなんです？　トイレじゃないし、洗面台にしては低すぎるし」

「あれは――ここはフランスよ。よく考えるのね」

16

ヴィラ・マルグリート
一九三三年一月二六日

今日はサー・トビーのヨットに乗る。運がよければ、王妃陛下の嗅ぎ煙草入れといっしょに戻ってこられるかもしれない。


目が覚めると、紅茶のトレイを手にしたクイーニーがわたしをのぞきこんでいた。

「わかりましたよ、お嬢さん。あれはおけつ用ですね」

「そのとおりよ、クイーニー」

わたしは笑いながら体を起こした。まだ朝早い時間で、海はまるで磨きあげた真珠の上に幾筋かの靄《もや》がたなびいているようだ。着替えてから、庭を散歩した。空気はきんと張りつめているけれど、寒くはない。一段下の芝生の庭におりてみると、サー・トビーの家のプールが見えた。ヴィラのフレンチドアはまだしっかりと閉まっていたが、わたしの視線の先で開いた。若者が現われて、テラスに立った。一瞬ボビーかと思った。結局、父親をなだめることができたのかもしれない。けれどすぐに、目の前の若者のほうがいくらか老けていて、イギリス人らしくないことに気づいた。髪をうしろに撫でつけたロマン派の詩人のような——ローマ人の鼻と土色の肌——顔立ちだ。彼はフレンチドアの外に立って、プールを見つめたまま長いあいだ動こうとしなかったが、やがて着ていたテリー織りのローブの紐をほどくと、ローブをそのまま足元に落とした。彼がその下になにも着けていないのを見て、わたしは驚愕した。見るべきでないのはわかっていたけれど、実を言えばわたしは魅了されていた。これまで、裸の男性をゆっくり眺める機会など一度もなかった。それどころか、裸の男性を見るのは初めてだ。そのうえ彼の体は美しかった。教養学校時代にフローレンスに行ったとき、友だちといっしょに熱心に観察したミケランジェロのダビデ像のようだ。

観察できたのもそこまでだった。プールの端にゆったりした階段が造られていて、彼は足首まで水にはいってその上に立つと、ちらりとあたりを見まわしてから優雅にプールに飛びこんだ。無駄のない力強いストロークで水をかいて進んでいく。サー・トビーの家を訪れるのが楽しみになってきた——滞在している客に紹介してもらい、隣人でよかったと彼に告げるのだ。イタリアの伯爵かもしれない。それともやっぱりフランスの侯爵だろうか。わたしったら急に浮気者になってしまったみたい——全然わたしらしくない。でも、それっていけないこと？　決まった相手がいるわけではないのだから、つきあう人は大勢いるほうが楽しいに決まっている。ひょっとしたら、期待されているとおりに、いい相手と結婚することになるかもしれない。

庭を抜けてテラスに戻ってみると、朝食のテーブルでは作戦会議が行われていた。

「なにかしなくちゃいけないわ」ヴェラが言った。「あの横柄な能無しに任せておくわけにはいかない。あの人は、ただの役立たずより始末が悪いわよ。警視庁の友人に連絡しなければいけないわ、ココ。ここに来て、事件を引き受けるように説得してちょうだい」

「来たからといって事件を引き受けることはできないのよ」ココが応じた。「ゆうべ説明したじゃないの。所轄の警察の要請が必要なの。あの警部補は絶対に自分の領分を人に侵させたりはしない」

「それなら、わたしたち自身で捜査をするほかはないわね」ヴェラが言った。「それ以外に方法はない。なんとしてもあのネックレスを取り戻さないと、王妃陛下はわたしを許してくださらない。わたしも自分が許せないわ」

「あなたのせいじゃないわよ」母が言った。「あなたはあれを銀行の金庫に保管していた。警官の護衛をつけて更衣室まで運んできた。ジョージーがステージから落ちて、ほんの一瞬の隙にネックレスを盗まれるなんて、いったいだれに予測できたというの？」

わたしは靴の底についていたべたべたしたものの話をしようとして、開きかけた口を閉じた。世間を騒がせるために、マダム・シャネル自身があのアクシデントを仕組んだのかもしれないという疑念が捨てられなかったからだ。

「祖父がここにいないのが残念だわ」わたしは言った。「祖父ならどうすればいいのかわかるのに」

「あなたのおじいさま？　長い顎ひげを生やした、恐ろしいスコットランド人の？　もう何年も前に亡くなったと思ったけれど」ヴェラが言った。

「違うわ、もうひとりの祖父よ」母がたしなめるような目をわたしに向けた。母は、大きな娘がいるような年齢であることを知られるのと同じくらい、身分の低い祖先の話をされるのを嫌う。

わたしはそれを無視して言葉を継いだ。「引退するまで、祖父はロンドンの警察官だったの。こういうことにかけては、とても優秀なのよ」

「それなら――」ヴェラの顔が輝いた。「――ここに来て手を貸してくれるように頼みましょうよ」

「来てくれないと思うわ。そもそも切符が買えないもの」

「旅費はもちろんわたしたちが出すわ」ヴェラが言った。

「それでも来ないと思うの。祖父は外国に行ったことがないのよ。サウスエンドより遠いところのものは、なんであれ信用していないの」

ヴェラは母に向き直った。「あなたのお父さんよ、クレア。あなたが招待して。どうしても来てほしいって言うのよ」

「おじいちゃんはひどい気管支炎を患っているのよ」わたしは熱心に言った。「来る気になってくれれば、ここの気候はおじいちゃんにとってもいいはずだわ」

「わたしが頼んでも来てくれないわ」母が言った。「あなたが父のお気に入りなんだから、あなたが頼みなさい」

「ここに泊まってもらっていいの？」

「もちろんよ。我慢できるのならね。この家には泊まりたがらないと思うの。父の好みとはまったく違うもの。だれも使っていない庭師の小屋があるわ。わたしはめったにここには来ないから、庭師を住まわせておく理由がないのよ。必要なときには、役に立つ人が簡単に見つかるし」

「小屋があるの？　素晴らしいわ」近くに祖父が来てくれると思うと、それだけで胸がはずんだ。「電報を打つわ。困ったことになっていて、どうしても来てほしいって言ってみる。旅の手配もこっちでするからって。それから、ここの気候はおじいちゃんの胸にもいいからって」

「ずいぶんと高くつく電報になりそうね」母が指摘した。

「それなら少し短くするわ。でもゆうベルーレットで勝ったから、払えると思う。ジャン＝ポールが勝つ方法を教えてくれたの」

「この子には目を光らせておかなくてはだめね」母が言った。「一度、堕落への道を転がり始めたら、なにをしても止められないような気がするわ」

「あなたのように」ヴェラが言った。

母は笑って応じた。「そのとおり」

「すべてこちらで手配して切符を送ったら、来なければならないような気になるでしょう？」ヴェラが言った。「今日、町に行って、取り計らってくるわ」

「たとえその気になってくれたとしても、祖父が来るまで二、三日はかかると思うの」わたしは告げた。「でもこの一件は、それまで待てない」

「どうすればいいと思うの？」ヴェラが訊いた。

「〝わかっていることから始めろ〟って祖父はいつも言っていた。あのネックレスが本物だと知っていた人がいたんだわ。ファッションショーで使うアクセサリーは、人造宝石だと思うのが普通でしょう？　あなたが王妃陛下の宝石を借りていることを知っていたのはだれかしら？」

「宮殿の使用人がいるわね。でも彼らの忠誠心は疑いようがないわ。それにその気になれば、いつだって盗む機会はあったはずでしょう？　彼らでないとすると……」

「銀行の従業員」母が言った。「金庫になにを入れているか、あなたが話したんじゃないかしら」

「話していないわ。金庫になにを入れるかなんて、銀行の人間には話さないものよ。もちろんあのネックレスが高価なものであることは、地元の警察官には言ってある。でも普通、警官は泥棒したりはしないわよね。彼ら以外に思い当たる人はいないわね」

「王妃陛下の宝石を使うことは、ココが公表していたはずよ」母が指摘した。「今回のショーのテーマだったんじゃない？　威厳とシンプル、男らしさと女らしさというのは？」

「ええ、そうね」ココはどこか居心地が悪そうだった。「その話をしたかもしれない」いかにもフランス人らしく肩をすくめてみせる。

「つまり、あの部屋にいた人はだれでも、王家の宝石がショーに使われることを知っていた可能性があるということね？」母が念を押した。

「そういう言い方もできるわね」ココが認めた。

「振り出しに戻ったというわけね」ヴェラがため息をついた。

「出席していた人のリストはあるの？」わたしは尋ねた。

「招待状を送った人のリストなら」ココが答えた。

「それに入り口には来客名簿も置いてあった」ヴェラが言い添えた。「でもそれがなににになるの？　自分の名前の横に〝宝石泥棒〟とサインはしないと思うけれど」

「そうね、でも何人かはリストから除外できる。お年を召した軍人とその奥さま。年配の王女さまたち。あの人たちがネックレスを盗んだとは思えない」

「そうかしら」母が考えこみながら言った。「お年寄りのロシアの王女のなかには、ひどくお金に困っている人もいるわ。ひょっとしたらネックレスはあの老婦人の胸の谷間に落ちて、彼女はそれを黙っていることにしたのかもしれない」

「ありえないわ。王女というのは、生まれ落ちたその日から名誉を叩きこまれるのよ。名誉を傷つけるくらいなら、食べるものがないほうがましだって思うはずよ」

「あなたも一度、なにも食べずにいるのね」母が言った。「あのフランスの王女たちはあなたを気に入っているみたいね、ジョージー。彼女たちを訪ねてみたらどうかしら」

「わたしに家捜しをしろというの？」

「そうじゃないわ。英国王妃の期待に沿えなかったことで、ヴェラとココがどれほど落ちこんでいるかをふたりに話すのよ。名誉に訴えるの。彼女たちの反応を確かめるの」

「それならできると思う」わたしは一度言葉を切ってから、考えていたことを話した。「注目すべきは、ボビー・グローパーよ」

「それはだれ？　サー・トビーの親戚？」ヴェラが鋭い声で問いかけた。

「息子よ。わたしを助け起こしてくれて、そのあと姿を消した青年」

「彼を見つけたの？　すごいじゃないの」ココが言った。

「すごくはないわ。同じアルコーブに身を潜めていただけだから」

「彼の息子がヴィラにいるなんて知らなかった」母が言った。

「あそこにはいない。本当はオックスフォードにいるはずだったんだけれど、放校になったの。いまは友だちの家のソファで寝ていて、父親に話すタイミングをつかむまで身を隠しているのよ」

「彼はあの部屋からどうやって出ていったの？」ココが訊いた。

「ドアのすぐ脇に立っていて、警察官がはいってきたときにその陰に隠れて出ていったって言っていた。そういうことに長けているらしいわ」

「信用できない若者ということね？」母が言った。「王女の谷間を除けば、もっとも機会があったのが彼だわ。彼もあなたがどうにかするのよ、ジョージー。女の武器を利用して、彼に告白させるの」

「お母さまったら、まるでわたしがマタ・ハリみたいじゃないの」わたしはどぎまぎして笑った。「ネックレスを盗んだんじゃないかってほのめかしてみたら、笑っていなされたの。盗んでないとは言わなかった。それに彼には動機があるのよ――父親があまりお金を持たせてくれないらしいの。ギャンブルの借金があるし、機に乗じるタイプね」

「そしてあなたを助け起こしたとき、あなたに触れた唯一の人物でもある」ココが指摘した。

「皇太子も手を貸してくれたわ。でも彼が母親のネックレスを盗むはずがないわね」

「あら、でもシンプソン夫人はどうなの?」母の口調は悪意に満ちていた。「あの人ならやりかねないわ」面白いことに、母とシンプソン夫人はひと目会ったときから互いを嫌悪していた。

「お母さま、彼女があれを欲しがったら、殿下には同じものを作らせるだけのお金があるわ」

「同じことがジャン゠ポールにも言える」ココが口をはさんだ。「最初に現場に近づいた人のひとりだったわよね? でも彼は確かあなたには触らなかったはず。そうじゃなかった?」

「ええ、椅子とブランデーを持ってきてくれたと思うわ。それに彼もお金持ちでしょう?」

「フランスでもっとも裕福な人間のひとりだって聞いている」ココが答えた。「その彼がわたしたちのかわいいジョージアナに目をつけているわけね。悪い相手じゃないわよ、マ・プティ。富と身分。それに、ベッドで満足させてくれるわ」

わたしは顔を赤らめまいとした。

「この子の相手としては年を取りすぎていると思う」母が言った。「彼はもっと成熟した女性を選ぶんじゃないかしら。あのタイプはだいたいそうよ」

「あなたが立候補しようっていうの？」ヴェラが訊いた。

「とんでもない」母はなにかを考えているように言葉を切った。「でも、彼の目は素晴らしく誘惑的だとは思わない？　ディナーに招待するべきかしら。どう思う？」

「無駄話はそれくらいにしましょう。陛下のチョーカーを取り戻すことに集中しないと」ヴェラが遮った。「午前中に町に行くわ。駅に行って、パーティーの出席者のなかにあわててニースを発った人がいないかどうかを調べてくる。それから地元の宝石商に、宝石の詳細について連絡しておくわ。ネックレスをばらばらにして、売ろうとするかもしれないから。ジョージアナは、すぐにおじいさまに電報を打って、フランスの王女たちを訪ねて、グローパーの息子を捜してちょうだい」

「忙しい朝になりそうね」ココが言った。「わたしも町に行くわ。パリの新聞が届いているかもしれないから。一面に載っているかどうかを確かめないと」

「あなたは話題になることばかり考えているのね。それって不健全よ」ヴェラが言った。

「ばかばかしい。いたって健全よ。わたしたちはみんな名声を求めている。わたしは正直なだけ」ココは立ちあがり、手すりに身を乗り出して海を眺めた。「天気が崩れそうね。すぐに行動を起こしたほうがいいわ」

わたしは大きく息を吸った。これほど手ごわい三人の女性に立ち向かうのは、なかなかに難しい。「今日は、それだけのことをできるかどうかわからないわ。サー・トビー・グローパーと約束があるの」

17

ヴィラ・マルグリート
一九三三年一月二六日

天気が崩れそうだ。ヨットに乗るのなら早いほうがいいけれど、母の意見は違っていた。

「サー・トビー？」母は鼻にしわを寄せた。「いったいどういうこと？」

「プールに誘われたの。そのあとヨットに乗らないかって。彼が自分の言葉を忘れてしまう前に行ったほうがいいと思うの」

「よくもまあ、あんなピンクのセイウチみたいな人といっしょにプールで泳ぐ気になるわね」母が言った。「なにより、オルガが自分より若い女性を歓迎するとは思えないわ。だれも見ていないときに、あなたを崖から突き落としかねないわよ」

「昨日目撃したことからすると、オルガは出ていったと思うわ」わたしは言った。

「まあ、いったいなにがあったの？」母が尋ねた。

「サー・トビーが彼女のことを探ったみたい。彼女は激怒して、悪態をつきながら出ていったの」

「面白いわね。そういうことなら、すぐにでも彼の家を訪ねて、くわしい話を聞き出してもらわないと。わたしはスキャンダルが大好きなのよ。あなたもでしょう、ココ？」

「知っているくせに」

「あなたたちったら」ヴェラはむっとして言った。「陛下のネックレスのほうが、サー・トビーのゴシップよりもはるかに重要よ。とにかく捜査を進めないと。電報と王女は……」

「こんな朝早くから、王女さまを訪問するわけにはいかないわ。そうでしょう？」わたしは言った。「それにボビー・グローパーだけれど、イギリスの若者が昼前に起き出すのは狩りに行くときだけっていうことくらい、あなたもよく知っているはずよ。だからどちらも午後まで待っても問題はない。電報だけれど、町に行ったときにわたしの代わりに打ってきてもらえないかしら、お母さま？」

「わかったわ」それが大層な仕事であるかのように、母はため息をついた。「それにしても、どうしてトビー・グローパーに興味を抱くのかしら？　彼の家を訪ねるのが、なぜそんなに重要なの？　かろうじて社会的に認められてはいるけれど、決して魅力的な人ではないし、感じがいいとすら言えないのに」

ああ、どうしよう。なんて答えればいい？「それはよくわかっているの。でも――わたしは質素な暮らしをしてきたから、ヨットに誘われたり、温水プールで泳いだりすることを考えるとすごくわくわくするの。今度いつヨットに招待してもらえるのかなんて、わからないもの」そう言いながら、わたしはいまの言葉がどれほど軽薄に聞こえるかに気づいていた。

ココが近づいてきて、わたしに手を回した。「彼女は若いのよ。初めてリヴィエラに来て、気持ちが浮き立っているんだわ。だれも彼女を責められない」

「楽しいことやロマンスを期待しているのなら、トビー・グローパー以外の人を探しなさいと言っているのよ」母が反論した。「この子の父親と言ってもおかしくないほどの年だし、女性の趣味ときたらひどいものなんだから」

「そういえば、レディ・グローパーがやってきたそうね」ヴェラが口をはさんだ。「彼女は本当に恐ろしい女性よ。わたしは社交界デビューしたときから彼女のことは知っているけれど――ロムニー伯爵の娘で、レディ・マーガレット・ハンティンドン＝ブレイグ――あのころから意志が強いと言われていたわ。怒りっぽいって言うほうが正しいでしょうけれどね」

「サー・トビーに対して、ロマンチックな興味なんてまったくないわ」わたしは言った。

「それなら息子のほうね」ココが大きな声をあげた。「プールでただ泳ぐために、こんな面倒な目に遭う必要はないもの」

「あなたのなかでは、すべてがセックスにつながっているの？」わたしは尋ねた。

「当然よ。みんなそうじゃないの？」ココが笑った。

「とにかく、サー・トビーもほかの人と同じよ」母が言った。「彼もあと何時間かは起きないから、いま訪ねるわけにはいかないわ」

「彼のところに滞在している人が、今朝早くプールで泳いでいたわ」さりげなく言おうとしたが、美しい裸体を思い出して顔が熱くなるのを感じた。

「たとえそうだとしても、あまり早く訪ねたりしたら、サー・トビーは歓迎しないと思うわよ。そういうことって、しないものなの。彼は知らないでしょうけれどね――成りあがりですもの」

母の言葉が興味深かった。ロンドンの警察官の娘である母がラノク公爵夫人として振る舞っている。正式には、もうその身分を失っているというのに。朝食が運ばれてきて、母たちはコーヒーとクロワッサンを口に運びながら、ネックレスを取り戻すためになにをすればいいのか、この件が王妃陛下の耳にはいらないようにするにはどうすればいいのかを話し合っていた。一方わたしは、サー・トビー・グローパーにどういう態度を取ろうかと考えていた。ゆうべ彼は、わたしがだれであるかを知らなかった。今後、偽りの名前を告げるか本当のことを話すかを決めなければならない。ココのモデルのひとりだと言えば、嗅ぎ煙草入れを盗んだと言って警察に突き出されるかもしれない――煙草入れを見つけることができればの話だけれど。かといって正体を明かせば、彼はわたしの母親を侮辱したことやわたしと王室につながりがあることに気づくだろう。となれば、嗅ぎ煙草入れを隠すに違いない。

結論はひとつ、わたしは若くて気ままな遊び好きの娘を演じなければいけない――簡単ではなかった。わたしは若くて、それなりに気ままだけれど、遊び好きからはほど遠い人生を送ってきたのだから。信憑性を持たせるためにベリンダをいっしょに連れていこうかとも思ったが、スキャンダルになるかもしれないことに彼女を巻きこみたくなかった。実を言えば、ベリンダに対していささかうしろめたい思いを抱いていた。彼女にはこれまでいろいろとお世話になってきた。それがいま、わたしが居心地のいいヴィラでの暮らしを堪能しているというのに、彼女は粗末なペンションで寝泊まりしているのだ。

「お母さま」わたしは彼女たちの会話を遮って言った。「ベリンダを覚えているでしょう？　教養学校時代の友だちの？」

「あの身持ちの悪い子？　いずれわたしのようになるって、あなたが言っていた子ね？」母は微笑んだ。

「彼女もニースに来ているんだけれど、いまあまりお金がないみたいなの。このヴィラに泊まらせてあげることはできないかしら？」

「彼女は、こんなに町から離れているところにはいたがらないわよ」母は素っ気なく言った。「このあたりには、わくわくするようなことはなにもないんですもの。タクシーを使わないかぎり、夜遊びができなくなるのよ」

「でももしベリンダが来たいと言ったら――彼女が使える予備の寝室はある？」

母はかわいらしく肩をすくめた。「ジョージー、協力してあげたいけれど、だれか素敵な人が突然やってきたときのために、寝室はいくつか空けておきたいのよ――たとえば、わたしの大事なノエルとか。ノエル・カワードよ。来るって約束してくれたの」

「彼には若い恋人がいるんじゃなかった？　男性の？」ヴェラがずばりと指摘した。

「ジョージーも言ったけれど、なにもかもセックスに結びつけて考える必要があるの？」母は声をあげて笑い、美しい金色の髪をうしろに振り払った。「彼ほど面白い人には会ったことがないわ。わたしを笑わせてくれる。マックスは一度も笑わせてくれたことがないの。あの人はだれのことも笑わせたりしないのよ」

「マックスとは別れる潮時なんだと思う」ココはそう言うと、皿の上のバターに吸っていた煙草を突き立てた。

「あなたの言うとおりかもしれない。でも彼はものすごく裕福だし寛大だし、セックスも素晴らしいのよ。でも、わたしはじきにドイツには我慢できなくなると思うわ――あの愚かな小男のヒトラーが怒鳴りまくっているようなところには」

「長続きするはずがないわ」ヴェラが言った。「あんな馬鹿なことばかり言っているんですもの。ドイツ人だってじきに気がつくわよ」

「そうだといいけれど」母は立ちあがった。「さあ、行動に移しましょう。ジョージー、電報の文面を考えていらっしゃい。ヴェラとココは来客者名簿に目を通していて。わたしはあのいけすかない警部補に愛想を振りまいてくるわ。あの人、出席者の名前と住所を部下に聴き取らせていたでしょう？　それを教えてもらえれば、招待されていないのに来ていた人がわかるわ」

わたしは驚きのまなざしで母を見た。美しさに目を奪われて、実は母の頭がどれほど切れるのかを忘れてしまうことが時々ある。わたしは二階にあがり、祖父宛ての電報の文面を苦労して考えた。外国には断じて行かないと公言している祖父をイギリスから連れ出さなければいけないのだ。

おじいちゃん、困った事態になっているの。どうしても手を貸してほしい。来てもらえない？　交通費と切符はこちらで手配する。それにおじいちゃんの胸にはここの気候は合っていると思う。

できたものを見せると、母たちはどっと笑いこけた。

「一度も電報を打ったことがないのがよくわかるわね」ココが言った。「秘訣はね、マ・シエリ、必要のない言葉を省くこと。そうしないととんでもなく高くつくのよ。ほら、これでいいわ」

ココは文面に手を入れ、わたしが書いた言葉のほとんどを省いた。

困難な事態。助力求む。交通費等すべて手配済み。気候良好。至急返答されたし。

「すごく冷たい感じ」わたしは言った。「これを見て、来てくれるとは思えないわ」

「好きなようにやらせてやって」母がココから紙を取りあげた。「とりたてて節約する必要はないでしょう？」母はそう言い残すと、わたしが書いた文面を持って歩き去った。

そのあいだにわたしは部屋に戻り、サー・トビーに会うために着替えをした。一番汚れておらず、もっともしわの少ないコットンのワンピースを着て、頬紅と口紅を薄く塗る。下の階におりていくと、ふたりの批評家の目が待っていた。

「それを着てサー・トビーに会いにいくの？」シャネルが訊いた。

わたしはうなずいた。

「マ・プティ、そんな格好をしていたんじゃ、なにも聞き出せないわよ。彼を魅了しなきゃいけないのに、それじゃあまるで中国の飢えた子どもたちのための寄付を募りに来た女学生みたいよ」

「それはちょっと言いすぎじゃないかしら」ヴェラは彼女を諫めたが、続けて言った。「でも彼女の言いたいことはわかるわ。誘惑的な服とは言えないわね」

「彼を誘惑するつもりはないもの」わたしは応じた。

「だけど少なくとも、魅力的だと思ってもらわないと」ココが言葉を継いだ。「あなたの服を見せてちょうだい。ほかにはどんなものがあるの？」

わたしは渋々ふたりを部屋に連れていき、さらに渋々持っている服を披露した。田舎者のわたしですら、自分の服がお洒落と呼べないのはわかっている。世界でも有数のお洒落な女性たちの目には明らかに――。

「まあまあ《モン・デュー》」ココが声をあげた。「いったいこの服をどこで手に入れたの？　修道院？　これは修道女になりたいと思っている若い女性の服だわ」

「最近は、新しく服を買うだけのお金がないの」頰が燃えるようだった。「兄に援助を打ち切られたあと、ひとりで生きていくのは簡単なことじゃなくて」

ココは同情のこもったまなざしでわたしを見た。「わかるわ。わたしもずっとひとりで生きてきた。でもわたしには才能があったの。あなたもできることを見つけないとだめよ。とりあえずいまは、わたしたちが助けてあげなきゃいけないわね、ヴェラ。今日、彼女に着せられるものはあるかしら？」

「彼女の母親があんなに小柄なのが残念ね。クレアの服はどれもはいりそうにないわ」

「ショッピングに連れ出さなきゃならないようね。いますぐに。きっと楽しいわよ。さあ、行きましょう。クレアを探して、町に繰り出すのよ」

「でもサー・トビーの家に行かないと」わたしは自分のすべきことと、ココ・シャネルに服を買ってもらうという喜びの板挟みになりながらつぶやいた。

「そんな場違いの服で彼の家を訪ねるわけにはいかないって、意見が一致したはずよ。それに、ほかのよきイギリス人男性と同じように、いまごろ彼はまだいびきをかいているわ」ココは手を振って、わたしの反論をいなした。「とりあえずギャラリー・ラファイエットをのぞいて、当座のものをみつくろいましょう。ふさわしい装いができるように、あとでちゃんとわたしがあなたの面倒を見てあげるわ」

ギャラリー・ラファイエットは、マセナ・スクエア——列柱のある赤い建物に囲まれた広大な広場で、噴水や像がある——に建つデパートだった。信じられないくらい優雅な女性たちが大勢いて、わたしは自分が着ているコットンのワンピースが恥ずかしくてたまらなかった。店員たちは急いでココに近づこうとして、折り重なって倒れそうになった。結局、当座のものは、白いリネンのワイドパンツと紺色のリネンの短いジャケット、ボーダーのシャツに落ち着いた。「フランスの海岸にいるんだから、フランスの水夫のようにならなくてどうするの」ココが言った。「お洒落で楽しいでしょう?」彼女は粋な水兵帽まで見つけてくれた。それらを身に着けると、わたしの目にも自分が驚くほどお洒落に見えた。つまるところ、わたしにも希望はあるのかもしれない。

店から目がくらみそうなほどまぶしい日光のなかに歩み出たところで、ショーウィンドウを眺めているふたりの女性にぶつかりそうになった。謝ろうとしたけれど、わたしがなにか言うより早く、フィグの鋭い声が飛んできた。「ジョージー、あなたなのね。なんていう格好をしているの? 誰だかわからないところだったわ」

「ありがとう」わたしは満足げな笑みを浮かべた。「ココ・シャネルがたったいまこの店で買ってくれたの」

ふたりの口が文字通りあんぐりと開いた。「ココ・シャネル? ギャラリー・ラファイエットで? いったいどうして?」フィグが訊いた。

「わたしの面倒を見てくれているのよ」フランス人っぽく肩をすくめてみた。「会えてよかったわ、フィグ。ヴィラ・グロリオーサで楽しく過ごせているといいわね」

フィグは顔をしかめた。「あなたのことをとても心配していたのよ。ゆうべ、なにかスキャンダルに巻きこまれたという話を聞いたところなの――ネックレスが盗まれたんですって？　お母さんといっしょにいるときは気をつけなさいって言ったじゃないの。そうだったわよね、ダッキー？」フィグの姉はうなずき、ふたりはそろって売春婦を見るような目でわたしを眺めた。「ビンキーはひどく動揺しているわ。すぐにわたくしたちのところに戻ってきたほうがいいと思っているのよ」

「ご親切にありがとう。でもわたしは、書斎の折り畳み式ベッドよりも海を見おろせるきれいな寝室のほうがいいわ」そのとき、ココとヴェラが店から出てきた。「失礼、もう行かなくちゃ。マダム・シャネルは待たされるのが好きじゃないの」わたしは輝くような笑顔をふたりに向けた。「ギャラリー・ラファイエットで買い物をするのって楽しいわよね？」

18

一九三三年一月二六日

サー・トビー・グローパーの家に向かうところ。嗅ぎ煙草入れを盗むだけの勇気がわたしにあるかしら？

感じの悪いラフィット警部補と再び対決し、宝石商を訪れ、カジノと駅を調べに行くという母とヴェラとココを町に残し、わたしは母の運転手であるフランツにヴィラまで送ってもらった。

新しい服に身を包んで、サー・トビーの家に向かいながら、わたしは不安におののいていた。これまでなにかを盗んだことなどない。もしも嗅ぎ煙草入れを見つけたら、それを盗む勇気があるかしら？　背の高い錬鉄製のゲートに近づいたところで、あることに思いいたった。サー・トビーの非情さや無謀さについては話も聞いているし、自分の目でも見ている。もし彼が大胆にもバッキンガム宮殿から嗅ぎ煙草入れを盗んだのだとして、わたしがつけていたネックレスが王妃陛下のものだと知っていた可能性はあるかしら？　彼の息子が、父親と共謀して盗んだというのはありえること？　充分に気をつけて行動する必要があると改めて思った。実を言えば、カサマツのあいだにヴィラが見えてくるころには、わたしは半ばおじけづいていた。

それは、ローマ様式の柱に支えられた印象的なポーチがある、背の低い美しい白い建物だった。いけにえとなる処女の話が脳裏をよぎった。ドアをノックすると、現われたのは今朝見かけた若者だった。いまはきちんと服を着ている――リヴィエラにしては驚くほど形式ばった、黒のジャケットとストライプのズボンという装いだ。わたしは彼の裸体を思い浮かべまいとした。

「こんにちは」明るく軽薄そうに言ったつもりだ。「サー・トビーに会いにきたの」

「お名前をうかがってもよろしいでしょうか？」彼が訊いた。

「レ――」本名を言いかけて、あとの言葉を呑みこんだ。「ジョージーよ。隣のヴィラに滞在しているのだけれど、サー・トビーがプールに誘ってくれたの。それからヨットにも」

「サー・トビーに伝えてきますので、どうぞなかでお待ちください」彼は小さく頭をさげながら、かしこまって言った。

彼は客ではなく、サー・トビーの使用人なのだと不意に気づいた。サー・トビーがプールで泳ぐ許可を与えたのかしら。わたしたちの使用人が裸で泳いでいるところを想像してみた――ラノク城にプールはないし、湖は裸で泳ぐには冷たすぎるけれど――が、彼らはそんなみっともないことを考えすらしないだろう。あちらこちらで耳にした〝わたしたちの一員ではない〟というサー・トビーを表現するお決まりの言葉を思い出した。昔ながらの使用人は、どれほどお金を持っていようと彼のところでは働きたがらないのかもしれない。

わたしは床が白い大理石でできた円形の玄関ホールで待った。壁に沿って、ローマだかギリシャだかの胸像がいくつも並んでいる――複製でないことはほぼ間違いなかった。向こうの部屋から不自然なほど大きく響く声が聞こえてきた。「ああ、ジョンソン、今度はなんだ？客？風呂の最中なのは見ればわかるだろう？まったく。またあのぬめぬめしたシューマンの蛙野郎だったら、時間の無駄だと言ってやれ。わたしからはなにも取れないってな。それでもしつこくするなら、後悔させてやる」

言葉が途切れ、再び彼の声がした。「なんだって？だれだ？ふむ、それなら話は別だ。彼女を客間に案内して、飲み物を出しておいてくれ。すぐに行くから」

ジョンソンがどこか気まずそうな顔で戻ってきた。「客間でお待ちくださいとのことです」

「聞こえたわ」わたしは彼と顔を見合わせて笑った。

「こちらです」彼は玄関ホールを抜け、豪華な部屋へとはいっていった。壁には、知識のないわたしですら古今の巨匠たちのものだとわかる絵画がずらりと飾られている。あれはルノワール、あっちはヴァン・ゴッホじゃない？いくつもの棚やテーブルには美しい芸術品が並んでいた――最高級の磁器や銀のボウルがはいったキャビネットがあり、ガラスのカバーがあるテーブルのなかに収められているのは、嗅ぎ煙草入れのコレクションのようだ。わたしはそちらに近づこうとした。

「飲物はなにをお持ちしましょう?」ジョンソンが尋ねた。

「え? ああ、シトロン・プレッセをいただくわ」

「なんですって?」

「フレッシュ・レモネードよ」

わたしはテーブルに歩み寄った。なんてたくさんの嗅ぎ煙草入れ――銀のもの、金のもの、翡翠《ひすい》を彫ったもの……そして真ん中にあるのは、王妃陛下の煙草入れじゃない? 形状のくわしい説明を思い出そうとした。確かめるには、蓋を開けて、そこにダイヤモンドの額に囲まれたマリー・アントワネットの絵があるかどうかを調べるほかはない。テーブルのカバーは簡単に持ちあがるだろうかと考えながら、ごくさりげなく手を乗せ、ゆっくりと持ちあげはじめた。

「ああ、ここにいた」背後で声が轟《とどろ》いた。「来てくれたとはうれしいね」

わたしはカバーを元に戻し、あわてて振り向いた。顔が赤くなっている。サー・トビーは白のズボンにわたしと同じようなボーダー柄のトレーナーを着ていた。ただ彼のものはいくらか細身だったから、でっぷりしたお腹のまわりがきつそうだ。彼は手を差し出しながら、ずかずかと近づいてきた。「本当にうれしい。華やかな若い顔を見るほど、気持ちが湧き立つことはないね。我が家の使用人は飲み物を運んできたかね? まだ? あいつは役立たずだな。立派な紹介状を持ってきたが、やめさせないといけないな。以前の従者は、わたしの考えていることがわかったものだ。なにも頼む必要がなかった」

「その人はどうしたの？」

「やめさせざるを得なかった。わたしの上等のスコッチを盗み飲みしているところを見つけたんでね。いい酒だったんだ。許せなかったよ。今度の男は酒を飲まないんだ」大理石を歩く足音にわたしたちは顔をそちらに向けた。「ああ、来たか、ジョンソン。おや、ウィスキーを持ってきてくれたのか。なかなかわかっているじゃないか」

ジョンソンは低いテーブルにわたしの飲み物を置くと、お辞儀をしてさがっていった。

サー・トビーはたっぷりとスコッチを注ぐと、グラスを掲げた。「乾杯」ひと息に飲み干す。「それで、きみはいったいなんだって隣の家でばあさんたちと過ごしているんだね？きみのようなきれいな若い女性は、町にいるほうがもっと楽しいことがあるだろうに」

わたしはよく考えてから口を開いた。「シャネルのショーでモデルをしたの。同じ家にいれば、いろいろと教えられるって言われて」事実だった。嘘はできるだけ少なくしておくほうがいい。

「そうか、きみはモデルなんだね。なるほどね。ロンドンかパリでモデルの仕事をしているのかい？」

「プロのモデルというわけじゃないの。友だちの手伝いで時々しているだけ」

「もちろんそうだろうとも。きみのような育ちのいい娘さんが、生活のために働いているはずがない。そうだろう？」彼はさもおかしそうに笑った。「わたしのささやかな家を気に入ってくれたかね？」

「素晴らしいわ。美しいものがたくさんあるのね」

「わたしは収集家でね」サー・トビーは得意げに言った。「美しいものを身のまわりに置いておくのが好きなんだ。あの絵を見たかい？　あれはターナーだ――わたしのお気に入りのひとりだよ。あれはひまわり、ヴァン・ゴッホだ。それからその横の椅子の絵。あれもヴァン・ゴッホがアルルで描いたものだ。彼の絵はいずれ、ものすごく価値が出る。覚えておくといい」

「それじゃあ、あなたは現代の傑作が好きなのね」わたしは無邪気に尋ねた。

「あらゆる時代の最高のものを集めている。ホールにあった胸像は、古代ローマのものだ。あの銀器はジョージ王朝時代のもの。隅にあるあの小さなテーブル――あれはルイ一四世が使っていた。特定の国や時代にはこだわらないんだ――なんであれ、希少で価値があればいい。わたしはそういうものを集めている。このヴィラにある芸術品だけで莫大な価値がある。それにイギリスの郊外にある屋敷には、もっとたくさんの芸術品がある」

嗅ぎ煙草入れの話題を持ち出せるようなもっともらしい質問をわたしが考えつくより早く、サー・トビーが両手を打ち合わせた。「ここでぐずぐずしている必要はない。きみをヨットに乗せる約束だった。そうだろう？　ヨットはあそこで待っていて、出航の準備はできている。さあ、桟橋に行こう。ジョンソン、ジョンソン！」彼は声を張りあげた。

ジョンソンが現われた。

「町でしてきてほしいことのリストは渡しただろう？　車を使っていい。用事が終わったら、あとは休みにしていいぞ。夕食は外でとるから」

そう言い残すと、彼はフレンチドアから外へとわたしをいざない、崖に造られた階段をおりていった。このあいだ見かけた、チーク材でできた流線形のモーターボートが桟橋に係留されている。彼はその年齢と体格にしては驚くほどの敏捷さでボートに飛び移ると、わたしに手を差し出した。必要以上に長く、強く手を握られている気がした。そして彼は忙しく働き始めた。エンジンをかけ、ロープをほどき、ボートをゆっくりと走らせていく。桟橋から完全に離れたところでスロットルを全開にすると、数百メートル沖に投錨《とうびょう》している巨大な青と白のヨットに向かって、ボートは勢いよく走りだした。制服姿の乗組員がはしごをおろしておりてきた。手を貸してもらってヨットに乗り移ると、錨《いかり》をあげる音が聞こえた。

「モンテ・カルロの海岸まで行こうと思っているんだ」ヨットが動きだすと、サー・トビーはわたしの肘に手を当てて、屋根のある船首のほうへと案内した。「美しい海岸が続いている。モンテは美しいところだよ。行ったことがあるかね？」

「一度もないわ」わたしは見事な海岸線の景色に目を奪われていた――海へと落ちこんでいる険しい崖と、ほとんど垂直な斜面にへばりつくように建つヴィラ。山の上に雲が湧いているのが見え、ヨットが湾の外に出ると顔に当たる風が強くなった。

サー・トビーは、ずっと沖を走るさらに大きな白いヨットを指差した。

「見えるだろう？　ウェストミンスター公爵のいまいましい怪物船だ。まったくこれ見よがしだと思わないか？　彼はカンヌの港にはいるときには、カジノに二一発の礼砲を撃たせるんだ。いまあれには英国皇太子が乗っているよ。知っていたかい？　おそらく某アメリカ人女性もいっしょなんじゃないかと思うね」彼は軽くわたしを突いた。「モンテまで彼らと競争しようじゃないか」わたしたちのうしろで気をつけの格好で立っていた若者に振り返って告げる。「全速力だ、ロバート」そして再びわたしの腕を取った。「こっちでくつろぐとい い」

「あら、ここで景色を見ていてはいけない？　本当に美しいんですもの」

「景色を楽しむ時間はあとでたっぷりあるさ。なかによく冷えたシャンパンを用意してある」

サー・トビーはラウンジのドアを開けた。たいていの家の応接室と同じくらい広くて立派な部屋で、ほぼ全面が窓になっている。革のソファが置かれ、テーブルには大きな花が飾られ、片隅には品揃えのいいバーがある。彼は座るようにと身振りで示すと、わたしたちのうしろをついてきた乗組員に大声で命じた。「シャンパンを開けて、そろそろ食べるものを用意するように料理人に言っておけ。ふにゃふにゃしたフランスの食い物はいらんぞ。どっしりと腹に溜まるイギリス料理がいいと言うんだ」

エンジンがうなる低い音が聞こえ、船は上下に揺れながら波を切って進み始めた。シャンパンの栓が抜かれ、グラスが運ばれてきた。

「さあ、一気に」サー・トビーは自分のグラスを空にしながら言った。「産地からたくさん取り寄せてある」

「まだこんな時間なのに」わたしは用心深く言った。

「くだらん。きみのような若い娘のことはわかっている――ナイトクラブで酒をがぶ飲みしたり、クスリをやったりしているんだろう？」

「わたしは違うわ。お酒もめったに飲まないし、ナイトクラブにも行かない。お金がかかりすぎるもの。最近、余裕がないの」

「なるほどね、それが目当てか」サー・トビーは笑った。「だろうと思っていたよ。わたしの外見に魅力を感じるはずがないからな」

彼に魅力を感じる？　ゆうべの振る舞いは、いささかやりすぎだったらしい。

「わたしはただ、あなたの家のプールとヨットが素敵だと思っただけよ」

彼はわたしの膝を叩いた。「いいんだ。わかっているよ。いまのこの世の中で生き延びるのは簡単じゃない。きみたち若いモデルは、アメリカ人が言うところの甘いパパが必要なんだろう？　わたしも同じくらい甘くなれるぞ」

わたしは立ちあがった。「違うわ、そんなつもりじゃ……」

「どうしたんだ？　ふたりきりになっておじけづいたのか？」彼は声をたてて笑った。「もう手遅れだ。ここは海の上、声が聞こえるところにいるのはなにが起きようと目を背けているようにしつけてある、わたしの船の乗組員だけだ」サー・トビーはわたしの腕をつかんで強引に引き寄せると、その大きな湿った唇を近づけてきた。わたしは身をよじって逃げようとした。「放して。あなたは誤解しているのよ」

「いやいや、正確に理解しているさ。わたしは若くて無垢な娘が好きなんだ。それにこれからすることを、きみはきっと気に入るよ」彼のぽってりした大きな手がシャツを脱がせようと迫ってきた。

「お願い、やめて」彼の手をつかみながら言った。

「ちょっとした慎みというやつか。もっともだ。寝室がいくつかある。若い女性はピンクの部屋を選ぶことが多いな。あそこのベッドはよく弾んで気持ちがいいぞ。さあ、こっちだ」彼はわたしの手首をつかむと、ラウンジをひきずっていき、羽目板張りの長い廊下に出た。そこの壁に反響しているに違いないと思えるくらい、わたしの心臓は激しく打っていた。

「放して」怒りが恐怖に取って代わり、わたしは大声をあげた。「はっきり言うけれど、あなたとベッドを共にする気はないから」

「残念ながら、きみに選択肢はないんだよ」彼はさらにわたしを引きずっていく。

「陸《おか》に戻ったら、あなたにレイプされたと訴えるわよ」

彼はいかにもおかしそうに大笑いした。「訴える？　レイプで？　ヨットに乗せてほしいとわたしに懇願した若い娘が？　色目を使った娘が？　きみはまさに望みをかなえたと警察は考えるだろうな。彼らは世間を知っているからね。さあ、つべこべ言わずに、行儀よくするんだ」

「行儀よくしたいのはやまやまだけれど、それは見知らぬ相手とセックスすることじゃないわ」

「いいから、来るんだ。お嬢ちゃん……」

「もうひとつ言っておくけれど、わたしはお嬢ちゃんなんかじゃないから。わたしは――」

〝王家の一員なのよ〟と言いかけて、喉まで出てきた言葉を呑みこんだ。「――ちゃんとした家のまともな娘なの」力なく締めくくった。その台詞は笑いをさらに誘っただけで、彼はわたしを押して、前方にある急な階段をおりさせようとした。わたしは振り返ってむこうずねを思いっきり蹴とばすと、彼を甲板に押し戻してから走りだした。どこに行くつもりなのか、自分でもわからない。このヨットは巨大だけれど、いつまでも鬼ごっこをしていられるはずもない。

気持ちのよかった風は強風に変わっていて、甲板に出たわたしの顔を強く打った。波も高くなっている。海に飛びこんで泳いで帰ろうかと思ったが、陸地ははるか遠くに見えた。わたしがどれほど泳ぎが上手だとしても、とても帰りつけそうにない。そのうえ、嵐雲が近づいてきていた。海が荒れれば港に戻ることになるかもしれないと、わたしははかない望みを抱いた。

「逃げられないさ。ばかな娘だ」サー・トビーの声が追ってきた。

わたしは甲板のもう一方の端まで逃げ、救命ゴムボートの向こう側に隠れた。この船のエンジン音に混じって、スピードボートがたてる軽やかな音が聞こえてきたのはそのときだ。わたしは隠れていたところから出て、波しぶきをあげながら近づいてくるスピードボートに向かって必死に手を振った。ボートの操縦者は手を振り返し、さらに接近してくる。顔が見えるくらいにまで近づいたところで、わたしはようやくそれがジャン゠ポール・ロンシャールであることに気づいた。

「ジャン゠ポール！」わたしは叫んだ。

彼はボートの速度を落とした。

「助けて。逃げたいの！」

「わかった。飛びおりろ」彼が叫び返した。

水面まではかなりの距離があったし、スピードボートは高くなった波に揺られて大きく上下している。わたしはためらった。

「泳げるんだろう？」ジャン゠ポールが大声で尋ねた。

「もちろんよ、でも……」

「じゃあ、飛びおりるんだ。あとはぼくに任せて」彼はエンジンを切り、舷側に立った。

「ああ、おてんば娘はここにいたのか」サー・トビーが現われ、近づいてきた。

わたしは大きく深呼吸をすると、手すりを乗り越えて飛びこんだ。冷たい水に体が吸いこまれ、水中に沈み、やがて浮きあがると、ほんの数メートル先にボートが見えた。

「つかまって」ジャン゠ポールが投げた救命ブイをつかんだ。彼はわたしをたぐり寄せ、船の上に引きあげた。

「ありがとう。あなたに会えてこんなにうれしいことはないわ」彼が再びエンジンをかけてそこから遠ざかると、わたしは息をついた。「あなたがたまたまこっちに来てくれて、本当に運がよかった」

「たまたまじゃないよ、マ・シェリ」ジャン＝ポールはふわふわした大きなタオルをわたしに手渡しながら言った。「入り江の向かいにあるぼくの家のテラスで朝刊を読んでいたら——ちなみにきみとぼくのことが記事になっていたよ——ボートのエンジン音が聞こえた。そちらを見たら、きみがサー・トビーのヨットに向かうところだったんだ。若い女性にまつわる立派とは言えない彼の評判を知っていたから、追いかけようと決めた。自分のスピードボートに飛び乗って、きみを助けにきたというわけさ」

「本当にありがとう。彼はわたしを——わかるでしょう？」

「ベッドに連れこもうとしたんだろう？　そうだろうと思った。そういう噂だ」彼はわたしの肩に手をまわした。「だがもう安心だ。ぼくの家で服を乾かすといい。なにも心配ないよ」

陸地へと向かっているあいだ、肩にまわされた彼の手は温かく、安心できるものだった。

ひょっとしたらわたしは自分から火のなかに飛びこんでしまったのかしらという疑念が脳裏をよぎった。ジャン＝ポールにも噂はあったはず。そうでしょう？　けれど彼に不快感は覚えなかった。それに、彼は本物の紳士だ——侯爵であって、下層階級から成りあがった兵器の販売人などではない。どういうわけか、わたしは彼といると安心できた。彼の言葉でさらにその思いは強まった。「イギリス人は——ぼくには絶対に理解できない。女性を無理やりベッドに連れこむのが、男らしくて勇敢だと彼らは考えている。フランス人の男は絶対にそんなことはしないよ。女性にノーと言われたら、ぼくらはそれを挑戦だと受け止める。いつか彼女のほうから望んでベッドに来るまで、魅力的な仕草やプレゼントや花やほめ言葉で少しずつ誘惑するんだ。それでもノーと言うなら、海にはまだたくさんの魚がいるからね」

彼はそう言って笑った。

19

一九三三年一月二六日

ジャン＝ポール・ロンシャールのヴィラ。ベリンダにいまのわたしを見せたい――それからダーシーにも。

見事なヴィラが点在する、起伏の激しい海岸線が近づいてきた。ジャン＝ポールは小さな入り江へとボートを進めると、速度を落とした。白く輝くサー・トビーのヴィラが、入り江の向こうに見える。前方には突堤があって、その片側は小さな三日月形のビーチになっていた。ビーチの奥には赤いタイルの屋根と緑色の鎧戸のかわいらしいトスカナ様式のヴィラがあった。

「ぼくのささやかなヴィラにようこそ」ジャン＝ポールが言った。ボートが桟橋に着くより早く白いジャケットの使用人が現われて、ボートをしっかりと杭に結びつけた。ジャン＝ポールが岸に飛び移り、わたしに手を貸した。

「ちょっとした災難があったんだ、ピエール」彼が言った。「こちらの女性のために、タオルとぼくのガウンを取ってきてくれないか。水色が彼女の目を引き立てると思う」彼はわたしの手を取ると、家へといざなった。「バスルームに行くといい。着ているものを脱いでピエールに渡せば、すぐに新品同様にしてくれる」

「いいえ、だめよ、そんな必要はないわ」わたしは抗議した。「あなたの家のきれいな床を水びたしにしてしまう。わたしが泊まっているヴィラはそんなに遠くないの。歩いて帰れるわ」

「とんでもない」ジャン＝ポールがきっぱりと告げた。「そんな格好で家に帰すわけにはいかない。そんなことをすれば、あれこれと訊かれるだろう。きみが本当のことを話せば、きっと三人のメス虎がサー・トビーの喉に噛みつこうとする。それは避けたほうがいい。サー・トビーは褒められた人物ではないからね。彼の恨みを買うのは勧められない。ピエールにきみの服をきれいにしてもらって、なにもなかったように振る舞うのが一番いいとぼくは思う。床の話だが――大理石はどれほど水びたしにしても大丈夫だ。さあ、一番近いバスルームはこっちだ」

彼はわたしを連れて、明るい色のタイルの床に籐の椅子と縞模様のクッションが置かれた広々としたサンルームを横切った。その奥には、サー・トビーの家に匹敵するほどの絵画や芸術品が飾られた凝った装飾の部屋が見える。案内されたバスルームは、オーケストラがはいりそうなくらいの広さだった。ピエールがガウンと紋章の刺繍《ししゅう》がある大きなふわふわのタオルを持ってきてくれた。ジャン＝ポールがドアを閉めて言った。

「ゆっくりするといい。濡れた服はドアの外に置いて、お風呂でもシャワーでも好きなほうにはいっておいで」

わたしは言われたとおり、泳げそうなくらい大きなバスタブにお湯を入れ、うっとりするような香りのバス・ソルトを楽しんだ。お湯につかりながら、ジャン＝ポールもいずれは落ち着くときが来るのだと考え、ロンシャール侯爵夫人になるのはどんな感じだろうと想像してみた。いやな気はしなかった。ふわふわのタオルで体を拭き、青いシルクのガウンを着た。彼の言ったとおりだ。わたしの目の色とよく合っていた。そろそろとバスルームのドアを開け、外に出た。座って待っていたジャン＝ポールが、勢いよく立ちあがった。

「ほら、やっぱりだ。よく似合っている。さあ、こっちへ――ピエールが例によって奇跡を起こしてくれているんだ。ランチを準備するように言ったんだよ。あんな目に遭ったうえ、勇敢に海に飛びこんだんだから、さぞお腹がすいているだろうと思ってね」

彼はわたしを家から連れ出すと、小さな三日月形のビーチに続く階段をおりた。水際にテーブルがしつらえてある。糊の利いた白いクロスの上には銀器が並べられ、二脚の籐の椅子が用意されていた。銀のワインクーラーにはいったシャンパンとグラスがふたつテーブルに載っていた。

「ぼくはできるだけ外で食事をするようにしているんだ。それに、海といやな思い出が結びつかないようにしなくてはならないからね。落馬と同じだよ。すぐにもう一度乗らなきゃいけないんだ」彼はそう言って笑った。彼の笑い声は本当に気持ちがいい。目もきらきらと輝いている。

「あなたのところのビーチは砂なのね」足の下の柔らかな感触を楽しみながら、わたしは言った。

「もちろんさ。運ばせたんだ。石の上を歩くのはあまりいいものじゃないからね。裸足だと不愉快だし、その上に寝転ぶのはもっと不愉快だ」ジャン゠ポールはまたあの意味ありげなまなざしでわたしを見た。あたかも、あとでビーチに寝転ぶことになるかもしれないとでも言うような。

ピエールが椅子を引いてくれ、膝に白いリネンのナプキンを広げてくれた。まるで夢のなかにいるようだ。シャンパンが注がれ、ジャン゠ポールがグラスを掲げた。

「素敵な女性に乾杯。彼女ともっと親しくなれますように」音をたててグラスを合わせる。彼にじっと見つめられ、わたしは興奮にぞくりとした。こんなふうにわたしを見た人がいままでいたかしら？　ダーシーがそうだったかもしれないが、彼のことは強引に頭から追い出した。

オードブルの皿が運ばれてきた。キャビア、スモーク・サーモン、牡蠣、詰め物をしたムール貝、フォアグラのパテ、オリーブ、トマト、チーズの盛り合わせと堅焼きパン。わたしはわくわくしながらその皿を眺め、彼の言葉を待った。

「さあ、どうぞ。昼間はどっしりした食事よりも、こういう軽いもののほうが好きなんだ。

きみはどうだい？　ほら、牡蠣を食べてごらん。ブルターニュから取り寄せたんだよ」ジャン＝ポールはフォークで牡蠣を突き刺すと、身を乗り出してわたしに食べさせた。このうえなく親密な振る舞いだったから、冷たいフォークが唇に当たると、わたしは思わず身震いした。

「牡蠣は嫌いかい？」

「大好きよ」

「キャビアは？　キャビアは好き？」ジャン＝ポールはメルバ・トーストにキャビアをたっぷり載せて、わたしの口に放りこんだ。

「おっと」ナプキンを手に取り、ごく優しい仕草でわたしの唇に触れた。「キャビアが唇に残っていた」

わたしたちはそうやって食事を続けた。わたしが手を止めるたびにジャン＝ポールがなにかしら口に運んでくれ、グラスが空くとピエールが繰り返し満たしてくれた。

「なにか足りない」ジャン＝ポールが唐突に言った。なにかを思いついたように、こつこつと頭を指で叩く。「音楽だ。ピエール、音楽はどうした？」

蓄音機が運ばれてきて、フランスのカフェで聴くような歌が流れてきた。ハスキーな女性の声が崖に反響する。

ジャン＝ポールが立ちあがった。「おいで、マ・プティ。踊ろう――いやかい？」

「ここで？」わたしは、シルクのガウンの下にはなにもつけていないことや、ここが砂浜であることを改めて意識して、どぎまぎしながら小さく笑った。

「ほかのどこだって言うんだい？」ジャン゠ポールは手を差し出した。わたしを抱き寄せる。押しつけられた彼の体を強烈に意識した。けれどほとんど踊りもしないうちに、雨の粒が落ちてきた。「傘だ、ピエール！」

まるで奇跡のように、踊るわたしたちの頭の上で大きな傘が開いた。とてもロマンチックではあったけれど、打ち寄せる波の音と頭上の傘に当たる雨音を聞きながら砂の上で踊るのは妙なものだった。

かかっていたのは、ハスキーな声で歌いあげる情熱的なフランスのカフェソングだ。わたしは戸惑いを覚えていた。わたしはこの人に情熱を感じている？　ダンスが終わったらなにが起きるの？　ジャン゠ポールはじっとわたしの目を見つめながら、微笑んでいる。ゆっくりと顔が近づいてきたかと思うと、唇と唇が触れた。電気が走ったようだった。再び唇が重ねられる。わたしを誘うように、彼の唇がわたしの口の上で躍る。自分が反応していることはわかっていた。いつしか彼に体を押しつけている……。

雨脚がいきなり激しくなったのはそのときだった。近くで雷が鳴り、稲光が光る。

「神さまはどうもぼくたちに意地悪をしているらしい」ジャン゠ポールが言った。「少しくらいの雨はロマンチックだが、こうなると――このままここにいるのはばかげている。雷に打たれるのはごめんだし、きみは今日すでに一度びしょ濡れになっているしね。さあ、おいで」

彼はわたしの手を取ると、家へと続く階段をのぼり始めた。そのあいだじゅう忠実なピエールは、わたしたちが濡れないようにずっと傘をさしかけていた。家に戻ってみると、きれいに洗濯され、アイロンをかけた白のリネンのズボンと水兵風のトップスが待っていた。わたしは着替えるためにバスルームに向かった。

「素晴らしくロマンチックな午後になるはずだったのに、残念ながら天気はぼくたちの味方をしてくれなかったようだ」バスルームから出てきたわたしにジャン＝ポールが言った。「まあ、いい。とりあえず車できみを送っていくよ。体を休めて、美しい服に着替えるといい。八時に迎えに行くから、おいしい食事をして、それから雨の降らないところでダンスをしよう。どうだい？」

「素敵ね」

「よし、決まりだ。夜を楽しみにしているよ」

シャンパンとロマンスでふわふわと体が浮き立つようだった。今日の午後は現実とは思えないことばかりで、完全にわたしのこれまでの経験の範囲を超えていた。こういうことは母やベリンダの身には起きても、わたしに起きることはなかった。けれどそれが現実になったのだ。ジャン＝ポールがわたしに言い寄っている——裕福で、魅力的な男性がわたしを求めている。ゆうべわたしといっしょにいたのがだれだったのか、ダーシーが気づいていたことを祈った。わたしを失うという過ちを犯したことを思って、彼が眠れなかったことを祈った。

家の外に、流線形の素晴らしくきれいな車が待っていた。スポーツカーだが、雨が降っているので幌をかぶせてある。

「素敵な車ね」あきれるほど子供っぽくて、野暮ったい口調だったと思う。

「そうなんだ。ヴォアザンだよ。もっとも魅力的なフランスの車だ」彼はわたしを車に乗せると、走りだした。かなりのスピードを出していたが、ヘアピンカーブを危なげなく曲がり、わたしたちのヴィラの前で止まった。

ジャン＝ポールはわたしの手を取ってキスをした。「またあとで《アビアントー》、マ・プティ」

小降りになった雨のなかを、彼の運転する車は砂利をはね散らしながら遠ざかっていった。ドアを開けると、家のなかはがらんとしていた。母たちはまだ町から戻ってきていないし、帰りがいつになるかはわからないとクローデットが言った。心配もしていないことを教えるように、肩をすくめてみせる。自分の部屋に戻ると、クイーニーがわたしのベッドに座ってクロワッサンの残りを口に押しこんでいるところだった。一面、パンくずだらけだ。わたしが叱りつけるより早くクイーニーはあわてて立ちあがり、羽根布団をパンくずまみれにした。

「帰ってきてくれて本当にうれしいですよ、お嬢さん」クロワッサンを頬張ったまま、クイーニーが言った。「ここに逃げてこなきゃならなかったんです。ここにいるのはみんな、どこかほかの国の人みたいなんです」

「それはそうでしょう。ここはフランスだもの」わたしは指摘した。

「でも、みんなあたしのことが嫌いなんです。厨房ではフランス語で話をしてて、あたしを見ながら笑うんです。そのうちのひとりなんて、あたしはちゃんとしたレディズ・メイドじゃないって言うんですよ。あたしがフランス料理が嫌いで、ソーセージやマッシュポテトやジャガイモとキャベツの炒め物ばっかり食べているからって」

「あら、でもそれは本当のことよ。あなたにはまだ学ぶべきことがたくさんあるわ、クイーニー。なにより、まだわたしのことを〝お嬢さん〟と呼んでいるわね」

「そういえば、そのとおりですね。〝お嬢さま〟って言わなきゃいけないことを、この鈍い頭に覚えさせられないみたいです。それってなんだか、すごく変な気がするんですよね」

精神的に疲れる一日だったのだろうと思う。いつもであれば、クイーニーの最後の言葉も笑って聞き流していただろうに、気がつけば威圧的な口調でこう言っていた。

「とにかく、わたしはレディで、それがわたしの身分なの。やめさせられたくなければ、慣れてもらわないと困るわ」

「一生懸命やります、約束します」クイーニーはひどく動揺したようで、わたしはすぐに後悔した。

「奇跡が起きることを祈りましょう」口調を和らげ、微笑みかけた。「今夜のために、わたしの服を準備することから始めてちょうだい。一番いいイブニングドレスを着るわ――あなたがまだアイロンかけに失敗してだめにしていないドレスよ。それに合ったストッキングと靴と下着とアクセサリーも用意してね。任せていいわね？　とても大切なデートなの」

「そうなんですか、お嬢さん？　外国の男の人と？」

「外国の男の人よ――正確に言うと、外国の侯爵なの。とてもハンサムでお金持ちなのよ。

だからできるだけきれいに見せたいの」

「なんとまあ、お嬢さん。大丈夫ですって。あたしがおめかしを手伝いますから」

「クイーニー」わたしは首を振った。「あなたはいつまでたっても、ちゃんとしたレディズ・メイドにはなれないと思うわ」

陛下におり、海を見渡せる小さなかわいらしい書斎のソファに腰をおろした。スコールは通り過ぎて、雲の切れ間からすでに青空がのぞいている。体を休めようとしたけれど、ひどく神経が高ぶっていた。今夜は、わたしの人生を変えるような夜になるだろう。夕食とダンスのあとジャン＝ポールが家まで送ってくれるのか、それとも彼のヴィラに連れていくつもりなのか、わたしにはまったくわからなかった。サー・トビーの使用人と同じように、ピエールはなにが起きようと見ないふりをするだろう。それがわたしの望み？　あるいは、ジャン＝ポールのような魅力的な人から言い寄られていることに、舞いあがっているだけだろうか？　ダーシーに仕返しがしたいという思いはないかしら？　明日になったらわたしに興味を失ってしまうかもしれないジャン＝ポールのような人に、本当に処女を捧げたい？　けれどわたしはもう二二歳と半年だし、いい加減……。なによりジャン＝ポールは、本人が望まないかぎり女性に無理強いはしないと断言していた。あのけだもののようなサー・トビーとは違う――。

わたしは背筋を伸ばした。あんなことがあった以上、二度とサー・トビーのヴィラに足を踏み入れることはできない。王妃陛下に頼まれた仕事は失敗に終わったということだ。いいえ、ちょっと待って。窓の外に目を向けた。彼のヨットは見当たらない。つまり彼はまだ海の上だ。ヴィラにはだれもいない――ジョンソン以外は。だが彼も用事を言いつけられて町に出かけたから、まだ戻ってきていないかもしれない。ほかに使用人がいるとしても、わたしがあの家にいたあいだは見かけなかった。崖をおりて、プール脇のフレンチドアから家のなかにはいり、陛下の嗅ぎ煙草入れを取り戻すことができるんじゃないかしら？

考えただけで、心臓が口から飛び出しそうな気がした。万一、使用人と遭遇したときのために、言い訳が必要だ。なにかを忘れたことにすれば――なにを？ 手袋やハンドバッグは持っていなかった。なにも持っていかなかったのだ。イヤリング――それしかない。なにかの下に転がってしまうくらい小さなもの。高価な真珠のイヤリングをなくしてしまったので、サー・トビーの家を訪れた際に落としていないかどうかを確かめたかった。そう、それがいい。もっともらしい理由だし、ジョンソンやほかの使用人を納得させられるだろう。わたしは自分の部屋に戻り、証拠として使うために真珠のイヤリングを片方取り出した。

「今夜、真珠をつけたかったんですか、お嬢さま？」ベッドの上にわたしの服を並べていたクイーニーが訊いた。夜の外出なのに、昼間用のライル糸のストッキングを出している。

「真珠は昼間につけるものだって言ってませんでしたっけ」

「そうよ。いまはちょっとこれが必要なの。今夜はアメジストにしようかしら？」

白のリネンのズボンを脱いで、いつものスカートとブラウスとサンダルに着替えた。階段を駆けおりる。心臓の鼓動は速いままだ。うってつけの時間帯だった――まだだれも戻ってきていない。サー・トビーも。崖をおりていき、彼の家のプールの脇をこっそり歩くわたしを目撃する人間はだれもいないということだ。家の裏側から出てテラスを横切り、石の手すりの片側の茂みを抜けて進んだ。雨はやんでいたが、斜面は赤土で滑りやすかった。わたしは松の木や低木にしがみつきながら、とても優雅とは言えない格好で滑るようにして崖をおりていった。

ようやくのことで、今度は尻もちをつくことなく、サー・トビーのプールのまわりのキョウチクトウの茂みにたどり着いた——素晴らしい。葉の隙間から家の様子をうかがった。動きはない。フレンチドアのひとつは、まだ少し開いたままだ。完璧だ。あとはこっそりプールの脇を抜けて……わたしは息を潜めて茂みから出ると、そろそろと歩を進めた。プールデッキは雨で滑りやすくなっている。足を滑らせてプールに落ちたりしないように気をつけなければ。大きな水音を立てたりしたら……プールに目を向け、思わず恐怖の悲鳴をあげた。

サー・トビーがプールのなかにいた。わたしは手近な茂みの陰に飛びこんだ。ヨットが戻ってきていないのに、どうして彼が家にいるの？　枝のあいだから目を凝らした。気づかなかったようだ。プールの階段の一番上で、彼がうつぶせになって水に浮かんでいるのに気づいたのはそのときだった。後頭部に赤い染みがあって、彼のまわりの水はピンクに染まっていた。

20

一九三三年一月二六日

ヴィラ・マルグリート。サー・トビーが自分の家のプールで死んでいる。ああ、どうしよう。

どうすればいいのかわからなかった。助けを呼べば、どうして彼の家の裏庭に無断ではいったのかを説明しなくてはならない。わたしは敷地の境界の茂みまでじりじりと後退し、再び斜面をよじのぼった。母のヴィラのテラスに無事たどり着いたときには、吐き気を催していた。彼は死んでいたはず。そうでしょう？　動いていなかったし、頭は――胃がよじれそうになった。彼の後頭部は陥没していた。手すりに身を乗り出すと、大きな階段の上で半分水につかってうつぶせになっている彼の姿が見えた。

警察を呼ぶべきだろうが、フランスではどうすればいいのかわからない。使用人に言って、警察に連絡してもらおうと思った。

家にはいろうとすると、大理石の玄関ホールから声が聞こえてきた。

「イギリス最高の警察官を連れてくると言ったときのあの小男のおかしな顔ったら――見物だったわね」よく通る母の声だ。

「そうしたら〝だがここはフランスです、マダム。イギリスの警察官にはフランスで起きた犯罪を捜査する権限はない。権利の侵害です。許可されるはずがない〟ですって」

三人はどっと笑い崩れた。わたしは彼女たちのもとに急いだ。

「あら、ここにいたのね、ジョージー。サー・トビーとはどうだった？　オルガになにがあったのか、突き止めた？　わたしたち、彼女が出ていった理由について賭けをしたのよ。楽しかったわ。それから――」母は言葉を切った。「大丈夫？　幽霊を見たような顔をしているわよ」

「サー・トビーなの」わたしは答えた。「こっちに来て、見てちょうだい」

わたしは三人をテラスに連れ出し、手すりに身を乗り出してサー・トビーの家のプールを見るように言った。

「モン・デュー」ココがつぶやいた。「溺れているの？　助けを呼ばないと。いまなら助かるかもしれない」

「いいえ、彼は間違いなく死んでいるわ」わたしは告げた。「プールを見て、てっきり彼が泳いでいるんだと思ったの――そうしたら後頭部が血まみれなことに気づいたのよ」

「なんておそろしい」母が言った。「転んで頭を打って、それからプールに落ちたのね」

「警察を呼ばなければいけないわ」ヴェラが言った。

「どうしてわたしたちが?」ココが訊いた。「彼の使用人にさせればいいわ。主人があんなことになっているのに、だれも気づかないなんて変ね。使用人に教えてやればいいのよ」

「だめよ」わたしの口調が鋭かったので、三人はそろってこちらに顔を向けた。「なにかに触って、証拠を台無しにしてしまうかもしれない」

「証拠ですって?」母が訊いた。

「あれは犯罪現場だと思わないといけないわ。転んで後頭部を打ったなら、うつぶせにプールに落ちるはずがないもの。不可能よ。だれかがうしろから忍びよって彼を殴りつけたから、プールに落ちたんだわ」わたしは説明した。

「なんてことかしら」ヴェラが声をあげた。「だれかが彼を殺したというの? 殺人?」

「ええ、そう見えるわ。だから警察を呼ばなきゃいけないと思うの——またあの間抜けな警部補が来ないことを祈るばかりね」

「あなたが電話してちょうだい、ココ」母がこともなげに言った。「わたしのフランス語はひどいんですもの」

ココはホールにはいっていき、彼女が電話で話すフランス語が聞こえてきた。

「そうよ——男性が自分の家のプールに浮いているの。もちろん死んでいるように見えるわよ。死んでいないかぎり、じっとしたままプールに浮いている人なんていないでしょう。ええ、そう、すぐにだれかをよこしてちょうだい」ココは受話器を置いた。「能無しばかりね」

一五分後、パトカーが家の外に到着し、降り立ったのがきびきびしたふたりの若い警官だったのでわたしたちはほっとした。ふたりはとても礼儀正しく、彼らをテラスへと案内し、死体を指し示すココに対して畏怖に近い感情を抱いているようだった。

「あの男性がだれだかご存じですか？」警官のひとりが尋ねた。

「ええ。サー・トビー・グローパーよ。あのヴィラの持ち主」母が答えた。「彼だと思うわ。顔は見えないけれど、あの体型は彼のものだから。お腹のまわりに醜いほど脂肪がついているのよ」

「発見したのはいつですか？」

「たったいま帰ってきたら、レディ・ジョージアナに聞かされたの」ヴェラが答えた。

「わたしもたったいま気づいたところなんです」わたしは急いで言った。「警察に連絡しようと思って家に入ったら――」〝母が〟と言いかけて、あわてて言い直した。「彼女たちがちょうど帰ってきたんです。わたしも午後は友人の家で過ごして、戻ってきたところでした」

ココとヴェラが目と目を見交わしたことに気づいた。わたしが数分前に気づいたことに、ふたりも気づいたのだ――わたしはサー・トビーのヨットに乗っていて、生きている彼を見た最後の人間かもしれない。彼女たちは、殺されるほんの一、二分前までわたしが彼といっしょにいたと思っているのだろう。それが事実であれば、わたしは難しい立場に立たされることになる。ジャン゠ポールといっしょにいて本当によかったと思った。わたしがサー・トビーのヨットから飛びおりたとき、彼はまだ生きていたとジャン゠ポールが証言すれば、警察は信じるだろう。ああ、どうしよう――その話もまた疑念を呼ぶんじゃない？　いまは口をつぐんでいようと決めた。

若い警官はテラスを横切り、玄関に戻ろうとしたが、振り返って尋ねた。

「サー・トビーはあのヴィラにひとりで暮らしているんですか？」

「奥さんが昨日町にいました。ネグレスコにチェックインするところを見ましたから、ヴィラにはいないと思います」わたしは言った。

「それはどうしてだと思いますか？」

「わたしにはわかりません。レディ・グローパーとは知り合いではありませんから」わたしは答えた。「それからカジノで彼の息子さんにも会いましたけれど、どこに滞在しているのかは知りません——お友だちのところではないでしょうか」

「つまり、だれもかわいそうな父親といっしょではなかったわけですね？　妙じゃありませんか？」

「いま言ったとおり、わたしたちはあの家族のことは知りませんから」ヴェラが毅然と言った。

「それでは彼はあの家にひとりだったということですね？　使用人を除いてですが」

「だから、わからないって言っているでしょう」ココの声はいらだっていた。「この家の持ち主のマダム・ダニエルは、隣人と付き合いがなかったんだから」

「そういうことでしたら、これ以上お手間は取らせません」若い警官はお辞儀をして帰っていった。警官の姿が見えなくなったとたんに、女性三人はわたしに向き直った。「午後は友人の家にいたと言ったわね？　それじゃあ、サー・トビーのところには行かなかったの？」ココが訊いた。

「行ったわ」わたしは答えた。「サー・トビーのヨットで海に出たの。でもジャン＝ポールがボートで通りかかって、わたしは彼のヴィラに行ったの」

母が眉を吊りあげたのが見えた。

「彼の態度は完璧な紳士だった。サー・トビーとは違って。サー・トビーは、無理やりわたしをベッドに連れこもうとしたの。グローパーって本当にぴったりの名前だわ（gropeには強引に痴漢行為をするという意味がある）。女と見れば手を出さずにいられないのよ」

「野卑で汚らわしい男ね」母が言った。「死んでいるのが残念だわ。肝心なところに膝蹴りを食らわせてやったのに」（母が生まれつきのレディではないと感じることが時々あるのではないだろうか？　今回はわたしも同意見だ）

「いまの状況を考えると、サー・トビーのヨットでなにがあったのかは話さないほうがいいと思う」ココが言葉を選びながら言った。「何者かが彼の頭を殴っているわけだから」

「ジョージアナが彼の死に関わっていると疑う人間がいるとでも言うの？」母が憤然として言った。「ばかばかしい」

「わたしたちにとってはそうだけれど、あの目先のことしか見えていない不愉快な警部補は、手近な容疑者に飛びつくかもしれない」

「警察に嘘なんてつけないわ」わたしは言った。

「そうね。でもサー・トビーと朝のうちにヨットに乗って、そのあと侯爵といっしょにいたと言えるわ。本当のことだもの。文句のつけようのない証人でよかった」

ココが言い終えると同時に、玄関のドアをノックする音がした。母がメイドより早くドアを開けた。そこにいたのは、不安そうな顔つきのジョンソンだった。

「ご迷惑をおかけしてすみません。たったいま町から戻ってきたんですが、サー・トビーの私道の入り口をパトカーがふさいでいるんです。なにかご存じではないかと思って」

「あなたは？」母がいかにも元公爵夫人らしい口調で尋ねた。

「ジョンソンです。サー・トビーの従者です。なにかあったんでしょうか？」

「ええ、あったのよ。あなたの雇い主が、プールでうつぶせに倒れていたの」

ジョンソンの顔から血の気が引いた。「死んだということですか？　サー・トビーは溺れたんですか？　でもそれはありえない。旦那さまはとても泳ぎが上手なんです。それに――」ジョンソンは言葉を切った。「――どうして旦那さまがここにいたんでしょう？　今日はヨットで海に出ていたし、ぼくが町から戻ってくるとき、ヨットはまだ古いほうの港にあったのに」

「わたしたちはあなたのご主人のことはよく知らないのよ」母が言った。「でもヴィラに警察がいるわ。あなたはあそこに戻って、警察の質問に答えたほうがいいんじゃないかしら」

「いや、それは。そんなことがぼくにできるとは思えません。ぼくのフランス語はひどいものなんです。今日も、サー・トビーに命じられた用事を片付けるのに町で苦労したんです」

「フランス語のできる使用人はいないの？」ココが訊いた。

「料理人のマリーだけですが、今日は午後が休みです」

「それじゃあ、家にはだれもいないのね」わたしは言った。

ジョンソンは知らない人を見るような顔でわたしを見た。「そうです。午後、あの家にはだれもいませんでした。サー・トビーがどうして、どうやって帰ってきたのか、ぼくにはわからない。マリーが休みのことも、ぼくに命じた用事は午後いっぱいかかるだろうこともわかっていたはずなのに」彼は再びわたしに目を向けた。「でもあなたは旦那さまといっしょにヨットに乗っていましたよね。旦那さまがどうしていたのかご存じのはずだ」

「わたしはごく早い時間にヨットを降りたの」わたしは答えた。「友人がヨットまでボートで迎えに来てくれたのよ。だからサー・トビーの船がどこに向かったのかは知らない。わたしが降りる直前まで、モンテ・カルロに向かっていたけれど」

「そうですか」ジョンソンは眉間にしわを寄せ、わたしの言葉の裏側まで読み取ろうとしている。

「わたしたちはみんな帰宅したところだったの。そうしたらプールに死体を見つけたのよ」

「まったくなんて災難なんだろう」ジョンソンは渋面を作った。「今度こそ割のいい仕事を見つけたと思ったのに。これでまた振り出しだ」彼はため息をついた。「とにかく、家に戻って、するべきことをしないといけないようですね。英語のできる警官がいるといいんですが。どなたかぼくといっしょに来て、通訳してもらえませんか？」

「とんでもない」ヴェラが言った。「なんて厚かましいのかしら。上の身分の人間にそんなことを頼むなんて」

ジョンソンは赤面した。「申し訳ありません。そんなつもりじゃなかったんです。もちろん、使用人のだれかという意味です。恐ろしい知らせにひどく動揺していたもので。これ以上、ご迷惑はおかけしません」

彼があわてて帰っていくと、母がドアを閉めてつぶやいた。

「ずいぶん変わった若者だこと」

「動揺しているのよ」わたしは言った。「それに外国の警官と話をしなければならないことに怯えている。無理もないと思うわ。自分の行動を説明しなきゃいけないわけでしょう?」

「車で戻ってきて、入り口が封鎖されていることに気づいたのは、運がよかったわね」母が言った。「彼が自分の主人をプールに突き落としたんじゃないことが、それでほぼ立証されたわけだから」

「彼にそんなことをする理由がある?」わたしは尋ねた。「いい仕事を失って、とてもがっかりしていたわ。それにもしサー・トビーの頭を殴ったのが彼だったら、なにか美術品を盗んで逃げていたはずよ」わたしはそう言いながら、ぞっとして顔が熱くなるのを感じていた。貴重な品物を盗むというのは、まさにわたしが計画していたことだ。サー・トビーがプールで死んでいる家で、嗅ぎ煙草入れを持っているところを見つかったりしなくて本当によかった。そうなれば、わたしの立場はかなり難しいものになっていたはずだ。

ココがいきなり玄関に駆け寄り、再びドアを開けた。「ちょっと、あなた」ジョンソンはすでにゲートまで達していたが、期待に満ちた顔で振り返った。

「考え直したの。いっしょに行ってあげるわ」ココが言った。

「なにを考えているの？」ヴェラが声を荒らげた。「フランス警察とこれ以上関わり合いになんてなりたくないわ。あの人たちがどんなふうだか、よくわかっているじゃないの」

「だって、シェリ、本物の犯罪現場を見る機会を逃すわけにはいかないわ。くわしい話を聞きたくて、だれもがわたしたちをディナーに招待するわよ。あなたの冒険心はどこへいったの？」

ココは私道を若者のほうへと歩き始めた。母の顔にも期待に満ちた笑みが浮かんでいる。

「彼の家が見たくてたまらなかったのよ。行きましょう、ヴェラ。ジョージーも」

ヴェラはあきらめたような顔でわたしを見ると、ふたりのあとを追った。わたしも続いた。頭のなかでふたつの思いがせめぎ合っている。ひとつは、だれも見ていないときに、王妃陛下の嗅ぎ煙草入れをこっそりポケットに忍ばせるチャンスがあるかもしれないというものだった。一方で、より分別のあるもうひとりのわたし——厳格な曾祖母に似た一面を持つわたし——は、殺人現場からなにかを盗んだところを見つかったりすれば、警察に疑惑の目を向けられかねないとささやいている。昼前にサー・トビーといっしょにヨットに乗っていたことを知られるかもしれないのだから、なおさらだ。だが結局、好奇心が不安に勝り、わたしは母たちのあとについてサー・トビーの家のカーブを描く長い私道を歩いていった。

21

（故）サー・トビー・グローパーのヴィラ
一九三三年一月二十六日

わたしたちがはいっていったとき、警官のひとりはだれかと電話で話していた。

「はい、そうです。殺人の可能性は排除できません。はい、ニースの刑事に現場に来てもらうように連絡したほうがいいと思います。死体は動かしていませんし、なにも触れていませんか」電話を切り、振り返ってわたしたちを見た。

「ここでなにをしているんです？　この悲劇的なできごとについて、なにか話したいことでもあるんですか？」

「この若者は、サー・トビー・グローパーの使用人なの」ココが告げた。「サー・トビーの自動車で家に戻ってみたら、私道がパトカーでふさがれていたので、わたしたちの家に来たのよ。ご主人の身になにがあったかを聞いて、とても悲しんでいるわ。警察はいろいろと訊きたいことがあるだろうけれど、彼はフランス語ができないから、手を貸そうと思っていっしょに来たのよ」

「四人の女性が通訳を？」警官は片方の眉を吊りあげた。「ずいぶんと運のいい若者だ」

「わたしはマダム・シャネルのつきそいです。不愉快な場に彼女ひとりを行かせるのは正しいことではありませんから」ヴェラが言った。「それに殺人犯がまだ近くにいるかもしれませんから、こちらの方々は家にふたりだけで残るのをいやがったんです」

「殺人犯？」警官は、プールのほうから戻ってきたばかりの同僚をちらりと見ながら、鋭い口調で繰り返した。「だれが殺人だと言ったんです？」

「あらゆる可能性を考えるべきでしょう？」ヴェラがあわてて弁明した。「男性が自分の家のプールに落ちて死ぬなんて、そうあることじゃありませんから」

「心臓発作を起こしたのかもしれない」最初の警官が言った。

「彼のまわりの水がピンクに染まっていたのは、出血していたということだと思いますけれど」

「濡れたセメントで足を滑らせて、頭を打ったのかもしれない」たったいまやってきたほうの警官が意見を述べた。最初の警官が彼に向かって言った。「刑事が到着するまで、おまえは死体のそばにいたほうがいい。現場を荒らされたら困る」

「だれが荒らすというんだ？　プールがあるのは崖の真ん中で、どこからも近づけない」

「ハゲタカやカモメがいる」最初の警官が言った。「あいつらは、ああいった死体に寄ってくるんだ」

警察学校を出たばかりのように見えるもうひとりの警官は、見るからに青くなった。

「死体のそばにいる」そう言って、戻っていった。最初の警官はわたしたちに向き直った。

「それにしても、あなたがたが殺人かもしれないと考えているのは興味深いですね。話してくださった以上のことを、ご存じなのではありませんか？　あなたがたイギリス人は、リヴィエラで起きている様々な悪巧みをよくご存じですからね」

「サー・トビー・グローパーのことはなにも知りません」ヴェラが断言した。「わたしたちの家のテラスまで聞こえてきたことだけです」

「なにを聞いたんです？」

「さっきも言ったとおり、今日わたしたちは一日中ニースにいたから、なにも聞いてないの。わたしたちのアリバイが欲しいのなら言っておくけれど、ニースの警察署に行っていたのよ」ココが言った。

「警察署でいったいなにを？」

「ゆうべ、高価なネックレスが盗まれたの。それを取り戻す手伝いをしようと思って」

それを聞いて、若い警官は大いに喜んだ。「なるほど――ゆうべ、窃盗があった。そして今日、自宅のプールで男性が死体となって発見された。犯人は再び盗みを働こうとしてサー・トビーに見つかり、彼の頭を殴ってプールに放りこんだのかもしれない」

「窃盗は桟橋のカジノで起きたんです」ヴェラが説明した。

「ふむ」若い警官はこのあとなにをすればいいのかわからないとでもいうように、あたりを見まわした。その視線がジョンソンに留まった。「この若者ですが――彼はこの家の唯一の使用人なんですか？」

ココがその質問と答えを通訳した。「料理人のマリーがいるけれど、今日は家族のところに行くために半日の休暇を取っているそうよ。それから毎日午前中に掃除に来る地元の女性と庭師がふたり、あとは運転手」

「彼らはいまどこにいるんでしょう？」

「庭師はここには住んでいないわ。わたしが住所を知っているから、待っていてもらえれば取ってくるけれど。たいてい朝早く仕事を始めて、昼食を終えると帰っていくわね。運転手は車庫の上の小さなアパートで暮らしている。彼も半日の休みをもらったんだと思う。サー・トビーはヨットに乗る予定で、車はこの若者に使わせていたから」

「それで、あなたの役割はなんだったんです？」警官はジョンソンに尋ねた。

「彼は、サー・トビーの従者だったの」ココが通訳した。「必要なときには秘書も務めて、手紙を書いたりもしていたそうよ」

「どうして彼をひとり家に残して出かけていたんです？」

「サー・トビーはお昼頃、ヨットに乗りに出かけました」ジョンソンは警官ではなく、ココに向かって答えた。「いくつか用事を言いつけられ、彼の車でニースに行くように言われました。イギリスに電報を打ち、靴の底を張り替え、お気に入りの葉巻を買って、手紙を出すことになっていました。モンテ・カルロまで行って夕食もそこでとってくるかもしれないから、急ぐ必要はないと言われていたので、ぼくはカフェでコーヒーを飲んだり、ぶらぶらしたりして過ごしたんです。外国に来るのはこれが初めてでしたから、なにもかもが珍しくて」

「戻ってきたのはいつでしたか?」

「ついさっきです。私道がパトカーでふさがれていたので、隣のマダムのヴィラに行って、なにがあったかを聞いたんです」

尋問が行われているあいだ、気がつけばわたしの視線は、王妃陛下の嗅ぎ煙草入れが収められているガラスのカバーのついたテーブルに吸い寄せられていた。全員がプールのほうに出ていくことがあれば、蓋を開けて嗅ぎ煙草入れを手に入れられるかもしれない。心臓の鼓動が速くなった。こんなことは、まったくわたしらしくない。スコットランドの厳しい道徳感に基づいて育てられ、乳母からは十戒をいやというほど叩きこまれたわたしがするべきことじゃない。けれど、だれかに盗まれた物を取り戻すのは、盗むことになるのかしら? おそらく違う。問題は、もし見つかったら盗んだと思われることだ。王妃陛下は、わたしが事実をフランス警察に話すことをお望みにならないだろうし。

「今日のあなたの行動を確かめるのは簡単です」警官が言った。「あなたが訪れた場所の名前を書いてください」

「もちろんです」ジョンソンはライティングデスクに近づいて開き、紙を取り出した。すらすらとなにかを書きつけ、警官に手渡す。

わたしはじりじりとテーブルに近づいた。みんながジョンソンに注目している。少しだけ蓋を持ちあげた。手を差し入れ――。

「いったい何事だ？」フランス語の声が響いた。あろうことか、わたしのうしろにラフィット警部補が立っている。「犯罪現場かもしれないところで、この人たちはなにをしているんだ？」

彼はひとりひとりをねめつけるように部屋を見回した。テーブルから手を引き抜こうとしたところで、彼の視線がわたしに留まった。蓋がさがり、手がはさまれたのがわかった。わたしはうつろな笑みを浮かべ、高価な品物がいっぱいはいったテーブルにはさまれた手に彼が気づかないことを祈った。

「わたしたちは隣のヴィラに滞在しているの」ココの言葉を聞いて、警部補の意識は幸いにも彼女に向けられた。「サー・トビーの従者がひどく動揺しながら訪ねてきたので、通訳としてここに来たのよ。彼はフランス語ができないから」

「それに彼がフランス警察から脅されたり、強要されたりしてほしくありませんでしたから」ヴェラが言い添えた。彼女が目の前の小柄な警部補を嫌悪していることがよくわかった。

「ここにいるのは警察官――田舎の警察官だ」警部補が言った。「わたしたち町の警察は大変に礼儀正しい。脅したりなどしない」ラフィットが言った。

ヴェラはうなるような声を出したが、なにも言わなかった。ふたりのやりとりのあいだに、わたしは蓋を持ちあげて手を引き抜いた。残念なことに、その手のなかに嗅ぎ煙草入れはなかった。蓋は意外なほど大きな音を立てて閉まった。警部補が振り返る。

「ごめんなさい、テーブルにぶつかったの」わたしは釈明した。

彼は目を細くしてわたしを眺めた。「あなたはゆうべ、宝石を盗まれた女性ですね」

「ええ、そうです。こちらの方々といっしょに隣のヴィラに滞在しているんです」

「ふむ」窃盗事件に引き続き、不審な死にもわたしが関わっていることが釈然としないようだ。「お訊きしたいことがあるので、それまで帰らないでください。さてと、死体はどこだ？」

「まだプールのなかです、サー」若い警官はラフィットを恐れているようだ。「同僚に見張らせてあります。なにも動かしていませんし、死体にも触れていません」

警部補はそっけなくうなずくと、テラスへと出ていった。わたしたちも充分な距離を置いてそのあとを追ったが、近くで死体を見たいのかどうか自分でも定かではなかった。プールに近づくと、一番上の階段に半分水につかるようにしてうつぶせになっているさっきと同じ状態の死体が見えた。

「なんてことかしら。まるでピンクのカバみたい」母のよく通る声が崖に反響した。「ぞっとするわ。もうたくさん。わたしはヴィラに戻ってカクテルを作っているから」母はそう言い残して帰っていった。

ラフィット警部補は死体の脇にしゃがみこんでいたが、やがて顔をあげた。

「頭を殴られている」この距離から見れば、すさまじい力で後頭部をなぐられているのがよくわかったから、不要な言葉だった。ラフィットは部下に向かって言った。「ニースのわたしの部署に電話をして、死体を運ぶ人員と車が必要だと言うんだ。おまえたちは、凶器の捜索を始めていろ。犯人は崖から凶器を捨てたか、茂みに隠したかもしれない」

ふたりの警官はプールをまわって崖のほうに歩いていった。ラフィットはわたしたちに視線を戻した。

「死体を発見したのはどなたです?」彼はフランス語で訊いた。

「レディ・ジョージアナです」ヴェラはわたしと警部補のあいだに立ちはだかるようにして答えた。わたしを守ろうとしているのだろう。「彼女が家に戻ったらだれもいなかったので、テラスの端から身を乗り出してみたら、プールに死体があるのが見えたんです。助けを呼びに行こうとしたところにわたしたちが帰宅して、彼女から話を聞きました。それで警察を呼んだんです」

「どうして使用人は主人が死んでいることに気づかなかったんだ?」警部補はジョンソンをねめつけながら、ひどくなまった英語でゆっくりと尋ねた。ジョンソンが一歩あとずさる。

「あまり勤勉な使用人ではなかったようだ」

「家にはだれもいなかったのよ」ココが言った。「サー・トビーはヨットに乗っているはずだったの。彼は主人の車で町に行き、主人に言いつけられた用事を片付けていた。料理人は午後はお休みをもらっていたのよ」

「妙な話だ」ラフィットはなにかを隠しているとでも言うように、わたしたちを順番に見つめながら言った。「サー・トビーはヨットで出かけ、自分の家のプールで死体となって発見された。彼が戻ってきたのだったら、ヨットはいまどこにあるんです？」

「それならわかります」ジョンソンが答えた。「ニースの古い港に係留されているのを見ました」

「彼の車がニースにあり、ヨットもニースにあるのだとしたら、サー・トビーはどうやってここに戻ってきたんだ？　ヨットを降りたとしても、モーターボートは桟橋に着いていない。あのブイに結わえてあるのが見えますからね」

「タクシーを使ったんじゃないでしょうか」ヴェラが言った。

「そうかもしれない。だがなぜ？　彼は車もヨットも持っているのに」

「わかりません。彼のことはなにも知らないんです。おつきあいはありませんでしたから」

「だが彼はあなたがたと同じイギリスの貴族だ。違いますか？」

「彼は準男爵でしたけれど、叩きあげでしたから」ヴェラが答えた。

「なんですって？　叩いた？　なにを？」

「下層階級の出身だという意味です。彼の一家は産業で財を成したんです。ですから彼はわたしたちの一員ではないし、そうなることは永遠にありません」

警部補は声をあげて笑った。「あなたがたイギリス人ときたら。その俗物根性はわたしには永遠に理解できませんな」

「フランス貴族も同じようなものじゃないかしら」ヴェラが言った。「わたしたちよりお高くとまっている気もしますけれど」

それは事実だとでも言わんばかりに、警部補はうなずいた。家のなかに戻り、部屋を見回す。「彼は大変裕福だったようですね。高価なものがたくさんある。骨董品、絵画。あれはマティスだ。違いますか？」

「ヴァン・ゴッホです」ヴェラが答えた。

「ああ、そうですか。どれも同じように見えますね。わたしはこういった醜い現代絵画は好きではないが、高価なものだということはわかります。だがこの手の古いものは――」彼は美しい銀器が載っているサイドボードを撫でた。「――実にきれいだ。おおいに盗む価値がある。たとえばこの銀の燭台」彼は燭台のひとつを指差した。「重い銀製だ。この殺人は窃盗の最中に行われたものだと断言してもいい。わたしはめったに間違うことはありませんからね。サー・トビーはプールで泳いでいた。犯人は家にだれかがいることに気づかなかった。サー・トビーに見つかって、彼の頭を殴りつけたんです。たとえば、この燭台のようなもので」

警部補は勝ち誇ったように手をあげたが、どういうわけか指が引っかかっていたらしく、燭台もいっしょに持ちあがった。彼は驚いたように手の先にぶらさがった燭台を眺めたが、わたしたちが笑っていることに気づくと顔をしかめた。「近頃の蠟燭《ろうそく》は細くていかん」そう言いながら、手を振って燭台を落とそうとした。だが燭台は宙を飛び、ガラスのカバーのあるテーブルの上に着地した。ガラスが割れて、あたり一面に飛び散った。

「なんてこった《サクレ・ブル》」警部補はつぶやいた。

「犯罪現場を乱してしまったようね」ヴェラの声には勝ち誇ったような響きがあった。「テーブルに収められていた高価な品物に傷がついていないといいけれど」

　ジョンソンはおののいたような声をあげてテーブルに近づこうとしたが、わたしのほうが早かった。燭台は、ガラスの破片に埋もれるようにして嗅ぎ煙草入れの上に載っている。

「運がよかったわ」わたしは慎重な手つきで燭台を持ちあげ、ジョンソンに渡しながら言った。このまたとないチャンスを逃すつもりはなかった。嗅ぎ煙草入れはガラスの破片にまみれて、いま目の前にある。「ここに収められているのはどれも金属製で、磁器やガラスのものはないようよ。なにも壊れてはいないわ」

　わたしはガラスの破片をつまみあげ、つぎに嗅ぎ煙草入れに手を伸ばした。ひとつずつ順番に手に取り、ガラスの破片を振り払ってから、いかにも注意を払っているような素振りで元の位置に戻していく。つぎが陛下の嗅ぎ煙草入れだ。スカートにポケットがあればよかったのにと思いながら、そちらに手を伸ばす――。

「触ってはいけない」ラフィットが鋭い声で告げた。「それはわたしの部下が処理します。証拠となる指紋があるかもしれませんからな。その従者の人にはわたしといっしょにヴィラをまわって、なくなっているものがないかどうかを確かめてもらいます」彼はジョンソンに向き直って言った。「なにかなくなっていないかどうか見てください」

「泥棒だとしても、なにも盗らずに逃げたんだと思います」ジョンソンが言った。

「サー・トビーを殺したあと、おじけづいたんでしょう」ラフィットはフランス語で言った。「あるいは特に高価な品物が目的だったのかもしれない。宝石とか?」彼は長いあいだ、わたしをじっと見つめていた。

「そうかもしれないわね」ココが口をはさんだ。「このあたりに、腕のいい宝石泥棒がいることはわかっているわけだし。犯人を捕まえて、なくなったネックレスを取り戻せるように、あなたの部下たちがこれまで以上に努力してくれることを願うわ」

「もちろん殺人にはいくつもの理由があります」ラフィットはさらに言葉を継いだ。「金持ちの権力者は敵を作るものだ」ジョンソンに尋ねる。「きみのご主人を傷つけたいと思っていた人はいるかね?」

「あなたの雇い主を傷つけたいと思っていた人がいなかったかを訊いているわ」

「それほど長く働いていたわけじゃありませんから」ジョンソンが答えた。「それに、商売上の取引には関わっていないので」

最初にこの家に来たとき、外国人から脅しを受けているとサー・トビーが言っていたことを話すべきだろうと思ったが、そんな話をすれば、わたしがお昼頃、犯罪現場にいたことがわかってしまう。サー・トビーはオルガや妻を含め、かなりの人々を怒らせてきたのだろうとわたしは考えていた。そのうちのだれが汚い仕事を引き受けたのかを突き止めるのは、わたしのすべきことではなかった。

嗅ぎ煙草入れを取り戻そうと取り戻すまいと、一刻も早くここから出たくてたまらなくなった。

「ごめんなさい、警部補。ちょっと具合が悪いんです。あの死体を見たせいで——もうわたしたちがいなくてもいいですよね？」

「いまのところは。まず家のなかを調べます。そのあとでいくつか質問するかもしれません。あなたがたは家を離れないようにしていてください。わたしに話していないことがあるでしょうからね。だが心配はいりません。わたしは真実を見つけ出します。だから知っていることがあるなら、いまのうちに話すほうが賢明ですよ」

「申し訳ないけれど、お役にたてないわ」ヴェラが言った。「さっきも言ったとおり、この家の人とはつきあいがないの。レディ・ジョージアナを家に連れて帰ったほうがよさそうだわ。すごく顔色が悪い」

彼女はわたしをせきたてるようにして部屋から連れ出した。

22

まだ一九三三年一月二六日

人生は刻々と複雑なものになっていく。

その夜、わたしは一連のいやな出来事を心の隅に押しやりながら、ジャン＝ポールが来るのを待っていた。母は行かせたくないらしかった。

「本当に自分がなにをしているのかわかっているの？」生まれて初めて、母親らしいことを言っている。

「言ったでしょう？　今日の午後の彼は完璧な紳士だった。わたしはシルクのガウン一枚っていう姿だったし、その気になれば彼はわたしを誘惑できたわ」あのキスの記憶が脳裏をよぎった――あれは、わたしを誘惑する最初の段階だったのかもしれない。

「今日の午後は完璧な紳士として振る舞ったかもしれないけれど、自動車の後部座席でふたりきりになったときも行儀よくできるという保証はないのよ。あなたが警戒を解くように、そんなふうに振る舞っていたのかもしれない」母は近づいてくると、わたしの肩に手を乗せた。「あなたは温室育ちだわ、ジョージー。わたしが母親としての務めを果たさなかったことは責任を感じている。でも、全部わたしが悪いわけでもないのよ――ラノク家の人たちは、わたしの奔放な生き方があなたを堕落させるといけないからって、わたしを子供に近づけまいとしたの。でも、もっとこだわるべきだった」母の整った顔が一瞬、歪んだ。「でも過ぎたことを言っても仕方がないわね。わたしが言いたいのは――ジャン＝ポール・ドゥ・ロンシャールのような男性は大勢見てきたけれど、彼らの目的はひとつしかないということ。彼は、処女を誘惑することを最高の楽しみだと考えているのかもしれない――あなたはまだ処女でしょう？　もちろんそうよね。ひと目見ればわかるわ。あなたに傷ついてほしくないのよ」

わたしは愛情にも似た思いを感じながら母を見た。記憶にあるかぎり、母をこんなに近くに感じたのは初めてだ。

「わたしはもう大人よ、お母さま。それにお母さまが考えているほどうぶでもない。ジャン＝ポールとつきあうとしたら、それはわたしがそうすることを選んだから」わたしは母の顔を見て、声に出して笑った。「心配しないで。たぶん、なにもしないから。きっと、昔ながらのラノク家のユーモアのセンスが邪魔をするわ」

母はわたしの顔を引き寄せると、頬にキスをした。「そういうことなら、楽しんでいらっしゃい。でももし彼とすることに決めたなら、きっと素晴らしいセックスになるわ」

母親と交わすにしてはかなり変わった会話だが、素晴らしいセックスについて語れる人間がいるとしたら、それは彼女だ。着替えをするために二階にあがってみると、クイーニーは夕食のために厨房に行ってしまっていて、あとにはとんでもなく奇妙な取り合わせの服が用意されていた——ガーデンパーティーに着ていくようなフリルのついた白のドレスとたっぷりしたコットンのペチコート、寒くなったときのためなのかカーディガンもあった。

「自分で用意したほうが、面倒が少ないわ」わたしはつぶやいた。奇跡的にクイーニーのアイロンでだめにされるのを逃れたシャンタン（光沢と立体感がある平織りのシルク生地）のイブニングドレスがあった。襟は高めだし、ウエストを絞らなかった二〇年代のなごりで全体的に形がはっきりしないデザインだが、それを着て長い真珠のネックレスをつけた。これが、いまのわたしにできるせいいっぱいだ。ゆうべカジノで見かけた女性たちが着ていたような、できれば背中が大きく開いた真紅のシルクのドレスがあればよかったのにと思った。母の服が着られるくらいわたしが小柄だったらよかったのに。シャネルが約束のドレスを作ってくれていればよかったのに。このドレスのいいところといえば、見苦しくなくきちんとしているということくらいだ。

それでもジャン＝ポールは、わたしを野暮だとかつまらないと思ったような素振りは見せなかった。玄関ホールで待っていた彼は、わたしが階段をおりていくとうっとりするような笑みを浮かべた。

「とても素敵だよ」彼が言った。

「下心があるくせに」母のつぶやきが聞こえたような気がしたが、声に出してはこう言っただけだった。「楽しんでいらっしゃいね。彼女を大切に扱ってちょうだいね、ジャン＝ポール。うしろには三人の手ごわい女性がいるのよ」

「ご心配なく」ジャン＝ポールが応じた。「あなたの実の娘のように扱いますよ」

真実はお見通しだとでも言うように、彼はわたしに向かってウィンクをした。わたしの手を取り、幌をかけたままのヴォアザンに乗せる。サー・トビーの死について話すべきだろうかと迷ったが、その気にはなれなかった。いまは、忘れていたかった。

「今夜はニースよりもう少し落ち着いたところに行こうと思うんだ。ボーリュー＝シュル＝メールに居心地のいい小さな店がある。そこのシェフは天使みたいな料理を作るんだよ」

地中海に面した岩場にあるレトワール・レストランに着いたときには、わたしは夢見心地だった。係留されているヨットの明かりが水面に反射し、あたりはまるでおとぎの国だ。ジャン＝ポールは、王族のような出迎えを受けた。

「ようこそお越しくださいました、侯爵。いつものテーブルをご用意させていただいております」

わたしたちは、メインフロアから数段あがったところにあるアルコーブに案内された。すぐ下は海になっていて、全面に窓がある。かすかに潮の香りがする地中海の新鮮な空気を連れて、波が打ち寄せていた。湾のどこかで奏でられている音楽が、さわやかな風に乗ってここまで届いていた。わたしは夢のなかにいる気分だった――ガラスの靴を履いて舞踏会場に到着し、大勢いる娘たちのなかから王子さまに選ばれたシンデレラの気持ちがよくわかった。

テーブルにつくと、シャンパンが運ばれてきた。グラスがふたつ用意され、ジャン＝ポールが自分のグラスを掲げて言った。

「互いを知り合う旅の次のステージに乾杯」

欲望を内に秘めたまなざしでわたしを見つめる。わたしは体の奥のほうに妙なぬくもりが湧き起こるのを感じ、それが欲望であることを知った。ラノク家の行動規範は今夜を持ちこたえられないかもしれないと思い、わたしはどうしたいのだろうと考えた。

「さあ、飲んで」ジャン＝ポールが言った。「たくさんあるからね」彼は給仕長に向き直った。「さてと、こちらの美しい女性にはどんなものがふさわしいかな、アンリ？」

「上等のロブスターがございますから、魚のコースにはそれでいかがでしょう？ まずはいつものとおり、キャビアからお始めになりますか？ 昨日、シベリアから新しく入荷したばかりです。そのあとはポートワインを入れたメロンがよろしいかと。スープはコンソメになさいますか？ それとももう少し濃厚なものに？」

「コンソメをもらおう。ロブスターを食べるのなら、舌を繊細なままにしておかなくてはならないからね」

「ごもっともです。侯爵さまの味覚はいつも完璧でいらっしゃいますから。メインコースですが——オレンジと生姜のソースを使った侯爵さまお好みの鴨の胸肉はいかがでしょう？ デザートはどうなさいますか？ 侯爵さまがババ・オ・ロムをお好きなことは存じあげておりますが、こちらのお嬢さまにはクレーム・ブリュレをお勧めいたします。あまり重たいデザートはお好みではないでしょうから」

「両方持ってきてくれ。あとで決める」ジャン＝ポールが言った。「そのあとは、チーズの盛り合わせとコニャックがあれば完璧だ」わたしの意見を求めるように彼はこちらに視線を向けたが、つい最近までフィグの耐乏生活に苦しめられてきたわたしは、それだけの料理のことを考えるだけで圧倒され、ただうなずくしかできなかった。

「素晴らしい。料理に合うワインは、きみを信用して任せてもいいだろうか？」

「わたくしがご期待に沿えなかったことがありましたでしょうか、侯爵さま？」

「一度もない」

いかにもフランス人らしいやりとりだった。立ちあがって、抱き合うのではないかと思ったほどだ。アンリはテーブルから離れたと思ったら、すぐに戻ってきた。手にした大皿には氷が敷かれ、その上のいくつもの小さな皿に様々な種類のキャビアが載っている。

「いいね」ジャン＝ポールはプレゼントをもらった子供のような笑みを浮かべた。キャビアをメルバ・トーストに載せ、ランチのときと同じように、テーブルに身を乗り出してわたしの口に入れた。女性のほうから抱いてほしいと懇願するように、少しずつ誘惑するのだと彼が言っていたことを思い出した。キャビアを食べているジャン＝ポールはくつろいで楽しんでいる様子で、わたしの家族と家のことを尋ね始めた。わたしがラノク城について語ると、彼は身震いした。「あまり居心地がいいようには聞こえないが」

「そうなの。かなり質素で、寒いわ」

「それでは、将来はリヴィエラで冬を過ごすというのは、きみにとって嫌なことではないんだね？」

「とても素敵だと思うわ」この会話はどこに行きつくのだろうと思いながら、わたしは答えた。彼もいずれは身を固め、跡継ぎを作らなくてはいけないとヴェラが言っていたのを思い出した。彼は、わたしがふさわしい侯爵夫人になると考えているの？

「きみのお父上だが――あまり自宅には帰っていなかったようだね。リヴィエラがとても楽しかったらしい」

「父は楽しかったかもしれないけれど、リヴィエラがよくしてくれたとは言えないわ。父は家の財産をすべて使い果たしてしまったの。下手なギャンブラーだったのね」

「酒とギャンブルの組み合わせはよくないからね。きみのお父上は――シャンパンが大好きだった。それから女性も」

父が女性を好きだったと聞いて、わたしは顔をはたかれた思いがした。けれど、母が去ったあと、父にはなんでも好きなことをする自由があったのだと思い直した。大人になってからのわたしはずっと、父を外国の海岸をひとりでさまようような孤独な人だったのだと考え、同情していた。だが、父が家の財産をギャンブルと女性に使い果たしてしまったあと、ラノク城を維持するために四苦八苦しているビンキーのことを思うと、不意に怒りがこみあげた。

「父のことはほとんど知らないの」わたしは言った。「だからなにも言えないわ」

「賢明だね。ぼくはいくらか知っているが、いい人だったと言っていいと思うよ。だがあまり賢明とは言えなかった」ジャン＝ポールは身を乗り出した。「きみの親戚の皇太子と同じだ。彼は自分の国の貧しい人たちを気づかっているし、国に貢献しようとしている。だが自分の恋愛にはいっこうに良識を見せようとしない。いい国王になれるのかどうか、ぼくは疑念を抱いている」

「わたしにはわからない。あなたが言っているのはシンプソン夫人のことなんでしょうけれど、彼女はたしかに殿下を支配しているように見えるわ。殿下は、すっかりとりこになっているみたい。でもお父さまが亡くなったら、殿下も考えを改めて正しいことをしてくださるはず。わたしたちはみんな、なにをおいても義務を果たすように育てられているんですもの」

「そうなるかもしれないね」ジャン＝ポールが言った。「義務の話はこれくらいにしておこう。ぼくも義務は苦手だ。退屈だからね。もっと愉快な話をしてくれないか」

「残念だけれど、わたしは愉快からはほど遠い暮らしをしてきたのよ」

「だが興味深いスキャンダルなら知っているんじゃないかい？　名うての三人の女性といっしょに過ごしているんだから。彼女たちの性生活はどうなっている？　だれとだれがベッドを共にしているんだい？」

率直なまなざしを向けられて、わたしは顔が赤らむのを感じた。「そういうことは、よくわからないの。わたしがあそこに滞在してからは、男性を見かけたことはないわ」

「あのいやらしいサー・トビーはどうだい？　隣に住んでいるんだろう？　訪ねてくることはないの？　あのずいぶんと魅惑的なオルガは？　ふたりの嵐のような暮らしについて、いろいろと面白いゴシップを聞いているよ」

しゃっくりのように、うめき声が喉にこみあげた。

「どうしたんだい、マ・プティ？　今日の午後の不作法な振る舞いがそんなにショックだった？」

「いいえ、違うの」わたしは答えた。「彼は死んだわ。あなたに家まで送ってもらったあと、テラスから彼の家をのぞいてみたら、プールにうつぶせになって浮かんでいたの」

「溺れたのかい？」

「もっとひどいことよ。だれかに殺されたみたいなの。これ以上は言えないけれど、明日の新聞に載ると思うわ」

「それはそれは。だが正直なところ、殺されたと聞いても驚きはしないね。彼のような男には敵が大勢いる。それにかっとなったオルガがナイフを振り回したというのも、考えられる話だ」

「オルガは出ていったと思うわ」

「そして復讐のために戻ってきた？　実に興味をそそられるね。この事件はじっくりと追わせてもらおう。退屈を紛らわせてくれるだろう」

「退屈？　あなたが退屈ですって？　文句のない人生を送っているのに」

ジャン＝ポールはため息をついた。「ぼくはいつも、わくわくするようなことを探している。たいていの人はおそろしく退屈なんだ。きみ以外はね――きみは気持ちのいい、新鮮な息吹のようだよ。だがいまはとりあえず、お食べ。キャビアを無駄にするわけにはいかない」

これほどのごちそうはないはずなのに、今日の出来事があまりにショッキングだったせいか、喉を通っていかなかった。だがポートワインを満たしたメロンは食べやすく、ワインとシャンパンのおかげで少しずつ、張りつめたわたしの神経もほぐれていった。サー・トビーのことは頭から追い出すべきだとわかっていた。彼のことはほとんど知らないのだし、好意を抱く理由もない。それでも人の命が奪われるのはショックなものだ。

どちらもこのうえなく美味なロブスターと鴨を食べ終え、シャーベットで口直しをしたところで、わたしはテーブルを立ち、化粧室に向かった。そこで真っ先に目にはいってきたのが、化粧直しをしているベリンダだった。わたしに気づいた彼女の目が輝いた。

「ジョージー、こんなところで会うなんて奇遇ね。あなたがいたなんて気づかなかったわ。お母さまといっしょ？」

「いいえ。ジャン＝ポールと奥まった小さな部屋にいるの」

「ジャン＝ポール？」ベリンダが目を見開いた。「ロンシャール侯爵？」

「そうよ。とても信じられないんだけれど、わたしに興味があるみたいなの。気を悪くしないでね。わたしが誘ったわけじゃないのよ」

「もちろんよ、可愛い人ね」ベリンダはわたしの頰に触れた。「あなたのそういうところに彼は惹かれたのよ。汚れのない、純粋なところに。彼が魅了されるのも無理ないわ」

「あなたが彼を狙っていたのは知っていたのよ」

「確かにそのつもりだったけれど、あなたのおかげで別の展開があったのよ」

「わたしの？」

「そう。ゆうべ、あなたの飲み物を取りに行った人がいたでしょう？　戻ってきたら、あなたは侯爵にさらわれていなくなっていた」

「覚えているわ。ネヴィルって言ったわね」

「そう、その人よ。あなたにあっさり置き去りにされたあと、わたしは彼を慰めることになったんだけれど、わたしたちとてもうまが合ったの。それで、彼の伯母さまのヴィラに泊めてもらえることになったのよ。レディ・マーチントンという方で、よくわたしの父と狩りに行っていたんですって。なので、彼にふさわしいと思ってもらったみたいよ」

「ヴィクトリア駅で耳にしたことからすると、ネヴィルはあまり裕福ではないみたいだけれど」

「いまはね。でもいずれは称号と素敵な地所を継ぐのよ。それほど長く付き合うつもりはないけれど、レディ・マーチントンのヴィラは、わたしが泊まっていた駅近くの小さなペンションよりははるかにいいわ。それにネヴィルは恋人としてはなかなかに有望ですもの――イギリス人にしては、だけれど。だから概して、いまのところは満足しているの」

「よかったわ。あなたを泊めてもらえるように母に頼んだのだけれど、友人が来たときのために部屋を空けておきたいらしくて」

「終わりよければすべてよしということね。ただあなたが、自分のしていることをわかっているといいんだけれど。侯爵には噂があるわよ」

「聞いているわ。でも彼ってとても魅力的でしょう？　それにワインや食事も素敵なんですもの。わたしには初めての経験なの」

「かわいそうなダーシー。熱いジャガイモみたいに捨てられたのね」

「かわいそうなダーシーにはほかの女性がいるのよ」

「あら、ありえないわ」

「いっしょにいるところを見たの」わたしは暗い声で言った。「子供までいるのよ」

「なんてことかしら。それはショックだったわね。あなたと彼はとてもいい感じだと思っていたのに……」

「わたしもよ」わたしはまばたきをして涙をこらえた。「そろそろ戻るわ。どこに行ったんだろうってジャン＝ポールが心配するといけないから」

わたしたちは抱き合って別れの挨拶を交わした。ジャン＝ポールのところに戻ろうとすると、男性数人がテーブルを取り囲むように立っているのが目にはいった。そのうちのひとりがラフィット警部補であることに気づいて、ぞっとした。

「ああ、戻ってきましたよ」ひとりの男性が言った。

「警部補」わたしは冷ややかに彼を見た。「ここでなにをしているんです？」

「あなたを迎えに来たんですよ、レディ・ジョージアナ」

「なにか訊きたいことがあるのかもしれませんが、場違いであることはおわかりでしょう？なくなったネックレスについても、サー・トビーの死についても、あれ以上お話しすることはありません」

「いまあなたに質問するつもりはありませんよ」彼は言った。「話なら警察署でうかがいますから」

「警察署？　夜のこんな時間に警察署になんて行きません」

彼は威嚇するように、わたしのほうに一歩踏み出した。「ぜひとも来ていただきますよ、マドモアゼル。あなたをサー・トビー・グローパー殺害の容疑で逮捕します」

23

一九三三年一月二六日の夜
フランスの警察署。恐ろしい経験

わたしはまじまじとラフィット警部補を見つめた。レディとしてあるまじきことだとわかっていたけれど、あんぐりと口を開けていたと思う。けれど殺人の容疑をかけられるなどというのは、そうそうあることではない。

「店の外に出ていただけますか、マドモアゼル」ラフィットが静かに言った。「こんなところで騒ぎを起こしたくはないでしょう」

ショックというものは、ときにおかしなことをする。わたしは大げさな口ひげをはやした滑稽な彼の顔を見つめていたが、腕を取られるとくすくす笑いだしたのだ。

だがジャン＝ポールは勢いよく立ちあがった。「きみは頭がどうかしているのか？　こちらの女性はイギリスの公爵のお嬢さんだ。王家の親戚だぞ」

「彼女の素性は関係ありません」ラフィットが言った。「黙っていっしょに来てください、マドモアゼル。言い争いはしたくありませんから。あなたも侯爵に恥をかかせたくはないでしょうし」

男性のひとりがわたしの腕をつかんだ。レストランの店内を抜け、数台のパトカーが止まっている通りに連れていかれるあいだ、いくつもの目がわたしを見ているのがわかった。

「さあ、マドモアゼル、乗ってください」ラフィットは一台の後部座席のドアを開けた。わたしはあやつり人形のように言われるがままになっていたが、ジャン＝ポールがわたしとパトカーのドアのあいだに立ちはだかった。

「ふざけている！」ジャン＝ポールは激怒していた。「わたしがだれだか知っているだろう。わたしが彼女の無実を保証する」

「申し訳ありません、侯爵。もちろんあなたのことは存じあげていますよ。しかしながら、こちらの女性が有罪だと信じる理由があるのです」

「どういう理由ですか？」わたしは訊いた。

「ここで言うわけにはいきません。人目のない警察署に着くまで、その話は待ってもらいましょうか。さあ、自動車に乗ってください」

「彼女を連れていくのなら、わたしも同行する」ジャン＝ポールが言った。強引にパトカーに乗りこもうとする。

「申し訳ないが、それは許可できません、侯爵。これは非常に重大な事件であることをわかっていただかないと。司法の邪魔をすることは許されません」

「それなら、すぐに友人の弁護士に電話をかける」ジャン＝ポールは彼をにらみつけてから、優しくわたしの腕に触れた。「弁護士が来るまで、きみはなにも話す必要はないんだよ。心配しなくていい、マ・プティ。これはなにかの間違いだ。すぐにきみを家に連れ戻してあげるよ」

わたしはようやく、自分の身に起きていることの重大さを理解した。「わたしがどこにいるのかを母に伝えて。マダム・シャネルとヴェラが、なにをすればいいかを知っているはずだから」

「飢えた狼のように、警察署のドアを叩き続けるだろうね」ジャン＝ポールは笑みを浮かべて言った。わたしの頬に触れる。「気をしっかり持つんだよ、シェリ。大丈夫だから」

そしてラフィットはわたしを後部座席に押しこみ、車は動きだした。曲がりくねった海岸沿いの道路を走り、やがて町の明かりが前方に見えてきた。わたしは唇を嚙みしめ、落ち着いて尊大ぶった顔を装ったが、薄いドレスの下では脚が震えていた。ここは外国だ。この国の司法制度はよくわからないうえ、わたしを捕まえた警部補は無能だ。ジャン＝ポールの弁護士と母ができるだけ早く来てくれることを祈った。

車のなかは暗かったから、警察署は恐ろしいくらいに明るく見えた。タイル敷きの廊下を通り、テーブルと座り心地の悪そうな二脚の椅子が置かれただけのがらんとした部屋に連れていかれた。

「座ってください、マドモアゼル」ラフィットが言った。

「わたしはマドモアゼルではありません」わたしは曾祖母の口調を真似て言った。「イギリス国王の親戚にあたる貴族の女性です。こんなばかげた仕打ちを受けたことが国王陛下のお耳にはいったら、さぞ重大な結果になるでしょうね」

少なくとも、そういった趣旨のことを言ったつもりだ。こういった状況だったから、わたしのフランス語もかなり怪しくなっていた。

ラフィットには、わたしの脅しもまったく通じなかったようだ。

「あなたを告発することの重大さも理解していますし、絶対の自信がなければ行動を起こしてはいませんよ。我々には証拠があるんです」

「どんな証拠です？」怒りと恐怖があまりに大きくて、弁護士が来るまでなにも言わないようにというジャン＝ポールの言葉はすっかり頭から消えていた。

ラフィットは再び、得意げな表情になった。片手で口ひげを撫でる。「今日の午後、あなたがサー・トビーの家にはいるところを目撃されているんです」

ああ、どうしよう。崖をおりて彼の庭に忍びこんだところをだれかに見られていたらしい。たまたまボートが通りかかったのでなければ、見えるはずがないのに。わたしたちのヴィラのテラスとサー・トビーの家のプールは、外からは見えない場所にある。

「そのことなら説明できます」この場の主導権を握りたかったから、わたしはできるだけ冷静な口調で言った。「家に帰ってきてテラスに出て下をのぞいたら、サー・トビーがプールに浮いているのが見えたんです。助けを呼んでも彼の家からはだれも出てこなかったので、わたしにできることはないかと思って崖をおりていきました。近くまで行ったら死んでいることがわかったので、また崖をのぼって家に戻り、警察を呼んだんです」

彼は首を振った。「違いますよ、マドモアゼル。玄関から彼の家にはいるところを目撃されているんです」

わたしは再びため息をついた。「ええ、確かにわたしはサー・トビーの家を訪ねました。でもあれはお昼頃でしたし、サー・トビーはお元気でした。それに彼の従者も家にいましたから」

ラフィットは目を細くしてわたしを見た。「昼間あなたに話を聞いたときは、そのことには触れませんでしたね。それどころか、サー・トビーのことは知らないとわたしに思わせた。彼の従者からは、あなたが彼の家を訪ねただけではなく、ヨットに乗ったことも聞かせてもらいましたよ——ふたりきりで。知らない者同士のすることだとはわたしには思えませんね」

「彼が殺されたことには無関係だと思ったんです。わたしがヨットを降りたとき、彼が生きていたと証言してくれる人間は大勢いますから。それに、サー・トビーに会ったのはゆうべが初めてです。プールを褒めたら、親切にも招待してくれたんです。彼と話をしたのはそのときだけです。それ以前にもそのあとにも、彼の家を訪れたりはしていません」

「あなたはまたこのわたしを欺こうとしている」ラフィットはわたしに向けて指を振ってみせた。「真実を話していませんね。今日の午後三時ごろ、あなたがサー・トビーの家にはいるところを見たという信頼できる証人がいるんです。サー・トビーの死亡推定時刻だ。のみならず、人目をはばかるような態度だったとその証人は言っています。だれにも見られたくないかのように、低木のあいだをこっそり歩いていたそうですね。それになにかを持っていたとか。どういうことなのか説明してもらいましょうか？」

「ばかばかしい。今日の午後三時なら、わたしはロンシャール侯爵のヴィラにいました。彼も彼の使用人も証言してくれるわ」

「彼のヴィラを出たのは何時です？」

わたしは顔をしかめた。「何時だったかはっきりとは……」

「何時だったかはっきりと覚えていない」ラフィットはわたしの言葉を繰り返した。

「雨が降り始めた直後でした。四時には間違いなく家に戻っていました」

「サー・トビーの家を訪ねるには充分な時間があったわけだ」彼は勝ち誇ったように言った。

「雨が降っていたんですよ」

「雨のなかでも殺人はできますよ。だが証人は雨のことはなにも言っていなかった。短時間の激しい雨だったのかもしれませんな。あなたが訪れたときには止んでいたんでしょう」

「いいかげんにしてください。ゆうべ初めてサー・トビーに会ったというのに、いったいどんな動機があるというんですか？」

「だれにわかるというんです？　あなたがリヴィエラに来てすぐに、高価なネックレスがあなたの首から盗まれた。その翌日、あなたは殺された男とふたりきりになっていた。われわれフランス警察は、偶然を信じないように教えられている。ふたつのできごとの共通点はなんでしょう？　窃盗と殺人のふたつの現場に居合わせたのはあなただ、マドモアゼル」

彼はわたしの敬称を正しく使えないようだ。それともあえて無礼な態度を取っているのかもしれない。わたしはため息をついた。

「わたしはイギリス王家の一員です。そのわたしが王妃陛下のネックレスを盗んだり、会ったこともない人を殺したりするわけがありません」

「あなたのことは少々調べさせてもらいましたよ、レディ・ジョージアナ」彼は一段と得意そうな顔になった。「あなたが確かに国王と親戚なのはわかりました。ですがお兄さんとあなたは経済的苦境にあるようですな。レディ・ジョージアナ、あなたにはお金がない。手にはいる見込みもない。あなたはネックレスを盗み、そのあとサー・トビーからもなにか盗む計画だったのではありませんか？」

「ばかなことを言わないでください！　わたしを知っている人に訊いてみるといいわ。わたしがそんなことをする人間ではないと証言してくれます。お金のために結婚したり、裕福な人といっしょに暮らしたりする機会なら、いくらでもあったんです。でも貧しくても自分の力で生きていくことを選んだ。わたしには誇りも節操もあるんです」

「いいでしょう。とりあえずいまはそういうことにしておきましょう。それなら、痴情による犯罪だったのかもしれませんな」

「痴情？」思わず声をあげて笑いそうになった。「サー・トビーに対してそんな感情なんてあるわけないじゃありませんか」

警部補はぐっと身を乗り出した。狭い部屋のなかに、彼の息のにんにく臭が充満している気がした。「あなたが、サー・トビーのヨットから侯爵のところに逃げこんだことはわかっています。サー・トビーがあなたに乱暴しようとしたのではないですかな。意に反したことをされたので、あなたは名誉のために復讐しようとして戻ってきた」

「まるでイタリアのオペラみたいなことをおっしゃるのね。フランスではそんなことをするのかもしれませんけれど、イギリスやスコットランドでは違います」

「それならどうしてサー・トビーの庭に泥棒のように忍びこみ、なにかを脇の下に抱えていたりしたのか、教えてもらえませんか?」

「それはわたしではない、というのが答えです。目撃した人はわたしに似ただれかを見たんでしょう。ニースでわたしによく似た人を見たと、何人かに言われました。彼女を捜すことをお勧めしますわ」

「今日、白いズボンをはいていませんでしたか?」彼は目の前の書類をちらりと見ながら訊いた。「紺のジャケットと水兵ふうの帽子は?」

「ええ、そのとおりです。でも――」

「午後三時頃、サー・トビーの家に忍びこんだところを目撃された人物の服装ですよ」

「いもしなかったわたしを目撃したと言っているのはだれなんです?」

「サー・トビーの庭師のひとりです。仕事を終えて一度家に帰ったんですが、上等の剪定《せんてい》ばさみを出しっぱなしにしてきたことに気づいたんです。雨も降りだしそうだったので、戻ってきて低木のあいだを捜していたら、だれかが近づいてくる足音が聞こえた。彼はそれをサー・トビーだと思い、道具を忘れたことをとやかく言われるのがいやだったので、とっさに身を隠したんです。そうしたら驚いたことに、それは若い女性だった——その日の昼頃に見かけた女性と同じ服装をしていた女性だったんです。彼女は人目を避けるようにして、こそこそと家のほうに向かっていたそうです」

ラフィットは立ちあがり、わたしに近づいた。「いまここで自白してくれれば、事態がややこしくならずにすむんですがね。フランスでは痴情による犯罪は理解してもらえる。この男があなたの名誉を傷つけたのだとすれば、あなたが抗議しに来たのももっともだと判事は考えるでしょう。彼はあなたを笑ったのかもしれませんな。あなたをばかにし、あなたを支配したことを自慢したのかもしれない。あなたは怒り、屈辱を感じた。なにか重い物を手に取り、彼を殴った。殺すつもりはなかったが、彼はうつぶせになってプールに倒れこんだ。裁判所はわかってくれるでしょうから、重い罪にはなりませんよ。陪審員たちにも娘はいる。あなたの行動はもっともだと考えるでしょう」

「そのとおりであれば、喜んで自白しますわ。ですが残念なことに、なにひとつ事実ではありません。その時間にわたしはサー・トビーの家には行っていないし、彼の頭を殴ったりもしていません。ですから早くわたしを家に帰してください。明日の常識的な時間に、弁護士同席のもとでお話ししたいと思います」

ラフィットは笑顔で首を振った。「それはだめです。そういうわけにはいきません。あなたの親戚である英国皇太子が、あの有名なウェストミンスター公爵のヨットでここの沿岸を航行中であることはわかっています。あなたを釈放すれば、彼らがヨットに乗せてどこかへ連れ去ってしまい、二度と会えないのではないかという気がするのですよ。このラフィットはそう簡単に獲物を手放したりはしませんのでね」

「だからといって、わたしをここに留めておくことなどできないわ。わたしは無実です。そもそも、信頼の置けない状況証拠があるだけじゃありませんか」

彼は顔を近づけて、にやりと笑った。にんにく臭い息が再び直撃する。「フランスはナポレオン法典に準じていることをお忘れのようですな。この国では、無実を証明するまでは有罪なんですよ。その逆ではない。あなたが殺人を犯していないというのなら、あなた自身がそれをわたしと判事に証明しなくてはならない」

「それなら証明してみせます」怯えていないことを示すために、わたしはまっすぐ彼の目を見つめた。

ドアの外から大きな声が聞こえてきたのはそのときだった。そのうちのひとつは男性で、フランス語でこう言っていた。「だめです、マダム。入れるわけにはいきません」

「レディ・ジョージアナに会わせてちょうだい。いったい彼女になにをしたの？」

「彼女は無事です。ラフィット警部補が尋問しているだけです」

「あの間抜けが？」ココの声が甲高くなった。「いますぐなかに入れてちょうだい」

「入れるわけにはいきません、マダム。お引き取りいただかないと、あなたがたを逮捕することになります」

「逮捕すればいいわ」ココの声が次第に近づいてくる。

「マダム・ダニエルを逮捕なさいな。マダム・ベイト・ロンバルディがここに来たら、逮捕なさいな。あとで謝らなきゃならなくなって、あなたが馬鹿を見るだけよ。いまこの瞬間にも、わたしの親しい友人でマダム・ベイト・ロンバルディの親戚であるウェストミンスター公爵のヨットに連絡が行っているわ。そのヨットにだれが乗っているのか知っている？　イギリス国王の息子デイヴィッド王子よ。彼は、あなたたちがいま牢屋に閉じこめている女性の親戚なの。イギリス領事にも連絡したから、いまここに向かっているはずよ。それからマダム・ベイト・ロンバルディの元夫にも連絡したわ。アメリカの重要な放送網ＮＢＣの特派員よ。あなたたちの愚かさ加減がじきに世界中に報道されるでしょうし、イギリス大使は国王の断固としたメッセージを携えてパリから駆けつけてくるでしょうね」

ラフィットがわずかに青ざめたような気がした。少なくとも、にやにや笑いは消えた。たったいままで彼は、わたしの重要さや、重大な国際紛争の火種を作ってしまったかもしれないことに気づいていなかったのだと思う。それはわたしも同じだった。

より深みのあるよく通る声がココの声にかぶさり、警察署のタイルを張った廊下に響いた。

「かわいそうなわたしの娘。あの子に会わせてちょうだい。けだもののようなあなたたちがわたしの娘になにをしたのかを確かめたいの。あの子が母親を必要としているときに会わせずにおくほど、あなたは冷酷じゃないはずだわ」

母は悲嘆に暮れる母親を演じている——当然のことながら、素晴らしい演技力だ。そのうえ驚いたことに、わたしを娘だと認めさえしていた。だがあいにく英語だったために、ドアの前に立ちはだかる巡査は理解できなかったようだ。母のフランス語は演技をするほどうまくなかった。ラフィットがドアに近づき、ため息と共に開けた。「マダム」彼は英語で言った。「あなたの娘さんは無事ですよ。どうぞご自分で確かめてください」

「ジョージー！」母は悲鳴にも似た声をあげ、胸を締めつけられるようなすすり泣きをもらしながら、わたしに抱きついてきた。いかにも説得力のある演技で、若いほうの警官が目頭を押さえたのが見えた気がした。やがて母はその視線をまっすぐラフィットに向けた。「この子を連れて帰ってもかまわないでしょう？　だめだと言われたら、わたしはひと晩中冷たい歩道に座って、祈りながら待っていますから」

「マダム、帰すわけにはいきません。帰せば、彼女は王家の親戚のところに逃げこんで、犯した罪の裁きを受けないでしょうからな」

「なんの罪だというんです？　わたしの娘がサー・トビーの死に関わっていると、本気で考えているわけではないでしょう？　この子を見てください——かわいらしい無垢な娘なのに。ショックのあまり茫然としているじゃありませんか」

「かわいらしい無垢な娘はこれまでも殺人を犯していますよ。自分の母親を殺したこともある」

「わたしの娘は違います。この子はヴィクトリア女王の曾孫です。それなりの行動規範に基づいて育てられたんです」

「ヴィクトリア女王は世界を支配しようとして、大勢の人間を殺したのではありませんでしたかな」

「彼女が手をくだしたわけではありません。そのための軍隊がいましたから」

ラフィットは薄ら笑いを浮かべた。「だがマダム、あなたは王家の一員ではない。あなたは明らかに情熱的な方のようだ。娘さんもその血を引いているのではありませんかな」

わたしは疲れていたし、怯えていたし、怒ってもいた。立ちあがって言った。

「いいかげんにしてちょうだい。これじゃあ、らちが明かないわ。わたしはサー・トビーを殺していませんし、今日の午後、彼の家にも行っていません。雨のなか、侯爵に家まで車で送ってもらったと言ったはずよ。侯爵は玄関に車をつけてくれて、わたしは走ってメイドが待つ家のなかにはいったんです。もしサー・トビーのところに行ったなら、濡れていたはずでしょう？」

「それでは、あなたの無実を証明はできませんよ。雨がやんでからこっそりと訪ねたのかもしれない」

ちょっとした嘘も許されるだろうと思った。「侯爵と食事に出かけることになっていて、メイドに支度を手伝ってもらっていました。家を抜け出していれば、彼女が気づいたはずです。どうして彼女に確かめないんです？」

「確かめますよ。全員に話を聞きます。ですが、主人に忠実なメイドの言葉をそのまま受け取るわけにはいきませんね」

「それならサー・トビーの奥さんと息子さんと愛人に話を聞いたらどうかしら。あの人たちには、わたし以上に彼の死を望む動機があるわ」

ラフィットは手を振ってわたしの言葉をいなした。「だれを調べるかはわたしが決めます。いまあなたは非常に不利な立場にいるんですよ、レディ・ジョージアナ・ラノク。すべては、信頼のおける人間がサー・トビーの前庭であなたを見たという証言に基づいているわけですが、彼は幽霊を見たわけではない。このラフィットは真実を追求するのに、疑念を残したりはしません」

母はわたしをかばうように肩に手をまわした。「それなら、マダム・シャネルがパリ警察の友人に電話をかけたといえば、あなたも考えるところがあるんじゃないかしら。それに、ロンドン警視庁の上層部の人間がまもなく到着するわ。だからムッシュー・ラフィット、ご自分が間違っていないことを祈るのね。世界中の目があなたに注がれているんですから」

「どなたをお連れになってもけっこうですよ、マダム。ここでは、ロンドン警視庁になんの権限もないことはすでにお話ししました。わたしは、こちらの女性を裁判にかけるかかけないかを決めることができるのです」

この出口のないやりとりがいつまで続くのか、わたしにはわからなかった。母は彼を言い負かすことができるだろうか。だがそのとき、タイル張りの廊下から新たな声——今度は男性の声だった――が聞こえてきたかと思うと、ジャン＝ポールが気品のある白髪の男性と共に部屋にはいってきた。

「間違いを正しに戻ってくると言ったはずだ」ジャン＝ポールは、母と同じくらい芝居がかった口調で言った。「警部補、ムッシュー・バルザックを紹介しよう。著名な被告人弁護士だ。ふたりで裁判官の自宅に行き、レディ・ジョージアナがニースから逃亡しないことを保証するための保釈金を委託してきた。これで彼女はヴィラに戻れる」

彼に飛びつきたかったが、母のほうが早かった。「あなたってなんて素晴らしい人なのかしら」母は彼の首に両手を巻きつけながら言った。「どうやってお礼をすればいいのか、見当もつかないわ」母の素振りを見れば、お礼の方法のひとつが頭にあることはよくわかった。

ラフィットは若い警察官をちらりと見た。

「よろしい。今夜は彼女を連れて帰ってもいいでしょう。だが部下に家を見張らせます。ニースから出ようなどと考えないように。どなたもです」

「もちろんですわ」母が言った。「冬のあいだ、ほかのどこに行くと言うんです？」母はわたしの手を取った。「さあ、行きましょう。家に帰るのよ」

母はわたしを連れ、小柄な警部補の前を勝ち誇ったように通り過ぎた。

24

一九三三年一月二六、二七日
ヴィラ・マルグリート。動揺が収まらない

わたしたちは小さな輪を作って歩道に立っていた——母、ジャン＝ポール、弁護士、ココ。

「さてと、これからどこに行こうか？」ジャン＝ポールが朗らかに言った。「カジノかい？

それともネグレスコで夜更けの一杯はどうだい？」

「あなたさえかまわなければ、家に帰りたいわ」わたしは答えた。「今夜はとても陽気には
なれそうもないもの」

「無理もないわ」母が言った。「悪夢のような夜だったものね。さあ、家に帰りましょう。

わたしの車があそこで待っているから。かまわないかしら、侯爵？」

「もちろんですよ」彼はあの素晴らしい笑顔をわたしに向けた。「家に帰って、ゆっくりお
休み、マ・プティ」

「楽しい夜を台無しにしてしまってごめんなさい」

彼はわたしの手を取って、唇を寄せた。「夜はまた来るさ」手に唇を当てたまま、わたしを見つめる。散々な思いをしたにもかかわらず、その仕草に膝から力が抜けてしまいそうになった。

「彼は確かにあなたになびいているようね」車に歩み寄り、運転手がドアを開けてくれたところで母が言った。「あなたが欲しくてたまらないみたいよ。そうね、彼を捕まえられれば、悪くないんじゃないかしら。侯爵は王子ほどいい相手ではないけれど、お金はたっぷり持っているわけだから」

「お母さま、あんなことがあったあとで、よくそんな話ができるわね」

母はわたしの隣に腰をおろすと、膝を叩いた。「わたしは不愉快なことをいつまでもぐずぐず考えないようにしているの。侯爵と弁護士が問題を引き受けてくれたんだから、もう全部忘れていいのよ。ロンドン警視庁から心強い味方が来てくれるんだからなおさらね」

「お母さまが助けを求めたというロンドン警視庁上層部ってだれなの？」

「あら、あなたのおじいさんに決まっているじゃないの」

笑うほかはなかった。「お母さま、おじいちゃんはただの巡査だったたし、もう引退しているのよ」

「あの鼻持ちならない小男は、そんなことを知る必要はないの」

「それじゃあ、おじいちゃんは本当に来てくれるの？　連絡があったの？」

「いいえ、でも切符を手配したことは伝えたわ。朝になったら、〝ジョージーが殺人容疑で逮捕された〃という二通目の電報を打つわね。それで間違いなく来てくれるはずよ」

「来てくれたら、こんなにうれしいことはないわ」わたしは願いをこめて言った。あの不愉快な警部補から解放されて安全な母の車のなかにいるのだと思うと、ほっとして泣きだしてしまいそうだ。いまなにより恋しいのは、心安らぐ祖父の存在だった。古いツイードのジャケットのにおいや、抱きしめられたときのざらざらした頬の感触を思い出した。本当に来てくれるとは思わないようにしていた。祖父は外国のものすべてに不信感を抱いていたから、その外国に来るのが祖父にとってどれほど大変なことかは理解しているつもりだ。けれど祖父がわたしを愛してくれていることもわかっていたから、わずかな望みは捨てていなかった。

今夜の母は本当に頼れる存在だった。クイーニーを追い払い、わたしの着替えを手伝ってくれたうえ、ブランデーを入れたホットミルクと小さな白い錠剤を持ってきてくれた。

「これはなに？」わたしは用心深く尋ねた。

「ただの睡眠薬よ。わたしはいつも飲んでいるの。飲みなさい。赤ん坊みたいに眠れるから」

母が飲んでいるという薬には大きな不安があったが、疲れ切っていて抵抗する気力もなかった。だが母の言葉どおり、その薬は魔法のようによく効いた。わたしは眠りに落ち、気づいたときにはクイーニーが紅茶のトレイを持ってベッドの脇に立っていた。

「起こしたほうがいいとお母さんに言われたんで」クイーニーがサイドテーブルに勢いよくトレイを置くと、紅茶がソーサーにこぼれた。「弁護士の人が来ていて、お嬢さんと話がしたいそうです」

「まあ、大変」ゆうべのことが一気に蘇った。「お風呂を入れてちょうだい、クイーニー。それから着替えは――」〝純情そうに見える服〟と言いかけて、〝若々しくて、女の子らしく見えるものを〟と言い直した。

「了解です、お嬢さん」クイーニーは明るい声で言うと、部屋を出ていった。わたしは体を起こし、残りの紅茶を飲んだ。昨日一日のできごとを考えれば、驚くほど元気だった。お風呂からあがって部屋に戻ってみると、クイーニーは昨日来ていた白のズボンと紺色のジャケットを用意していた。

「だめよ、クイーニー。シンプルなコットンのゆったりしたワンピースがいいわ。いいえ、自分で探すわ」

彼女を脇へ押しのけ、わずかな手持ちの服を調べた。実際のところ、わたしが持っているのはシンプルなワンピースばかりだ。女学生を思わせる格子縞を選び、髪を梳《と》かし、若くて純情で控え目に見えることを祈りながら、階下におりた。応接室に近づくと低い声が聞こえていて、ソファに座っているのがムッシュー・バルザックだけではないことに気づいた。隣にジャン＝ポールが立っている。わたしは、自分が女学生のように見えることを強烈に意識した。

ムッシュー・バルザックが立ちあがった。

「レディ・ジョージアナ。よくお休みになれましたか？」彼はフランス語で言った。

「ええ、よく眠れました、ありがとうございます。それからゆうべはわたしを助けてくださってありがとうございます」

彼は首を振った。「感謝するのなら、侯爵にですよ。わたしはただの道具ですから」

「おふたりには永遠に感謝します」わたしは言った。「あなたがたがいなければ、恐ろしい牢屋に入れられて、あの鼻持ちならない人の満足げな顔を見なければならなかったでしょうから」ジャン＝ポールに視線を向けた。「わたしのためにこんなに早起きしてくれるなんて、あなたって優しいのね」

ジャン＝ポールは声をあげて笑った。

「ぼくはもともと早起きなんだ。本当さ。それに、乗らなければならない列車があってね」

彼はわたしに近づいてくると、手を取った。「きみが無事に夜を越して、元気でいることをこの目で確かめたかっただけなんだ。さてと、申し訳ないが、どうしても避けられない用事がある。あとは経験豊かなムッシュー・バルザックに任せるよ」そう言って、わたしの手に軽くキスをすると部屋を出ていった。

ムッシュー・バルザックが咳払いをした。「どうぞお座りください、レディ・ジョージアナ。なにもかも話していただけますかな」

彼は再びソファに腰をおろした。わたしは向かいの椅子に浅く座った。

「なにをお話しすればいいのかわかりません。サー・トビーには、二日前、カジノで会ったのが初めてです。少しだけ話をしました。この家のテラスから見える彼のヨットを褒めたら、翌日乗りに来るように誘われたんです。お昼前くらいに彼の家を訪ねました。ヨットで海に出たら、サー・トビーは――」わたしは一拍間を置いて、慎重に言葉を選んだ。「――わたしを誘惑しようとしたんです。ヨットにひとりきりでしたから。幸い、侯爵がスピードボートでたまたま通りかかったので、サー・トビーのヨットを降りて侯爵といっしょに戻ってきました」

「なるほど」彼は顔をしかめた。「残念ですが、その話は裁判ではあまりいい印象を与えないでしょうな。あなたはサー・トビーのことを知らないと主張できればいいと思っていたのですが。だがヨットの乗組員は、彼があなたに言い寄り、あなたがひどく動揺した状態でヨットを降りたと証言するでしょう」

「ええ、でもわたしがヨットを降りたとき、彼がまだ生きていたことも証言してくれるはずです。それっきり彼とは会っていません。ずっと侯爵といっしょだったんです」

「彼もそう言っていました。ビーチで食事をしたとか」

うなずいた。「そうしたら雨が降り始めたので、彼が車で送ってくれたんです。玄関をはいるまで見守っていてくれました。メイドがわたしを出迎えました。それからしばらく体を休めて、雨がやんだのでテラスに出たら、死体がプールに浮かんでいるのを見つけたんです」ムッシュー・バルザックを見つめ、肩をすくめた。「そういうことです」

「それでは、家に帰ったあとはずっとだれかがいっしょにいたということですか？」

「メイドはずっといっしょにいたわけではありませんが、近くにはいました。ほかの使用人もです」

彼は眉間にしわを寄せた。「とすると、三時ごろにあなたがサー・トビーの家にこっそりはいっていくのを見たという庭師ですが、嘘をついているということですか？　なにが目的で？」

「わたしに罪を着せるために、だれかが買収したとか？　それとも、わたしによく似ただれかを見たのかもしれません。ニースに来てから、わたしに似た人を見たと何度か言われました。その人物を捜すべきだと思います。彼女には、昨日サー・トビーの家を訪れる理由があったのかもしれません」

「ぜひとも捜してみましょう」彼は身を乗り出し、わたしの膝を軽く叩いた。「心配いりませんよ。あなたを告訴するだけの充分な証拠はありませんから。あなたの身分と王家とのつながりを考えれば、なおさらです。サー・トビーの身辺を調べれば、彼の死を望む切実な動機のある人間が見つかるでしょう。彼とはカジノで会ったと言いましたね。ひょっとしたら、ギャンブルで借金があったのかもしれない。マフィアとトラブルがあったのかもしれない――ここはイタリアとの国境が近いですからね。あるいは、盗みにはいった窃盗犯と出くわしたのかもしれない。彼は多くの美術品を所有していたと聞いています」

「ええ。おおいにありそうな話ですね。小耳にはさんだところによると、彼は最近奥さんと言い争いをしたみたいです。それから愛人とも。ラフィット警部補がわたしをうってつけの容疑者だと決めつけて、捜査をやめてしまわなければいいのですが」

「彼が捜査を続けるように仕向けなければなりませんね」バルザックは立ちあがった。「気持ちをしっかり持ってください。あの警部補はいまごろ、早急に行動しすぎたことに気づいていると思いますよ。彼が早く真犯人を見つけることを祈りましょう」わたしたちは握手を交わした。「それでは、また」彼は帰っていき、あとには不安な思いを抱いたわたしが残された。わたしの疑いを晴らすことができるとは彼が本当に思っていないのがわかったからだ。そして無実を完全には信じていないことも。

テラスに出た。ゆうべの変わりやすい天気は収まり、晴れ渡った輝くような朝だった。海は液体のサファイアのような青さで、頭上ではカモメがのんびりと円を描いて飛んでいる。縞模様のトレーナーを着た男たちを乗せた小さな漁船が通り過ぎていった。こんな心配事さえなければ、完璧な一日だと言えただろう。母とヴェラとココは暗い顔でテーブルを囲んでいたが、わたしを見ると無理に明るい雰囲気を作ろうとした。母は勢いよく立ちあがった。

「おはよう、ジョージー。よく眠れた？」わたしの頬にキスをする。

「ええ、ありがとう、よく眠れたわ。たったいま、ジャン＝ポールの弁護士と話をしてきたの」

「よかったこと。彼が全部対処してくれるわ。すぐになにもかも解決してくれるから」ヴェラが言った。「朝食は？」

「まだなの。お腹がぺこぺこよ」

ヴェラは立ちあがった。「卵とベーコンを用意するように料理人に言ってくるわ。こういうときこそ、きちんとした朝食が必要よ」

わたしは椅子を引き寄せて座り、自分でコーヒーを注いだ。「おじいちゃんに電報を打つの？」母に尋ねた。

「もう打ったわ。今朝一番でフランツを町に行かせた」

「素晴らしいわ」母に笑いかける。「来てくれるといいんだけれど」

「来るわよ。あなたの苦境を劇的に演出した電報を読めば。わたしは舞台の上だけではなくて、文章を書くのも上手なの」

「でも電報は高くつくんでしょう？　ひと文字ごとにお金がかかるって」

母は笑った。「わたしにお金がないわけじゃないのよ。それにマックスのお金だし――とりあえずいまはね」

「どういうこと？」

「今朝彼から手紙が来たの。わたしがいなくて淋しい、早く帰ってきてほしいって。頼んでいるような文面だったけれど、わたしには命令のように感じられたわ」

「まあ。それで、どうするの？」

母は肩をすくめた。「偉そうに命令されるのは嫌いよ。娘がわたしを必要としているって返事を書くわ。ここにいるあいだに、彼の代わりになる人を探そうかしら。あなたが侯爵をさらっていってしまったから、もう少し遠くまで網を広げなければいけないわね」

「お母さまったら、ひどい人」笑わずにはいられなかった。

「あら、わたしが楽しんでいることはあなたも認めるでしょう?」母の顔が突然曇った。「どうしましょう——いまわたしが、なにを思い出したかわかる? もしあの能無しの警部補がわたしたちとサー・トビーとの関係を探ってきたら、マックスのデザインを盗もうとしたサー・トビーと彼が争っていたことに気づくわ。ラフィットはそこを追求してくるに決まっている」

「でも彼が殺された時刻、お母さまにはアリバイがある」わたしは言った。「わたしにはない。朝のうちに問題の庭師を訪ねて、本当はなにを見たのかを確かめてこようと思うの。わたしを見たと証言するようにだれかに買収されているのなら、きっとわかるはずよ。でも、わたしをスケープゴートに選んだ理由が謎だわ。おとといの夜まで、わたしはサー・トビーに会ったこともなかったのに」

ココは手を伸ばして煙草をもみ消した。「なにもかもまったくわけがわからないわ。わたしはオルガに賭けるわね。彼女みたいなタイプはかっとなりやすくて、簡単に人を許したりしないのよ。彼女がだれかを雇って、やらせたんだと思う」

わたしはうなずいた。「家を出ていくとき、脅すようなことを言っていたのは確かよ。後悔するわよ、って言っていた。でも庭師は体格のいい悪漢が庭に忍びこむところは見ていないわ。わたしに似た人だけよ」

「朝食がすぐにできるわ」ヴェラが戻ってきて告げた。「ウェストミンスター公爵のヨットがニースに戻ってきているそうよ。心強いわね。最悪の場合、そのヨットで逃げれば——」

「皇太子が乗っているのに？」わたしは言った。「フランスの砲艦に追いかけられるのよ？　バッキンガム宮殿はいやがると思うわ。それに、シンプソン夫人がわたしを乗せまいとするでしょうね。わたしを嫌っているから」

「彼女は自分の役に立たない人間はだれでも嫌うのよ」母が言った。「でも特にあなたを嫌っているとしたら、あなたは王家の一員なのに、彼女はそうなれないからよ。遠大な野望の邪魔をされていると思っているんでしょうね」

「いつか王妃になろうだなんて、高望みにもほどがあるわよ！」ヴェラは笑い、ココの金のケースから煙草を一本取り出した。

朝食が運ばれてきて、わたしはもう何か月も食事をしていなかったかのように食べ始めた。恐怖は食欲を増進するのかもしれない。けれど卵とベーコンをようやく半分食べ終えたところに、母のメイドがやってきた。

「マダム、女性のお客さまです。応接室にお通ししておきました」メイドは銀のお盆に載せた訪問カードを母に渡した――ひどく形式ばっている。それはつまり、その客は正式な対応を望んでいるということだ。

「まあ、驚いた」母は訪問カードをヴェラとココに向かってひらひらと振って見せた。「レディ・グローパーの登場よ」

25

一九三三年一月二七日
ヴィラ・マルグリート、のちにサー・トビーのヴィラ

気持ちのいい一日。楽しめればよかったのだけれど。

レディ・グローパーは金めっきを施した小さな椅子にしゃんと背筋を伸ばして座っていたが、母が――そして、なにも見逃すつもりはないわたしたちも――部屋にはいっていくと、立ちあがった。この気候にもかかわらず、いかにもイギリスらしいツイードの服を着ていて、顔はやつれて老けて見えた。

「わたくしのことはご存じないでしょうし、本来ならこちらを訪問すべきでないことはわかっています」彼女は手を差し出しながら言った。「マーガレット・グローパーです。もうラノク公爵夫人ではいらっしゃらないわけですから、そうお呼びするわけにはいきませんわね。クレア・ダニエルというお名前は存じあげていますが、それはステージでのお名前なのでし

ょう？」

「クレア・ダニエルでかまいません」母が応じた。「正式にはいまもホーマー・クレッグ夫人のままですけれど。彼はわたしが最後に結婚したテキサスの石油王ですが、宗教上の理由から離婚を認めてくれないものですから。名前ならいろいろあったのに、よりによってそんな名前のままだなんて！」母は椅子を示した。「どうぞお座りになって。コーヒーはいかがですか？」

「朝は紅茶しかいただきません」レディ・グローパーはまるで鳥のように、椅子にちょこんと腰かけた。「ですがいまは、ブランデーを飲みたいくらいの気分ですわ」

「それならブランデーにしましょう」母は戸口で待機していたメイドを振り返った。

「本気で言ったわけではありません、ミセス・ダニエル。まだ朝の一〇時ですから」

「いまあなたが必要としているのなら、時間なんてどうでもいいじゃありませんか」母は肩をすくめた。「彼女にコニャックを持ってきてちょうだい、クローデット」

「ご親切にありがとうございます」レディ・グローパーは手持ちぶさたで立っているわたしたちに、物問いたげなまなざしを向けた。「こちらの方々にはまだ紹介していただいていませんわ」

「ああ、失礼しました。こちらはマダム・シャネル、ミセス・ベイト・ロンバルディ、そしてわたしの娘のジョージアナ・ラノクです」

「まあ、あなたが！」わたしに向けるレディ・グローパーの目つきが険しくなった。

「はい。ご主人の遺体を発見したのがわたしです」彼女がなにをほのめかしているのかわからなかったので、とりあえずそう答えた。

「主人を殺害した犯人として警察はあなたを逮捕したとネグレスコで聞きました。いっしょにヨットに乗ったそうですね。それがなにを意味するのか、わたくしはよくわかっていますから」

外国人社会で噂が広まる速さに驚嘆した。

「例によって、警察の間違いです」母が険しい声で告げた。「ジョージアナはご主人のヨットに招待されたんです。娘は彼の噂を知らず、彼が不作法な振る舞いに及ぼうとしたので逃げだしました。それが、娘がご主人の生きている姿を見た最後です」

レディ・グローパーの表情が和らいだ。「失礼しました。おわかりだと思いますけれど、いまとても動揺しています。どれほど素行が悪かったとはいえ、あの人は二〇年以上もわたくしの夫でしたから。かつては愛していたのだと思います。それに、あんなふうに死んでいい人なんていない——自宅のプールで出血多量で死ぬなんて」彼女は手袋に包まれた手を見おろした。「あのプールは主人の自慢でした。とんでもない無駄遣いでしたけれど。あれが死をもたらすなんて皮肉なものですね」

「ご主人の死因は頭を殴られたことだと思います」わたしは言った。「プールは、事故に見せかけようとして遺体を突き落としただけなんじゃないでしょうか。もちろん、そんな細工は通用しませんでした。転んで後頭部を打ったなら、うつぶせにプールに倒れこむはずがありませんから」

ミセス・グローパーは、わたしが言葉以上のことを知っているのではないかとでもいうように、目を細くしてこちらを見た。ちょうどそのとき、クローデットがコニャックを運んできたのでほっとした。レディ・グローパーはグラスを受け取ると、大きく口に含んだ。

「それでは、今朝になってその知らせを聞いたのですね」母が言った。「さぞかしショックだったことでしょうね」

「ええ、とても」レディ・グローパーはまた体を震わせた。「山のほうにいる友人を訪ねていたのです。ゆうベネグレスコに帰ってきたのはとても遅い時間だったので、今朝朝刊を見て初めて知りました。見出しが躍っていました。〝イギリス貴族、殺害さる〟とても信じられませんでした」

「お尋ねしてもいいかしら」ココがフランス語訛りの英語で言った。「近くにあんなに素敵なヴィラがあるのに、どうしてホテルに泊まっていらしたの？　ご主人と仲たがいでもなさったの？」

レディ・グローパーの顔が赤く染まった。「あなたには関係のないことでしょう」

「あら、関係ならあるわ。わたしの友だちのジョージアナが、してもいない殺人の疑いをかけられているのよ。だからわたしは……」

「いいかげんにしてください！」レディ・グローパーは叩きつけるようにしてグラスをテーブルに置いた。「わたくしが夫の殺人に関わっているとでもおっしゃりたいんですか？」

ココはいささかもひるんだ様子はなかった。肩をすくめただけだ。

「妻が夫と別の場所に泊まる理由に興味があっただけよ」

「理由ならよくご存じでしょう」レディ・グローパーは吐き捨てるようにして言った。「あの女がヴィラにいると思ったからです。夫があんなあばずれを堂々と連れ歩いて、自分のヴィラに住まわせていると知ったら、どんな気持ちがすると思います？　あの人はわたくしを責めた――毎冬リヴィエラに来るのを拒否したせいだと言って」彼女は共感を求めるように、顔をあげた。「でもわたくしは外国で過ごすのはごめんです。ここでのライフスタイルや、ひっきりなしに行われるパーティーや、ギャンブルや、それからふしだらな振る舞いが。言いたいことはおわかりいただけると思いますけれど。わたくしの求める暮らしとは相容れないことばかりです。わたくしは、狩りをして過ごす、古きよきイギリスの冬が好きなのです」

「それなら、どうして今年はいらしたんですか？」答えを知りながら、わたしは訊いた。

彼女は渋い顔をわたしに向けた。「それもあなたには関係のないことですわ」

「ですが警察は、ご主人が愛人といっしょにいる現場を押さえたいという明確な目的があってあなたがいらしたんだと考えるかもしれません。フランス警察のことですから、あなたが我を忘れて手近にあったものでご主人を殴ったと推測する可能性もあります」

ミセス・グローパーの顔を恐怖がよぎった。「そんなことを考える人間がいるはずありません。ばかげています。主人の愛人たちのことは何年も前から知っていましたが、目をつぶってきました。それがよき妻のすべきことですから」彼女はさらに背筋を伸ばし、膝の上で両手を握りしめた。「どうしてもというのならお話ししますが、わたくしが来たのは主人と仕事にまつわる話があったからです。それが片付いたあと、山のほうにヴィラがある古い友人を訪ねていました。今夜の列車で家に帰るつもりでした。それなのにトビーがあんなことになって」彼女は唐突に立ちあがった。「長々とお邪魔してしまいましたわ。ヴィラに戻って、わたくしの持ち物やトビーに贈ったものがなくなっていないかどうかを確かめてきます。宝石の一部はあのあばずれにあげているのでしょうね。彼女がヴィラに置いていったとは思えませんけれど」

「マドモアゼル・オルガは出ていったのよ」ココが言った。

「本当に？　いつです？」

「一日か二日前に。怒り狂って出ていったわ」

レディ・グローパーは顔を輝かせた。「ああ、そういうことですか。犯人がわかりました。彼女は気性の激しい、暴力的な女性として知られています。彼女が戻ってきて主人を殺したんだわ。警察は彼女を捜していますよね？」

「いずれそうすると思います」ヴェラが言った。

レディ・グローパーは玄関のほうに歩きかけたが、すぐに振り返った。

「お願いしてもよろしいかしら――どなたかわたくしといっしょにヴィラに来てくださいませんか？　体面に傷がつくようなことは避けたいのです。わかっていただけると思いますけれど。証人としてそばにいていただきたいのです」

「あなたが地所を相続なさるんでしょう？　でしたら、あの家にあるものはすべて、法的にはあなたのものだわ」母が言った。

「トビーがひそかに遺言を書き換えていなければ、息子が地所と身分を継ぐことになっています。わたくしには暮らしていくのに十分なお金を遺してくれているはずです。もちろん、実家のほうから受け継いだ財産もありますが」

「まあ、息子さんがいらっしゃるのね」母がなに食わぬ顔で言った。「お幸せね」

レディ・グローパーの表情が和らいだ。「ええ、とてもいい息子で、母親を大事にしてくれます。優秀な息子で――オックスフォードに行っているんですよ。主人は息子にとても期待していました。息子が聞いたら、さぞ悲しむでしょうね」

彼女はそう言って玄関のドアを開けた。わたしは彼女が出ていくのを眺めていたが、やがて母たちについてあとを追った。興味を引かれたことがいくつかあった。離婚の申し立てをするつもりだったことや、トビー・グローパーが彼女のスキャンダルを暴露すると言って脅したことに触れなかったというのがひとつ。息子がリヴィエラにいることを知らないらしいというのが、ふたつ目だった。もし知っているとすれば、彼女は大嘘つきということになる。

わたしたちの家に通じる私道の入り口には、警察官がふたり立っていた。わたしたちに気づいて、行く手をふさいだ。

「レディ・グローパーに付き添って彼女のヴィラに行くところなの」ココが告げた。「彼女は恐ろしい知らせを聞いたばかりで、なにか盗まれていないかどうかを確かめに行くのよ」

「わかりました」ひとりの警察官が言った。「ヴィラには警察官がいますから、レディ・グローパーに同行する許可を得ていると言ってください」

わたしたちは私道を進んだ。ヴィラが見えてくると、レディ・グローパーは体を震わせた。

「大きいばかりで醜いと思いませんか？　育ちのよくない人が建てた、お金をかけただけの悪趣味な家。トビーは称号を持っていたかもしれないけれど、結局はただの成りあがり者だったのです。彼が集めた美術品をご覧になりました？」彼女はわたしたちを振り返った。「ひと財産の価値があると彼は言っていましたけれど、そのほとんどは趣味が悪いとしかわたくしには思えません」

玄関までやってくると、別の警察官がドアを開けてくれ、わたしたちはなかにはいった。すぐさま、ジョンソンが姿を見せた。

「あなたがたでしたか」安堵の表情を浮かべた。「またあの警部補かと思いました。同じ質問にいったい何度答えたことか。何時に町に行ったのか、隣の家の若い女性を見かけたかどうか、繰り返し訊かれましたよ」彼はわたしを見た。「そうだ、あなたに謝らなくてはいけません。どういう身分の方だったのかを知らずに、失礼な態度を取ってしまいました」

「とんでもない。あのときは、わたしのほうが身分を明らかにしなかったんですもの。王家とつながりがあることがわかると、態度の変わる人が多いの」

「よくわかります」ジョンソンの視線が、冷ややかに彼を眺めているレディ・グローパーに流れた。「こちらの男性はどなたかしら？」彼女が尋ねた。

「ジョンソンです、奥さま。サー・トビーの新しい従者です。こちらに来る少し前から働かせてもらっていました。レディ・グローパーでいらっしゃいますね？　旦那さまがあんなことになられて、心からお悔やみ申しあげます」

「また新しい従者なのね。覚えられた試しがないわ。それでジョンソン、夫が無残に殺されたとき、あなたはどこにいたの？」

自分の務めを果たしていなかったのだろうと暗に非難されていることに、ジョンソンはすぐに気づいた。「サー・トビーに用事を命じられて、町に行っていました。旦那さまがヨットで出航されたので、夜まで戻られないだろうと思っていました。実際、急いで戻ってこなくてもいいと言われたので、そのとおりにしたんです。自分の用事をいくつか片付けてから、ニースを少し観光しました。港に旦那さまのヨットが係留されていたので、どうやってここまで戻られたのかはわかりません。わたしがもう少し早く帰ってきていれば――ひょっとしたら旦那さまは……」彼の声が途切れた。

「自分を責めなくてもいいわ」レディ・グローパーが言った。「あなたは言われたことをしただけなんだから。それで、昨日の午後、だれかが主人を訪ねてくる予定はなかったのね？　だれかがここに来たという痕跡もないのね？」

「はい、奥さま」

「あの女――オルガは？」彼女はためらいがちに訊いた。

「数日前に出て行きました。荷物を全部持って」

「それ以来、戻ってきたり、主人に会おうとしたりもしていないの？」

「はい、奥さま。それっきり、まったく彼女の姿は見ていません。こんなことを言うのはなんですが、いなくなってせいせいしました。いやな女でしたから」

「なにか壊されたり、なくなったりしていないかどうか、ヴィラのなかを確かめたんでしょうね？」

「わたしが知る限り、なにも触られた形跡はありません。もちろん旦那さまの金庫や鍵のかかった引き出しは開けられませんし、なにがはいっているのかも知りませんが」

レディ・グローパーは応接室へとはいっていくと、嫌悪感も露わに部屋のなかを見回した。

「わたくしが最後に来てから、またいろいろと買ったのね。どれもこれも醜いものばかり」彼女は言った。「いったいどうして古い椅子の絵なんて描こうと思うのかしら？　あのいたずら書きやインクの染みみたいな絵はなに？　あんなものに大金を払ったわけじゃないでしょうね」

「あれはマティスだと思います、奥さま」ジョンソンが言った。「かなり高い評価を受けているフランスの画家です」

「どうでもいいのよ、そんなこと。あの人は、わたくしの家に伝わる上等の銀器をずいぶんと持ち出していたのね。あれはあるべきところに戻さなくてはいけないわ。適当な箱を持ってきてちょうだい。わたくしが言ったものを梱包して、送ってちょうだい」

ジョンソンは困ったような顔をした。「それはできません、奥さま」

「どうして？」

「警察がまだ調べていないと思います」

「フランス警察がわたくしの銀器をどうすると言うの？　主人が盗難品を受け取っていたとか、他人のものだとでも言いたいのかしら？　ずうずうしいったら」

「いえ、違います、奥さま。指紋が残っていないかどうかを調べるんです。だれかがここに忍びこんで、なにか盗もうとしなかったかどうかを確かめようとしているんです」

「なるほどね」レディ・グローパーが怒ったように言った。「そういうことなら下劣なフランスの警察官が我が家の家宝を持って帰ったりしないように、わたくしがここにいたほうがいいでしょうね。青の寝室にベッドを用意してちょうだい」彼女は言葉を切り、じろじろとジョンソンを眺めた。「名前はなんて言ったかしら」

「ジョンソンです、奥さま」

「以前はだれのところで働いていたの？」

「アメリカ人の旦那さまでした。去年はロサンジェルスにいました」

「どうしてやめたの？」

「アメリカはわたしには合いませんでしたので」ジョンソンはレディ・グローパーを見つめ返した。「ですが、わたしはもう旦那さまに雇われているわけではありませんので、以前の話は奥さまには関係ないことだと存じますが」

「生意気な子ね」レディ・グローパーが言った。「さっさと行って、自分の仕事をなさい」

ジョンソンはほんのわずか頭をさげると、部屋を出ていった。ふたりが言葉を交わしているあいだ、わたしは王妃陛下の嗅ぎ煙草入れがはいったガラスの蓋が割れたテーブルを眺め、考えていた。警察は、サー・トビーの持ち物の目録を作ったかもしれない。もし彼らに部屋を調べられて、そこに嗅ぎ煙草入れがあったら、わたしに不利な証拠がまたひとつ増えることになる。わたしは再びあきらめた。レディ・グローパーは数日ここに滞在するつもりだと言う。タイミングを見計らって彼女に事実を話すのはどうだろう――せめて事実の一部でも。たとえば、王妃陛下が展示のために特別に嗅ぎ煙草入れをサー・トビーに貸していたとか……。あるいは最悪の場合、ジョンソンに本当のことを打ち明けて、持ってきてもらうという手もある。

レディ・グローパーはフレンチドアから外に出て、プールを眺めている。「ここなのね。ここで血を流して倒れていたのね。愚かな、ばかな人」

驚いたことに、彼女はすすり泣き始めた。母たちが彼女をなぐさめているあいだに、わたしはジョンソンを探しにいった。彼はリネン類がはいっている戸棚の前にいて、シーツを取り出しているところだった。

「一番避けたかったことですよ」彼は低い声で言った。「彼女はえらそうに威張り散らす。ぼくがサー・トビーのところで働くようになったのは、彼がお高くとまった俗物じゃなかったからなんだ。彼女は最悪です」彼はわたしのほうに身をかがめた。「ここを出ていってつぎの列車でイギリスに帰りたいところですが、そんなことをすれば疑われますよね？」

「当然だわ。でも、あなたはなにも心配する必要はないでしょう？　彼が殺されたとき、町にいたことを証明できるんですもの」

「どうしてぼくが彼を殺すんです？」ジョンソンは首を振った。「金の卵を産むガチョウを殺すようなものじゃないですか。給料は悪くなかったし、彼は準男爵だった――ぼくにとっては出世ですよ。なのにまた、新しい仕事を探さなくてはならなくなった。ほかの人たちのように」

わたしは、彼がシーツとお揃いの枕カバーを取り出し、戸棚を閉めるのを眺めていた。

「訊いてもいいかしら。あなたは高等教育を受けているように見えるわ。どうしてこんな仕事を？」

彼は振り返り、わたしをじっと見つめたあとで、いらだたしげに答えた。

「あなたが気づいているかどうか知りませんが、いま世間は不況なんです。ぼくのような人間に仕事はない――グラマースクールを出ただけの、なんのコネもない人間には。家事奉公人なら、運よくサー・トビーのような人を捕まえれば、屋根のあるところで眠れるし、一日にまともな食事が三度とれるし、それなりの給料ももらえる。だからぼくは、彼が殺されてすごく腹が立っている。あんなことをしたやつの首を絞めてやりたいくらいですよ」

わたしは彼に近づいた。「だれの仕業なのか、心当たりはある？　あなたはここ最近、サー・トビーの近くにいたわ。なにか気づいたことがあるはずよ」

彼はしばらく無言だった。「考えていました。本当です。サー・トビーは、人に好かれるような人間ではなかった。それに彼が手がけていた仕事のなかには――なんて言うんでしたっけ、いかがわしい？」

「昨日の朝わたしがここに来たとき、サー・トビーはお風呂にはいっていて、〝ぬめぬめした蛙野郎〟のことをなにか言っていたわ。ドイツ人のような名前だった。後悔させてやるとも言っていた。いったいどういうことかしら？」

ジョンソンは畳んだシーツを丁寧に腕にかけた。「くわしいことは知りませんが、サー・トビーが美術商のシューマンとしていた取引のことだと思います。サー・トビーにだまされたと主張していたらしくて」

「その美術商が昨日の午後ここに来たということはないかしら？」

「可能性はあります。実のところ、だれが来てもわからなかったとは思いませんか？ 家にはだれもいなかった。サー・トビーが戻ってきてなにをしていたのかすら、わからないんだ」

「考えたんだけれど」ふと思いついてわたしは言った。「サー・トビーがだれかとこっそり会うつもりだったとしたら？ あなたを町に行かせ、ほかの使用人にも午後は休みを与え、人目につくようにヨットはニースに係留した。なにか怪しいとは思わない？」

ジョンソンは眉間にしわを寄せた。「そう言われれば、そうですね」

「警察にそう言うべきよ。そのドイツ人のことも。少なくともそれで、あなたやわたしの疑いは晴れるわ」

彼は面白そうな顔でわたしを見た。「あなたの？　いったいなんだって警察があなたを疑うんです？」

「聞いていないの？　わたしが第一容疑者なのよ。それどころか、わたしはゆうべ殺人の容疑で逮捕されたの。いまは保釈中なのよ」

「なんてこった。昨日、彼といっしょにヨットに乗ったからですか？　ばかげている」

「それだけじゃないの。庭師のひとりが、サー・トビーが殺されたと思われる時間の前後にわたしがこの家に忍びこむのを見たと言っているのよ」

「あなたは、午後には来ていませんよね？」

「もちろんよ。まったくとんでもない話だわ。わたしはここには来ていないから、侵入者はわたしによく似た人だと思うの。行ってもいないところでわたしを見かけたという人が何人かいるのよ。だからわたしのそっくりさんがどこかにいるか、わたしに罪をなすりつけるために何者かが庭師を買収したかのどちらかね」

「庭師？」ジョンソンは驚いた様子だった。「だが彼らは、午後に仕事はしない」

「雨が降りそうだったから、道具を取りに戻ってきたそうよ。彼を訪ねて、本当のことを聞き出してこようと思うの」

ジョンソンは顔をしかめた。「気をつけてくださいね」彼は声を潜め、声の届くところにだれもいないことを確かめるかのようにあたりを見まわした。「もしだれかが庭師を買収したのだとしたら、そいつはどこかの悪党と手を組んでいるかもしれない。マフィアを含め、そんな輩《やから》はリヴィエラに大勢いるそうです」彼は言葉を切り、なにかを考えているようだった。「でもあなたには、昨日の午後のアリバイがあるんじゃないですか?」

「ええ、あるわ。ロンシャール侯爵のヴィラにいて、帰りは彼が車で送ってくれた。家には使用人がいたわ」

「それなら大丈夫だ」彼は安堵の笑みを浮かべた。

「警部補にもその話はしたけれど、それだけじゃ足りないらしいの」

「彼はあまり頭がいいようには見えませんからね。美術商のシューマンと脅しのことを話しておきます。ぼくはフランス語ができないし、警部補の英語はひどいものだから、意思の疎通を図るのはかなり難しいんですけれどね。彼は、ぼくが自白するつもりだと思うかもしれない」

彼はわたしに笑顔を向けると、シーツを持って家の裏へと姿を消した。わたしは協力者を得たのだろうかと考えながら、そのうしろ姿を見つめていた。

26

一九三三年一月二七日
コート・ダジュールのあわただしい一日

ヴィラの外に出ると、母はココとヴェラのふたりと腕を組み、気乗りしない女学生を連れた快活な家庭教師のように、私道を颯爽《さっそう》とした足取りで歩きはじめた。「まったくなんて退屈な人なのかしら。同情すべきなんでしょうけれど――」

「同情？　とんでもない」ココが言った。「彼女はひどい夫から自由になったんだし、人生を楽しめるだけのお金もたっぷりあるのよ」

それに醜い離婚訴訟を避けることもできたとわたしは思ったが、口に出しては言わなかった。もう少しまともな警察官がいれば、話していたかもしれない。あるいは、だれに話せばいいのかを知っている祖父やダーシーのような人には。レディ・グローパーがたてた完璧な計画だったのかもしれないと、わたしはいつしか考えていた。ニースから遠く離れた山のほうのヴィラにいたというアリバイ、翌朝の朝刊を読むまで夫の死を知らなかったこと。それに――さらに恐ろしい考えが浮かんだ――息子のボビーが突然現われ、両親に姿を見られたくないと言っていたのは偶然だろうか？　レディ・グローパーとボビーがふたりで計画したことだという可能性はある？　彼女が息子をとてもかわいがっていることは、その顔を見ればわかった。ボビーが本当に母親に連絡を取っておらず、息子がここにいるのを彼女が知らないというのはありえること？　もしも警察がわたしを犯人だと断定するようなら、わたしが自分でボビーを捜し、真実を突き止めなくてはならないだろう。

「その気になれば、彼女は愉快な人生を送れるのよ」ココは言葉を継いだ。「でもそうはしないでしょうね。まともな服だって買わないんだろうし。狩りをして、釣りをして、イギリスの田舎で退屈な人生を送るんだわ」楽しそうな笑い声をあげる。

「いいことを思いついた」母が唐突に言った。「パーティーをしましょう。ここのところ暗い話ばかりで、もうずっとパーティーなんてなかったわ」

「ジョージアナが殺人の容疑をかけられているのに、それってどうかしら」ヴェラが言った。

「だからこそ、いますするべきなのよ。ジョージーには気晴らしが必要だわ。そうでしょう？」母は、警察官に監視されながら彼女たちのあとをついて私道を歩くわたしを振り返った。「それに、あの不愉快な人たちに、自分たちが間違っていることを教えてやるのよ。わたしたちをおじけづかせるのは不可能だって」

「それで、いつパーティーをしようと言うの？」

「今夜はどう？　電話をかけるわ――何人かを招待すれば、話はすぐに広まるわ」

「今夜！」ヴェラが反対した。「料理や飲み物や飾りつけが必要なのよ」

「簡単よ。行きつけのレストランに電話をして、オードブルとロブスターの冷製のようなものを用意してもらうわ。家のワイン貯蔵室には充分なワインがある。あとは氷とレモンと、それから装飾用のちょうちんがあればいいだけよ――お店にはカーニバル用にそんなものがたくさんあるわ。わたしが町に行ってくる。なにも問題はないわよ」

「わたしに行かせて」わたしは言った。

母たちが振り返った。

「落ちこんでなんていないことをあの人たちに見せてやりたいのよ」

ほかにも考えていることがあった。ヨットの乗組員に会って、昨日の午後、実際になにがあったのか、サー・トビーがどうやってヴィラに戻ってきたのかを確かめようと思った。

「その意気よ、ジョージー」母が言った。「それじゃあ、あなたが町に行ってきてちょうだい。買う物のリストを作るわ」

家に戻ると、母は小さなライティングデスクに向かい、長くなる一方の買い物リストを作り始めた。

「それから花火。花火もいると思わない？　あと仮面も。仮装用の仮面にする？　それともただのカーニバルの仮面でいいかしら？」

「少しやりすぎじゃないかしら？」よく知らない町でそういった品々を探す自分の姿を思い浮かべながら、わたしは言った。

「なにを言っているの。やりすぎなくて、パーティーをする意味がどこにあるというの？」

わたしはソファに座り、感心しながら母を眺めていた。母は美しいだけではなく、人生でぶつかる困難をなんでもないことのようにさらりと振り払うすべを知っている。なにがあろうと、母は思い悩んだりしないようだ。わたしもそんな性格を受け継いでいればよかったのに。そのとき、隣のヴィラに行っているあいだに、朝刊が届けられていたことに気づいた。

『イギリス貴族、プールで死体となって発見される』

大きな黒い字の見出しが躍っていた。ざっと記事に目を通し、わたしは眉間にしわを寄せた。レディ・グローパーは新聞で夫の死を知ったと言っていたけれど、この記事には後頭部を殴打されたとか、出血多量で死んだといったことは一切書かれていない。新聞を隅々まで探したけれど、やはりそういった詳細はなかった。

「さあ、できたわ」母が長いリストをひらひらさせながら言った。「ささやかな買い物リストよ。わたしは急いで電話をかけなくちゃ。でないと食べ物も氷もない、お客さまもいないパーティーになってしまうわ」母は使用人に大声で指示を与えながら、わたしから離れていった。

フランツが車を玄関にまわしてきた。だがドアを出たところで、警察官がわたしの前に立ちふさがった。「申し訳ありませんが、マドモアゼル、出かけることはできません」

「ニースを出ることはできない、でしょう？」わたしは言い直した。「ニースの外に行くわけじゃないわ。買い物に行くだけ」彼にリストを見せた。

彼はひどく困った顔をした。「警部補は、あなたがひとりで町に行くことに反対すると思います。列車や知り合いのボートに乗って逃げるのは簡単ですから」

「逃げるつもりはないわ。でも、家から出てはいけないとも言われていない。母がパーティーを開くから、その手伝いをしなくてはならないのよ。だからもしいっしょに来て、わたしを見張っていたいのなら、どうぞそうしてちょうだい。実を言うと、このリストにある品物が買えるお店を教えてもらえると助かるの」わたしは再びリストをひらひらさせた。彼が迷っているのがわかった。わたしをひとりにするわけにはいかないが、若い女性の買い物に付き合うことを考えて二の足を踏んでいるのだろう。だが、義務感が勝った。

「わかりました。お付き合いします。念のため警告しておきますが――もし逃げようとしたら、牢屋に戻ることになりますから」

「逃げたりしないわ。約束する。今夜のパーティーを逃すつもりはないの」わたしはそう言って、メルセデスの後部座席に座った。若い警察官は、フランツの苦々しい顔を無視してわたしの隣に腰をおろした。

町へと向かいながら、偶然に出くわすことでもないかぎり、今日はボビー・グローパーを捜している時間はなさそうだとわたしは考えていた。それどころか、リストの品物すべてを買い終えたあとは、パーティーに間に合うように急いで戻らなければならないだろう。まあ、いい。一日中、家にじっと座っているよりはずっとよかった。気持ちのいい日で、海は青く、空はさらに青い。プロムナードを歩けば、気分もずっと上向きになるだろう。

マルセルという名前であることがわかった気の毒な警察官の助けを借りて、レモンとちょうちんと花火とカーニバル用の仮面を手に入れた。市場で買い物をし、車までだれかに荷物を運んでもらうのはなかなかに楽しい経験だった。山のような荷物を抱えた制服警官を従えて闊歩《かつぽ》するわたしを、けげんそうな顔で見ている人もいた。買い物を終えたところで、わたしは屋外の小さなカフェでマルセルにコーヒーをごちそうし、海岸を少し散歩すると言った。いっしょに来てくれなくてもいいのよ。どこかベンチに座って、わたしを見張っていればいいわ。買い物に付き合う屈辱にうんざりしていたらしく、彼はうなずいた。

わたしはしばらく、さわやかな海風に吹かれていた。前日の暴風雨の影響で海はまだ荒れていて、小石の海岸に波が音を立てて打ち寄せている。気がつけばダーシーの姿はないかと、海岸を見まわしていた。いないかどうかを確かめたかっただけよと自分に言い聞かせ、ジャン＝ポールが充分すぎるくらいに彼の代わりを務めてくれているのだと考えた。彼は二度もわたしを助けてくれた――一度はサー・トビーの手から。そしてわたしを自由の身にするために、多額の保釈金を払ってくれたのだ。そのうえ彼は魅力的で、裕福で、女性が求めるものすべてを持っている――ただ、ダーシーではないというだけだ。どれほど自分をごまかそうとしても、わたしはまだダーシーが恋しくてたまらなかった。彼のことを考えると、実際に胸が痛んだ。

今日は風が強かったので、剛の者たちもさすがに泳いではいなかった。向きを変えて歩き続けていると、わたしの名前を呼ぶ声がして、悲惨な結末に終わったファッションショーの夜に出会ったふたりの老王女が近づいてきた。大柄なロシアの王女が座る昔ながらの幌つきの籐の車椅子の横を、フランスの王女が元気に歩いている。車椅子を押しているのは、黒い服に身を包んだ手ごわそうな女性だった。

「レディ・ジョージアナ。お会いできてうれしいですよ」灰色のシルクの手袋に包まれた華奢な手を差し出しながら、マリー王女が英語で言った。「先日、落ちたときに大きな怪我はなさらなかったのね？」

「ええ、ありがとうございます。すっかり元気になりました。王女さまもなにか影響が残っていなければいいのですが」

「ええ、幸いなことに大丈夫でした」彼女は笑顔でわたしの手を軽く叩いた「なにも問題はありません。散歩をしながら、気持ちのいいお天気を楽しんでいるところです」

あの夜着替えをしたときに、真珠とダイヤモンドのネックレスがどこからか出てこなかったかなどと尋ねたくはなかったから、わたしは代わりにこう言った。

「なくなったネックレスのことで、いまでもとても心を痛めていますけれど。だれが盗んだのか見当もつきません」

「世界には頭のいい泥棒がいますからね」マリー王女が言い、気難しいロシアの王女がうなずいた。「テオドラ王女はロシアから逃げる際に、列車の客車で宝石を盗まれたのです。王女が眠っているあいだに、恥知らずの泥棒が開いている窓からはいってきて、宝石箱を盗んで出ていったのです」

テオドラ王女はため息をついたが、やはりなにも言おうとはしない。英語がわかるのかしらとわたしはいぶかった。

「宝石を失われてお気の毒でした」わたしはフランス語で言った。

「残念です」彼女は再びため息をついた。

「王女はつらいことをたくさん経験していらっしゃいます」マリー王女は声を潜めた。「わたしたちはパリでひっそりと暮らしています。もう社交界に顔を出すことはありませんから、王女を元気づけるためにここに来たのです」

テオドラ王女の顔を見るかぎり、あまり効果はないようだ。

「でもあなたはまだ若い」マリー王女は明るくわたしに笑いかけた。「盗まれたネックレスのことをいつまでも気にかけていてはいけませんよ。ダンスに出かけたり、素敵な男性と会ったり、楽しいことをしなくては。ですが、アイルランド人だけはだめですよ。彼らは恋人としては最高ですが、夫には向きません」

喉元にこみあげてくるものがあって、わたしはマナーに反することを知りながらしゃっくりのふりをしてそれをごまかした。

「母が今夜、自宅でパーティーを開くんです。いらっしゃいませんか？　かしこまったものではありませんから」

マリー王女は悲しげに微笑んだ。「いいえ、わたしたちはもうそういった場には顔を出さないのです。先日はファッションショーをのぞかせてもらいましたが、夜に外出することはめったにありません。友人はみな、亡くなってしまいましたし」

わたしは同情をこめてうなずいた。

不意に彼女が顔を輝かせた。「あなたがランチにいらしてくださいな。お忙しいでしょうけれど、もし時間がおありでしたら。老人ふたりの一日がそれだけで楽しいものになります」

「ありがとうございます。喜んでうかがいます」

「明日いらしてくださいな。いつでも好きなときに。わたしたちは、プロムナードにあるメディテラネホテルにいます。もちろんネグレスコほど高級ではありませんが、泊まっているのは上流階級の人たちですし、わたしたちを大切に扱ってくれるのですよ」彼女は小さなシルクのハンドバッグのなかに手を入れた。「これがわたしのカードです。あなたがいらっしゃることをフロントに伝えておきますね」

わたしはもう一度お礼を言い、ゆっくりと大通りを遠ざかっていく彼女たちを見つめていた。ふたりが、殺人もわたしの逮捕も知らなかったことに気づいた。マリー王女が言ったとおり、もうほとんど外の世界と関わることがないのだろう。殺人事件の容疑者を、喜んで自分たちの部屋に迎えてくれるものかしら?

わたしは再び警察官と合流し、車に戻った。港を通り過ぎたところで、サー・トビーのヨットの乗組員と話をするつもりだったことを思い出し、車を止めるようにフランツに頼んだ。

「サー・トビーのヨットの乗組員と話がしたいの」警察官に告げた。

「それは……」彼は言いかけたが、わたしはそれを遮った。「話してはいけない理由でもある？　あの人たちは容疑者じゃないでしょう？　容疑をかけられているのはわたしだわ。疑いを晴らすために、わたしはできることすべてをしなければならないのよ」

そう言って車をおり、ヨットのほうへと歩いていく。渡り板がおろされていたので、そのままヨットに乗りこんだ。

「こんにちは！」声をかけると、すぐさま船内から乗組員がひとり現われた。

「ああ、あなたでしたか」ヨークシャー訛りがわずかに残る若いイギリス人男性だった。

「申し訳ないんですが、ぼくたちは船をおりてもいけないし、だれも乗せてはいけないと警察に言われているんです」

「警察は、サー・トビーがここで殺されたと考えているわけじゃないんでしょう？」

「なにを考えているのか、警察は教えてくれませんよ。ここに船をつけたとき、サー・トビーは元気でぴんぴんしていたとは言いましたが」

「どうして彼のヴィラじゃなくて、この港に船をつけたの？」

彼は肩をすくめた。「わかりませんよ。ボスは彼ですからね。ニースに行けと言われたから、そうしただけです。タクシーで家に帰るから、午後は休んでいいと言われました。その後の指示を待っているようにと。ぼくに言えるのはそれだけです」

「警察にそれを話したの？」

「はい」

「サー・トビーはどこに行くとか、だれと会うとかいう話をしていなかった？」

「サー・トビーのような人は、使用人になにも話しません。ぼくたちは口をつぐんでいるように、高い給料をもらっているんです」

「サー・トビーはほかにも若い女性をヨットに乗せているわよね？　そのなかにわたしに似た人はいなかったかしら？」

「いなかったと思います」彼はまったくの無表情だったから、嘘をついているのかどうか判断はできなかった。

「それじゃあ、サー・トビーの死を願う女性がいるかどうかもわからないということね？」

「はい、そういうことです」

「あの日、わたしがヨットに乗っていて、いきなり降りたことも警察に話したんでしょう？」

彼は気まずそうな表情を浮かべた。「話さないわけにはいきませんでした。ほかにはだれが乗っていたのかを訊かれたんです。でもあなたに不利になるようなことはなにも言っていません。サー・トビーがどういう人かはよくわかっていますから、あなたが飛び降りて、お友だちのボートに移ったのも無理ないと思います。勇気が必要だったとは思いますが。あんなふうに海に飛びこむ女性はそれほど多くは……」

「いいのよ。あの警部補はそれでもあれこれをつなぎ合わせて殺人の動機を考え出すのだろうから、できるだけ早く事件を解決する必要があるの」

わたしは渡り板を戻りはじめた。

「お役に立てなくてすみません」彼が言った。「でもお話しできることはないんです」

わたしはゆっくりとした足取りで車に戻った。サー・トビーは町でひそかにだれかと会っていて、その後タクシーで家に戻ったのか、あるいは町にヨットを係留したのは、家でだれかと会うことを隠すための偽装だったのかのどちらかということだ。でも、ニース中のタクシーに質問するなんて、とても無理だ。

家に向かう車のなかでわたしは窓の外を見ていたが、青い海に浮かぶ白いボート、斜面に点在するパステルカラーのヴィラといった素晴らしい景色はいっこうに目にはいっていなかった。いらだちとわずかな恐怖が胸のなかで渦巻いている。たとえば、あの小さなテーブルにわたしの指紋が見つかったらどうする？　あのなかの嗅ぎ煙草入れに指紋が残っていたら？　それもまた、わたしを有罪とする証拠になるのかしら？


ヴィラに帰り着くころには、わたしは心を決めていた。危険であろうとなかろうと、その庭師に会うつもりだ。昨日の午後なにを見たのか、彼の口から直接聞きたかった。嘘をついているなら、わかるはずだ。フランツといっしょに車から荷物を運ぶと、まあとか、あらあらとかいう母のうれしそうな言葉に出迎えられた。当の母はといえば、豆電球と白いクロスをかけたテーブルでテラスを見事に変身させていた。氷を入れたペールや小さな取り皿やフォークや器もすでに準備ができていた。

「料理はすべて注文したわ。シャンパンはたくさん冷やしてあるし、じきにもっと届くはずよ。すでに四〇人から出席の返事をもらったわ」母はうれしそうに言った。「その人たちがお友だちに話すでしょうから、きっとかなりの人が来てくれるわ」

わたしはふと思いついて訊いた。「ビンキーを招待してもいい？　フィグもいっしょにということになるけれど、お兄さまたちはあの悲惨なヴィラでつまらない日々を送っているのよ。お兄さまは本当はとてもいい人なのに」

「多ければ多いほど楽しいわ。わたしが彼のことをとても好きなのは、あなたも知っているでしょう？」

電話をかけると、公爵に伝えておきますとドラゴン女は答えた。わたしにできるのはここまでだ。つぎにするべきことは、もう少し難しい。二階の自分の部屋に行き、あえて青と白の水兵ルックに身を包んだ。正面の門の外に立っている警察官に、サー・トビーの庭師と話がしたいと告げると、彼はサー・トビーの家の門を警護している警察官と話し合った。

「それはだめです、マドモアゼル」彼は言った。

「どうして？　庭師の証言があったから、警部補はわたしが犯人だと決めつけたのよ。彼が実際になにを見たのか、直接聞いておきたいの。あなたたちのどちらかがいっしょに来てくれてかまわないわ」

ふたりは目と目を見交わし、フランス人っぽく肩をすくめた。「いいでしょう」ひとりが言った。「わたしが行きましょう」

住所を手に入れ、その通りを歩いていくと数軒の小屋が見えてきた。目的の家をノックすると、女性がエプロンで手を拭きながらドアを開けた。

「夫はまだ帰ってませんよ」彼女が言った。「また警察署で証言させられてるんだとばかり、思ってましたけどね」

「そうかもしれません」警察官が言った。「ですが、わたしはなにも聞いていませんね。尋ねてみます」

そういうわけで、わたしたちはサー・トビーのヴィラへと戻り始めた。ざらざらした石でできた見事なほどに高い塀がヴィラの姿を隠していたが、途中に小さなドアがあることにわたしは気づいた。庭師は、正面の立派な門ではなくここから敷地に出入りしていたのかもしれない。試してみると、ドアは簡単に開いた。

「使用人はここから出入りしていたに違いないわ」警察官に言った。「私道からはいってくる人の姿が見えるかどうか、確かめてみる」

わたしは返事を待つことなく、そのドアをくぐった。細い石畳の小道が満開のミモザの木と糸杉のあいだに延びている。両側には噴水と花壇ときれいに手入れされた芝生が広がっていた。見事な庭だ。いまが冬の最中であることを考えればなおさらだった。ふわふわしたミモザの花の香りが漂い、鳥が楽しげにさえずっている。痩せこけた猫がわたしたちの前で小道を横切った。なにかを狙っている――おそらくは鳥だろう。突然、猫の毛が逆立ったかと思ったら、熱いものに触れたかのように一目散に逃げていった。なににそれほど驚いたのだろうと思ってそちらに目をやると、大きなセイヨウキョウチクトウの茂みの下から足が片方突き出ているのが見えた。

思わず警察官の袖をつかむと、彼は驚いたような声をあげ、急いで木の葉をかきわけた。セイヨウキョウチクトウの茂みの下には、日焼けした肌と白いものが交じった髪のがっしりした体格の男が倒れていた。背中には植木ばさみらしいものが突き刺さっていた。

27

ヴィラ・マルグリート
一九三三年一月二七日

隣の家の茂みでまた新たな死体が発見されたと聞けば、パーティーを開こうという母の熱意もくじかれると思うかもしれない。だが、まったくそんなことはなかった。

「少なくともこれで、あなたの疑いは晴れたわね、ジョージー」母は言った。「あなたは一日中町にいたのだし、そのあいだずっと、あの間抜けの警部補の部下がいっしょだったんだから」

それだけは確かだ。

「ジョージーの言っていることはもっともだわ」ヴェラが言った。「隣の家で次々と人が死んでいるのに、そんなときにパーティーを開くのは――いいことかしら？」

「だからこそ気分転換が必要なのよ」母が応じた。「そもそも、わたしたちの知り合いが人を殺しているわけじゃないもの。だからわたしたちは堂々と楽しんで、グローパーや殺人犯のことは放っておけばいいのよ」

すでに気づいているだろうが、わたしの母は非常に自己中心的な人間だ。

「でもレディ・グローパーはどうなの？」ヴェラが指摘した。「隣の家でパーティーが開かれていることを知ったら、彼女はどう思うかしら？」

「それならジョージーに行ってもらって、彼女を招待すればいいわ」なんでもないことのように母が答えた。「彼女だって気分転換が必要よ。そうでしょう？　ねえ、この花はあそこの飾り棚にぴったりだと思わない？」

母はそれっきり亡くなった庭師――わたしが発見したのは彼だった――のことを頭から追いやり、パーティーの準備に再び取りかかった。

レディ・グローパーのお見舞いに行ったらどうだろうとヴェラが提案した。彼女の言いたいことはよくわかった――女好きの夫に愛想を尽かしていたかもしれないが、あんなふうに殺されるのはさぞかしショックだろう。そこで警備の警察官に訳を話し、グローパーの家に入れてもらった。ドアを開けたのはジョンソンだったが、ずいぶんとやつれて見える。

「レディ・グローパーはここにはいません。結局、この家には泊まりたくないということになったんです。ここにいると落ち着かないと言って、ネグレスコに戻りました。明日また来て、目録作りを再開するんだと思います」

「わたしもここにはいたくないわ」わたしは言った。

「ぼくだっていやですよ」彼は顔をしかめた。「ですが、ここにいて見張っているようにと警察から言われているんです。万一のときのために、家の外にはまだ警察官がいますよ」

「庭師が殺されたときだって、外には警察官がいたのよ。だから気をつけてね」

彼は強がって笑ってみせた。「だれがぼくを殺すっていうんです？　ぼくはなんの価値もない人間だ。この件に片がついたら、すぐにここから放り出されますよ」

「レディ・グローパーはあなたをこのまま雇ってはくれないのかしら？」

「そのつもりはないとはっきり言われましたよ。夫が選ぶ使用人をいいと思ったことはないそうです。それに、彼女は雇い主としては最悪だ」

彼が気の毒になった。頭のいい若者なのに、様々な事情のせいでこういう仕事をせざるを得なくなり、いまその仕事すら失ったのだ。わたしはのろのろと私道を戻った。実を言えば、パーティーの準備を手伝いたい気分ではなかった。そんな気持ちにはなれない。二番目の殺人を行なうのが不可能だったわたしは、最初の殺人の容疑者からもはずれることになる。それを喜ぶべきだとわかってはいたけれど、無残にも植木ばさみを背中に突き刺されて倒れていた気の毒な男性のことが、頭から離れなかった。サー・トビーの後頭部の傷を思った。彼を殴りつけ、プールに引きずりこむのは難しいことではなかっただろう。怒りに満ちた暴力的な人間による残虐な犯行だ。わたしは与えられた仕事——風船をふくらましたり、蠟燭や灰皿を設置したり——をこなしながら、庭師はどうして殺されなければならなかったのだろうと考えていた。たどりついた答えはふたつ——彼は、わたしに罪を着せることも含めた元々の計画に加担していたが、良心の呵責《かしゃく》に耐えかねたというのがひとつ目。殺人犯がだれであるかに気づき、愚かにも口止め料を脅し取ろうとしたというのがふたつ目だった。

ラフィット警部補が現われたのは、そんなことを考えていたときだった。わたしたちが一番会いたくない相手だ。

「レディ・ジョージアナ。またお会いしましたな。今回の死体を発見したのは、あなただそうじゃないですか？　面白い話だ」彼は言った。

「ええ、あなたの部下がいっしょでしたけれど。茂みから足が突き出ているのをわたしが見つけて、彼が枝をかきわけて男の人が倒れているのを見つけたんです」彼の部下も関わっていたことを改めて念を押すつもりで言った。

「あなたはなんでまだサー・トビー・グローパーの庭をうろついていたりしたんです？　それが趣味なんですか？　前にもしていましたよね？」

腹立ちを顔に表さないようにこらえた。彼はわたしを誘導して、しばしば近道を通ってサー・トビーの敷地にはいっていたと言わせようとしているのだ。

「答えは簡単です」わたしは言った。「その庭師に会いたかったんです。わたしをちゃんと見てもらって、彼が目撃したというサー・トビーの家に忍びこんでいた人ではないことに気づいてほしかった。あなたの部下がわたしを見張っていましたから、そのうちのひとりにいっしょに来てもらいました。庭師の奥さんから彼はまだ仕事から帰っていないと聞いて、サー・トビーの家に戻る途中で、塀に小さなドアがあることに気づいたんです。鍵がかかっていなかったので、そこからはいって小道を歩いていたら、足が見えたんです」

「二番目の殺人ですが、どうして彼は殺されたんでしょうね」

「サー・トビーを殺した犯人を知っていたからじゃないでしょうか」わたしは言った。

彼は目を細くし、大きすぎる口ひげをなでた。

「そのとおりですよ、お嬢さん。殺人犯が家にはいるのを目撃した唯一の証人が彼だとしたら？　永遠に口を封じなければならなかったでしょうな」

わたしは彼をまじまじと眺め、声をあげて笑った。

「いくらあなたでも、わたしが二番目の殺人犯だとは言わないでしょうね？　わたしは一日中、あなたの部下と町にいたのだし、彼のような体格の男の人を園芸用具で刺し殺せるような力が自分にあるとも思えないわ」

「そうかもしれないし、そうではないかもしれない。わたしの部下が凶器の指紋を調べます。町に行っていたからといって、あなたにまったく疑いがかかっていないとは考えないことですな。彼が発見されたのは、死亡してからある程度時間がたってからだと聞いています。ひょっとしたら、あなたがアリバイを作るために都合よく町に出かける前だったかもしれない」

怒りがこみあげるのを感じた。「お忘れかしら、警部補？　あなたの部下がわたしたちの家を見張っているのよ。サー・トビーの家も。いったいどうやってその人たちに気づかれずに、出はいりできたというの？」

彼の顔に、いつもの独善的な表情が戻ってきた。「崖をおりれば、あなたの家のテラスからサー・トビーの家のテラスに行けるのではありませんでしたかね。実際、つい最近、だれかがそうやっておりた痕跡があることを、わたしの部下が見つけていますよ」

「ええ、おりました。初めてヴィラに来たとき、崖をおりてビーチに行けるんじゃないかと思ったんです。でもそのためにはサー・トビーの敷地を通らなければならないことに気づいて、戻りました。そのとき彼はまだ生きていましたわ。オルガという名前の女性がいっしょで、ずいぶん激しく言い争っていました」わたしは言葉を切り、ラフィット警部補を正面から見つめた。「マドモアゼル・オルガのことは捜しているんですか？　怒りっぽくて、乱暴な女性だと聞いています。園芸用具でだれかを突き刺すのはそういう人なんじゃないのかしら」

その言葉でとどめを刺したつもりでわたしは彼に背を向け、再び灰皿を置き始めた。やがて彼は敗北を認め、去っていった。

頼んでいたものが届き始めた――料理、氷、ワイン貯蔵庫が空になったときのための予備のシャンパン。

「お母さまったら、五〇〇〇人にお料理を振る舞うつもり？」水を得た魚のようにかろやかに動きまわり、使用人だけでなく今夜のために雇った地元の女性たちにもあれこれと指示を出している母に、わたしは尋ねた。

「どんな社交界でも最大の罪は食べるものが足りなくなることなのよ」というのが母の答えだった。

「でもだれも来なかったらどうするの？　直前になって決めたことなんだから」母は笑みを浮かべ、かわいいけれどばかな子ね、とでも言わんばかりにわたしの手を叩いた。

「ジョージー、ただで食事ができてお酒が飲めると思えば、遠くからでも車を飛ばしてくるものよ」

「でもわたしたちの階級の人たちは違うわ」

母は巨大な花瓶に生けた春の花を手直ししている。「あなたも知っていると思うけれど、世界はいま不況なの。わたしたちの階級の人はなに食わぬ顔をしているかもしれないけれど、実は体裁を保つのに必死だし、苦しんでいるのはほかの人たちと同じよ」

「お母さま以外はね」

「ええ、そうね。マックスのお金のおかげね」

「ドイツは、ほかのどこよりも厳しい状況だと思っていたけれど」

「そのとおりよ。本当にひどいわ。マルクは、印刷されている紙ほどにも価値がなくなっている。みんな貯金を切り崩してパンを買っているのよ」

「それなのに、マックスはどうやってそれほどうまくやっているの？」

「彼はばかじゃないのよ、ジョージー。以前からお金はスイスに置いていたし、世界中に工場を持っているの。いまはドイツ政府と協力して、新しい軍用車両を開発しているわ。もちろん、あなたはこんな話、聞かなかったことにしてちょうだいね」

「でももし言われたとおりに彼のところに帰らなかったら、お母さまのこんな生活も終わりになるわ」わたしは指摘した。

「そうかもしれないわね。わたしの彼に対する気持ちがこれではっきりするかしら。どういうことになるのか、いずれわかるわ。こういうときはなにかが起きるのよ。さあ、牡蠣がどうなっているのか見に行きましょうか？」

わたしは部屋に戻り、粋なシルクのズボンや、客たちが着てくるだろう背中の大きく開いた光沢のあるドレスがあればよかったのにと思いながら、着替えをした。わたしのドレスはどれも、救いようがないほど野暮ったくて時代遅れだった。だが、ゆうべ来ていたドレスを着る気にはなれない。あれを見ると、警察の留置場といま自分が置かれている状況をいやでも思い出してしまう。ラフィット警部補が、まだわたしを有罪にしたがっていることはわかっていた。いまこの瞬間にも、わたしに不利な新たな証拠を考え出しているかもしれない。

そんなわけで、母と最初の客のところにおりていったときには、わたしはパーティーとはほど遠い気分だった。料理と酒が客を呼ぶと言った母の言葉は正しかったらしく、母が招待した四〇人の客はそれぞれが友人にパーティーのことを伝えていた。そのうえ客たちは全員が知り合いらしく、抱き合っては〝ダーリン〟と呼び合っている。わたしがイギリスで知っているパーティーに比べて、驚くほどくだけていた。ラノク城でたまに開かれるパーティーでは、執事が客の到着を告げ、その後主人が正式に出迎えてからでないと、彼らは人の輪に加わることはできない。ヨーロッパに来ると、イギリス人は堅苦しさをかなぐり捨てるようだ。やってきた人々はトレイから勝手にグラスを取り、女主人たちに挨拶することなく、ごく当たり前のようにくつろいでいる。

「この人たちみんな知り合いなの？」わたしは小声で母に尋ねた。

「だれがだれなのか、見当もつかないわ」母はそうささやき返してから、大げさに両手を広げた。「まあ、ようこそ！　来てくださって本当にうれしいわ」甘い声でそう言うと、次の客を出迎えに行った。

〝トビー・グローパー〟〝隣のヴィラ〟〝殺人〟といった言葉が漏れ聞こえてきて、料理やお酒だけではなく、殺人現場の隣というこの家の立地も客たちにとっては魅力だったことがわかった。けれどわたしの名前がささやかれることはなかったし、こちらをちらちら見る人もいなかったので、おおいに安堵した。ごく近しい人以外に、わたしが第一容疑者として逮捕されたことを知る人はいない。だれの仕業だろうと意見を交わす彼らの話に、わたしは臆面もなく耳を傾けた。興味深かったのは、トビー・グローパーは明らかに、彼らの一員とみなされていなかったことだ――育ちの悪い男だと思われていた。あまりに金持ちすぎて、品がないとも。

「家中を趣味の悪い骨董品や絵画で飾り立てていたんだ。まるでばかでかい墓か美術館のように」ひとりの男が言った。「テニスすらしないんだから」

だれかに肩を叩かれて、わたしは盗み聞きを中断した。そこにいたのはベリンダだったので、うれしくなった。その下になにもつけていないことがはっきりわかる、体にぴったりとしたエメラルド・グリーンのドレスをまとった彼女は、うっとりするほど魅力的だった。

「驚いたわ。あなたが招待されていたなんて知らなかった」

「もちろん招待されていないわよ。でもそれくらいでわたしがなにかを断念したことがあって？　今日の午後、ギャラリー・ラファイエットでこのパーティーの話を耳にしたの。無料の食べ物と飲み物のことをね。見逃せるはずがないでしょう？　でもあなたがいるのを見て、本当に安心したわ。最後に見かけたとき、あのばかみたいな口ひげをはやした不愉快な警察官に連れていかれるところだったんですもの。いったいあなたになんの用だったの？　なくなったネックレスのこと？」

「もっとひどい話よ。わたしが隣人のサー・トビーを殺したと思われているの」

「だれかが殺されたという噂は聞いたけれど、彼のことだったのね。トビー・グローパー？　いやらしい男よ。一度、お尻をつねられたことがあるわ。けれど、どうしてまたあなたが殺したなんて思われているの？　口にするのもばかばかしい」

「そうなの。本当にそのとおりよ。でもあの警察官はあまり頭がよくないうえに、ものすごく思いあがっていて、わたしは〝無実が証明されないかぎり有罪〟なんですって。ジャン＝ポールが保釈金を払って、弁護士を見つけてくれていなかったら、いまも留置場にいたところよ」

「なんて恐ろしい。かわいそうに。でも心配ないわ。あなたの素晴らしい侯爵は、だれにどうやって袖の下を送ればいいのかを知っているし、彼らがすぐにうまくやってくれる。もしだめなら、あなたは王旗を振りまわせばいいのよ。そうすれば警察も引きさがるほかはないわ」

「そうだといいんだけれど」わたしはあたりを見まわした。「ネヴィルはいっしょなの？」

「まだ車を止めているんだと思うわ。ええ、いまいっしょにいるのよ。もっといい人が現われるまではね」

「それじゃあ彼は、思っていたほど素晴らしい相手ではなかったのね？」

「〝素晴らしい〟とは一度も言っていないわ」ベリンダは彼が近くにいないことを確かめながら、小声で言った。「それに率直に言って、彼の能力を過大評価していたみたい――あっちのほうのね。セックスを楽しんでいるかって訊かれたら、かなりがっかりしたって答えるわね。ベッド脇にテディ・ベアを置いているんだから、ますます始末が悪いわ」

「ベリンダ！」笑うべきか、ショックを受けるべきか迷いながら、わたしは声をあげた。

「どれもこれも寄宿舎のせいね。あれでみんなおかしくなるのよ。わたしは、お金をいっぱい持っている素敵なヨーロッパ人男性を探すわ。あなたの侯爵みたいな。彼はまだあなたを追いかけているんでしょう？」

「そうみたいね」

「いい人をつかまえたわね。うらやましくて気が狂いそうよ」ベリンダはわたしに顔を寄せた。「ねえ、それで彼とはどこまで進んでいるの？　うまくいっている？」

「まだたいして進んでいないわ。ゆうべ、警察署に連れていかれていなければ、もう少し話せることがあったのかもしれないけれど」

「彼は来ているの？　あとで昨日の続きができるかもしれないわよ」

「どうかしら。まだ見かけていないけれど、お母さまが招待しているはずよ。お母さまも彼を気に入っているから」

「あら、いやだ」ベリンダが不意にわたしの腕をつかんだ。「いまはいってきたのは、あなたのお兄さまじゃない？　あのおぞましいフィグもいっしょじゃないでしょうね」

人ごみのなかにビンキーの姿を見つけた。わたしに気づいた彼がぱっと顔を輝かせる。

「やあジョージー。会えてよかった」わたしのほうに近づいてきた。

「フィグは？」ビンキーがわたしに腕をまわしたところで、おそるおそる尋ねた。

「申し訳ないと言っていた。騒音やずっと立っているのは体によくないと思ったみたいだ。だがダッキーとフォギーは来ているよ」

振り返ると、わたし以上に野暮ったい格好のダッキーが目にはいった。そのドレスはまるで、汚れたままの茶色い羊の毛で編んだようだ。彼女はわたしに気づくと、うなずいて見せた。フォギーはこちらに近づいてきて、大げさな挨拶をした。

「やあ、ジョージアナ。また会えて、こんなにうれしいことはない。今日のきみはとてもかわいらしい。それにこのヴィラも素晴らしいね。あとでゆっくり案内してくれないか」彼はわたしを軽く叩き、そして、あれはウィンク？

あなたの言う〝ゆっくり案内〟がどういう意味かはわかっているわと、わたしは心のなかでつぶやき、シャンパンの在り処を彼らに教えてからその場を逃げ出した。

「このためのお金はいったいどこから出ているのかしら？」歩きながら、ダッキーが冷たい声で尋ねているのが聞こえた。「だって、彼女はもう女優をしていないんでしょう？」

「招待してもらってあの言い草」ヴェラがわたしの耳元でささやいた。「あなたは大丈夫なの？」

「ええ、平気よ」

「あのとんでもない警部補がうろついているんですもの、気が休まらないわよね」

「それに殺人犯も」

「ええ、もちろんそうね。いまいましい犯人を早く見つけてほしいわ。そうすれば家に帰れるのに。仕事が待っているのよ。ココになにもさせないのはよくないの。煙草を吸いすぎるし、お酒も飲みすぎる。彼女はいつも忙しくしていなければならないタイプの人間なのよ。そうでないと、自滅してしまう」ヴェラはそこで顔をあげた。「あなたの侯爵が来たみたいよ」

28

一九三三年一月二七日の夜
ヴィラ・マルグリートでのパーティー

彼がだれかを探しているのを見て、鼓動が速くなるのを感じた。わたしに気づき、近づいてくる。

「なにも飲むものを持っていないね」トレイからシャンパンのグラスをふたつ手に取ると、ひとつをわたしに差し出した。「気を悪くしないでほしいんだけれど、そのドレスはまったくひどいね。全然似合っていないし、一〇歳は老けて見える」

「わかっているわ。わたしのタンスの中身はどうしようもないのよ。ここにいる人たちはみんな、とても素敵なのに」

「マダム・シャネルがきみのドレスをデザインしてくれるんじゃなかったかな?」

肩をすくめた。「あれ以来、あんまりたくさんのことが起きたから。ネックレスが盗まれて、そのあと人が殺されて。彼女はきっと忘れているんだと思う」

「それなら、思い出してもらおう」彼は再びあたりを見まわし、わたしのすぐうしろにいるベリンダに気づいた。

「やあ」彼の視線が彼女をざっとなぞった。「前にも会っていると思うけど、申し訳ないが名前を覚えていないんだ」

「ベリンダよ。ベリンダ・ウォーバートン゠ストーク」

「素晴らしい。もう一輪のイギリスの薔薇だ」

「いまが盛りよ」ベリンダは、彼女か母にしかできない口ぶりで言った。

「リヴィエラのすべてを楽しんでいるかい？」

「まだすべてを経験していないの」ベリンダは、〝すべて〟という言葉に力をこめた。

「時間があれば、きみならきっとすべてを経験するさ」

わたしは不安といらだちを感じながら、ふたりのやりとりを聞いていた。ふたりは互いの気を引こうとしているの？　それともよくあるちょっとおしゃれなやりとり？　ジャン゠ポールがわたしを振り返った。「きみたちは友だち？」

「学生時代の友人なの」わたしは答えた。

「そうか。だがこちらの女性は、学校を卒業して以来、きみよりもはるかに刺激的な人生を送ってきたようだね、マ・プティ」

「ええ、そのとおりよ。わたしの人生は退屈そのものだったけれど」

「いままではね。だがいまは、退屈からはほど遠いだろう？」彼の笑みにわたしのなかの不安が小さくなっていく。ネヴィルがやってきて、ジャン＝ポールとの戯れもここまでだと宣言するかのように、ベリンダの肩に腕をまわした。

「きみと会えてほっとしたよ」彼はわたしに言った。「最後に会ったとき、きみはステージから落ちて、ネックレスを盗まれていたからね。すごく心配したんだ」

「見てのとおり、すっかり元気よ」わたしは答えた。「ネックレスにも同じことが言えればよかったんだけれど」

「リヴィエラには泥棒やペテン師が大勢いるからね。いまいましい外国人どもは、ぼくたちの祖国にあるような道徳規範というものがないんだ」

「ちょっと失礼するよ。ここの女主人に挨拶してこなくては」ジャン＝ポールはそう言って、その場を離れていった。

わたしは彼のあとを追おうとしたが、ずっと気になっていたことがあったのを思い出した。ネヴィルは以前、わたしを見かけたと言っていた。ココとヴェラも同じことを言った。ベリンダまでも。サー・トビーの家にはいっていった、わたしによく似たその謎の女性を突き止める必要があった。

「以前にわたしを見たことがあるって言っていたわよね？」わたしはネヴィルに訊いた。

「ぼくたちのヴィラのそばで自転車に乗っていた」

「それはどこにあるの？」

「シミエだよ。ヴィクトリア女王がここに来たときに滞在していた場所のすぐ近くだ」

厳格な曾祖母がリヴィエラを楽しんでいたとは初耳だ。「曾祖母がここに来ていたの？」

「一八九〇年代は毎冬来ていたはずだ。ホテルの一棟を借り切っていた。女王にくつろいでもらうために、ホテルの名前をレジーナ（ラテン語で女王の意）に変えたくらいだ」

「まあ。そのころはかなりの年になっていたはずよ」

「そうだね。海水浴はリウマチにいいと思っていたみたいだ」

それは、わたしが思い描いていた曾祖母の質素な生活とラノク城よりもさらに寒い宮殿のイメージとはかけ離れていた。

「それで、シミエにはどうやって行けばいいのかしら？」わたしは尋ねた。

「マセナ広場から丘をあがるバスが出ている。町の中央にある大きな広場だよ。わかるだろう？　シミエにはローマ時代の遺跡があるし、景色が素晴らしいから、みんなあそこでピクニックをするんだ」

「わたしもぜひ行きたいわ」

「いつでも訪ねておいで。ブールバール・エドゥアールⅦにある。ヴィラ・ヴィクトリアだ――ふさわしい名前だろう？　きみが来てくれたら、伯母はさぞ喜ぶよ」

「ありがとう。だといいんだけれど」

「それから、ぼくをベリンダに会わせてくれてありがとう」彼はメロンの熟れ具合を確かめるように、ベリンダの肩をつかんだ。「彼女は素晴らしい女性だ。本当に魅力的だ。伯母でさえ、彼女を気に入っている」

なんてこと。彼はベリンダを未来の妻として考えている。けれどベリンダのほうは、せいぜいこの週末までしか彼といっしょにはいないだろう。いまでさえ、ココと母と冗談を交わしているジャン＝ポールの背中を見つめているくらいだ。だがさすがに今回は彼を狙ってはこないはず。

わたしもジャン＝ポールのところに行こうとしたとき、人々のあいだにざわめきが起こった。モーゼが紅海にやってきたときのように、人のあいだに道ができ、シンプソン夫人が——奇跡的に——シンプソン氏を連れて現われた。皇太子の姿はない。彼女を出迎えようと近づいていく母を、わたしは魅入られたように見つめていた。ふたりは初めて会った瞬間から互いを嫌い合っていたから、このあとなにが起きるのか想像すらできなかった。

だが、あくまでも女優である母は両手を広げて言った。

「ウォリス、来てくれて本当にうれしいわ」

「なにを差し置いても、来ないわけにはいかないでしょう、ハニー」シンプソン夫人は応じ、ふたりは一〇センチくらい距離を置いて、互いの頬にキスをした。

「お会いできて光栄ですわ、シンプソンさん」母は彼に手を差し出した。「好きなものをお飲みになってくださいね」

それに対して返ってきたのはうめくような声で、シンプソン氏がなにか言うのを聞いたのはこれが初めてだった。彼がその場を離れると、母は尋ねた。「今夜はこのあとで、特別なお友だちがいらっしゃると思っていいのかしら？」

シンプソン夫人はいらだったように、軽く肩をすくめた。「どの友人が来るのかなんて、わたしにもわからないわ。友だちなら大勢いますもの」

「だれのことを言っているのか、おわかりのはずよ。わたしはただ……」

「突然、イギリスに呼び戻されたのよ」シンプソン夫人はきつい口調で言った。「彼のお父さまは、国民が苦しんでいるのに彼が地中海で遊んでいることが気に入らなかったらしいの。くだらないってわたしは言ったのよ。彼がイギリスにいようといまいと、国民が苦しむことに変わりはないんですもの。でもここのところ、お父さまの健康状態が優れないらしくて、言うことを聞くべきだと思ったみたいで、帰ってしまったの」彼女は少しも乱れていない髪を撫でつけた。「あなたはどうなのかしら？　たくましいドイツ人の姿が見えないけれど」

「ドイツでお金を稼いでいるわ。ドイツは気が滅入る一方だから、わたしは逃げてきたのよ」

「近いうちに状況は上向きになるんじゃないかしら」シンプソン夫人が言った。「あのヒトラーとかいう人は、爆竹みたいな人よ。ドイツを立ち直らせるための素晴らしいアイディアをたくさん持っているって、デイヴィッドが言っているわ」

「立ち直ってほしいとは、わたしはあまり思えないわね。マックスのことは好きだけれど、ドイツが敵だったことや、あの人たちがした恐ろしいことは忘れられない……」

「それは年寄りの皇帝がしたことよ。新しい政権はもっと先進的だわ。わたしたちは申し分なくうまくやれるって、デイヴィッドは考えているの」シンプソン夫人はなにかを期待しているように、あたりを見まわした。だれかを探しているのかと思ったが、そうではなかったらしい。「死体が発見されたプールがこの家から見えるんですってね」

「ええ、テラスから」母が答えた。

つまり、彼女を母のパーティーに出席する気にさせたのは悪趣味な好奇心だったというわけだ。これほど面白い話はない。ベリンダに教えたくてたまらなくなった。

「ぜひこの目で見たいわ」シンプソン夫人が言った「興味津々なの。おかしな事件だと思わない？　わたしは彼の妻が怪しいと踏んでいるの。いつも苦々しい顔をしているわよね。イギリス人貴族って本当に抑圧されているんですもの――緊張を抑えこんで、セックスも足りなくて。それって健康的とは言えないわ」彼女は母に目を向けると、薄笑いを浮かべた。

「ご自分が下層階級の出身でよかったと思うでしょう？」

「あなたもね。わたしは公爵夫人だったけれど、あなたはそうは言えないものね」

「あら、この先どうなるかなんてだれにわかるかしら？」シンプソン夫人は謎めいた笑みを浮かべた。「殺人現場を見せてくださいな。人殺しほど興味をそそられるものはないと思うの。そうでしょう？」

ほかの人たちも興奮した口調で殺人事件の話をしながら、ふたりのあとについてテラスに出ていった。わたしは行かなかった。思い出したくはない。それどころか、いまなら誰にも気づかれずにこっそりここを抜け出せるかもしれないと思った。皇太子はシンプソン夫人を残してイギリスに帰ったらしい。彼がまだ義務を果たさなければいけないと感じていること、シンプソン夫人の言いなりになっているわけではないことを知って、わたしはいくらか安堵していた。けれどそれは同時に、ラフィット警部補がわたしを起訴しようと決めたとき、近くに王家の親戚がいないということでもあった。ウェストミンスター公爵はパーティーに来るだろうかと考えた。彼とわたしは本当に親戚なのかしら。

開いたフレンチドアの外から銃声のような音が聞こえてぎくりとしたが、客たちが花火を始めたのだとすぐに気づいた。わたしも花火は大好きだったから、外に出て、打ち上げ花火や筒型花火が夜空にのぼっていき、きらきらと光を散らしながら暗い海に落ちていくのを眺めた。世慣れた観客たちは、そのたびごとに歓声をあげる。

花火のおかげで、パーティーは一段と盛りあがった。人々は室内ゲームを始めた。最初のうちは罪のないものだったが、次第にきわどくなっていく。

「銅像ゲームをしよう」だれかが言った。選ばれた女性たちが銅像として部屋の中央に立つと、忍び笑いが漏れた。立候補する男性が呼ばれ、フォギー・ファーカーが名乗りをあげた。彼は目隠しをし、その場でぐるぐると回転させられてから、女性たちのあいだに立った。ゲームの目的がここで明らかにされた――銅像となっている女性たちを触り、それがだれであるかを当てるのだ。フォギーは散々女性たちの体をまさぐり、下品な感想を述べた。わたしは銅像に選ばれなくてよかったと胸を撫でおろした。恥ずかしさのあまり、死んでいたかもしれない。けれど女性たちは楽しんでいるようだ。ジャン＝ポールが戸口に立ち、くすくす笑っていることに気づいた。わたしと目が合うと、彼はウィンクをした。

バンドがやってきて、ダンスが始まった。何曲か踊ったあと、ジャン＝ポールはゆっくりしたフォックストロットを踊りながら、わたしを強く抱き寄せた。「きみに話しておきたいことがある」人のいないほうへといざないながら、彼が言った。心臓の鼓動が速くなる。これってプロポーズ？

「きみは家に帰ったほうがいい」彼の目は真剣だった。「警察の許可が出たらすぐに、家に帰るんだ。ここはきみがいるようなところじゃない。きみの居場所はここじゃない」

「どういうこと？」

「きみはいい子だ。きちんとした人だ。ここにいるような人たちとは違う」

言うべき言葉が見つからなかった。彼の言葉が事実であることがわかっていたからだ。あの人たちといっしょにいると落ち着かない。「わたしがいなくなってもいいの？」思い切って訊いた。

「もちろん悲しいさ。でもそれ以上に、きみのことを大切に思っている。きみには彼らのようになってほしくないんだ。ぼくはこれまで大勢の女性と関わってきたし、そのほとんどは朝になるころには名前すら覚えていなかった。だがきみの名前はきっと忘れないと思う」彼はわたしの顎に指を当てると、顔を上に向けた。「もし事情が違っていたなら……」彼はその先を言おうとはしなかった。わたしを引き寄せると、優しくキスをした。「もう行かなくては」

それからしばらくして、ネヴィルがやってきた。額に汗を浮かべ、眉間にしわを寄せている。「ベリンダを見なかったかい？」

「いいえ、しばらく見ていないわ」

「なんてこった。帰ったみたいだ」彼は祈るような目で部屋を見渡した。

ぎゅっと胃をつかまれた気分だった。ジャン＝ポールが〝もう行かなくては〟と言っていなくなってから、それほど時間はたっていない。ベリンダが彼といっしょに姿を消したと想像するのは、簡単だった。わたしは気分が悪くなり、腹を立て、少なからず困惑した。

日付が変わるころには、客たちは少なくなっていた。残った手ごわい者たちはほろ酔い加減だ。かなりの量の酒がなくなっていた。部屋のなかは煙草の煙にかすんでいる。バンドは演奏をやめていた。

「ごみ収集人のノックはどうだい？」だれかが笑いながら言った。

「それはどんなゲームなの？」わたしは尋ねた。

「郵便配達人のノックによく似ている。もう少し、みだらだけどね」

だれもがくすくす笑っていた。からかわれているのかもしれないし、そうではないのかもしれない。

「名案だ。鍵はあるかい、クレア？」男性のひとりが訊いた。

「わたしは鍵は使わないの」母が答えた。「紙に番号を書くのね。このボウルに入れればいいわ」

パーティーで遊んだことがあったから、郵便配達人のノックなら知っていた。郵便配達人に選ばれた男性が部屋の外に出ているあいだに、女性たちはボウルから番号を書いた紙を引く。男性がドアをノックし、小包の配達ですと言って、適当な数字――たとえば二一とか――を告げる。その番号の女性が部屋の外に出て小包を受け取り、彼とキスをするというものだ。ペアを作るには楽しい方法だった。楽しいけれど、害はない。そういうわけだったから、もう少しみだらだというゲームがどういうものかは想像がついたし、それに加わるつもりはなかった。ジャン＝ポールが残っていれば……わたしはまだ彼の態度に当惑していた。同時に、おおいに失望もしていた。だれもこちらを見ていないときに、こっそりその場を抜け出して自分の部屋に戻った。

ドアを閉め、ほっとしてため息をついた。

「きみがひとりでよかった」ベッドの端にダーシーが座っていた。

29

ヴィラ・マルグリート
一九三三年一月二八日——未明

ダーシーが襟の開いたシャツを着て、わたしのベッドに座っている。癖のある黒髪はいつにも増して乱れていて、人を不安にさせるようなその目は、わたしを見ると危険なほどにきらめいた。心臓が大きく跳ねるのがわかった。彼のことは忘れたと思っていたのなら、それは完全な間違いだった。

「ここでなにをしているの?」わたしの声は震えていた。

「きみを見守っている。ゆうべなにがあったのかを聞いたよ。困った立場に陥っているみたいじゃないか」

「じきにすべて解決するわ。警察は愚かな間違いをしたことに気づくでしょうし、ジャン＝ポールが一流の弁護士を見つけてくれたの」

ダーシーは立ちあがって、こちらに近づいてきた。「そのこともだ。きみの侯爵だが、彼には気をつけたほうがいい。危険な男なんだ、ジョージー。きみが彼に惹かれた理由はわかる。だが彼を信用してはいけない。彼には、きみが知りたくないような事実がある」

「あら、よりによってあなたがそんなことを言うなんて」

「どういう意味だ？」

「あなたには、わたしに話すことを都合よく忘れている事実がたくさんあるでしょう？　重大な事実が」

ダーシーは肩をすくめた。「秘密についてだが、たしかにきみに話せないことはいくつかある。だがぼくはずっときみを大切に思ってきた。いまも思っている――だからこそ、あの侯爵には近づくなと警告しているんだ」

「嫉妬しているの？　それともわたしがこんなに早くあなたのことを忘れたから、気分を害している？」

「きみに傷ついてほしくないんだ。それだけだ」

「おもしろいわね。ジャン＝ポールも同じことをわたしに言ったわ。つい一時間ほど前に」

「それなら彼もようやく良心に目覚めたのかもしれない。少なくとも、いくつかの点においては。それも疑問だけれどね。いまぼくに言えるのは、これ以上彼といっしょにいると、もっと大きなトラブルに巻きこまれるということだ」

「わたしは大人よ、ダーシー」挑むような顔を彼に向け、自信のある口ぶりで言おうとした。「自分のことは自分で決めるし、自分の面倒だってちゃんと見られる」

「そうは思えないね」ダーシーは怒りに満ちた目でわたしを見た。「ひとりでトビー・グローパーのヨットに乗ったって？　ヨーロッパでもっとも悪名の高い男とふたりきりになったんだぞ？　殺人容疑で逮捕されたね？　自分の面倒を見ているようには思えないけれどね、レディ・ジョージアナ」彼はわたしの肩をつかんだ。「ジョージー、いったいなにをしているんだ？　なにがあった？」

触れないでほしかった。わたしは必死になって冷静さを保とうとした。

「なにもないわ。あなたがここにいる本当の理由を知った以外は」

「そうなのかい？　本当に」ダーシーはまっすぐにわたしを見つめた。

唇を噛んでうなずいた。彼がなにか言うのを、わたしを欺いていたことを謝るのを待った。だが彼は代わりにこう言った。

「そういうことなら、その話はあまり広めないほうがいいとしかぼくには言えない。もしもきみが賢明ならね」

「わたしがそんなことをする理由がないでしょう」わたしは彼の手から逃れ、勢いあまってベッドにぶつかってどすんと腰をおろした。

「気をつけて」ダーシーがわたしを支えようとした。「きみの真珠を台無しにしたくないだろう？」

「わたしのなんですって？」立ちあがろうとすると、手になにか鋭いものが触れた。ベッドの上に置かれていたのは、なくなった真珠とダイヤモンドのネックレスにほかならなかった。

それが精霊が魔法で取り出してくれたもので、いまにも消えてしまうのではないかというように、わたしはその場に立ちつくしてネックレスを見つめていた。

「どうしてここに？　あなたが置いたの？」

「ぼくが？　とんでもない。こんなネックレスをぼくがどうするというんだい？　きみのかい？」

「王妃陛下のものなの。わたしがファッションショーでステージから落ちたとき、盗まれたのよ」

「ステージから落ちた？」ダーシーはいまにも笑いだしそうに見えた。

「聞いていないの？」

「ほかのことで――忙しかったからね。つまりこれは盗まれたけれど、戻ってきたというわけか」

「驚いた。パーティーに来ていただれかが盗んで、でも良心の呵責に耐えられなくなって、返してきたんだわ」

「そうだろうか？」ダーシーは眉間にしわを寄せて、ドアを見つめている。

「みんなに話さなきゃ。驚くでしょうね」わたしはドアのほうに歩きかけた。

ダーシーに腕をつかまれた。「いまはなにも言わないほうがいいと思う」

「あなたはわかっていないのよ。みんな、ものすごく心配していたんだから。せめてヴェラとマダム・シャネルにだけでも言っておかないと」

わたしはドアを開け、廊下に出た。この数時間、喧騒のなかにいたから、不自然なほど静かに感じられる。ちょうどそのとき、下の玄関ホールをヴェラが通りかかるのが見えた。当然ながら、あのみだらなゲームには加わっていなかったのだ。わたしは手すりに駆け寄り、身を乗り出した。

「ヴェラ、見て！　戻ってきたの。ネックレスが戻ってきたの！」わたしは叫んだ。今夜はシャンパンを飲みすぎたらしい。レディというものは決して声を荒らげてはいけないことはよく知っているはずなのに。たちまち反応があった。あちらこちらの寝室のドアが開いて、着替えのいろいろな段階にある人々が顔を出した。

わたしはネックレスを振ってみせた。「戻ってきたの。ベッドの上にあったの」

ヴェラの顔が輝いた。「よかった。奇跡だわ」

「本当に」わたしは言った。

「いったいどうしてそんなところにあったのかしら？」

「寝るときにわたしが気づくことがわかっていて、だれかが置いたに違いないわ」

そう答えると同時に、ダーシーが関わっているのかもしれないという考えが脳裏をよぎった。実は盗まれたネックレスのことを知っていて、泥棒から取り戻してくれたのかしら？　わたしのためにそんなことを？　仲直りのための贈り物として？　彼が部屋から出てきているかもしれないと思いながら振り返ったが、その気配すらなかった。

玄関ホールにはそれなりの人が集まっていて、わたしはそこに続く階段をおり始めた。半分ほどおりたところでかかとがなにかにひっかかり、とっさに手すりをつかんだ。手からネックレスがすり抜け、下の大理石の床へと落ちていく。ヴェラと数人がつかもうとして駆け寄ったが、間に合わなかった。ネックレスは床に落ち、乾いた高い音を立てた。

「ごめんなさい。無事かしら？」わたしは訊いた。

ヴェラは床に膝をつき、粉々に割れた一番大きなダイヤモンドを見つめていた。

「え、嘘」わたしも彼女の隣で膝をついた。「ヴェラ、本当にごめんなさい。わたしは本当に不器用で。ネックレスを壊してしまったわ」

ヴェラは顔をあげ、苦々しい表情でわたしを見た。「ダイヤモンドは割れないのよ、ジョージー」

「でも――」わたしは床を見おろし、それからヴェラに視線を戻した。「これは本物のダイヤモンドじゃないということ？」

ヴェラはうなずいた。

「それじゃあ王妃陛下は、本物の宝石を貸してくださらなかったのね」

ヴェラは、わたしたちをじっと見つめている人々の顔を見まわした。

「ネックレスを盗んだ犯人は、よくできた偽物とすり替えたみたいね。ジョージーが落とさなければ、当分のあいだ気づかなかったかもしれない。ひょっとしたらずっと」

「頭のいいやつだ」ひとりの男性が言った。「警察を呼んだほうがいいだろうか？」

「今夜はいいわ」ヴェラが答えた。「いまはとても、ラフィット警部補と顔を合わせる気にはなれないもの。それに犯人がそれほど頭がいいなら、警察が捕まえる可能性はないでしょうしね」そう言って、ネックレスの残骸を拾い始める。「巧妙な手口だということは認めざるをえないわね。あらかじめ計画してあったことも。こんなネックレスが数日で作れるとは思えないもの」

「それじゃあ犯人は、最初からネックレスを盗むつもりでファッションショーに行ったのね」そう思うと、なぜか少し気持ちが楽になった。盗まれたのは、わたしの不器用さだけが原因ではない。転ぶように仕組まれていたのだ。

「だが犯人はどうやってきみの寝室にはいったのだろう?」同じ男性が訊いた。「きみの部屋の窓からだろうか?」

「あるいは、わたしたちに紛れていたか」ヴェラが言った。

「わたしたちのだれかだと? ばかばかしい」さっきの男性が言った。「泥棒はイギリス人だとでも言うのか? いまいましいフランス人の仕業に決まっている。狡猾な何者かが窓から忍びこんで、出ていったんだ——おそらく、わたしたちが花火を見ているあいだに」

ダーシーのことは黙っていようと決めた。彼について断言できることがひとつある——彼は泥棒ではない。もしもネックレスを戻したのが彼だとしたら、本物を取り戻したと信じていたからだ。

「きみの部屋を調べるべきだ」彼は言い張った。「そいつがなにか手がかりを残していないかどうかを確かめるんだ」彼は勢いよく階段をあがると、わたしが止める間もなく寝室のドアを開けた。

部屋は空だった。窓が開いたままになっていて、カーテンが風にはためいている。

「ほらね。言ったとおりだろう?」彼は得意満面でわたしたちに向かってうなずいた。「どこかのならず者のフランス人か、イタリア人の悪党がここから忍びこんだんだ。そいつが足跡を残していないかどうか、朝になったら花壇を調べよう。フランス警察はあてにならないからな。役立たずばかりだ」

ダーシーが花壇に足跡を残していないことを祈るほかはなかった。どうしてこれほど彼を守りたいのか自分でもわからなかったけれど、それでも守りたかった。きっと愛は、簡単には消えないのだろう。それに彼はわざわざわたしに警告しにきてくれた。それは優しさだと言ってもいいんじゃない? 子供の母親である女性を彼はまだ愛しているのかしら? 子供のことはとても大事にしていた。今夜ここに現われたのは、まだわたしを愛しているということ? なにもかもがあまりに複雑で、わたしの頭では処理しきれない。

「ヴィラの外にはまだ警備の警察官がいるわ」ヴェラが言った。「だれか怪しい人間が出入りしなかったかどうか、訊いてみたらどうかしら」

客たちは狩りの興奮にすっかり夢中になっていた。いっせいに玄関へと駆けていく。わたしはそのあとを追いながら、そうしなければならなくなったときにはどうやってダーシーをかばえばいいだろうと素早く考えを巡らせていた。だが門のところにいた疲れた様子の警察官は、肩をすくめただけだった。

「今夜はパーティーだったんですよ。大勢の人間が出入りしたということです。そのなかに泥棒が交じっているかどうかを、わたしに見分けろと言うんですか？」

騒々しい客たちがぞろぞろと家に戻っていくあいだに、わたしはこっそりそこから離れて部屋に戻った。万一を考えて衣装戸棚とベッドの下を確認したが、ダーシーはいなかった。疲労が忍び寄ってきて、わたしはベッドに倒れこんだ。

30

ヴィラ・マルグリート、のちにサー・トビーのヴィラ
一九三三年一月二八日

今度ばかりは素晴らしい知らせ。ずっと気分がよくなった。

クイーニーは朝の紅茶を運んでくるのをすっかり忘れていたらしく、鎧戸の隙間から射しこむまばゆいほどの太陽の光で目が覚めた。階下から快活な男性の声が聞こえてくる。嘘でしょう、お願いだからあの警部補じゃありませんように。わたしは声に出さずに祈った。鎧戸を開け、そっと外をのぞいてみる。タクシーが一台止まっていて、その横に完璧な仕立てのダークスーツを着た白髪の魅力的な男性と、みすぼらしい古いレインコートに身を包んだ小柄な男性が立っていた。禿頭のその男性が言った。

「わしの孫娘はどうなったんだ？　あの子はどこにいる？　だから外国なんぞに行くなと言ったんだ。ろくなことがないんだからな」

わたしは喜びに声をあげながら、まだ寝間着のままだということも忘れて階段を駆けおりた。

「おじいちゃん！」叫びながら祖父の胸に飛びこんだ。「来てくれたのね！　本当にうれしい」

「ああ、ここにいたのか。無事だったんだな。なんともなかったんだな」

祖父が声をつまらせながら言った。わたしを強く抱きしめる。わたしが普段過ごしている社会では、礼儀に反するとみなされている愛情表現だ。フィグがだれかを抱きしめることは絶対にないだろう――ありそうもないことだが、たとえだれかが彼女を抱きしめたいと思ったとしても。

祖父は体を離すと、心配そうな顔でわたしの手を握った。

「電報をもらってからというもの、死ぬほど心配したんだぞ。おまえが殺人容疑で逮捕されたと書いてあった。みじんも信じたりはしなかったが――」

「逮捕されたのよ」わたしは遮って言った。「いまは保釈されているだけなの。ニース警察の警部補はとんでもない人で、なにを言っても聞いてくれないの。でもおじいちゃんが来てくれたから――どうすればいいか教えてくれるでしょう？」

「わしになにができるのかわからんが」祖父が言った。「外国の裁判所と関わったことなどないからな。だがわしといっしょに来た男だが、ふむ、彼はたいしたやつだ」

わたしは祖父の隣に立つ上品な男性に目を向けた。「こちらはどなた？」

祖父が答えるより先に、喜びの声が聞こえ、マダム・シャネルが玄関から走り出てきた。

「ジャック！　来たのね。来てくれるってわかっていたわ」

「かわいい人。わたしがきみに逆らえるとでも？」彼は応じ、ふたりはフランス人だけができるような抱擁をした。

いくらか息を切らしながら体を離すと、ココが振り返って言った。

「彼が来てくれたわ。これでなにもかも大丈夫。彼はわたしの親しい友人で、パリ警察のジャック・ジェルマン警視よ。わたしのために、ぜひ来てほしいって頼んだの」ココは、帽子からウサギを出してみせたかのように自慢げに笑った。「なにかしなきゃいけないってわかっていたし、それができるのはジャックだけだもの」

「パリ警察は介入できないって、ラフィット警部補が言明していたけれど」わたしは改めて言った。

「いや、こういうことですよ」ジャック・ジェルマンはかすかにフランス語訛りのある洗練された英語で言った。「短い休暇を取ろうと思いましてね。ここで起きている事件にたまたまちょっと興味があったもので——もっともな理由だとは思いませんか？」

彼の笑顔はこのうえなく魅力的で、セクシーだった。フランス人男性の評判の理由がわかる気がした。「ロンドン警視庁から来たこちらの友人といっしょなら、わたしたちは手ごわいチームになると思いますよ」

「彼とはどこで？」わたしは祖父に尋ねた。どう見ても、接点はありそうにない。

「こちらの気持ちのいい紳士とは列車で会ったんですよ」ジャック・ジェルマンが答えた。「食堂車を見つけるときと、注文をするときに手助けを必要とされていましてね。それでいっしょに食事をしたんです。彼がかの有名なロンドン警視庁で働いていて、わたしが以前から尊敬していた方々とも知り合いだと聞いて、すぐに親しくなったんですよ」

祖父は笑顔で言った。「ロンドン警視庁で働いていたとは言ってないんだ。そんなふうに言ったわけじゃない。わしはただの巡査だったんだからな。だが彼はいいやつだ。なにより英語を話す」

「これで、なにもかも安心ね」ココはジャックの手を取った。「こっちよ。朝食にしましょう。それからあなたもね、マ・プティ」彼女は付け加えるように言った。「朝食のテーブルにつく前に、もう少しふさわしい格好をしていらっしゃいね」

「あ、はい」自分が薄手の寝間着姿であることに、わたしは初めて気づいた。ジャックが面白そうな顔でこちらを見ている。フランス人男性ならだれでもそうするように、彼は露わになっている脚を楽しそうに眺め、わたしを値踏みしていた。

わたしたちは揃って、ひんやりした大理石の玄関ホールにはいった。祖父があたりを見まわして言った。「ここがおまえの母さんのものなのかい?」

「そうよ。フランス人のレーシングドライバーがくれたんですって」

「なんとまあ。うまくやっていることは間違いないようだな――モラルはどうかと思うがね。で、あいつはどこだ?」

「二日酔いで寝ているんだと思うわ。ゆうべはここでかなり派手なパーティーがあったの。おじいちゃんは朝食室に行っていて。わたしは着替えてくるから」

部屋に戻ると、クイーニーが紅茶のトレイを持って立っていた。

「紅茶を持ってくることをあたしが覚えていたときには、お嬢さんはいないんですよね」クイーニーはそう言うと、サイドテーブルに乱暴にトレイを置いた。

いまは彼女を叱る気にはなれなかった。

「お風呂の用意をしますか？」それが大仕事であるかのようなクイーニーの口ぶりだった。

「お風呂にはいっている時間はないわ。祖父がたったいま着いたのよ。新しいリネンのスーツを着るから、手伝ってちょうだい」

数分後、きちんと身なりを整えたわたしは朝食室へと向かった。ヴェラもテーブルについている。母の姿はなかったが、前夜のパーティーの名残はそこかしこに見られた——テラスのあちらこちらに転がる空のグラスと吸い殻でいっぱいの灰皿、飾りリボン、仮面。地元の女性たちが甲高い声でお喋りをしながら、せっせと片付けをしている。

「さあ、ふたりになにもかも話してちょうだい」ココが言った。「ネックレスのこと、殺人のこと。事細かく、なにもかも」

わたしは一連の出来事を筋道だてて話そうとした。ふたりはときおり質問をはさみながら、耳を傾けていた。

「あなたがどう考えるかはわからないが」ジェルマンが祖父に向かって言った。「平和な場所でふたつの事件が続いて起きた場合、なにかつながりがあるのではないかとわたしは考えますね。盗まれたネックレス――隣人もまた、なにかを盗もうとした人間に殺されたのでしょうか？　サー・トビーはヨットで出かけたと言う。となれば、泥棒は彼が家にはいないと思ったでしょう。サー・トビーと出くわし、驚いて思わず頭を殴ったのかもしれない」

「でも、彼の家が荒らされた様子はまったくなかったんです」わたしは言った。「それに、サー・トビーの使用人も奥さんも、なにもなくなった物はないと言っています。あの家には高価な品物がたくさんあったんです。サー・トビーが死んだのだったら、その男はどうしてなにかを盗って逃げなかったんでしょう？」

サー・トビーの家に忍びこむところを目撃された人間はわたしに似ていたにもかかわらず、自分が〝その男〟という言葉を使っていたことに気づいた。その人間はわざわざわたしと同じような格好をして、わたしに罪を着せようとしたのだ。わたしはそれもふたりに説明した。

「だがきみのような若い女性が――サー・トビーほどの大柄な男性を殺せるでしょうかね？」

「不意をつけばできるんじゃないかしら」わたしは言った。「たとえば、帰宅したサー・トビーが水着に着替えて泳ごうとしていたとしたら？　それを見た彼女は仰天して、なにか重たい物を手にとってうしろからこっそり近づき、頭を殴ったのかもしれません」

「わしの意見を言おうかね？」祖父が言った。「逆から考えてみたらどうだろうと思ったんだ。その男の家は高価な品物でいっぱいだとおまえは言った。熱心なコレクターだったと。盗んでいたのが彼のほうだとしたら、どうだ？　あるいはだれかに盗ませていたとか？」

「それなら、彼が死んだあとでネックレスが——偽物だとしても——戻ってきたのはどう説明するの？」

「彼の下で働いていた何者かがおじけづいたか、本物のネックレスを持って逃げようと思ったのかもしれない」

「ありうるわね」

「ほかのことも考えられます」ジェルマン警視が言った。「ネックレスが偽物にすり替えられていたのなら、サー・トビーも同じような目に遭っていた可能性がある。その若い女性はジャケットの下になにかを抱えていたと言いましたよね？　彼女がなにかを盗んで、複製品にすり替えていたとしたら？　そうすれば盗まれたことにだれも気づかない」

彼はわたしたちを見まわし、全員がうなずいた。

「それならまずは、その謎の女性を見つけなければならないわね」ヴェラが言った。「ジョージーにそっくりなその人を」

「それほど簡単ではないかもしれない。彼女はきっと変装しているでしょう——かつらをかぶって、顔も違って見えるような化粧をしているかもしれない」ジェルマンが言った。

「彼女は、ニースのある場所で自転車に乗っているところを目撃されているんです。なので、わたしも自転車でそのあたりを走ってみようと思うんです。彼女が近くに住んでいるのなら、だれかがわたしに気づくかもしれない」

「いい考えだ」ジェルマンが言った。「わたしがまずなにをしたいと思っているかわかりますか？　犯罪現場をこの目で見たいのです。案内してくれますか？」

「それはどうかしら。家の外で警察官が見張っているんです。でもあなたの身分を明かせば、入れてくれるかもしれない」

「できればいまは内密にしておきたいですね。どうにかして、気づかれないようにはいりましょう」

「不法侵入ということかね？」祖父が訊いた。「そいつはどうかと思うね。フランスの警察が相手だぞ」

「なにか考えましょう。たとえば――」ジェルマンが言い終える前に、廊下から大きな声が聞こえ、うろたえた様子のメイドがラフィット警部補の到着を告げた。彼は堂々とした足取りではいってくると、においを嗅ぎつけた猟犬のようにわたしたちを見渡した。

「あなたがたイギリス人は――わたしを休ませまいとしているのですかな？　ネックレスが盗まれたと思ったら、戻ってきた――だが同じものではなく、偽物だった」

「そのとおりよ」ヴェラが冷ややかに応じた。

「元々のネックレスが模造品ではなかったという保証はどこにあるのでしょうな。あなたがたイギリス人は、保険金をせしめるためにこのわたしを欺こうとしているのではないですか？」彼は鼻を叩いた。「イギリスはもはや裕福ではない。このラフィットをだまそうとしているのかもしれませんが、そううまくはいきませんぞ」

ヴェラが立ちあがり、彼をにらみつけた。「最初のネックレスは間違いなく本物でした。

あれは、バッキンガム宮殿で英国王妃からお借りしたものです。王妃陛下はガラスや人造宝石をおつけにはなりません」

そのまなざしのあまりの険しさに、最後にはラフィットも肩をすくめた。「うまくすり替えたのかもしれませんな。あるいはそうではなかったのかも」彼はようやく、見知らぬふたりの男がいることに気づいた。「こちらの男性方は？　ご友人ですか？　お客さまですか？」

「美術の専門家よ」ココがさらりと答えた。「ネックレスの鑑定に、ロンドンとパリから来てもらったの」

「サー・トビーの家で、同じようなすり替えが行われているかもしれないと考えたのですよ」ジェルマンがフランス語で言った。「それが、彼の死の原因だったのかもしれない」

「あなたがわたしだと思った若い女性は、ジャケットの下になにかを持っていたのでしょう？　すり替えるための美術品か骨董品の複製だったのかもしれないわ」

ラフィットはわたしたちの言ったことを考えているようだった。

「あなたではない別の女性が本当にいるのであれば、そのとおりかもしれないし、そうではないかもしれない」

「そういうわけなので、サー・トビーの家を見せてはいただけないかと思いましてね。そうすれば、彼の美術品や骨董品に関して、専門家として意見を述べられる」ジェルマンがそう言いながら立ちあがった。「もちろん、いっしょに来ていただいてかまいませんよ。あなたはまだ複雑な犯罪現場の謎を解けてはいないようですからね」

ラフィットは明らかに気分を害したようだ。「犯罪現場は複雑でもなんでもありませんよ、ムッシュー。頭を一撃されて、気の毒な被害者はプールに落ちて溺れたんです。ですが、あなたのような美術の専門家の意見は尊重しましょう」

祖父はわたしにちらりと目を向けると、著名な美術の専門家らしく振る舞おうとした。わたしに近づいて小声でささやく。「驚いたね。こんなことになるとは思わなかった。我が家には、おまえの母さんしか俳優はいないと思っていた」

「それらしく振る舞って、時々うなずけばいいわ」わたしは言った。

わたしたちはサー・トビーのヴィラに向かった。ジョンソンが出迎えた。明らかに顔色が悪く、落ち着きがない。

「奥さまはおられるかね？」ラフィットが尋ねた。

「いいえ、いらっしゃいません。今日はまだいらしていません。ぼくだけです。ぼくはここにひとりきりで、はっきり言っていやでたまりませんよ。いつになったら帰れるんです？すぐにでもイギリスに帰りたいのに」

「もうすぐだよ。気をしっかり持ちたまえ。きみはよくやっている」ラフィットが言った。

「こちらの方々は美術の専門家だ。この家から盗まれている物はないかと以前に尋ねたとき、なにもないときみは言った。だが、偽物とすり替えられている可能性が出てきたのだ。このおふたりがそれを調べるので、きみに手伝ってもらいたい」

「わかりました。ですが、サー・トビーはもっとも価値のある物を鍵のかかるところに保管していたかもしれません」

「とにかく見てみよう」ラフィットは書斎に行くようにとジェルマンと祖父を促した。

「彼は現代美術が好きだったようですね」ジェルマンが言った。「マティス、ルノワール、ヴァン・ゴッホが二枚。抜け目のない人だったのですね。ここにある絵はどれも日ごとに価値があがっている」彼は一枚の絵の前で足を止め、顔を近づけてにおいを嗅いだ。「おもしろい。この絵の具は新しいようだ。だがヴァン・ゴッホは四〇年前に死んでいるのだから、それはありえない」

わたしたちはその絵の前に集まった。ごくありふれた絵だ——我が家の応接室に飾りたいようなものではない。ぞんざいなタッチの食卓の椅子。ただそれだけだった。一脚の椅子が不揃いな筆遣いで描かれている。その隣のひまわりの絵はいくらかましだった——稚拙であることに変わりはないにしろ、まだ描かれているものが明るい。壁には古典的な精妙な風景画が何枚も飾られているというのに、どうしてこんな絵を盗んだり、贋作を作ったりしたいのか、わたしにはさっぱり理解できなかった。わたしはその場を離れ、フレンチドアからプールを見つめている祖父に近づいた。

「あの崖をよじのぼって彼を殴るのは、だれにでもできた」祖父がつぶやくように言った。「ビーチからあがってくることも。家のなかの物にはなにも手を触れていないと言ったな?」

「わたしが知るかぎりではね」

「それなら、絵を眺めているのは時間の無駄だ。これは強盗殺人ではないよ。彼を殺したいと思っていて、彼が家にひとりでいることを知っていた人間の犯行だ」

「そんな人がいるかしら。彼はヨットに乗っているか、もしくはニースにいるって、みんなが思っていたのよ」

「それなら、計画していたわけではなかったのかもしれないな。犯人がやってきて、たまたま彼がひとりであることを知り、犯行に及んだ。あるいは彼のあとをつけてきたのかもしれない。おまえは疑っている人間がいるのかい？」

「そうね」わたしは、ほかの人たちとの距離が離れていることを確かめてから言った。「彼の愛人じゃないかと思うの。派手な感じのロシア人で、仕返ししてやるって叫びながら怒って出ていったのよ」

祖父は笑ってわたしを見た。「そういうタイプは吠えるばかりで、嚙みつかないのが普通だ。ほかには？」

「サー・トビーの奥さんがいるわ。わたしが小耳にはさんだところでは、彼女は離婚したがっていたの。でも、だれか地位の高い人と彼女が浮気していることを暴露するって、サー・トビーが脅していた。それから彼の息子は、父親に知られたくないことが――」

そのとき、レディ・グローパー本人が現われたので、わたしは言葉を切った。彼女はいらだった様子で部屋を見渡した。

「いったいなにごと？　ここでするべきことはもう終わったはずでしょう！」

「ご主人の所蔵品を調べるために、専門家を連れてきたのです、マダム」ラフィットが言った。「最近、何者かがご主人の絵を複製画とすり替えたようですな」

「まあ、なんてことかしら。どれなの？」

「これです、マダム。椅子の絵です」

「そのひどい絵？　だれがこんなものを欲しがるというの？　ほとんどは燃やしてしまうつもりだったのよ」

「それはいけません、マダム」ジェルマンが言った。「印象派の画家は日一日と人気が高まっています。本当ですよ――ここにある絵は、いずれ大変な価値が出ますよ」

「本当に？　それでは、本物の絵を偽物とすり替えているときに、夫は殺されたということ？　なんて恐ろしい」

「バッグを車に置き忘れていたよ、母さん」襟の開いた格子縞のシャツとフランネル生地の白いズボンという格好のボビー・グローパーが、のんびりした足取りで部屋にはいってきた。大勢の人がそこにいるのを見て、明らかにぎょっとしていた。「やあ、どうも。なにごとです？　パーティーですか？」

「息子のボビーよ」レディ・グローパーが言った。「今朝の列車で着いたの。知らせを聞いて、すぐにイギリスから駆けつけてくれた。かわいそうに、ひどく落ちこんでいるのよ。父親を崇拝していたから」

　ボビーは部屋にいる人を見まわし、やがてわたしと目が合った。ごくりと唾を飲んだのがわかった。喉仏が大きく上下したかと思うと、警告するようなまなざしをわたしに向ける

――黙っていろということだろう。

「ぼくは荷物を置いてくるよ」彼は言った。

わたしは彼について廊下に出た。

「頼むから、ぼくがしばらく前からここにいたことは黙っていてくれないか？」彼がささやいた。

「どうして？　なぜ嘘をつくの？」

彼は開いたままのドアをちらりと見てから、わたしの耳に唇を寄せた。

「いい印象を与えないだろう？　息子がオックスフォードを放校になって、リヴィエラに逃げ帰ってきた。そのうえ、放校になったことをできるだけ父親に知られまいとしていたなんて」

「でも、大学を退学になったからって父親を殺す息子なんていないでしょう？」

「それにぼくには多額の借金がある。実際、父がいなくなってくれたのは、とても都合がいいんだ。ぼくは財産と肩書きを相続する。おかげで借金が返せるというわけだ。それってだれかを殺す動機になると思わないかい？」

「お父さまが殺されて、悲しくないの？」

ボビーは肩をすくめた。「なるだろうね。考える時間ができたら。いまは、自分の身を守ることで頭がいっぱいだ。あまり立派な態度とは言えないが、そもそもぼくは立派な人間じゃない。父に似すぎているんだろうな。父は他人を踏みにじっても気にしなかった。ぼくは人を踏みにじりたいとは思わないけれど、自分を優先させる傾向がある」

「盗まれたネックレスが、ゆうべ戻ってきた話を聞いた？」

「いや、聞いていない。戻ってきたのかい？　よかったじゃないか」

「でも偽物だったの。よくできた複製品よ。あなたのお父さまの絵の一枚も、偽物とすり替えられていたみたいなの」

　わたしはそう言いながら、彼の表情を観察していた。わたしを助け起こしてくれ、そこにいた人全員を警察が調べる前にカジノから出ていった唯一の人間が彼なのだ。けれど彼に、あれほど短時間のうちにネックレスの完璧な複製品を作る技術があるだろうか？　あるいはそれができる知り合いがいるだろうか？　それに絵については……。

　ボビーがにやりと笑った。

「きみがなにを考えているかわかるよ。でもぼくが父親の絵を盗むはずがないと思わないかい？　いまは全部がぼくのものになっているんだからね」彼は玄関ホールに置いてあった鞄を手に取った。「どうしてきみがぼくを疑うのか、よくわからないな」彼は廊下を歩きながら振り返って言った。「ぼくはすごくいいやつなのにな。本当さ」

31

一九三三年一月二八日

わたしたちはラフィットをグローパー親子のもとに残し、ヴィラに戻った。

「あの絵は本当に偽物だったの？」ヴェラが尋ねた。「適当に言っただけではなくて？」

「本当ですよ。美術品の贋作については、わたしはかなりの経験があるんです」ジェルマンが答えた。「それにあの絵は、新しい絵の具のにおいがした。ひょっとしたら、わたしが間違っているという可能性もある。あの筆遣いがヴァン・ゴッホのものかどうかは、本物の専門家でないとわかりませんが、わたしが間違うことはめったにないんです」

「それならやっぱり、わたしのふりをした女性を見つけなくては」わたしは言った。

「わたしもそう思います。だがほかに容疑者はいないんですか？」

「ジョージーによれば、怒って出ていった彼の愛人がいるらしい」祖父が言った。

「その愛人とやらはどこにいるんでしょう？」ジェルマンが訊いた。

「わかりません」わたしは答えた。「名前はオルガでダンサーだったみたいですけれど」

「それだけわかれば見つけられるでしょう。ほかには？」

「奥さんと息子には、どちらも彼の死を願う理由があります。それに息子のほうは、今朝の列車で着いたと嘘をついています。数日前からここにいるのに」

「興味深い話だ」ジェルマンがうなずいた。「調べることがたくさんありますね」

「家族も彼の死を悲しんではいないようですけれど、サー・トビーについて聞いた話によれば、彼は冷酷でルールを守らず、敵を作る人間だったみたいですね」わたしは言った。

祖父がうなずいた。「ようやく思い出した。彼の名前をどこで聞いたのだろうとずっと考えていたんだが、いま思い出したよ。大がかりな裁判だった」

「彼は犯罪に関わっていたんですか？」ジェルマンが尋ねた。

祖父は首を振った。「いいや、民事訴訟だ。散々新聞の見出しを飾ったよ」

「どんな事件だったんです？」

「わしの記憶が正しければ、自動車のエンジンだった。ある男がサー・トビーを訴えたんだ。ふたりで開発したエンジンなのに、サー・トビーはすべて自分のものだと主張して彼を追い出したと言ってな。サー・トビーは一流の弁護士を雇い、戦争のせいでその男の頭がおかしくなって、妄想を抱いているんだと主張した。実際、そのとおりだったのかもしれない。戦争は大勢の人間をおかしくしたからな。ともあれ、その男は裁判に負けて、首を吊った」

「その人の名前をおぼえている？」わたしは訊いた。

祖父は考えごとをするときにいつもするように、歯の隙間から息を吸った。

「ドイツ人のような名前だったな。それもあって、彼にはあまり同情が集まらなかったんだ。塹壕にいたのは、ほかの気の毒な男たちと同じだったんだが。シャーマン？　そう、そうだ。ヨハン・シャーマン。ユダヤ人だったと思う。若いころにドイツから来たんだ」

「その人だわ。サー・トビーを脅迫していた人よ。シューマンだと思っていた。似てるわよね？」

「それはだれです？」ジェルマンが語気鋭く尋ねた。

わたしは小耳にはさんだことと、仕事の取引がうまくいかなかったらしいとジョンソンが言っていたことを話した。

「その男も、見つけるのは難しくないでしょう――ビジネスマンなのかペテン師なのかはわかりませんが。わたしがこちらの警視と話をしますよ。パリ警察の部下にそのシャーマンとやらを調べさせます」

「ちょっと待て」祖父の言葉に、わたしたち全員が動きを止めた。「ネックレスが盗まれたとき――フラッシュが光ったと言ったな？」

わたしはうなずいた。

「おまえが落ちる前か？　それともあとか？」

「両方だったと思う」

「もしもおまえが助け起こされるところを写真に撮っている人間がいたら、そのカメラに犯行の様子が写っているかもしれない」

「素晴らしい」ジェルマンが言った。「あなたはレディ・ジョージアナといっしょに、新聞社や報道機関を当たってみてくれませんか？　わたしは、どうすれば介入しているように見せることなく介入できるか、同僚と相談してみますよ」

「わたしに似ているという女性をどうしても見つけたいんです。そちらを優先すべきだとは思いませんか？」

「わたしが、あなたのすてきなおじいさまにお付き合いするわ」ココが言った。「カメラマンの相手をするのに慣れているわたしのような人間がいっしょだと役に立つわよ。わたしは大勢のカメラマンを知っているし、向こうはみんなわたしのことを知っているもの」

「ボブズ・ユア・アンクル」祖父が言った。

「わたしの叔父《アンクル》になんの関係があるの？」ココは面食らったように尋ねた。

祖父は声をたてて笑った。「ああ、すまない。下町言葉が出てしまった。わしはそれでいいっていう意味だ」マダム・シャネルが腕をからめると、祖父は顔を赤らめた。「リヴィエラで魅力的な女性をエスコートする日が来るとは、夢にも思ったことはなかったぞ。よりによってこのわしが」

「これほど礼儀正しいイギリス人男性に守ってもらえるなんて、光栄だわ」ココは優しく応じた。「車とフランツを貸してもらえるかどうか、クレアに訊きに行きましょう」

わたしたちが家にはいるのとほぼ同時に、母が姿を見せた。見るからにぐったりしている。

「二度とジンは飲むなって言ってちょうだいね」母が言った。「わたしには合わないみたい。

シャンパンだけにしておくんだったわ」眉間にしわを寄せて、男性陣に焦点を合わせる。「あらまあ、お父さま。いらしたのね」

「わしのかわいい孫娘が困った羽目に陥っているのを放っておくわけがないだろう？　こうして来てみると、フランスも思っていたほど悪くはないようだな。それどころか、灰色のイギリスにいたあとでは、なかなかに気持ちがいい」

母はわたしに向かって訳知り顔に微笑んで見せた。「それで、このあとの予定は？」

母に説明した。

「あなたたちさえ構わなければ、今朝はわたしは遠慮させてもらうわ。本当に調子が悪いのよ。何杯かコーヒーを飲めば、また人間らしい気分になると思うけれど。だから、どうぞ行ってきて」

フランツが車をまわしてきたので、全員で乗りこんだ。わたしたちのヴィラを見張っている警察官はおらず、サー・トビーの家の門の前に立っている警察官はわたしたちを見ると敬礼した。とりあえずわたしは、第一容疑者ではなくなったらしい。ニースの中心部までやってきたところで、シミエに行くバスに乗れるところで降ろしてほしいとフランツに頼んだ。

「おまえをひとりで行かせるのは気が進まん」祖父が言った。「人をふたり殺しているかもしれない人間を捜しに行くんだぞ。おまえは自分の身を危険にさらそうとしているんだ。わしたちといっしょに新聞社に行こう。それからみんなでそこに行けばいい」

「だめよ。それじゃあ、うまくいかないわ。だれかがわたしとその人を間違わないかどうかを確かめに行くんですもの。自転車を借りて、そのあたりを走ってみようと思うの。少なくとも、彼女の家くらいはわかるかもしれない」

「そうか。それなら充分気をつけるんだぞ。ここで会う時間を決めておこう。そうしておけば、もしおまえが戻ってこなかったら捜しに行ける」

正午に会うことにしたので、捜索にかけられる時間は一時間半あった。ほかの乗客に交じって乗りこんだバスは、風が強く吹きつける道路をのぼっていく。傾斜が険しくなるにつれ、小さなバスは煙を吐き、苦しそうな音を立てた。町が下のほうに遠ざかっていき、時折入り江が見えた。やがて、美しいヴィラが立ち並ぶ地域にやってきた。曲線を描く大きな白い建物がそそり立っている。わたしの尊敬すべき曾祖母が一〇〇人の随行員と共に滞在したという、ホテル・レジーナに違いない。自転車の貸し出しをしているようには見えなかった。

イギリス人観光客といっしょにバスをおりた。彼らはカメラを手に、古代ローマの円形競技場の遺跡へとまっすぐに歩いていく。わたしはネヴィルの伯母のヴィラがあるという通りのある方角を尋ねた。ホテルから少しだけ坂をおりたあたりだということがわかった。自転車を貸してくれるお店が見当たらなかったので、歩いていくことにした。道路の片側はオリーブ畑と修道院で、その先ははるか下に川を見おろすくだりの急斜面になっている。おりていく道は見当たらなかった。つまり、とわたしは考えた。彼女が自転車を押していたのではなく、乗っていたのであれば、下からあがってきたはずがない。傾斜はひどく急だから、自転車に乗ってあがってくるのは無理だし、たとえそれができたとしても息を切らしていたはずだ。斜面の上はブドウ園と小さな農場らしい。ということは、丘を巡る道を探さなくてはならない。

丘の中腹に延びる道を、ネヴィルのヴィラから西に向かって歩いた。町と太陽の光を受けてきらめくベ・デ・サンジュの見事な景色が、時折目にはいってくる。行き交う車はなく、見かける人と言えば、ヴィラの外で作業をしている臨時雇いの庭師くらいのものだった。わたしを知っているような表情が浮かぶことを願いながら、「ボンジュール」と陽気に声をかけてみたが、「ボンジュール」という礼儀正しい挨拶が返ってきただけだった。このあたりで彼女を知っている人間はいないようだ。どうしてここで自転車に乗っていたのだろうという疑問が湧いた。どこかに行くための近道というわけではないのだ。となれば、イギリス人社会の人間に姿を見られたかったとしか考えられない。そしてそれをわたしだと思ってほしかったのだ。なにもかもが、恐ろしいほど入念にたてられた計画だった。彼女は、あの日わたしが着ていたものを正確に知っていたのだと気づいてぞっとした。ほんの数時間前に買ったばかりだったというのに。だれかが、わたしの行動をひそかに見張っていたことになる。

気にかかっていることはほかにもあった。庭に咲いている春の花を見ながら、わたしはそれがなんだったのかを必死で思い出そうとした。花に関係のあることだ。あの日の朝、サー・トビーのヴィラで聞いたなにか。わたしは不意に、道路の真ん中で凍りついたように立ち尽くした。二枚の絵画、そのうちの一枚は偽物にすり替えられていた。ひまわりと椅子の絵。その言葉をどこで聞いたのかも思い出した。フランス語だった。海峡連絡船のバーで。

そしてそれを言ったのはジャン＝ポールだった。『それじゃあ、トゥルヌソルか？』彼はそう言った。『いや、ただの椅子だ。ずっと簡単さ』
息が苦しくなった。ひとつ気づくと、ほかにもいろいろとわかってきた。ジャン＝ポールは、あの日わたしがなにを着ているのか知っていたし、午後中ずっとわたしを放そうとしなかった。そのあいだにわたしと同じような格好をした何者かがサー・トビーの家に侵入し、絵を偽物にすり替え、おそらくは本物を盗んで、彼を殺したのだ。わたしはその考えを振り払うように首を振った。ばかげている。ありえない。彼は途方もなく裕福なフランスの貴族だ。なんでも望みどおりの絵を買うことができるのに、どうして盗んだりするの？　わたしは歩き始めた。どんどん足取りが速くなっていく。彼の態度を振り返ってみた。最初にわたしを見たときは、驚き、怒っていた。それからじっとわたしを観察するうちに、その表情は興味から喜びへと変わっていき、最後に気のある素振りを見せるようになった。彼はわたしを知っていると思ったが、それはわたしによく似ただれかだったに違いない――そしてそれがこのうえないチャンスであることに気づいたのだ。
彼はわたしを利用した。わたしに惹かれているように見えたのは演技だった。ゆうべの彼の態度が示していたとおり、最初からわたしにはまったく興味などなかった。おそらくはベリンダとどこかに姿を消したのは、わたしにもう利用価値がなくなったからだ。悲惨なドレスについての、彼の率直な感想を思い起こした。恋をしている男性は愛する人の顔だけを見つめていて、ドレスのデザインなど目にはいらないものだろう。怒りと恥ずかしさのあまり、涙がこみあげてきた。けたたましい車の警笛の音に、あわてて足を止めた。いつのまにか大きな通りに出ていて、向こう側は商店やマンション、小さめの家などが並ぶ、ごく当たり前の街並みになっていた。その女性をなんとしてでも見つけ出し、警察に引き渡すと固く心を決め、通りを渡った。ラフィットに意気揚々として彼女を引き渡す様を想像した。わたしの言ったことを信じていなかったでしょう？　この人がそうよ。サー・トビーを殺したのはこの人で、それを命じたのはだれだと思う？

それが事実なのだと改めて思い、泣きたくなるのをぐっとこらえた。ジャン＝ポール。ハンサムで素敵なジャン＝ポールがわたしを利用し、裏切った。あれほど必死になって弁護士を見つけてくれたのも不思議はない。おそらく殺人は想定外だったのだろう。少なくとも、良心のかけらくらいはあったというわけだ。

「どうして？」わたしは声に出して言った。

「やあ、ジャニーヌ。トゥジュール・ラ・ブロンド？」自転車に乗った若い男性が、わたしの横を走り抜けながら言った。〝まだ金髪なのかい？〟という意味だ。

「アトンデ！　待って！」叫びながら追いかけたが、彼は速度を落とすことなくそのまま走り去った。だがこれで、彼女の名前はジャニーヌで、このあたりで顔を知られていることがわかった。正午に祖父とココに会う約束をしなければよかったと後悔した。いまはこれ以上捜している時間はない。けれどふたりと会って、わたしがどこにいるかを伝えたら、すぐにでも戻ってこようと決めた。万一に備えて、遠くから見守ってもらってもいい。それよりも、ジェルマン警視に尾行してもらうのがいいかもしれない。わたしは心を決めてバス乗り場に戻り、丘をおりた。

祖父とココはわたしを見ると、勢いよく立ちあがった。

「泥棒は見つかった？」わたしは尋ねた。

「残念ながら」ココが言った。「でも、あることがわかったの。これを見て」彼女は光沢のある写真を取り出した。手前にはなにか言葉を交わしている皇太子とシンプソン夫人、その奥にステージから遠ざかっていくわたしのうしろ姿が写っている。そしてその首には……。

「まだネックレスがあるわ」わたしは言った。

「そうなの。つまり、ネックレスが盗まれたのは、あなたが腰をおろしたときだったのよ。でもあなたに手を貸して椅子に座らせたのは、お母さんだったわよね？」

「侯爵もいたわ」わたしは力なく言った。「ブランデーを持ってきて、わたしの肩に手をまわしながらグラスを渡してくれたの。そのとき、彼がネックレスを盗んだんだわ」

「侯爵？　ジャン＝ポールが？」シャネルは信じられないというように声をあげて笑った。「そんなのばかげているわ。どうして彼がネックレスを盗むの？」

「わからない。でもよく考えてみると、彼の仕業だとすべてが示しているのよ。彼が全部計画したんだわ——ネックレス、翌日の午後のサー・トビーのヴィラ、罪をなすりつけるために、わたしに似ただれかを行かせたこと」喉元に塊がこみあげてきたので、あわてて押し戻した。

「ジャン＝ポールがサー・トビーを殺したと言いたいの？」

大きく首を振った。「彼はわたしといっしょにいたわ。わたしを家まで送ってくれたときには、サー・トビーはもう死んでいたはずよ。彼を殺したのは、わたしに似ているという若い女性に違いないわ——それとも、わたしたちがまだ知らない第三の共犯者がいるのかもしれない」

「ありえないわよ」ココが言った。「ジャン＝ポールはとてつもないお金持ちなのよ。だれだって知っている。それに代々続く由緒正しい家系だわ。それなのにどうして人の物を盗まなきゃいけないの？」

「気晴らしのためとか？」わたしは冷静さを失ったりせず、公平でいようとした。「わたしには理由はわからない。でも、だれかに話さなきゃいけないわ。お友だちのジャック・ジェルマンを捜してきてもらえないかしら？　彼ならどうすればいいかわかるはず」

ココは肩をすくめると、スカーフを肩に巻きつけた。風が出てくると、海の近くは寒い。

「会う場所や時間は決めていないの。でも捜してみるわ。あなたはどうするの？」

「その女性をもう少し捜したい。だいたいの場所はわかったと思うの。わたしを知っていた——知っていると思った——人がいたのよ。シミエから見て左手の丘の上よ」

「大学のあるあたりね」ココがうなずいた。

「それで理屈が通るわ。角のバーに若い男の人たちが座っていたもの。そこにもう一度行ってみる」

「ちょっと待て」祖父が言った。「それはどうかと思うぞ。その娘――彼女は相当な悪党なんだろう？　それに危険でもある。おまえひとりで彼女を追わせるのは気が進まん」

「でも彼女が何者で、どこに住んでいるかを突き止められるのはわたしだけよ。わたしを彼女だと思った人が、すでにひとりいるんだもの。彼女の居所がわかったら、戻ってきておじいちゃんを捜す。それから警察に調べたことを伝えるわ」

祖父は歯の隙間から息を吸いこみ、うなずいた。「いいだろう。だが気をつけるんだぞ。おまえのことはよく知っている――トラブルのまっただなかに自分から飛びこんでいくんだからな」

「飛びこんだりしないわよ」わたしは言った。「トラブルのほうがわたしを見つけて近づいてくるのよ」

祖父は安心させるようにわたしを軽く叩いた。「彼女の居所がわかったらすぐに戻ってくるんだぞ。いいな？」

わたしはうなずき、いっしょに行ければいいのにと思いながらふたりが車に乗りこむのを見守った。この恐ろしい事件が早く終わってほしかった。もう一度バス乗り場に向かおうとしたとき、わたしの名前を呼ぶ声がした。幌つきの車椅子といっしょに近づいてくるのは、ふたりの王女だ。

「まあ、うれしいこと。ランチに来てくださったのね。ちょうど散歩から帰ってきたところなのですよ」マリー王女が言った。「さあ、行きましょう。それほど遠くありませんから」

ふたりの老いた王女とのランチは、いまわたしがしたいことではなかった。謝罪の言葉を口にしようとしたところで、彼女たちのうれしそうな顔が目にはいり、適当なところで切りあげることさえできれば、時間の無駄にはならないと思い至った。ふたりに連れられてプロムナード・デ・ザングレを進み、ネグレスコほど高級ではなく、どちらかと言えばイギリスの海沿いで見られるようなホテルにはいった。きちんとしていて、居心地がよくて、快適ではあるけれど、華やかさはない。王女たちがいたって質素な暮らしをしていることがよくわかった。

二階にあるふたりのスイートルームはぜいたくではないけれど快適だった。フランス窓の外はバルコニーで、海岸とその向こうの青い海を見渡すことができる。吹きつける風に水面は波立ち、石の海岸に打ち寄せる波の音が開けっ放しの窓から聞こえていた。家具は古めかしくはあったが上等のものばかりで、壁には金箔の額にはいったロマン主義の風景画が飾られていた。

「今日は、お部屋で食事をいただくとアントワーヌに言ってちょうだい」マリー王女は、テオドラ王女のボンネットとケープを脱がせている、黒い服のメイドに命じた。「お客さまがいることも伝えてね。だから、ワインを少し多めにと」

彼女は窓の脇のテーブルにわたしを案内した。「ここのお食事はとてもおいしいのですよ。それに必要もないのにヴィラを丸ごと一軒借りるより、ずっと安くすみます。さあ、どうぞお座りになって。こんなにうれしいことはありませんよ。年寄りがどれほど若い人たちと話したがっているか、あなたにはまだおわかりにならないわね」

たとえ彼女たちからなにも得るものがなかったとしても、来てよかったとわたしは思った。ふたりの王女は常識的でとても気持ちのいい人たちだし、ここはわたしがよく知っている世界だ――マナー、礼儀正しい会話、お金がなくても決してなくなることのない道徳規範。ほどなく、若い男性がカートに載せたスープ、チキンサラダ、デザート、パン、白ワインを運んできた。彼がスープをよそった――ハーブをきかせたトマトスープはとてもおいしかった。たくさん歩いて、たくさん考えたあとだったから、わたしは食欲旺盛だった。王女たちもひと口、ひと口を楽しんでいるようだ。テオドラ王女にもわかるように、わたしたちはフランス語でわたしの家族や皇太子の話をした。ふたりとも殿下とシンプソン夫人の噂を聞いていて、本当かどうかを知りたがった。

「殿下はお父さまに呼ばれて、イギリスに帰られたところです」わたしは答えた。「彼女はまだここにいますから、これがいい兆候であることを祈るばかりです」

「ええ、そうであることを祈りましょう」テオドラ王女はたっぷりした顎を揺すった。「息子が誤ったことをしたりすれば、お父さまは生きた心地がしないでしょうからね」

メイドがテーブルについて、それぞれのグラスにワインを注ぎ、クリームソースをかけた冷たいチキンを取り分けた。ワインは遠慮すると言ったのだが、その言葉は聞き流された。

「消化にいいんですよ」マリー王女が言った。「ワインがなければ、わたしたちは今夜まで生きていないかもしれない。違いますか、マ・シェール？」すでに大きなパンの塊を口に放りこんでいたテオドラ王女がうなずいた。

わたしたちはチキンサラダを食べ始めた。デザート——バニラカスタードのなかにメレンゲを浮かせ、砂糖を糸状にしたものを全体にまぶしてある——が目の前に置かれたところで、わたしは思い切って切り出した。「ヨーロッパ中の名門一家をご存じだとおっしゃっていましたよね？」

「昔のことですよ。いまはもうパーティーを開くこともありませんし、招待されることもめったにありませんから、すっかり噂話にうとくなってしまって」

「でもロンシャール侯爵はご存じですよね？」

「ええ、もちろん。彼のお母さまとは知り合いでした」懐かしげな表情が顔に浮かんだ。「娘時代をいっしょに過ごしたものです。ほぼ同じ時期に社交界デビューをしたのですよ」

「彼のことを教えていただけませんか？」

「本当に悲劇でした。気の毒に、お母さまは結局立ち直れませんでしたよ」

「なにが悲劇だったんです？」

「彼の死ですよ。あんなに若くして亡くなるなんて」

「死んだ？　ロンシャール侯爵は亡くなったんですか？」

「もう何年も前の話ですよ」彼女は上品にナプキンで口をぬぐった。「それでも、いまも心が痛みます。彼の母親とは親しい間柄でしたからね」

「どうして亡くなったんです？」わたしはかろうじてそう尋ねた。

「インフルエンザの大流行のせいです。彼女たちは西インド諸島にある屋敷で暮らしていました。戦火から逃れるためにその地に行ったのですが、戦後フランスはあまり暮らしやすい場所ではなくなっていたため、父親が戦死したあともそこに留まったのです。ですが、そんな世界の果てまで病の波が押し寄せて、彼は亡くなったのです。インフルエンザは若者を狙いますからね。若くて健康な者たちがかかるのですよ」

「彼はインフルエンザで亡くなったんですね。弟かいとこが肩書きを継いだんですか?」

彼女は首を振った。「侯爵の肩書きは途絶えました。彼はひとりっ子でしたし、彼の死の知らせを聞いてから間もなく、母親も亡くなりましたから。悲しみが大きすぎたのでしょうね。息子をそれはそれは愛していましたから。ふたりとも祖国から遠く離れた異国の地に眠っていますよ。人生というものは、悲劇に満ちていると思いませんか?」

テオドラ王女は大きくうなずいたものの、デザートを食べる手を止めることはなかった。

コーヒーが運ばれてきた。わたしは失礼にならないところで、急ぎの用があるのでおいとますると告げた。

「またいらしてくださいますね?」マリー王女は骨ばった指でわたしの手を握りながら、期待に満ちた目でわたしを見つめた。

わたしはまた来ると約束し、曲線を描くゆったりした階段をおりた。外に出て、強烈な日差しに目をしばたたいていると、だれかが駆け寄ってきた。顔をそちらに向けると、そこにはダーシーがいた。

32

一九三三年一月二八日

彼の胸のなかに飛びこみたくなるのを、必死でこらえた。

「ジョージー？」ダーシーの顔は心配そうだ。「大丈夫かい？　ここでなにをしているんだ？　ぼくに会いにきたの？」

「あなたがここに泊まっているなんて、知らなかった」

「数週間前から、ぼくたちはここに滞在している。ふたりはまだしばらくいる予定だが、ぼくはもうすぐ帰らなきゃいけない」

「そうなの」彼に抱きつきたいという思いは消えた。「ダーシー、あなたにお願いがあるの。ロンシャール侯爵――わたしに警告してくれたわよね？　それって、彼には女性にまつわる悪い噂があるからなの？　それともなにかもっと疑っていることがある？」

彼の渋い表情はそのままだ。「彼のことを調べてほしいと頼まれたとだけ言っておくよ。彼は、みんなから思われているような人間じゃないかもしれないよ、ジョージー」

「わかっている」言葉がほとばしり出た。「ダーシー、彼は侯爵じゃなかったの。王妃陛下のネックレスを盗んだ犯人で、サー・トビー・グローパーの死にも関わっているんじゃないかと思うの。あなたが彼を捕まえてちょうだい」

「どうしてそれがわかったんだい？」

「調べたのよ。パズルのピースを当てはめたの」

「だとしたら、きみはなかなか頭が切れるね。だが彼を逮捕するのは——簡単なことじゃない。あの男はとらえどころがないんだ。これまでも彼の名前が浮かんだ事件はいくつかあったんだが、そのたびにうまく逃げられてしまった。だが今回は、彼に不利な証言をしてくれるかもしれない人間がいるわけだ」ダーシーはじっとわたしを見つめた。「ひとつでいい、はっきりした証拠さえあれば」

「海峡連絡船で、彼が男の人とフランス語で話しているのを聞いたの。ひまわりにするか椅子にするかって話していた。そのときは訳がわからなかったけれど、サー・トビーのヴィラで、ヴァン・ゴッホの椅子の絵が偽物にすり替えられていて、その隣のひまわりの絵がそのままだったのを見て、その話をしていたんだって気づいた。わたしに惹かれているように見せかけたのは、わたしを容疑者にするためだったっていうことにも」ダーシーにそう告げるのはひどくつらかったけれど、なんとか言葉を絞り出した。恥ずかしさのあまり、頬は燃えるように熱い。

ダーシーはうなずいた。「きみは彼のタイプとは違うと思っていた。だが、どんな女性でも彼には惹かれるだろう。ハンサムだし、金持ちだし、肩書きもある」

「それが嘘だったの」

「嘘？」

うなずいた。「たったいま、この上の部屋で年配のふたりの王女と話をしていたのよ。ふたりは本物の侯爵を知っていたの。侯爵は戦争の直後、外国で亡くなったんですって。お母さまもあとを追うように亡くなったから、フランスの彼の家系は途絶えたの」

「そして数年後、あの男が現われて侯爵だと名乗り、だれもそれを疑わなかったわけか。そのことを証明できれば、正しい方向への第一歩になる」ダーシーはわたしの腕に触れた。

「いいかい、ジョージー、きみはヴィラに戻ってじっとしているんだ。あそこはまだ警察が警護しているんだろう？　ゆうべ、あんなことがあったからね」

「隣のサー・トビーのヴィラの外にいるわ。あなたは侯爵を捕まえてくれるでしょう？」

「きみが教えてくれた情報を、しかるべき筋を通して伝えるよ。きみはいずれ証拠の提出を求められるかもしれないが、とりあえずいまは身の安全を確保してほしい。彼は危険な男だとこのあいだも言ったが、きみが思っている以上に危険なんだ」ダーシーは言葉を切り、ためらいながら、わたしの肩に手を乗せた。「気をつけるんだよ、いいね？　無鉄砲なことをするんじゃないよ」

「しないようにするわ」

「いい子だ」ダーシーはキスをしようとするかのように身をかがめたが、わたしの目をのぞきこむと、そのまま建物のなかへとはいっていった。わたしは風を顔で受け止めながら、階段の上に立ちつくした。戻ってきてと心の底から叫びたかったが、やがて帽子をかぶり、階段をおりて歩き始めた。ダーシーに言われたとおり家に戻るべきだとわかっていたけれど、ジャニーヌを見つけられるのはわたししかいないのも確かだったから、彼女を捜すために再び丘をのぼった。大通りの左側にある通りは、学生や夕飯の買い物をする主婦でにぎわっていたので、それほど危険はないと安心できた。丘をのぼりながら、これからどうするかを考えた。カフェやバーやお店をかたっぱしからのぞくのはどうだろう。だれかがわたしに気づいた様子を見せたら、わたしはジャニーヌのいとこで彼女を捜していると言うのだ。だれもわたしを知らないようであれば、ローマ時代の円形競技場の場所を尋ね、道に迷ったイギリス人観光客のふりをすればいい。

まずは、自転車に乗った男性がわたしにジャニーヌと呼びかけた通りの角にあるカフェから始めた。なにも反応はなく、親切な数人の客がわざわざ店を出てまで、円形競技場の場所を教えてくれた。わたしが行きたい方向とはまったく違っている。彼らが店内に戻るのを待ち、再び正しい方向へと通りを進んで捜索を続けた。次の店にはいり、さらに次の店にはいった。隣の通りに移り、さらにその隣の通りを進む。しばらくすると、だれかにあとをつけられているかのように、首のうしろがちりちりするのを感じた。振り返ったが、行きかう人々のなかに見たことのある顔はない。わたしは歩き続けたが、その感覚は消えなかった。ひとりで殺人犯を捜そうだなんてわたしがばかだったんだと思い始めたとき、みすぼらしいジャケットと学生帽の若者が通りかかった。彼はちらりとこちらに目を向け、そのまま行きかけたところでもう一度見直した。わたしは向きを変え、彼を追いかけた。

「わたしのことを知っているの？」

「失礼、マドモアゼル。ぼくの知っている人に似ていたもので」

「ジャニーヌのこと？」

「ああ、きみも彼女の知り合い？　親戚なのかな？　とてもよく似ているものね」

「ええ、いとこ同士なの。彼女を捜しているのよ」

彼は腕時計を見た。「まだ少し早いけれど、そろそろクラブに行っているかもしれない」

「クラブ？」

「〈ブラック・キャット〉だよ。あそこの踊り子のひとりなんだ。知っているだろう？」

「ええ、もちろんよ。クラブで働いているっていうのは聞いているわ」

彼は妙な顔でわたしを見た。「きみはフランス人じゃないね」

「ええ。イギリスのほうの流れよ。込み入った話なの。それで、〈ブラック・キャット〉にはどうやって行けばいいのかしら？」

彼はまだわたしを見つめている。「あそこは若い女性がひとりで行くような場所じゃない」

「それじゃあ、もしまだ彼女がクラブに来ていなかったら、どこにいるかわかるかしら？　住所を知っている？」

彼は申し訳なさそうに肩をすくめた。「ぼくは、彼女の部屋に招待された運のいい連中のれほど家で眠ることはないみたいだけれどね。ぼくの言う意味はわかると思うけれど」

仲間入りをしたことはないんだ。だが、このあたりの部屋に住んでいるはずだよ。まあ、そ

「〈ブラック・キャット〉に行ってみるわ」わたしは言った。「伝言くらいは残しておけるでしょうし。どうやって行けばいいの？」

「港の近くにある。城の下にある建物のひとつさ。だれかに訊けば、教えてくれるよ」

そういうわけで、わたしは再び丘をくだった。かなり疲れを感じていて、今日はもうこれくらいにしようという気になっていた。母のヴィラに戻れば、冷たい飲み物とおいしい食事が待っている。明日また、ジェルマン警視と祖父といっしょに出直してくればいい。そのほうがよほど筋が通っているというものだ。〈ブラック・キャット〉をひと目だけ見て、タクシーを拾って家に帰ろうと思った。今日はもうとても、一・五キロの道のりをヴィラまでは歩けない。

その店が、どうしてわたしのような若い女性がひとりで行く場所でないのかは、すぐにわかった。目立たない造りではあったが、店の外には挑発的なポーズを取る若い女性たちの写真が飾られている。入り口のドアは閉まっていた。引き返そうとしたとき、石畳の道をこちらに歩いてくる人に気づいた。港から強い風が吹きつけているので顔を伏せて歩いていて、前を見ていなかったせいで危うくわたしにぶつかりそうになった。直前で気づき、ようやく顔をあげた。驚きの表情が浮かび、やがてわたしに気づいたことがわかった。わたしたちは無言のまま、長いあいだ見つめ合っていた。

「あんたか」彼女はようやくそう言った。「あんたなんだね。本当にあたしそっくりだ。あいつもそう言ってたけど」

彼女はわたしほど色白ではなく、わたしのようなそばかすもなく、髪は赤みがかった茶色だった。だがわたしを見つめるその顔立ちはわたしとそっくりだ。

「信じられない。双子で通るわ」わたしは言った。

「そんなに驚くことじゃないよ」彼女はわたしを見つめたまま言った。「あたしたちは姉妹なんだからさ」

「姉妹？　いったいどういう意味？」

彼女はあたりを見まわした。通りに人気《ひとけ》はないようだったが、クラブのドアをノックする。

「なかにはいったほうがいいよ。いっしょにいるところを見られたら、大変なことになる」

ドアが数センチ開いた。「あたしだよ、ロバート。連れてきた人がいるんだ。入れてよ。話したいことがあるから、ふたりきりにしてほしいんだ」

わたしたちはナイトクラブのなかにはいった。椅子はまだテーブルにあげられたままで、煙草と古いワインのにおいがこもっている。店の片側にはマホガニーのカウンターと革張りのスツールが並び、奥は赤いベルベットの幕がかかったステージになっていた。路地に面した側の汚れた窓からはいる光が、唯一の明かりだった。窓は半分開いていて、冷たい風が幕を揺らしている。彼女がロバートと呼んだ男の姿はなかった。

ジャニーヌは椅子を二脚テーブルからおろした。「座って。コニャックがいい？　それともペルノー？」

「いいえ、けっこうよ。ありがとう」

「あたしは飲みたいね」彼女はグラスにお酒を注いでから、わたしの前に腰をおろした。

「よくわからないの」わたしは言った。「わたしたちが姉妹？　だって父の最初の奥さんはビンキーを産んですぐ亡くなった。わたしの母の子供はわたしひとりよ」

彼女はさげすむように唇を歪めた。「あんたは、結婚してなきゃ子供が生まれないとでも思っているのかい？　あたしたちの父親は、最初の奥さんが死んだあとリヴィエラにやってきた。そして、当時、有名な踊り子だったあたしの母さんに夢中になったんだ。そしてあたしが生まれた。しばらくはあたしにも夢中だったよ。居心地のいい小さな家を買ってくれて、ちょくちょく会いに来てくれて、なにもかもうまくいっていた。けれど彼はあんたの母親と出会って、結婚した――彼女もふさわしい身分ではなかったみたいだけどね。娘が生まれたと噂で聞いた――法的に認められた娘がね。父さんはめったに来なくなった。あんたがお気に入りになったわけだ」

彼女は敵意も露わにわたしを見つめた。なにを言えばいいのかわからなかった。〝姉妹〟という言葉にまだ茫然としていた。わたしにお姉さんがいた、頭のなかで小さくつぶやく声がする。寂しかった子供のころ、ずっとお姉さんがほしいと思っていた。その姉がいまここにいて、憎しみのこもった目でわたしを見ている。

「そして戦争が始まった」彼女が言った。「フランスはドイツに占領された。イギリス人はリヴィエラに来なくなった。金持ちはいなくなり、クラブもなくなった。母さんにとっては大変な時代だったよ。あたしたちの面倒を見てくれる人間が必要だった。わかるだろう？その後、あたしの人生には何人もの〝おじさん〟がいたっていうわけさ。ドイツ人の将校だったときもあったし、たぶん密輸業者だったイタリア人の悪党だったこともあった。戦争が終わって、父さんが会いに来た。でもそのとき母さんには別の男がいたし、わたしはもうかわいらしい幼い娘ではなく、扱いにくい反抗期の一二歳になっていた。父さんは帰っていった。もう必要とされていないと思ったんだろうね——たぶん、そのとおりだった」

彼女は理解を求めるようにわたしの顔を見た。わたしはうなずいた。

「そして母さんがインフルエンザで死んだ。あたしは一三歳のときから、ほぼひとりで生きてきたんだ。リヴィエラで時々、父さんを見かけたよ。お金をくれることもあったけれど、そのころには財産のほとんどをなくしたのがわかっていた。あたしにくれるだけのお金もなかったんだ。その後、自殺したって聞いた」

決してわたしから逸らそうとはしない彼女のまなざしにかすかな同情が浮かんだが、すぐにあざ笑うような表情が戻ってきた。

「でもあたしは生きてきた。母さんほどの踊り手じゃないけれど、男の人たちはあたしを魅力的だって思ってくれるからね」

「ひとり特別な人がいるんじゃない？」わたしは訊いた。「踊り子以上のことをあなたにやらせている人が。わたしに窃盗と偽造と殺人の容疑がかかるように、あなたにわたしのふりをさせた」

「殺人？」彼女は不意に用心深い表情になった。「だれがそんなことを言っているんだい？」

わたしは椅子の上で落ち着きなく身じろぎした。椅子のきしむ音が、がらんとした店のなかに響く。「サー・トビーが自宅のプールで死体となって見つかったのは聞いているはずよ。あなたは家にだれもいないと思っていた。そうでしょう？　だから彼を殺さなくてはならなかった。

「違う！」彼女は激しく首を振った。「そんなの嘘だ。あたしは殺してなんかいない」

「とにかくわたしといっしょに警察に行ってほしいの。そうすれば、わたしを逮捕したのが間違いだったってはっきりするわ」

ジャニーヌは声をたてて笑った。「あんた、ばかじゃないの？　あたしは牢屋になんてはいりたくないよ。だいたいなんであたしがあんたのためにそんなことをしなきゃいけないのさ？　あんたなんてどうでもいいんだよ。あんたはあたしから父さんを奪った。あたしたちの人生を奪った。あたしはつらい思いをしなきゃならなかった。今度はあんたの番さ」

「ジャニーヌ」わたしは穏やかに言った。「それがあなたの名前でしょう？」彼女はうなずいた。「あなたが本当の悪人だなんて信じない。自分の罪でほかの人が罰せられるのを、あなたの良心が見過ごせるはずがない」

「罪？　なにが罪だっていうのさ？」彼女の声のトーンがあがった。「高価な物がなくなったって、ちょっとした不都合くらいにしか感じない金持ちから、なにかいただく手伝いをしただけだよ。あいつらは、食べ物がなかったり、殴られたり、レイプされたりするのがどういうことかを知っているあたしのような人間のことなんて、気にも留めてないんだ。ごめんだね、金持ちのお嬢さん。あたしはあんたに手を貸すつもりはないよ」

「自分の妹が目の前にいるのに、あなたはなにも思わないの？　妹と会ったらなにを言おうって想像したことはないの？」

彼女の怒りの表情が崩れた。「いつも想像していた――。大きな立派なお城、きれいなドレス、たっぷりの食べ物、男のいない暮らし」

「それなら、わたしといっしょに来てちょうだい、ジャニーヌ」わたしは立ちあがった。「警察のとてもえらい人がわたしたちといっしょにいるの。きっと彼が助けてくれるわ。あなたが無理やりやらされたんだって証明してくれる。そうしたら、わたしといっしょにお城に行きましょう」

「あんたは本当に間抜けだね」彼女はのろのろと言った。「彼があたしを簡単に行かせると思うの？　彼に不利な証言をさせると思うの？」

彼女の視線が不意にわたしを通り過ぎたかと思うと、その瞳に困惑と恐怖が浮かぶのをわたしは見た。

「だめ！」彼女はそう叫びながら、わたしの体をつかんで床に押し倒そうとした。ほぼ同時に耳をつんざくような音が轟き、わたしたちはテーブルと椅子をひっくり返しながら、からまるようにして倒れこんだ。

わたしは震えながら体を起こし、膝をついた。「ジャニーヌ、大丈夫？」彼女に目を向ける。彼女は人形のようにだらりと手足を伸ばして倒れていた。驚いたように口を開き、大きく目を見開いていた。床の上に血だまりが広がっていく。「助けを呼んでくる」わたしは言った。

彼女の顔にかすかな笑みが浮かんだ。「あたしの妹」そうつぶやき、わたしのほうに手を伸ばす。その目から光が消えた。

わたしは立ちあがった。銃弾はわずかに開いた窓から飛んできたに違いない。

「助けて！」叫んだ。「助けて。彼女が――」

パニック状態の頭は、フランス語の〝撃たれた〟という言葉を思い出すことができずにいた。あるいは〝銃〟という単語を。

だれも来ない。わたしは店の外に走り出た。狙撃犯が路地で待ち構えているかもしれないと思ったが、通りには人が増えていた――仕事から帰る途中だったり、夕方の散歩に出たりしているらしい。銃声を聞いて不安そうにあたりを見まわしている人もいた。

「助けて！」わたしはもう一度叫んだ。「彼女が怪我をしているの。お医者さまを呼んで。早く」

ある人は足早に通り過ぎていき、またある人はわたしから遠ざかった。そのとき、店のなかから叫び声が聞こえ、ロバートが出てきてわたしのうしろに立った。

「彼女が死んでいる」彼は叫び、その視線がわたしに留まった。「あんたが殺したんだ」わたしを指差す。「この女がジャニーヌを殺したんだ」

人々が集まり始めた。「違うわ」わたしも大声をあげた。「わたしは殺していない。彼女は――」どうして〝撃たれた〟という言葉を思い出せないの？　わたしは必死になって狩りに行ったときのことを思い出そうとした――フランス語を話さなければならないようなことがあったかしら？　なかったはずだ。「だれかが窓から……。バン。一度音がして――」

顔をあげると、人ごみのはずれにジャン＝ポール・ドゥ・ロンシャールがいて、こちらに近づいてくるところだった。

33

ニースとその向こう
一九三三年一月二八日

わたしは一瞬たりともためらわなかった。きびすを返して走りだす。背後から叫び声が聞こえた。袖をつかまれたが、生地がやぶれて、わたしはその手をふりほどいた。だれかが追いかけてくる。逃げこんだ細い路地に建つ高い建物に足音が反響する。リネンのズボンをはいてきたことをひそかに感謝した。ロング丈のおしゃれなスカートを選んでいたら、これほど速くは走れなかっただろう。それでも、ニースのすべての人から逃げられるはずもない。じきに警察が追ってくる。ジャニーヌの死にわたしが関わっていないこと、わたしは銃など持っておらず、彼女が至近距離から撃たれたわけではないことを警察は信じてくれるかもしれないし、信じたくないと思えば信じないかもしれない。ウェストミンスター公爵のヨットがまだ港に停泊していて、彼が乗っていることを心から願った。あれに乗れれば、安全だ。

息が切れ、横腹が痛んだ。車のエンジン音が近づいてくる――わたしの横で速度を落とした。

「やあ。急いでいるみたいだね。どこに行くんだい？」英語でだれかが言った。そちらに顔を向けると、小型のフィアレス・フライアーのハンドルを握るジョンソンがいた。「乗っていくかい、お嬢さん？」

わたしは飛び乗った。「できるだけ飛ばして。追われているの」

「なんとまあ」エンジンをふかしながら彼は言った。「いったいどうして？」

「わたしが人を撃ったと思われているの」

「そういうことなら、早くここから逃げよう」

ジョンソンがギアを切り替えると、小さな車は飛び出すように走りだした。タイヤをきしらせながらカーブを曲がり、また次のカーブを曲がる。コルニッシュのヘアピンカーブをのぼり始めた。振り返ったが、だれもあとを追ってきている気配はない。わたしは安堵のため息をついた。「あなたは命の恩人よ」

「たいしたことじゃないさ」彼は叫び返し、次のカーブを攻めていく。

眼下に立ち並ぶ家の屋根が見えるあたりまでのぼってきた。「ヴィラに連れて帰ってくれるんじゃないの？」次のカーブに備えてアームレストを握りしめながら、わたしは尋ねた。

「のぼったほうが安全かと思ったんだ。こっちに向かったとは、だれも思わないだろうからね。モンテ・カルロの手前でおりればいい」

「あなたは運転が上手なのね」風を切る音とエンジンの咆哮に負けないように、わたしは声を張りあげた。

「父から受け継いだ数少ないもののひとつだ」彼が大声で応じる。「車への愛。父が生きていたら、この車の反応のよさを評価しただろうな。違う場所に生まれていたら、ぼくはきっとレーシングドライバーになっていた。だがあれは、金持ちのスポーツだからね」

町をあとにすると、道路は崖の脇に刻まれたアスファルトの細い帯になった。上を見あげれば雑木林と岩。下は白いヨットが点々と浮かぶはるか彼方の海まで、ほとんど垂直に落ちこんでいる。冬の夕日を浴びて、風景全体が金色に輝いていた。息を呑むほど美しい。これがほかのときであれば、車を止めてその美しさを堪能していただろう。

「どうしてきみが人を撃ったと思われたんだい？」ジョンソンが訊いた。

「彼女とふたりきりで部屋のなかにいたのよ。開いた窓の外からだれかが撃ったんだと思う」

「だれとふたりきりだったの？」

「フランス人の若い女性よ」〝姉〟だとは言えなかった。「あの日の午後、わたしのふりをしてヴィラにはいっていったのは彼女だったの。彼女がサー・トビーを殺したんだと思っていたけれど、絶対に違うって言っていたわ」わたしは言葉を切った。ここのところ、あまり考える時間はなかった。「彼女は、殺人犯を見たのかもしれない。目撃者だったのかもしれないわ。考えもしなかった」

「それじゃあ彼女は、サー・トビーが殺されるところを見たとは言っていなかったんだね？」

「そうよ。でも話は始まったばかりだったの。サー・トビーの家にいたことは認めたわ」

車は少々速すぎると思える速度で次のヘアピンカーブに突っ込んでいき、タイヤが甲高い音を立てた。わたしは振り返った。

「スピードを落としても大丈夫よ。あとをつけられてはいないわ」

「注意しすぎるということはないからね」ジョンソンは逆に速度をあげた。「それに、こんなに思い切り車を運転する機会がどれくらいある？　きみたちのだれかがぼくに運転させてくれるときだけだ。チャンスはつかめるときにつかめ。それがぼくのモットーなのさ」

なにかが意識の隅をつついている。車への愛。『父から受け継いだ数少ないもののひとつだ。父が生きていたら、この車の反応のよさを評価しただろうな』当然評価しただろう。この車のエンジンを設計したのは彼なのだから。次のカーブにさしかかって車は大きく傾き、わたしはアームレストを強くつかんだ。トビー・グローパーが盗み、自分のものだと主張したエンジン。ヨハン《Johann》・シャーマン。ドイツ系ユダヤ人。ヨハン——ジョンをドイツ語読みにするとヨハンになる。そして彼はジョンソン《Johnson》——ジョンの息子《サン》だ。彼はサー・トビーの前で自分の正体を叫んでいたようなものだったのに、サー・トビーは気づかなかった。わたしたち全員が気づかなかった。だれも使用人には注意を払わないからだ。彼らは与えられた仕事をする。ただそこに背景として存在するだけで、だれも気にかけたりしない。

「どこに行くつもりなの？」わたしはできるだけ冷静な口ぶりで尋ねた。

「きみを傷つけたくはない。親切にしてくれたし、ぼくを人間として扱ってくれたからね。

ほかのやつらとは違う。だが、悪いけれどきみは保険なんだ」

「だから、どこに行くつもりなの？」わたしは繰り返した。

「イタリアさ。ジェノバから出航する船がたくさんあるはずなんだ。あれこれと尋ねられることもないだろうと踏んでいる。それに南アメリカには、ひと旗あげられるチャンスがいっぱい転がっているとも聞いた。ぼくのような頭の切れる人間にはうってつけの場所だ。イギリスの階級制度の俗物根性とはおさらばさ」彼はわたしをちらりと見た。風に髪は乱れ、瞳が輝いているのは——危険がせまっているから？　興奮しているせい？「しばらく前からぼくを疑っていたんだろう？　いくつか質問されたときにわかったよ。どうしてぼくを警察に引き渡さなかったんだ？」

たったいま気づいたのだとは言いたくなかった。疑惑をすでにだれかに話していると思わせておいたほうがいい。

「今朝、サー・トビーの家であなたが会ったふたりの男性だけれど」火に油を注ぐことになる可能性もあったから、わたしはゆっくりと切り出した。「本当は美術の専門家なんかじゃないの。ひとりはパリ警察、もうひとりはロンドン警視庁の人よ」

「パリ警察とロンドン警視庁？　ぼくひとりのために？　ぼくにそれほどの価値があるとは思えないけれどね」彼はうれしそうに言うと、声をたてて笑った。「ジョージー——それがきみの名前だったよね——ぼくたちは敵を置き去りにしたみたいじゃないか」

「あなたがサー・トビーを殺したんだとしたら、いったいどうやったの？　あなたは町にいたのに」

彼は笑顔で答えた。「運がよかったんだ。これまでの人生でも稀有《けう》な幸運だったよ。あいつに命じられたとおりに町に行き、用事を終えて、あとは自分のことをしようと思っていたとき、あいつは車を運転するぼくを見かけたんだ。車を止めさせて乗りこんできた。激怒していたよ。計画どおりに事が進まなかったのは明らかだった。それ以上ニースに留まりたくなかったらしくて、家に帰るようにぼくに命じた。ぼくは運転しながら、家にはだれもいないことに気づいた。そうするだけの度胸が自分にはあるだろうかと自問し、どうやるのが一番いいだろうと考えた。頭のなかでは何度も考えた――刺殺、射殺。だがどれも危険が大きすぎるように思えた。ぼくが無事に逃げおおせなければ、意味がないだろう?」

わたしがなにも言わずにいると、彼は言葉を継いだ。「ぼくたちは家に着いた。車は片付けずにそのままにした。あいつは気に入らないようだったが、午後は休みをもらっているとぼくは言った。ニースでまだやりたいことがあるとね。〝おまえはもうどこにも行かないんだ。わたしが帰ってきたんだからな〟あいつはそう言ったよ。〝自分で夕食の支度をするつもりなどないからな〟とね。

それから彼は、泳ぐと言いだした。むしり取るようにして服を脱ぎ、脱いだ服をそこら中に散らかして水着に着替えた。まったく醜かったよ。巨大なセイウチみたいだった。

〝服を拾っておけ〟彼はぼくに命じた。

〝ぼくがだれなのか、まだ気づいていないのか?〟ぼくはそう言って、自分が何者であるかを明かした。そうしたら、彼はどうしたと思う？　笑ったんだ。〝なんとまあ。彼の息子がずいぶんと落ちぶれたもんだ。おまえの父親もとても頭のいい男だったよ。ある面では頭がよかったが、別の面では愚かだった。実業家とは言えなかった。おまえもそうらしいな〟彼はそう言って、改めてぼくを見た。〝この仕事に応募してきたとき、わたしがだれなのかを知っていたんだろう？〟

〝もちろんだ。この仕事についた理由はただひとつ。父の復讐をするためだ〟ぼくは言った。あいつはぼくをまじまじと眺めて、また笑った。〝お涙ちょうだいの話だな。どうやってやるつもりだ？　車の設計をわたしから盗み返すか？〟彼はぼくに背を向けて、プールに向かって歩きだした。ぼくは石を拾って、あいつの後頭部を思いきり殴りつけた。〝こうやってだ！〟そう叫んで、あいつをプールに突き落としたんだ。いいことを教えてやろうか？ぼくはかけらも後悔なんてしていない。死んで当然だと言うにも値しない男だよ。だがほかのふたりは気の毒だった。ぼくは生まれながらの殺人鬼というわけではないからね。だが警察に訊かれたら、彼らはきっとなにかを思い出すだろうと思った。たとえば、車が止まっていたと証言されれば、ぼくが家にいたことがわかってしまう」

彼はまたわたしを見た。「なにもかも簡単だったよ。道路からだれもいなくなるのを待って、ぼくはまた町に戻った。立ち寄った店では必ず姿を見られるようにした。完璧なアリバイだろう？　きみが、自分に似た娘を見つけようとしたことだけが予想外だった」ジョンソンはバックミラーにちらりと目をやると、不意に体をこわばらせた。大きな流線形のスポーツカーが見える。まだかなり距離はあったが、着実に近づいてきている。

「やっぱり尾行されていたみたいだな。警察ではない。いったいだれだ？」

わたしが知るかぎり、あんなふうに車を運転できるのは侯爵しかいない。希望と恐怖が混じり合った。もしあれが本当にジャン＝ポールだとしたら、わたしを助けようとしているのかしら？　それとももとどめを刺そうとしている？

「問題ない。もっと速度をあげればいいことだ」

彼はさらにアクセルを踏みこんだ。エンジンが抗議のうなり声をあげる。うしろに流れていく岩肌がにじんで見えるほどだ。大きな車は離されることなくついてくる。岩壁が前方に迫ってきた。真っ暗なトンネルに飛びこみ、まったく速度を落とすことなく反対側から出たときには、わたしは悲鳴をあげたと思う。小さな集落が見えてきた。川が急流となって下の海に流れ落ちていて、流れに沿って緑が延びている。突然二軒の建物のあいだから、薄茶色の大きな馬が引く荷馬車が現われた。ジョンソンは叫びながら急ブレーキを踏んだ。タイヤが悲鳴をあげ、車がスリップする。低い塀にぶつかり、跳ねかえって道路に戻った。ジョンソンは悪態をつきながらギアを落とし、恐怖におののいてうしろ脚で立つ馬を避けようとした。

わたしはずっと、逃げ出すチャンスをうかがっていた。車はまだ動いていたが、道路脇が恐ろしい塀ではなく茂みであることを見て取ると、ドアを開けて身を躍らせた。アスファルトの横のとげだらけの草めがけて飛びこむ。覚悟はしていたが、痛みは予想以上だった。地面に落ちて転がると、石が体に食いこみ、息がつまった。勢いもそのままに茂みへと突っこんでいく。茂みはわたしの重さでたわみ、わたしはなにもないところへと滑り落ちていくのを感じた。腕や顔をひっかきながら通りすぎていく枝に、必死で手を伸ばした。幸いにも、細い枝をなんとかつかむことができて、落下は止まった。わたしは身の毛がよだつような断崖絶壁で、かろうじてぶらさがっている状態だった。

ひどく不安定な体勢だったから、このあとどうすればいいのかわからなかった。顔の前には葉のついた枝があり、背中には切り株かなにかが当たっていてわたしを宙に押し出そうとしている。両手でつかんだ木の枝は、重みでたわんでいた。足の下に目を向けても、数百メートル下の岩が見えるばかりだ。いまにも銃弾が体に食いこむのではないかと覚悟した。あるいは、細い枝がついにわたしの重みに耐えられなくなって、汗ばんだ手のなかで折れるだろうか。だがそのかわりに、どこか遠くで大音響がしたかと思うと、下のほうで炎があがるのが見えた。炎は途中の低木を呑みこみながら、崖をのぼってくる。のぼるにつれ、横にも広がっていた。木の葉や小枝のあいだから、あらゆるものを貪り食うお腹を空かしたドラゴンのようにオレンジ色の炎がわたしに向かってくるのが見えた。

わたしは崖に背中を向けてぶらさがっていて、どうすれば向きを変えられるのか見当もつかなかった。向きさえ変えられれば、背中に当たっている切り株をつかめるのに。学生時代に、体育の授業をもっとちゃんと受けていればよかったと後悔した。炎はわたしの真下まで迫っている。生きたまま焼かれるのはごめんだ。その思いにあと押しされて、思い切って片手を放した。体をひねると、枝は危険なほど揺れた。炎のはぜる音に混じって枝が裂ける音が聞こえた気がしたが、体はすでに崖のほうに向いていたから、手掛かりになるものをつかむことができた。両脚を引きあげ、体を支えられるくらいしっかりした足場を探して、あらゆる方向を探る。右足が岩に当たった。激しく足を動かしてみたが、ぐらつくことはなかった。息を止めて体重の一部をそちらに移すと、じりじりと体を引きあげていき、突き出た岩の上に立った。頭の上には別の枝がある。それをつかんでのぼろうとすると、小石がぱらぱらと落ちてきた。岩肌から雑草が生えているところがあったので、そこに左足の爪先を押しこんだ。少しずつ、少しずつのぼっていく。道路が見えた。大きなレーシングカーが止まっている。

「助けて」英語で叫んだ。フランス語で叫ぶべきだったのだろうが、こんなとき人間は理屈など忘れるものだ。火の玉があるあたりを目指しているらしく、急ぎ足で進むふたりの男性のうしろ姿が見えた。ふたりはわたしの声を聞いて振り向き、駆け寄ってきた。彼らがわたしの体をつかんで道路に引きあげたのとほぼ同時に、わたしの下にあった茂みが一気に炎に包まれた。

「メルシー、ムッシュー」今度こそフランス語で礼を言い、助けてくれた人たちの顔を見た。ロンシャール侯爵とダーシーだった。

34

地中海をはるかに見おろすどこかの農夫の小屋
一九三三年一月二八日

「なんてこった、ひどい有様じゃないか」とダーシーが言ったのと、侯爵がフランス語で「モン・デュー、ひどい有様だ」と言ったのが同時だった。侯爵は車に駆け戻った。

「ひどい有様で当然よ」わたしは辛辣に言い返した。これまでの緊張感が言葉となってあふれ出る。「殺人犯に誘拐されて、崖から落ちかけて、焼け死にそうになったら、あなただってこうなるわよ」

「そういう意味じゃない」ダーシーはわたしの横にがっくりと膝をついた。「きみの身に起きたことを思うと、恐ろしくてたまらなかった。だが無事だった。それが肝心だ。いや、そうじゃない。別れ際、ぼくはきみになんて言った？　まっすぐ家に帰ってじっとしていろと言わなかったか？」

「ええ、でも――」

「でもじゃない」ダーシーは腹立たしげに言った。「そもそも、あの男の車でなにをしていた？」

「車に乗るまで、彼が殺人犯だなんて知らなかったのよ。ジャニーヌ――わたしによく似ている女性――を見つけたの。そうしたら、だれかが発砲してきて、そして……」わたしは戻ってきた侯爵に目を向けた。撃ったのが彼ではないという確信はまだ持てない。

「ジャニーヌは死んだ」ジャン＝ポールは淡々とした口調で言った。「あの悪党が殺したんだ。あいつに追いつきたかったよ。この手で絞め殺してやりたかった」彼は銀のフラスクを差し出した。「飲んで。コニャックだ。きみをどこかに移動させないと。炎が近づいてきているからね」

ほかの人たちが集まってきた――あの荷馬車に乗っていた農夫、あたりの小屋の住人たち。侯爵の言葉を聞いて、彼らはわたしを抱えあげると道路を渡り、一番近い小屋に連れていった。

「助けを呼んでくる」ジャン＝ポールが言った。

「その必要はない」ダーシーは冷たいまなざしを彼に向けた。「どこかに電話があるはずだ」

「火のそばに車を置いておきたくないんだ」ジャン＝ポールが本音を漏らした。「それに、ジョージーはすぐにでも医者が必要だ」

彼はわたしに近づくと、優しく額にキスをした。「アデュー、マ・プティ」オ・ルヴォワールと言わなかったことに気づいたのは、あとになってからだ。彼は二度とわたしに会うつもりはなかったのだ。

人々はわたしのまわりを右往左往し、肩掛けを巻いたり、コーヒーやスープや白湯や傷を拭うための布きれを差し出したりした。そのときになって、自分の怪我の具合にようやく意識が向いた。腕と脚はまるで虎と喧嘩をしたかのような有様だ。顔からは血が流れている。手や足を試しに動かしてみたが、どこも折れてはいないようだ。年配の女性が舌打ちしながら一番ひどい傷を拭ってくれた。お湯が傷にしみた。

「なにがあったんだ?」だれかが訊いた。

「車から落ちたんだ」ダーシーが答えた。

「飛び降りたのよ」わたしは言い直した。「殺人犯に誘拐されたの。彼はわたしを人質にするつもりだったのよ。馬と荷馬車が目の前に現われて、彼はブレーキを踏まざるを得なかった。その隙に飛び降りたの。茂みが衝撃を弱めてくれると思った。崖の縁に生えているなんて知らなかったんですもの」

ダーシーはわたしがなにを言おうと驚かないとでも言うように、首を振った。

「あの男は誰だったんだ?」彼が尋ねた。

「サー・トビーの従者よ。ジョンソンと名乗っていたけれど、本名はシャーマン。フィアレス・フライアーの開発には彼の父親も関わっていたのに、サー・トビーはその権利をだまし取ったの。彼は父親の復讐に来たのよ。逃げられたの?」

ダーシーは首を振った。「彼の車は崖から落ちた。あの火の玉はそのせいだ。馬を避けようとして、車のコントロールを失ったんだ。皮肉なものだと思わないか？　人間を殺すのは平気なのに、馬にはぶつかるまいとした。いかにもイギリス人らしいね」

わたしは震えていた。肩掛けをきつく巻きつけ、だれかが持ってきてくれたコーヒーを受け取った。新たな疑問が浮かんだ。「あなたはどうして侯爵といっしょだったの？」

「きみも知っているとおり、ぼくはしばらく前から彼を見張っていた。ようやく逮捕するだけの証拠がそろったと思い、彼を捕まえに行こうとしたら、彼女が撃たれたんだ。ジャン＝ポールは彼女をどこかに匿《かくま》うつもりだったんだろうな。彼はぼくに気づくと、きみの身が危ないと叫んだ。そこでぼくたちは彼の車に飛び乗り、あとを追ったというわけだ。これもまた皮肉な話だ。ここのところ、人生は皮肉に満ちているように思えるよ――きみがぼくから乗り換えた男は侯爵ではなく、世界をまたにかける泥棒でペテン師だったんだからね」

「彼に乗り換えたりなんてしていないわ」わたしは熱心に言った。「わたしみたいな人間に興味を示してくれたから舞いあがっていただけ……それに、わたしがあなたにとって一番目じゃないことがわかったから」

彼は顔をしかめた。「どうしてそう思ったんだい？」

「あなたの秘密の家族のことを知ったから――ううん、秘密じゃないわね。ビーチで子供と遊んでいるあなたを見たんだもの。それに、あなたがどれほどあの子をかわいがっているかをふたりの女の人が話しているのを列車で聞いたの」

「もちろんかわいがっているさ。あの子はぼくのたったひとりの甥っ子だし、彼には父親代わりの人間が必要だからね」

わたしは茫然として彼を見つめた。彼の言葉がすぐには理解できなかった。

「甥っ子？　じゃあ、いっしょにいた女の人は……？」

「妹のブリジットだ。夫はイギリス軍の将校でインドにいたが、去年、北西辺境地域で死んだんだ。それ以来、ブリジットは苦労しているよ。インドでは大勢の使用人に囲まれて暮らしていたのに、突如としてわずかな年金でやりくりするイギリスでの生活に順応しなくてはならなくなったからね。だからできるときには、助けてやっている。ぼくが仕事でリヴィエラに来なくてはならなくなったから、彼女も呼んで甥っ子に休暇を楽しんでもらおうと思ったんだ。

「妹さん」わたしは口ごもった。「そうだったの」

「一度、ロンドンで見かけているはずだ」

「うしろ姿だけよ」頬が熱くなるのがわかった。

ダーシーは妙な顔でわたしを見ている。「ちょっと待てよ。きみはまさか――」

「彼女があなたの愛人で、あの子は子供だと思ったの。わたしって、本当にばかみたいね」

「直接訊いてくれればよかったんだ。子供がいるというような大切なことを、ぼくがきみに隠しておくとでも思ったのかい？」いたずらっぽい笑みが彼の顔に浮かんだ。「それに、ぼくには愛人を囲うほどの甲斐性はないよ。あれはお金がかかるからね」

「父にはいたの」わたしはコーヒーカップからたちのぼる湯気を見つめながら言った。「ここリヴィエラに。全然知らなかった。半分血のつながった姉がいたのに、今日までまったく知らなかったのよ。彼女はわたしにそっくりだった。いい友だちになれたかもしれないのに、撃たれてしまった」

また涙がこみあげるのを感じた。ダーシーはうなずき、慰めるようにわたしの肩に手を置いた。「彼女は死んでよかったのかもしれないよ。刑務所で何年も過ごすよりはよかったのかもしれない」

「侯爵は刑務所で何年も過ごすことになるの？」

「犯した罪のひとつでも立証できればね。ぼくがここに来たのはそれが理由だ――あとは、イギリスの大邸宅からなくなった、いくつかの高級品を取り戻すため」

「あら、それじゃあわたしたちには似たような任務があったわけね」わたしは思わず声に出して笑った。「わたしは、サー・トビーが王妃陛下から盗んだ嗅ぎ煙草入れを取り戻すために来たの」

「サー・トビー？　そうか、彼らはみんな悪党だったということだな」

うなずいた。

「そしてぼくたちは彼らをうまく片付けたわけだ」その後の長い沈黙のあいだ、ダーシーはその危険なほど鮮やかな青い目でじっとわたしを見つめていた。「きみとぼくだが――一からやり直すというのはどうだろう？　ぼくに秘密の愛人がいないときみが信じられるのなら」

「いいわ」わたしはゆっくりと答えた。「一からやり直しましょう」

彼は手を差し出した。「初めまして。ぼくはダーシー・オマーラ。それともジ・オナラブル・ダーシー・オマーラと言うべきかな？　きみはそういうことを気にするみたいだから」

彼はわたしの傷だらけの手を取ると、ゆっくりと唇を近づけた。「ちゃんとしたキスをしたいところだが、傷だらけの顔をそれ以上ひどくしたくないからね」

大きな黒い車が到着し、鶏が逃げ惑うけたたましい声が聞こえてきた。警察が来たのだ。その後は、警察の尋問と病院での検査という不愉快な時間が続いた。幸いなことに、わたしはどちらからも無事に解放された。奇跡的に大きな怪我はなく、警察の尋問もジャック・ジェルマンと祖父が来てくれたおかげで簡単に済んだ。

「その車が崖から落ちたのが残念だ」祖父は心配そうにわたしを見ながら言った。「そいつの首をへし折ってやりたかったぞ。わしのかわいい孫娘をこんな目に遭わせおって」

夜になって、わたしは無事に母のヴィラに戻った。消毒した傷はまだ痛んだが、帰ってこられてほっとした。クイーニーは大騒ぎだった。わたしがいまにも息を引き取るとでもいうように、ベッドの足元に立ち、あの牛のような大きな目でわたしを見つめている。

「お願いですから、あたしの目の前で死んだりしないでください。お嬢さま」わたしはつかの間胸を打たれたが、それもそのあとの言葉を聞くまでのことだった。「よくおわかりでしょうけど、お嬢さまが死んだりしたら、もうだれもあたしを雇ってくれる人なんていないんです」

病院で別れたあと、ダーシーとは会っていなかった。わたしはベッドに横たわり、目を閉じた。ジャン＝ポールは捕まったのかしら。それとも逃げおおせた？　逃げていればいいと思った。翌朝になって、彼の姿がどこにも見当たらないと聞かされた。もっとあとになってから、手に入れた美術品のなかから選りすぐりのものを持ち、ヨットをチャーターしてアメリカに渡ったことがわかった。おそらくその地でうまくやっているのだろう。

ココとヴェラはジャック・ジェルマンといっしょにココのヴィラに移った。わたしは怪我が治るまで、祖父と母と三人で楽しい日々を過ごした。ダーシーが毎日顔を見せてくれた。もう大丈夫だと思えるようになると、ブリジットとコリンを連れてきた。わたしはジャニーヌのことをよく考えた。彼女とわたしの父親は同じなのに、これほどまでに違う人生を歩んできた――希望と期待に満ちたわたしの人生、失望と生き延びるための闘いだけだった彼女の人生。もしも立場が逆だったら、わたしは生きてこられただろうか。あまりにも不公平だと思えた。父はもっとなにかできたはずだ。彼女をわたしたちのところに連れてくることだって。きっといい友だちになれただろう。そんなことを考えながらも、それがありえないのはよくわかっていた。わたしたちの世界では、一枚の紙ですべてが変わる。嫡出子であるかそうでないかは、大きな違いだ。

その週の終わり、テラスに座っているわたしの隣に祖父がやってきて、家に帰ろうと思っていると言った。「おまえもよくなっているみたいだからな」

「おじいちゃんはどうなの？　ずいぶん元気になったみたいだけれど、どうして完全に治るまでここにいないの？」

「わしのことは心配せんでいい。なにもここがいやだというわけじゃないんだ。素晴らしいところだよ。だがまるで夢の世界にいるようで、わしの自分の小さな家がなつかしいんだ。わしは忙しくしているのが好きだし、ここには居場所がないような気がする。ここは金持ちとその使用人たちの場所だ。わしのいるようなところじゃないんだ。わかるかな？」

「ええ、わかるわ」わたしは言った。「わたしにいっしょに帰ってほしい？　おじいちゃんが迷わないように」

「迷う？」祖父はくすくす笑い、わたしを叩く真似をした。「わしはロンドンの霧のなかを迷わずに歩いてきたぞ。そんなことができる人間は、どこへ行っても迷ったりしないさ。いいや、おまえはここに残ってしっかり体を治すんだ。わしは大丈夫だ」

「寂しくなるわ。でも、わたしが助けを必要としているときに、おじいちゃんが飛んで来てくれたことは、一生忘れない」

「だが、たいして役に立たなかったな。見合うだけの働きができなかった」

「そんなことないわ。写真を見るようにって提案してくれたのはおじいちゃんよ。あれで初めて、ネックレスを盗んだのは侯爵に違いないって気づいたんだもの」

祖父は窓の外に目をやり、三角波の立つ青い海を見つめた。「もう少し早く、あの若者のことをおまえに忠告してやっていればと思うよ」

「だれのことを言っているの？」わたしはとがった声で尋ねた。

「従者さ。サー・トビーの頭を殴った男だ。わしは気づいていたんだ」

「なにを？」

「あの男の顔だ。あの家を訪れて彼の顔をひと目見たとき、なにか悪事を働いているとすぐにわかった。警察に長年いれば、ほんのわずかな兆候でそういうことがわかるようになる。彼はそんな表情をしていた――警戒していながら、一方でうまく逃げおおせたと自信過剰になっている顔だ。そのときは、主人が死んだあと、家にあったなにかをくすねたんだろうと思った。あえて触れる必要はないと思えた。だが、もしわしがあのとき、そう言っていれば。己の直感を信じろと、かつての上司からくどいほど言われていたんだが」

「たとえおじいちゃんがそう言っていたとしても、彼が殺人犯だって疑われることはなかったはずよ。彼には確固たるアリバイがあるってわたしたちは思っていたんですもの。それに動機があることもわからなかったし」

「いつだって目立たない人間が怪しいんだ」祖父は考え深げに言った。「それに、侯爵がどうやってネックレスを部屋の外に持ち出したのかも、わからないままだろう？」

うなずいた。「彼はとても頭がいいの。才能の無駄遣いだわ」

「無駄にはしていないだろう。大金持ちになっているんだから。違うかい？」

「わたしが言いたいのは――間違った方向に才能を使っているっていうこと」

「わかるよ。おまえやわしは道義心をしっかり植えつけられて育った。間違ったことには我慢できない。だがだれもがそうではないんだ。手に入れられるものは手に入れて、うまく逃げおおせたらほくそ笑む、そんな人間がいる」

祖父の言葉を聞いて、わたしにはまだやり残している仕事があることを思い出した。正直に打ち明けようと決めて、レディ・グローパーのもとを訪れた。事情を話すと、彼女は鼻を鳴らした。

「はっきり言って、少しも驚きません。彼はそういう人間だったのです。いっしょに暮らすのに楽な人ではありませんでした。友だちよりも敵のほうが多かったですしね。ボビーが父親みたいな人間にならないようにするのが、これからのわたくしの役目です。ご存じでしょうけれど、彼はオックスフォードを放校になったんです。今後は厳しい態度で接します。しっかり目を光らせておくつもりです」

わたしはボビーをいささか気の毒に思いながら、貴重な嗅ぎ煙草入れを手にヴィラをあとにした。

イギリスに帰る準備をする祖父を見ながら、わたしはいつまでここにいようかと思いを巡らせた。当然のことながら、クイーニーをどうするかを考えなくてはならない。実のところわたしにメイドは必要ないし、困ったときには母のメイドのクローデットが手を貸してくれる。祖父といっしょにクイーニーをイギリスに帰してやるのが、親切というものだろう。そこで翌朝わたしは、奇跡的に時間どおりに朝の紅茶を運んできたクイーニーに、話を切り出した。

「クイーニー、祖父がイギリスに帰るの。あなたがここでいやな思いをしているのはわかっているから、いっしょにイギリスに帰ったらどうかと思って」

クイーニーはショックを受けたようだ。「いやです、お嬢さま。そんなこと、夢にも思ってません。あたしのいる場所はお嬢さまのそばなんです。お嬢さまには面倒を見るあたしが必要だし、まだ完全に傷が治ったわけじゃないから……」

「クイーニー！」わたしはきつい口調で遮ったが、彼女はさらに言い募った。「そりゃあ、いままでまともに仕事ができてなかったのはわかってますけど、でもこれからは立派なレディズ・メイドになれるように必死で……」

「クイーニー！」わたしは再び声をあげたが、それでも彼女の言葉は止まらなかった。「いずれはあたしを自慢できるように……」

「クイーニー！　ベッドカバーに紅茶をこぼしているわよ」

「あれまあ、すみません、お嬢さん」クイーニーは茶色い染みを見おろした。「でも、大丈夫ですよ。花柄とうまく混じってますから。そう思いませんか？」

わたしはため息をついた。好むと好まざるとにかかわらず、彼女とは離れられないらしい。

そして祖父は帰っていき、数日後には母もドイツに戻ると言いだした。マックスから手紙が来たのだ。「素敵なラブレターだったの」母は言った。「わたしがいなくてどれだけ寂しいかを切々と訴えて、わたしなしでは人生に意味がないって書いてあったわ。わたしと結婚したがっているのよ。ドイツに住むのがいやなら、スイスのお城を手に入れるって約束してくれた。湖のそばに。素敵だと思わない？　それにわたしともっといろいろと話ができるように、英語を教える家庭教師まで雇ったのよ」

「でも彼は退屈だって言っていたじゃないの」わたしは言った。

「そうね。でも人はだれだって深く愛されたいものだし、彼は心からわたしを愛してくれているわ。それに、あれだけのお金は魅力的よ」

「それで、彼と結婚するの？」

母は形のいい小さな鼻にしわを寄せた。「その点についてはわからないわ。どういうことになるか、様子を見てみないことにはね」

「つまりお母さまはヴィラを閉めたいから、わたしに出ていってほしいのね」

「マダム・シャネルが、ぜひ彼女のヴィラに泊まってほしいと言っているわ」母が言った。

「それに、ウェストミンスター公爵も彼のヨットにいつでも歓迎するとおっしゃっていたはずよ」

ダーシーがもっと素晴らしい提案をしてくれた。「また行かなくてはならなくなったんだが、ホテルのスイートルームを今月末まで押さえてあるんだ。もしよかったらぼくの代わりにそこに泊まって、ブリジットとコリンの相手をしてもらえないだろうか？」わたしの顔が輝くのを見て、彼はさらに言い添えた。「ぼくの変わり者の家族と親しくなっておくのもいいかもしれない――そうすれば、なにがきみを待ち受けているかがわかる」

わたしたちにいっしょの未来があることをほのめかす、初めてのそれらしい台詞だった。

「それじゃああなたは、またちょっとした任務を与えられたわけね」

「そんなところだ」

「ダーシー、あなたがだれのために働いているのか、いつ教えてくれるの？」

「だれであれ、報酬を支払ってくれる人間さ」ダーシーはわざとらしいアイルランド訛りで言った。「きみのおじいさんなら、どう言うと思う？　なにも尋ねない人間は、嘘をつかれることはないんだよ」

彼は自分の口に、それからわたしの唇に指を当てた。そしていきなりわたしを抱き寄せると、貪るようなキスをした。

「ダーシー」キスが熱を帯びていくと、わたしは弱々しく抵抗した。「いまはそれでなくても痣《あざ》だらけなのよ」

「それなら、ここから先はきみがすっかりよくなるまでお預けにしよう」彼が言った。「だから早くよくなるんだよ。そうでないと、ぼくは愛人を作るかもしれない」

わたしが投げたクッションを、ダーシーは素早くよけた。

35

一九三三年三月二日

古きよきイギリスに帰る。フランスを発つのは寂しいけれど、でも家に帰りたくてたまらない。

三月の初め、わたしはブルー・トレインでイギリスに戻った。ベリンダがいっしょだった。あの夜、彼女は侯爵とふたりで姿を消したわけではなく、ただ頭痛がしていただけだとわかった。いかにもベリンダらしく、彼女はその後のリヴィエラでの時間を存分に楽しんでいた。ココと親しくなり、彼女のヴィラに滞在していたのだ。勇気を奮い起こして自分のデザイン画を見せると、才能があると言われたらしい。そのうえ、ロンドンで自分の店をやっていくための助言までもらったのだと言う。

「一番の問題を解決する方法を教えてくれたの」ベリンダが言った。「どうすれば上流階級の女性に、ドレスの代金を払ってもらえるかっていうこと。彼女たちから代金が回収できなくて困っていたのを知っているでしょう？」

「どうするの？」

「思いっきりおめかしして、ご主人のところに代金を取り立てに行きますって脅すのよ」ベリンダは笑った。「それでもだめだったら、彼女たちについての興味をそそるような噂話を仕入れて、うっかり口を滑らせるの」

「それって脅迫だわ」わたしは笑って言った。

「もちろん、気づかれないようにこっそりやるのよ。でも、必ずうまくいくってココが言っていたわ」

海は穏やかだった。ドーヴァーの白い崖が歓迎してくれているようだ。線路脇の土手にはユキノハナと早咲きのサクラソウが顔を出し、青い空を白い雲が流れていく。フィグが、ラノク家の新たな一員の誕生に備えて余裕を持ってイギリスに帰りたがったので、ビンキーとフィグはひと足早くラノクハウスに戻っていた。

「小包が届いております、お嬢さま」

わたしのコートと帽子を脱がせながら、ハミルトンが言った。ちなみに、それは母が買ってくれた新しい毛皮のコートとおそろいの帽子だった。トランクにはシャネルのドレスも数着はいっている。これでもうどこに行っても、みっともない格好だと言われることはない。ジャン゠ポールが見たら、きっと満足しただろう。

自分の部屋に行き、茶色い包装紙を開くと、転がり出てきたのは王妃陛下のネックレスだった。手紙がはいっていた。『これのせいできみが責められるようなことは避けたかった。そう、これは本物だ』彼の署名とキスを表わす印があり、その下に少し小さな文字でこう記されていた。『もしきみが疑問に思っているのなら——ブランデーのデカンターだ。ずっとぼくの手のなかにあった』

手紙を見つめるうちに、いつのまにか笑みが浮かんでいた。わたしの靴の底についていたべたべたしたもののことには触れられていない。あれはジャニーヌがやったことだったのかしら？　それともそんなものはわたしの想像にすぎず、舞台から落ちたのはわたしのいつもの不器用さのせい？　答えがわかる日は永遠にこないだろう。

翌日の午後、わたしはネックレスと嗅ぎ煙草入れを王妃陛下に届けに行った。陛下は大変喜んでくださった。「どちらももう二度と見ることはないだろうと思っていたのですよ。不正に手に入れた物を楽しめる人間がいることが不思議でなりません」

「どちらの犯人も美しい物をすでにたくさん持っていましたから、本当にそう思います。彼らの家は絵や骨董品でいっぱいでした」わたしは応じた。

「これを取り戻すために、あなたはひどく危険な目に遭ったそうですね。あなたに頼んだのは間違いでした。人間よりも物を大事にすべきではありません」

陛下はしみじみとわたしを見つめた。

「あなたは本当に素晴らしい女性ですね、ジョージアナ。一家の誇りですよ。これからどうするつもりですか？　あなたのような人がなにもせずにいるのはよくありません。わたくしたちが、ふさわしい夫を見つけることができればいいのですが」

「近いうちにきっと自分で見つけられると思います、陛下」わたしはあわてて応じた。「それまでは、なにかしら忙しくしているつもりです」

週末までにはダーシーが帰ってくるはずだとは言わなかった。

あとがき

ジョージーファンのみなさま、お待たせいたしました。貧乏お嬢さまシリーズ第五巻「貧乏お嬢さまと王妃の首飾り」をお届けいたします。今回の舞台はなんと、南仏の高級リゾート地として知られるニースです。現在でも多くの観光客を集めるこの町は、一九世紀以降、ヨーロッパの王侯貴族の保養地として栄え、とりわけイギリス人に愛されました。有名なプロムナード・デ・ザングレもイギリス人によって作られたものだそうです。霧に包まれる陰鬱な冬のロンドンで暮らす人々にとって、陽光と海と潮風のニースはあこがれの的だったことでしょう。ニースに来るとイギリス人は羽目をはずすと本書にも記されていますが、それも無理のないことだった気がします。

さて、例によってメアリ王妃の依頼を受けてニースに向かうことになったジョージーですが、当然のようにトラブルに巻きこまれます。ジョージーの祖父は、彼女のほうがトラブルのまっただなかに飛びこんでいくのだと言い、ジョージーはトラブルのほうが彼女を見つけて近づいてくるのだと主張しますが、はてさて、いったいどちらでしょうか。そのあたりの判断は読者のみなさまにお任せするとして、ここでは本書の登場人物について少し触れておきましょう。

ニースに向かう豪華寝台列車ブルー・トレイン(アガサ・クリスティの『青列車の秘密』でご存じの方もいらっしゃるかもしれませんね)のなかで、ジョージーはココ・シャネルと知り合いになります。言わずと知れた、あのシャネルの創始者で実在の人物です。物語のなかでも触れられているとおり、ココ・シャネルは貧しい家の生まれで孤児院や修道院で育ちました。一八歳からはお針子仕事をしながら、歌手を志してキャバレーで歌っていましたが、オーディションに落選続きだったためにそちらの道はあきらめ、当時交際していた将校のエティエンヌ・バルサンに伴われて、パリ郊外へと移ります。バルサンは裕福な織物業者の御曹司で、彼の邸宅に住みこんだシャネルは、高級服と乗馬と贅沢三昧の日々を過ごすようになりました。バルサンを真似て男装の乗馬服に身を包んで颯爽と馬を乗り回し、英国風の競馬観戦に訪れるなかで、男性用のスポーツウェアの機能性に関心を持つようになったのではないかと言われています。そんな生活のなか、退屈しのぎに始めた帽子のデザインが認められ、バルサン所有のパリのアパルトマンで帽子のアトリエを開業します。その後、バルサンと別れて彼の友人のひとりであるイギリス人青年実業家アーサー・カペルと交際を始め、カペルの援助で婦人帽のブティック、シャネル・モードを開業。これが、シャネルというファッションブランドの本格的な歴史の始まりでした。第一次世界大戦中に、それまで紳士下着に使われていたジャージ素材を婦人服に用いて大成功を収めますが、まもなく愛するカペルは自動車事故で命を落としてしまいます。彼の死後、シャネルの交友関係は一気に拡大していくのですが、裏返せばそれは、カペル以外に心から愛した人がいなかったということなのかもしれません。

その後シャネルはイギリスの貴族社会と深いつながりを持つヴェラ・ベイト（初めはモデルでしたが、のちにシャネル社のPR担当として雇い入れられます）を通じてウェストミンスター公爵と知り合い、交際が始まります。彼のツイードの上着をシャネルも愛用していたようで、英国紳士の乗馬服に使われた丈夫なツイード素材を婦人服に転用した「シャネル・スーツ」は、その後シャネル・ブランドを代表するスタイルとなっていきます。シャネル・スーツが発表されたのは一九二五年ですから、本書の舞台となっている一九三三年には、すでにシャネル・ブランドは確たる地位を築いていたと言っていいでしょう。俗物的なものを嫌うジョージーの義理の姉フィグですら、ジョージーがシャネルと知り合いだと聞いて羨望のまなざしを向けるのですから、当時の女性たちにとってシャネルの服がどれほど憧れの的だったのかがわかるというものです。物語の最後で、ジョージーはシャネルのドレスを数着手に入れますから、次作では美しく装った彼女の姿が見られるかもしれません。

本書にはハンサムで裕福なフランス貴族も登場し、ダーシーとの関係に暗雲がたちこめます。進展しそうで、なかなか進展しないふたりの関係……。はてさて、このロマンスの行方はどうなるのでしょう。今後の展開をどうぞお楽しみに。

コージーブックス

英国王妃《えいこくおうひ》の事件《じけん》ファイル⑤

貧乏《びんぼう》お嬢《じょう》さまと王妃《おうひ》の首飾《くびかざ》り

著者　リース・ボウエン
訳者　田辺千幸《たなべちゆき》

2015年12月20日　初版第1刷発行

発行人　成瀬雅人
発行所　株式会社　原書房
〒160-0022 東京都新宿区新宿1-25-13
電話・代表　03-3354-0685
振替・00150-6-151594
http://www.harashobo.co.jp
ブックデザイン　atmosphere ltd.
印刷所　中央精版印刷株式会社

落丁・乱丁本はお取り替えいたします。
定価は、カバーに表示してあります。

 ISBN978-4-562-06046-7 Printed in Japan